姬野法子

조인계획

KEIGO HIGASHINO

히가시노 게이고
장편소설

조인계획

양윤옥
옮김

H
현대문학

차
례

징
조

그건 딱히 기억에 남을 정도의 일은 아니었다. 그 자리에 있던 사람들이 잠깐 뭔가 이상하다고 느꼈을 뿐이다.

1987년 3월, 미야사마 스키점프 대회에서의 일이었다.

이따금 분설粉雪이 흩날리고 풍향계가 핑글핑글 방향을 바꾸는, 점퍼에게는 읽어내기 고약한 날씨 조건이었다.

"21번, 후카마치 가즈오, 닛세이자동차팀."

선수를 소개하는 목소리에 이어 파란색 점프복을 입은 선수가 스타트대에서 출발했다.

특별히 눈에 띄는 건 없는 선수였다. 시합에서 상위에 든 적도 없었다. 그 선수가 크라우칭 스타일*로 타고 내려왔다.

---

* Crouching Style, 스키에서 활강할 때의 자세. 무릎을 굽히고 상체를 앞으로 숙여 풍압의 저항을 줄이고 속도를 높이기 위한 자세다.

그리고 도약했다.

그와 동시에 도약대 옆 코치박스에 있던 감독과 코치들 사이에서 일제히 탄식이 흘러나왔다. "왜 저래?"라거나 "위험한데"라는 말을 내뱉기도 하고 그저 단순히 "어어어" 하는 소리를 흘리기도 했다.

어떤 목소리였든 후카마치 선수의 점프에 대해 모두가 똑같은 판단을 내렸다는 건 틀림이 없었다.

그의 동작은 명백히 이상했다. 도약대를 뛰쳐나간 뒤, 부드럽게 비행 자세로 넘어가지 못했다. 망가진 태엽 인형처럼 부자연스러운 자세 그대로 공중에서 한순간 정지한 것이다.

아앗, 하고 부르짖은 건 후카마치 선수 자신이었다. 양팔을 허우적거리고 총 맞은 새처럼 버둥거리면서 낙하했다.

그의 몸이 랜딩 힐에 내동댕이쳐지듯이 떨어져 데굴데굴 굴렀다. 파란색 점프복이 순식간에 눈 범벅이 되었다.

잠시 굴러간 뒤에 정지하자 그는 부스스 일어섰다. 스키 판을 떼고 걸음을 옮겼다. 다행히 부상은 없는 것 같아서 지켜보던 관중도 일단 후우 숨을 내쉬었다.

"무사하대."

코치박스 사람들도 트랜스시버로 상황을 듣고 안도했다. 코치박스에서는 랜딩 힐이 보이지 않는다.

"방금 그거, 뭐야?"

누군가가 말했다.

"그러게. 도약을 왜 그렇게 했는지 모르겠네."

"타이밍은 좋았는데 말이야. 기합을 너무 심하게 먹였나."

"흠, 후카마치⋯⋯. 최근에는 그럭저럭 괜찮게 나왔었어. 오늘은 힘이 들어간 모양이지."

그가 넘어진 것에 대해 주고받은 대화는 그런 정도였다. 스키점프 경기에서 넘어지는 사고는 으레 있는 일이다. 코치와 감독들은 금세 그의 추락에 대한 것은 잊어버렸다. 모두 자기 팀 선수에 대한 걱정으로 머릿속이 가득했던 것이다.

선수가 차례차례 뛰었다. 미야노모리 경기장은 이른바 70미터급 점프가 가능한 노멀힐이다. 이 선수진에 80미터를 넘는 비행이라도 볼 수 있다면 환호성이 터진다.

30번 선수가 스타트했다. 역시 별다른 특징이 없는 선수였다. 36도 급경사를 활주해서 11도의 도약대로 돌진했다.

하지만 그가 도약한 직후, 다시금 코치박스에서 "어어어" 소리가 새어 나왔다. 30번 선수의 부자연스러운 동작이 아까 본 후카마치 선수와 완전히 똑같았다. 부드럽게 이어지지 않고 삐걱거리는 움직임을 보인 것이다.

그리고 30번 선수도 추락했다.

이번에도 딱히 화제에 오르지는 않았다.

단지 이 선수 역시 후카마치 선수와 같은 닛세이자동차 소속이라는 게 코치와 감독들의 신경을 끌었다.

"딱하네. 스기에 씨도 골치깨나 아프겠다."

한 감독이 코치박스 끝에 서 있는 스기에 다이스케를 흘끔 돌아보며 말했다. 그 스기에라는 인물이 닛세이자동차 스키점프 팀 감독인 것이다. 그는 미간에 깊은 주름을 새기고 도약대 근처를 지그시 쳐다보고 있었다.

"두 번이면 세 번째도 있다는 속담도 있잖아. 다음 선수 시마노, 압박감이 엄청나겠네."

농담처럼 누군가가 말했다. 시마노라는 건 닛세이자동차 소속의 나머지 한 명의 선수였다.

그 시마노의 차례가 되었다. 선수를 소개하는 방송이 흘러나오고 도약대 옆의 시그널이 빨간색에서 파란색으로 바뀌었다.

코치박스에서는 각 팀의 감독이나 코치가 선수에게 스타트 신호를 보낸다. 스기에 다이스케는 삼엄한 표정으로 높이 든 오른손을 휙 내렸다.

바람이 좋았다. 마침 순풍으로 바뀐 참이었다.

그런데…….

시마노의 활공은 그 전의 두 사람보다 더 이상했다. 도약대에서 쭉 펴졌던 다리가 다시 오그라들더니 그대로 어중간한 상태로 잠시 정지한 채 몸이 공중에 내동댕이쳐진 것이다.

70미터에서 한참 못 미친 지점에 떨어졌다. 눈보라를 일으키며 데굴데굴 미끄러져갔다.

이번에는 아무도 더 이상 소리를 내지 않았다. 서로 얼굴을 마주 보았을 뿐이다. 단 한 사람 스기에 다이스케만 뺨을 실룩

거리며 리프트로 향했다.

닛세이자동차팀의 선수 세 명이 똑같은 꼴로 기묘한 추락을 한 것이다.

날씨 조건에는 이변이 없었다. 돌풍이 분 것도 아니다. 그날 넘어진 선수는 그들 세 명뿐이었다.

스키점프 시합은 각자 2차를 뛰어 비거리飛距離와 비형飛型에 대한 총 득점으로 겨룬다. 그날 닛세이자동차팀의 선수 세 명은 전원이 2차 시기를 기권했다.

모두 다 압박감에 따른 연쇄 반응일 것이라고 분석했다.

그 밖의 다른 이유 따위, 아무도 생각하지 못했다.

그리고 이 사건은 좀 이상한 일로 일부 사람들의 기억에만 남게 되었다.

사
건

1

눈앞을 뭔가가 휙 가로질러 갔다.

스기에 유코는 저도 모르게 브레이크를 밟으면서 핸들을 꺾었다. 눈길에서는 해서는 안 되는 핸들 조작이었다. 역시 타이어가 미끄러지면서 차체가 스핀하려고 했다. 하지만 다행히도 약간 비스듬하게 돌아간 정도에서 도로 한가운데 멈춰 섰다. 마주 오는 차도 없었다. 유코는 후유 한숨을 내쉰 뒤, 다시 차를 출발시키려고 했다. 하지만 그때서야 엔진이 꺼진 것을 알았다. 운전은 그리 잘하는 편이 아니다.

두 번을 시도한 끝에 겨우 시동이 걸렸다. 멈칫멈칫 차를 움직여보았다. 경차라고 해도 버젓한 사륜구동이다. 아무 일도 없었던 것처럼 나가기 시작했다.

북방여우였나……. 방금 전에 뛰쳐나온 작은 동물을 그녀는 되짚어보았다. 오쿠라야마산 중턱에 '북방여우가 찾는 집'이라는 간판을 내건 카페가 있다.

구불구불 휘어지는 눈길을 유코는 신중하게 나아갔다. 마주 오는 차도, 뒤에서 따라오는 차도 없었다. 유코의 차 앞으로 타이어 자국 몇 줄기가 겹쳐져서 길게 뻗어나갔다. 그중에 새로 난 자국 두 줄기를 보고 유코는 그의 차가 틀림없다고 생각했다.

마지막 커브를 돌아가자 앞쪽으로 출입문이 보였다. 왼편 반은 닫혀 있지만 오른편 반은 차량이 드나들 만큼 열려 있었다. 유코는 속도를 조금 늦추면서 그 문을 통과했다.

핸들을 오른쪽으로 꺾자 잠시 뒤에 하얗고 거대한 슬로프가 모습을 드러냈다. 70미터급 점프대, 미야노모리 스키점프 경기장이다.

오른편에 삿포로 올림픽 기념비와 관리사무실이 나란히 서 있었다. 유코는 그 중간쯤에 차를 세웠다.

그곳에 이미 왜건 한 대가 주차되어 있었다. 흰색 차체 측면에 하라공업 스키점프팀이라고 찍혀 있다. 안에는 아무도 없었다.

유코는 차에서 내리자 머플러를 목에 둘렀다. 숨을 내쉴 때마다 하얀 입자가 만들어져 날아갔다. 오후가 되면 이 근처는 바람이 강해지는 것이다. 그래서 스키점프 선수들도 오후에는 뛰지 않으려고 시간을 조정하곤 한다.

관리사무실 창문을 들여다보니 실내에 불은 켜져 있는데 항상 보이던 관리인의 모습은 없었다. 그녀는 하프코트 호주머니에 두 손을 찔러 넣고 천천히 점프대 쪽으로 걸어갔다. 흐린 하늘이지만 설면이 역시 눈부셨다. 손차양을 하고 새삼 경기장의 전모를 둘러보았다.

아래쪽은 넓고 평평하지만 위를 향해 조금씩 경사도가 높아진다. 또한 폭도 좁아진다. 그리고 중간쯤에 한 단 높직하게 솟은 도약대가 있고, 그 너머에 다시 급경사를 그리며 하늘을 향해 뻗어 올라간 가느다란 어프로치 구간이 보인다. 까마득한 스타트대에서 유코의 시선이 멈췄다. 그가 거기에 있었기 때문이다. 하얀색 배경에 파란 점프복이 선명했다.

뛰려는 건가, 라고 유코는 조금 의아하게 생각했다. 그런 식으로 스키점퍼 혼자 뛰는 경우는 웬만해서는 없기 때문이다.

유코가 그대로 올려다보고 있자 스타트대에서 그가 살짝 오른팔을 드는 것처럼 보였다. 거리가 멀어서 분명하지는 않았다. 그래도 그녀는 손을 흔들어 응해보았다.

그가 곧장 출발했다. 역시 뛸 생각이었던 것이다. 크라우칭 자세를 취하고 활강했다. 그리고 그의 모습이 일순 도약대 쪽으로 숨었는가 싶더니 단숨에 바람을 가르고 뛰어올랐다.

그 순간 유코는 이상하네, 라고 생각했다. 평소에 봤던 그의 비약飛躍이 아니었다. 물론 아마추어인 자신이 점프의 우열에 대해 이러니저러니 평가할 수는 없기 때문에 이건 단순한 직감이라고 해야 할 것이다.

그런데 그 직감이 맞았다.

그답지 않게 보기 흉한 착지를 하더니 고통스러운 듯 몸을 웅크린 채 미끄러져 내려온 것이다. 그리고 속도가 충분히 줄어들지 않은 사이에 거칠게 구르면서 하얀 눈보라를 일으켰다.

스키 판과 파란 점프복과 흰 눈이 뒤엉키고, 이윽고 정지했다.

"니레이!"

유코는 저도 모르게 부르짖으며 뛰어나갔다. 침묵에 잠긴 경기장에 바람 소리만 울렸다.

2

어제 치러진 1989년도 HTV 배 스키점프 대회의 경과를 사쿠마 고이치는 비교적 정확하게 기억하고 있었다. 마침 쉬는 날이라 종일 텔레비전을 봤기 때문이다. 서른이 넘었지만 아직 독신이라서 오랜만에 딱 하루 쉬는 날에도 할 일이 없었다. 사쿠마는 물론 스키점프 경험이 없지만 보는 건 좋아했다.

대회는 미야노모리 경기장에서 거행되었다. 쾌청한 날씨에 약간 순풍이 불어주는, 최상이라고 할 수 있는 날씨 조건이었다.

예전에 유명한 점프 선수였던 텔레비전 해설자는, 오늘 시합은 하라공업팀의 니레이 아키라를 중심으로 펼쳐질 것이라고 예상했다. 현재 니레이의 활약상은 눈이 휘둥그레질 정도였다.

단순히 최근에 호조를 보인다는 것뿐만이 아니라 그의 점프에는 지금까지의 국내 선수의 틀을 뛰어넘는 데가 있다고 해설자는 말했다.

"예를 들면 일본의 마티 뉘케넨이라는 말인가요?"

HTV 방송의 아나운서가 물었다.

"그렇죠. 그야말로 일본의 마티 뉘케넨입니다. 그 정도의 가능성을 갖고 있는 선수예요."

해설자는 힘주어 말했다.

마티 뉘케넨, 핀란드 출신의 이 조인鳥人의 이름을 동계 스포츠계에서는 모르는 사람이 없다. 사라예보 동계올림픽 90미터급에서 금메달, 70미터급에서 은메달을 따고, 이어서 1988년 캘거리 동계올림픽 때는 새로 채택된 단체전 종목을 포함해 세 개의 금메달을 거머쥐었다. 월드컵 경기에서도 경이로운 승률을 보여서 현재 감히 그에 맞설 적수를 찾을 수 없다는 느낌이다. 100년에 한 명이 나올까 말까 하는 천재라고 하고, 다른 선수들은 그저 2위 자리를 놓고 다투는 상황이다.

니레이 아키라에게 바로 그 조인에 필적할 만한 재능이 감춰져 있다는 얘기였다. 최근 침체의 늪에 빠진 국내 스키점프계로서는 실로 꿈에 부풀 만한 화제였다. 그리고 실제로 니레이는 이번 시즌에 국내 대회에서 연전연승이었다. 해외 원정 경기에서도 벌써 몇 번째 수상 기록을 남겼다. 안타깝게도 아직 우승한 적은 없지만 두 번이나 2위에 오른 것이다.

그만큼의 실력자였기 때문에 이번 대회에서도 해설자가 니레이의 승리를 점친 것은 당연한 일이었다. 그리고 결과는 그가 말했던 그대로 나왔다.

다른 선수들이 끽해야 80미터 전후에 머문 것에 비해 니레이는 90미터 라인까지 날았다. 그의 비약은 텔레비전 화면으로 보는 것뿐인데도 확실하게 달랐다. 우선 비행 곡선의 크기부터 다르다. 낙하하는 게 아니라 정말로 비상하는 것처럼 보이는 것이다.

2차 시기에서도 결과는 똑같았다. 니레이가 1차 시기에 K점(임계점)을 넘어버렸기 때문에 지나치게 속도가 올라가지 않게 스타트대를 뒤로 물렸지만 그것이 그에게는 더욱더 유리하게 작용했다. 충분한 속도를 얻지 못한 채 다른 선수들이 실속失速하는 가운데, 니레이는 1차 시기 때보다 비거리가 2미터쯤 줄었을 뿐이다. 착지해서 텔레마크 자세를 취한 뒤, 그는 작게 V자를 그려 보였다.

와, 우리 나라에도 저런 대단한 선수가 있구나. 사쿠마는 멍하니 텔레비전 화면을 바라보며 생각했었다.

그게 어제의 일이다.

그리고 바로 오늘, 그 니레이 아키라가 사망했다는 소식이 들어왔다. 게다가 사망 원인에 미심쩍은 점이 있다고 한다.

거기에 사쿠마 팀이 출동하게 되었다.

그는 삿포로 니시경찰서 형사과 수사1계 형사였다.

"그러니까 니레이 씨 쪽에서 먼저 만나자고 연락했던 거군요."

사쿠마의 질문에 스기에 유코는 떨군 고개를 더욱더 숙였다. 긴 머리가 어깨에서 흘러내렸다.

미야노모리 경기장의 관리사무실을 빌려 탐문 조사를 하고 있었다. 사쿠마와 니미라는 젊은 형사가 스기에 유코를 담당하게 되었다. 유코는 삿포로시 미나미구의 고난幌南 스포츠센터에서 일하고 있다고 한다.

나이는 스물여섯이라고 했지만 겉으로 보기에는 조금 더 차분한 느낌이었다. 이목구비가 또렷한데도 어딘가 고풍스러운 분위기가 느껴졌다. 눈물 자국은 지워졌지만 눈은 여전히 충혈되어 있었다.

유코의 말에 따르면, 오늘 점심때 니레이가 전화를 걸어 1시 반까지 미야노모리 경기장으로 와달라고 했다는 것이다. 용건에 대해서는 따로 묻지 않았다. 니레이와 그녀는 몇 개월 전부터 교제를 하고 있어서 그런 일이 여러 번 있었던 모양이었다.

"유코 씨가 이곳에 도착한 것은 실제로 몇 시쯤이었지요?"

"1시 30분보다는 일찍 왔을 거예요. 아마 25분쯤이었던 것 같아요."

"만나는 장소는 항상 이곳이었습니까?"

"아뇨, 경기장에서 만난 적은 없었어요."

"그러면 좀 이상하다고 생각했겠네요?"

"그렇긴 했어요. 하지만 그리 깊이 생각하지는 않았어요."

하긴 그럴지도 모르겠다고 사쿠마는 생각했다. 스키점프 선수가 경기장 밑에서 만나자고 했던 것이니까 딱히 부자연스럽다고 할 일은 아니었다.

니레이의 사망 당시에 대한 얘기는 맨 처음에 들었다. 뭔가 기묘한 상황이었구나, 라는 게 사쿠마가 받은 느낌이었다. 점프를 한 직후에 고통스러워하다가 쓰러졌다니…….

그녀의 연락을 받고 곧바로 닛세이 스키점프팀 직원이 의사를 불렀다고 한다. 달려온 의사는 유코의 얘기를 듣고 니레이의 상태를 확인한 뒤, 즉시 경찰에 연락해야 한다고 생각했다. 독극물에 의한 사망 가능성이 농후하다고 판단했기 때문이다. 게다가 맹독성의 약물로 보였다.

그래서 사쿠마 팀에 호출이 떨어졌던 것이다.

"어제도 니레이 씨를 만나셨습니까?"

고개를 떨군 유코의 옆얼굴을 들여다보면서 사쿠마가 물었다.

"네. 왜냐면…… 어제 여기서 경기가 있었거든요."

"알고 있습니다. HTV 배 대회였지요? 니레이 선수가 압승을 거뒀는데."

"경기 끝난 다음에 만났어요. 식사를 하고 그 뒤에는 술을 조금……."

그 식당 이름을 유코가 말해주었다. 양쪽 다 스스키노에 있는 가게였다.

"당연히 단둘이었겠군요."

네, 라고 유코는 짧게 대답했다.

"그러고는 어디에 갔어요?"

"아무 데도……. 저는 집으로 갔고 니레이도 합숙 중인 호텔로 갔어요."

"그렇군요."

사쿠마는 그 내용을 수첩에 기록했다. 다른 팀에서 들어온 얘기로는 오늘 전국 대표팀은 훈련이 없는 날이라고 했다. 어젯밤부터 외박이 허락되었다고 하니까 어쩌면 니레이는 연인 유코의 집에 놀러 갔을 법도 했다. 그녀는 근무처인 스포츠센터 근처에서 혼자 살고 있는 것이다. 그러지 않은 것을 보면 두 사람은 아직 그럴 정도의 사이는 아니었다는 뜻인가.

"식사할 때, 니레이 씨와는 어떤 얘기를 나눴습니까?"

"어떤 얘기냐면…… 그냥 이것저것 생각나는 대로……."

"니레이 씨가 했던 말 중에 특별히 인상에 남는 것이라면 뭐가 있을까요?"

글쎄요, 라고 유코는 손바닥을 뺨에 짚고 얼굴을 살짝 갸우뚱했다.

"니레이는 저하고 있을 때는 거의 혼자서 얘기했어요. 엉뚱한 얘기를 많이 알고 있었고, 서로 별 관련이 없는 얘기를 자꾸자꾸 꺼내는 사람이었어요."

"그중 한두 가지만이라도 얘기해주실 수 있을까요?"

사쿠마가 부탁하자 유코는 잠자코 한참 생각하더니 입을 열었다.

"이를테면 성게 잡는 방법을."

"성게?"

"네. 그리고 아이돌 가수 누구는 어디어디에 점이 있다든가 프로야구 우승 팀과 정권 교체기의 연관성이라든가…… 그런 얘기를 계속 해줬어요."

"예에……."

사쿠마는 머리를 긁적이며 옆에 앉은 니미 형사를 돌아보았다. 니미도 고개를 갸우뚱하고 있었다.

"만날 때마다 그랬다는 건가요? 방금 그 얘기를 들어보니 약간 조증躁症 상태였나 싶기도 한데요."

"항상 그랬어요. 니레이는 기분이 안 좋다거나 하는 때가 없었습니다."

유코는 억양 없는 목소리로 대답했다.

"어쩌면 유코 씨와 함께 있어서 기분이 좋아졌던 거 아닐까요?"

옆에서 니미 형사가 한마디 거들었다. 그런지도 모르겠네요, 라고 그녀는 대답했다.

"그렇다면 어제도 딱히 평소와 다른 점은 없었던 거네요."

"네, 그렇습니다."

"이건 예를 들어 여쭤보는 건데요, 혹시 니레이 씨가 스스로 독약을 먹었을 경우는 생각할 수 없을까요?"

"스스로?" 유코의 눈이 둥그레졌다. "왜요?"

"자세한 내막은 아직 모르죠. 그러니까 그럴 가능성이 있는지 없는지 여쭤보는 겁니다."

하지만 그녀는 여기서도 고개를 저으며 대답했다.

"아니, 그럴 리는 없어요."

긴 머리가 가볍게 찰랑거리면서 연하게 샴푸 향기가 감돌았다.

"연상의 여인인 건가요?"

스기에 유코가 자리를 떠난 뒤, 니미가 말했다. 약간 비꼬는 듯한 투였다.

"니레이 아키라가 몇 살이었지?"

"이제 갓 스물두 살이에요."

"스물두 살? 아직 한참 어리잖아." 사쿠마가 놀라서 말했다. "그 나이에, 참 대단한 인물이었네."

"네, 여러모로."

니미가 입꼬리를 삐뚜름하게 올렸을 때, 문이 열리고 한 남자가 얼굴을 내밀었다. 이 사무실의 주인, 즉 관리인이었다. 나이는 50세 전후, 숱이 적은 백발을 짧게 깎은 모습이다. 둥근 얼굴에 각진 금테 안경을 쓰고 있었다.

"……이제 다 됐습니까?"

그가 두 형사의 얼굴을 번갈아 보며 물었다.

"예, 끝났습니다. 고맙습니다."

사쿠마가 자리에서 일어서자 관리인은 안으로 들어와 슬리퍼로 갈아 신었다. 키는 그리 크지 않아도 옆으로 탄탄한 체형이었다. 감색 옷은 제복인지도 모른다.

"아, 잠깐만 여쭤봐도 괜찮을까요?"

구두를 신기 직전에 사쿠마는 관리인을 돌아보았다. 백발의 관리인은 예, 하고 불안한 눈빛을 보였다.

"아저씨는……. 아, 실례지만 성함이?"

"스미노라고 하는데요."

"스미노 씨는 오늘 계속 여기에 계셨습니까?"

"예, 아침부터 계속 있었죠. 5시까지 근무 시간이니까."

당연한 거 아니냐는 듯이 딱 자르는 말투였다.

"니레이 씨가 여기에 온 것은 알고 계셨던가요?"

"알고 있었어요. 창문으로 보이니까요. 스키 판을 떠메고 이 앞을 지나갔어요."

스미노가 손끝으로 가리켜서 사쿠마도 창밖을 내다보았다. 정확히 점프대의 브레이킹 트랙이 보였다.

"그게 몇 시쯤이었는지 기억나십니까?"

"라디오에서 1시 땡 울리고 조금 지났을 때였으니까 1시 15분쯤이에요."

"그다음에도 계속 이곳에 계셨고요?"

아뇨, 라고 스미노가 얼굴을 갸우뚱했다. "그 뒤에 잠깐 안쪽에 볼일이 있어서 들어갔었죠. 그래서 그 여자가 온 것은 알지 못했어요."

"니레이 씨가 쓰러져 있는 모습은 보셨습니까?"

"그건 여기서는 안 보여요. 그 여자가 얼굴빛이 확 변해서 여기로 뛰어왔고, 나는 그제야 무슨 일인지 알았죠."

"그래서 어떻게 하셨지요?"

"그 여자가 합숙소 쪽에 전화를 걸더라고요. 그동안에 나는 니레이 군이 어떤 상태인지 보러 뛰어갔어요. 솔직히 나야 뭐가 뭔지 잘 몰랐지만, 일단 섣불리 옮기는 건 안 좋겠다고 생각했어요. 뇌출혈 같은 걸로 쓰러졌을 때, 괜히 몸에 손을 대면 안 되잖아요."

"네, 현명하게 판단하셨네요."

실제로 사체를 옮기지 않고 그대로 보존해서 다행이었다. 어떤 상황에서 어떻게 쓰러졌는지 판별할 수 있기 때문이다.

"스키점프 선수가 혼자서 연습하는 건 흔한 일입니까?"

니미가 화제를 바꾸었다.

"예전에는 그랬지만 요즘은 그런 경우는 거의 없어요. 어느 정도 사람 수가 채워지지 않으면 리프트 운행도 못 하니까요."

"아하, 리프트요."

점프대 옆에 산정까지의 리프트가 설치되어 있었다. 선수나 직원 전용 리프트다. 오늘은 당연히 운행을 안 했으니까 니레이 아키라는 점프대 옆의 계단을 직접 걸어 올라간 모양이었다.

"그래서요, 좀 알아보셨어요?"

이번에는 스미노 쪽에서 조심스럽게 물었다.

"뭘 말씀이십니까?" 사쿠마가 응했다.

"니레이 군 말이에요. 자살이라는 얘기를 얼핏 들었는데."

사쿠마는 어깨를 움츠리며 일부러 눈을 동그랗게 뜨고 고개를 저었다.

"자세한 건 아직 몰라요. 이제 수사 시작인데요."

고맙다고 인사를 건네고 사쿠마와 니미는 관리사무실을 나왔다.

현장에 다시 가보니 사체는 이미 정리되었고 가토 주임이 혼자 점프대 쪽을 올려다보고 있었다. 가토는 사쿠마 팀의 직속 상사다. 작은 몸집에 탄탄한 체격을 하고 있다. 로맨스그레이의 머리칼을 깨끗하게 뒤로 빗어 넘겼지만 코밑에 살짝 기른 수염에도 흰 터럭이 섞여 있었다. 사쿠마 팀이 스키에 유코를 상대로 탐문 조사를 하는 동안에 가토는 니레이 아키라가 소속된 하라공업팀 코치에게서 얘기를 듣기로 했었다. 그 코치는 벌써 떠났는지 보이지 않았다.

"진짜 대단하지 않아?" 사쿠마가 옆으로 다가가자 가토는 시선을 점프대로 향한 채 말했다. "저렇게 높은 곳에서 달려 내려오고, 게다가 수십 미터씩 날아가다니 말이야. 나는 상상만 해도 심장이 오그라드는 것 같아."

"스키점프 발상지가 노르웨이라는 거, 아세요?"

사쿠마도 위를 올려다보며 말했다.

"노르웨이? 아니, 난 처음 듣는 얘기야."

"원래는 이게 죄인에게 벌을 주는 수단이었대요. 죄인에게 스키를 신기고 엄청난 급경사 위에서 밀어버리는 벌. 게다가 경사면 중간에 울퉁불퉁한 혹 모양을 만들어서 다들 거기에 걸려 공중에 패대기쳐지는 거예요. 그 순간의 공포를 맛보도록 하는 게 목적이었답니다."

"헉, 너무 가혹하다."

"당시에 이 처벌이 두려워 범죄가 줄어들 정도였다니까 얼마나 무서웠는지 알 만하죠. 단 여기에는 독특한 특전이 딸려 있었어요. 추락하지 않고 무사히 착지하면 그 죄인의 죄를 사하겠노라고 왕이 선포한 겁니다. 그런데 어느 날, 한 죄인이 실제로 멋지게 착지에 성공해버렸어요. 이건 뭐, 지켜보던 사람들도 박수갈채를 보내고 왕도 크게 기뻐하면서 그 사람을 용서해줬답니다. 그게 스키점프 경기의 시초가 되었다는 얘기예요."

"원래 처벌 수단이었다니, 박력이 있는 것도 당연하네." 가토가 빙그레 웃으면서 사쿠마를 돌아보았다. "그나저나 스키점프에 대해서 어떻게 그렇게 잘 알아?"

"경기 보는 걸 좋아하거든요. 실은 나도 책에서 본 거예요."

"니레이 아키라의 점프도 본 적이 있어?"

"어제 경기하는 걸 봤죠." 사쿠마는 대답했다. "정말 대단한 선수예요. 선수였다, 라고 해야 하나……."

"어제 우승했다던데."

"예, 압도적인 성적으로."

흠, 하고 가토는 고개를 끄덕이더니 다시 한번 점프대로 시선을 던지며 턱을 비볐다.

"하라공업팀 코치도 얘기하더라고. 최근에 니레이는 그야말로 파죽지세, 전성기가 활짝 열리는 참이었다는 거야. 자살했다는 건 도저히 생각도 할 수 없다더라고."

"게다가 이런 장소에서 말이죠."

"그렇지."

가토는 코트 주머니에서 추잉 껌을 꺼내 사쿠마에게 권했다. 아뇨, 라고 사쿠마가 고개를 젓자 그는 한 손으로 능숙하게 포장지를 벗겨 입에 툭 넣었다.

"게다가 다른 팀 코치들에게도 물어봤는데 니레이라는 인물은 절대로 그런 섬세한 신경의 소유자가 아니었다는 거야. 좋게 말하면 명랑하고 천진난만한 성격, 나쁘게 말하면 촐랑촐랑 까불이에 진지한 생각 따위는 못 하는 타입이었대. 조울증에서 울증은 아예 없는 상태라고 하면 딱 좋을 거라고 얘기한 사람이 있었어. 어때, 재미있는 표현이지."

스기에 유코에게서 들은 얘기와 일치한다고 사쿠마는 생각했다. 어렴풋이 니레이라는 인물의 윤곽이 잡히기 시작했다. 거의 만나본 적이 없는 타입이지만.

"독극물을 먹은 건 틀림없습니까?" 사쿠마가 물었다.

"그건 거의 틀림없어. 독극물의 종류는 부검 결과를 기다려봐야겠지만, 일단 세균성 중독은 아니라는 얘기였어. 즉 식중독 같은 건 아니야. 그 의사의 판단이 옳았던 셈이지."

그렇게 말하고 가토는 작게 헛기침을 했다.

"만일 그 독극물이 즉각 효과가 나타나는 것이었다면 니레이는 저 점프대 위에서 먹었다는 얘기겠네요."

"그렇지. 스기에 유코는 뭔가 본 거 없었대?"

"그리 자세히 살펴보지는 않았던 모양이에요."

"흠……." 가토는 껌을 씹으면서 다시 점프대의 스타트 지점을 올려다보았다. "하긴 저 정도 거리라면 뭘 했는지 안 보였겠다."

"점프대 위에서 니레이는 대체 뭘 하고 있었을까요."

"그러게 말이야. 하지만 현장을 살펴본 바로는 니레이가 위에서 뭔가 먹은 흔적은 없었어."

가토가 말하려는 게 무엇인지 사쿠마는 이해할 수 있었다. 만일 뭔가 흔적이 있다면 그 음식에 독극물을 넣었을 가능성이 생겨나는 것이다.

"그러면 역시 자신의 의지로 먹은 걸까요?"

사쿠마가 말해봤지만 그것에 대해 가토는 어떻다고도 대답하지 않았다. 그 대신 "실은 한 가지 마음에 걸리는 게 있어"라고 부쩍 목소리를 낮춰서 말했다.

"니레이가 그 시간쯤에 먹었을 것으로 추정되는 게 혹시 있느냐고 물어봤더니 하라공업팀 코치…… 이름이 미네기시라는 사람인데, 그 코치는 니레이가 평소에 비타민제를 복용했다고 하더라고."

"비타민제? 그런 영양제는 별문제 없잖습니까."

사쿠마의 말에 가토는 눈을 가느스름하게 뜨고 고개를 저었다.

"중요한 건 그다음이야. 그 비타민제는 캡슐형이었어."

"캡슐형? 그러면……."

사쿠마가 미간을 좁히자 가토는 진지한 얼굴로 두어 번 고개를 끄덕였다.

"그래, 그 캡슐 속에 독극물을 넣는 방법도 생각해볼 수 있다는 거야."

"니레이가 마지막으로 그 비타민제를 복용한 게 언제였어요?"

"오늘 점심을 먹고 나서야. 점심식사를 마친 게 1시 조금 전이었거든. 그 직후에 여기 와서 스기에 유코를 기다렸어."

"그래요?"

식후에 먹은 비타민제 캡슐에 독극물이 들어 있었고, 마침 스기에 유코가 나타난 무렵에 그 캡슐이 녹으면서 중독 증상을 일으켰다……. 이건 충분히 캐볼 만한 얘기라고 사쿠마는 생각했다.

"그 비타민제는 확보했습니까?"

"방금 시마즈를 그쪽에 보냈어." 가토가 젊은 부하의 이름을 말했다. "점심으로 니레이가 뭘 먹었는지도 알아보라고 했어. 하긴 그쪽은 별 의미가 없을 것 같지만."

"결과를 빨리 알고 싶네요."

어쩐지 까다로운 수사가 될 것 같다, 라고 사쿠마는 생각했다.

3

미나미이치조에 자리한 호텔 마루야마의 별관에 전국 스키점프 대표팀이 숙소를 잡고 훈련 중이었다. 하라공업팀 코치 미네기시 사다오는 116호실 문을 열고 들어가자마자 항상 깔아두는 이불 위에 몸을 던졌다.

벌렁 드러누운 채 크게 심호흡을 했다.

기나긴 하루였다. 온몸이 납덩이처럼 무거웠다.

경찰의 탐문 조사를 받은 뒤, 미네기시는 곧바로 회사에 연락했다. 니레이는 일단 하라공업의 노무과 사원으로 이름이 올라 있다. 즉시 노무과장이 호텔로 찾아왔지만 한바탕 얘기를 듣고는 다시 회사로 돌아갔다. 업무상으로는 거의 교류가 없었던 사원 때문에 성가신 일을 겪고 싶지는 않다는 게 그의 속마음일 것이다.

아사히카와에 사는 니레이의 일가친척에게도 전화를 넣었다. 니레이는 부모도 형제도 없었기 때문이다. 전화는 그의 큰외삼촌 되는 사람이 받았지만, 조카의 죽음을 슬퍼한다기보다 당황한 것처럼 느껴졌다. 경찰이 뭔가 문의하러 갈 수도 있다고 전하자 자신들은 아무것도 모른다면서 노골적으로 싫어하는 듯한 목소리를 냈다. 그래도 부검이 끝나면 유체를 인계하러 와달라는 부탁에는 그러마고 응해주었다.

각 방면에 연락을 끝낸 뒤에는 스포츠 기자들의 취재 공세를 당했다. 동계 스포츠계의 가장 큰 유망주 니레이 아키라가 사망했다는 얘기가 눈 깜짝할 사이에 그들에게도 퍼진 모양이었다. 다만 사망 원인에 대한 정확한 정보는 얻지 못한 눈치였다. 미야노모리 경기장에서 연습 중에 쓰러졌다, 원인은 아직 밝혀지지 않았다……. 미네기시는 그렇게 설명하고 그다음은 입을 꾹 다물었다. 그게 전국 스키점프 대표팀 내에서 우선 정해놓은 방침이었다.

하지만 언제까지고 그렇게 얼버무리고 넘어갈 수 있을 리는 없다.

미네기시는 다시 한번 심호흡을 하고 돌아누웠다. 양팔을 베개 대신 끼웠을 때, 왼쪽 팔꿈치에 뭔가 닿았다. 고개를 돌려보니 니레이의 여행 가방이었다. 이 방에서 그와 함께 지내온 것이다.

그 녀석이 이제 없구나, 라고 미네기시는 마음속으로 중얼거렸다. 하지만 실감이 나지 않았다. 모든 게 뭔가 착오에서 빚어진 일 같은 느낌이었다.

잠시 뒤에 노크 소리가 났다. 네, 라고 대답하자 미요시 야스유키가 문을 열고 검게 그을린 얼굴을 들이밀었다. 그는 전국 스키점프 대표팀의 총감독을 맡고 있다.

"밥 먹으러 갈래?"

"아, 예…… 그럴까요."

미네기시는 무거운 몸을 일으켰다. 실제로는 식욕 따위 없었다.

"오늘 힘들었겠네."

미요시가 위로하듯이 말했지만, 그 역시 몹시 지쳤을 것이다. 스키연맹에의 연락이며 언론 대응은 모두 미요시가 나서서 처리해주었다. 무엇보다 니레이의 사망으로 그도 분명 큰 충격을 받았을 터였다. 전국 대표팀 감독이 된 지 3년째, 드디어 스키점프계에 구세주가 나타났다고 기뻐하던 참에 이런 사건이 일어난 것이다.

"다른 선수들에게는 니레이가 사망했다는 것만 전달했어. 원인에 대해서는 갑작스럽게 쓰러졌다고 얘기하고 자세한 건 덮어뒀으니까 그렇게 알고 있어. 기자들이 물어봐도 섣불리 응하지 말라고 당부도 했고."

"큰 폐를 끼쳐서 죄송합니다."

미네기시가 머리를 숙이자 미요시는 그의 어깨를 툭툭 두드리며 말했다.

"뭐, 어찌 됐든 기운을 내야지."

호텔 마루야마 본관 1층에는 '라일락'이라는 레스토랑이 있다. 오늘 점심때 미네기시는 이곳에서 커피를 마시고 있었고 그 참에 스기에 유코에게서 다급한 전화가 온 것이었다.

스키점프팀 관계자들은 통상 이 레스토랑에서 식사를 했다. 평소에는 모두 함께 정해진 요리를 먹고, 오늘처럼 쉬는 날은 각자 원하는 메뉴를 주문하면 된다.

미네기시가 미요시와 함께 들어가자 레스토랑 안의 분위기가 팽팽히 긴장하는 느낌이 들었다. 식사를 마치고 앉아 있던 선수들 몇몇은 자리에서 일어나 미네기시와 미요시에게 가볍게 목례를 건네고 말없이 레스토랑을 나갔다. 그리고 아직 식사 중인 선수들은 어쨌든 묵묵히 젓가락을 놀리고 있었다.

안쪽 테이블에 히무로코산팀 감독 다바타와 데이코쿠화학팀 코치 나카오가 있었다. 그 두 사람은 미네기시와 함께 현장에 달려갔었다. 그들은 미네기시 쪽을 돌아보더니 심각한 표정으로 슬쩍 손을 들었다.

"오늘 이래저래 번거롭게 해서 죄송합니다……."

말을 건네면서 미네기시는 자리에 앉았다. 목소리가 컬컬하게 갈라져서 나왔다.

"뭐 좀 알아냈어?"

나카오가 그를 향해 물었다. 깡마른 편인 그는 항상 쿨한 말투를 쓴다. 미네기시는 말없이 고개를 저었다.

"무슨 중독사인 것 같다고 했지?" 나카오와는 대조적인 체형의 다바타가 모두의 얼굴을 둘러보며 말했다. "대체 무슨 흉한 걸 먹은 거야. 어떻게 이런 일이 다 있는지 모르겠네."

"하지만 그 쌩쌩하던 니레이가 갑자기 쓰러졌다는 것도 이상하잖아. 역시 무슨 일이 있었던 거 아닌가. 미네기시 씨, 뭔가 짐작되는 거 없어?"

나카오가 묻는 바람에 미네기시는 되물었다. "짐작이라니?"

"그러니까 이를테면 자살이라든가 하는 걸로 마음에 짚이는 거 말이야. 현재로서는 그럴 가능성이 가장 높잖아."

"모르겠어." 미네기시는 한숨을 내쉬며 말했다. "지금은 내가 자살하고 싶은 심정이야."

"근데 자살이 아니라면 대체 무슨……."

나카오가 갑자기 입을 다문 것은 웨이트리스 후지이 가나에가 주문을 받으러 왔기 때문이었다. 사정을 어느 정도 알고 있어서 그런지 가나에도 바짝 긴장한 것 같았다.

요리를 주문한 뒤에 미네기시는 애써 부드러운 말투로 가나에에게 물었다.

"형사들이 와서 뭔가 물어보고 갔을 텐데……. 그렇지?"

그녀는 쟁반을 가슴에 꺼안은 채 꾸벅 고개를 끄덕였다. 눈꼬리가 살짝 처진 모습이 평소에는 애교 있게 느껴졌는데 오늘 저녁에는 어쩐지 처량하게 보였다.

"니레이 씨의 약을 잠시 가져가겠다고 했어요. 미네기시 씨에게 허가를 받았다고 하던데요."

"응, 알고 있어. 그 밖에 다른 질문은 없었고?"

"니레이 씨가 점심때 뭘 먹었느냐고 했어요. 분명 비프스튜였던 것 같아서 그렇게 대답했는데……. 저한테 물어본 건 그것뿐이에요."

"그래, 수고했네. 고마워."

인사를 건네자 그녀는 도망치듯이 카운터 안으로 들어갔다.

"무슨 얘기야, 그거?" 가나에의 뒷모습을 지켜본 뒤에 나카오가 목소리를 한껏 낮추고 물었다. "니레이의 약이라면, 그 비타민제?"

미네기시는 말없이 고개를 끄덕이고 가나에가 놓고 간 컵을 들어 물을 마셨다.

가토라는 그 중년 형사에게서 질문을 받았을 때, 미네기시는 곧바로 비타민제 얘기를 했다. 이런 건 일찌감치 밝히는 게 좋다고 판단했기 때문이다.

가토는 강한 관심을 드러내면서 그 약을 보여줄 수 있느냐고 물었다. 지금 숙소 쪽에 있습니다, 라고 미네기시는 대답했다. 식후에 복용하는 걸 잊지 않게 레스토랑 여직원에게 맡겨뒀다는 것도 그때 얘기했었다.

"비타민제에 뭔가 부작용이 있었나……."

다바타가 누구에게랄 것도 없이 그런 말을 중얼거렸다. 감이 한참 떨어지는 얘기라고 생각했지만 미네기시는 잠자코 넘어가기로 했다.

모두가 식사를 마쳤을 즈음, 레스토랑 문을 열어젖히고 키가 큰 남자가 들어왔다. 나카오도 봤는지 혀를 차며 고개를 돌려버렸다. 뭔가 말을 꺼내려던 다바타도 입을 꾹 다물었다.

남자는 가게 안을 둘러보다가 미네기시 일행을 알아보고 우선 가슴을 척 젖히더니 큰 걸음으로 성큼성큼 다가왔다. 흥분을 가까스로 억누르고 있는 분위기였다.

"니레이가 죽었다고?"

낮지만 우렁우렁한 목소리로 남자가 물었다. 서양인 같다는 인상을 받을 만큼 코가 높직하고 눈은 우묵하다. 애써 온화한 표정을 지으려고 하는 모양이지만 눈빛은 항상 날카롭게 번득인다. 그런 그의 시선이 자신에게로 향하는 것을 깨닫고 미네기시는 별수 없이 "예"라고 짧게 대답했다.

"어째서 니레이가……. 대체 무슨 일이 있었던 거야?"

"그걸 모르니 다들 끙끙거리고 있죠. 따님에게 물어보시는 게 빠르지 않아요?"

그렇게 말하고 나카오는 테이블 위의 담뱃갑을 집어 들고 일어섰다. 다바타도 그 뒤를 따라갔다. 그들 쪽을 흘끗 쳐다본 뒤, 남자는 미요시 옆자리에 앉았다.

그는 닛세이자동차 스키점프팀 감독 스기에 다이스케였다. 예전에 현역으로 이름을 떨치던 선수였고, 현재 나이는 마흔일고여덟일 텐데 탄탄한 체격이며 반들반들한 피부는 30대라고 해도 통할 것 같다.

그는 스기에 유코의 아버지이기도 했다.

"갑자기 쓰러졌다고 하던데, 그 친구가 그런 병은 없었잖아."
나무라듯이 스기에가 물었다.

"병이 아니에요."

"그럼 대체 뭐야?"

미네기시는 독극물에 대해 얘기했다. 역시나 스기에도 놀란 기색이었다.

"언제 먹었는데?" 그가 다시 물었다.

미네기시는 고개를 저었다. "자세한 건 아직 모릅니다."

"이게 말이 돼?" 스기에는 내뱉듯이 말하고 테이블을 주먹으로 쾅 내리쳤다. 카운터 안에서 후지이 가나에가 움찔 놀라서 이쪽을 쳐다보았다. "이런 어이없는 일이 어딨어? 그 귀중한 황금알을!"

스기에는 테이블을 내리친 주먹을 다시금 부르쥐었다. 손등에 혈관이 울룩불룩했다.

그 모습을 미네기시는 허탈한 마음으로 바라보았다.

'황금알이라……'

마음속으로 그 말을 곱씹어보고 있었다.

4

니레이 아키라가 죽었다는 사실을 사와무라 료타는 묘한 기분으로 받아들이며 밤을 보냈다.

방을 함께 쓰는 두 명의 선배는 소등 후에 곧바로 잠든 숨소리를 냈지만 사와무라만은 언제까지고 잠들지 못했다. 눈을 감으면 니레이의 모습이 선하게 떠올랐다. 왁스 칠을 하는 니레이, 스키 판을 떠메고 리프트에 올라타는 니레이, 그리고 스타트 직전의 그 눈빛.

별로 슬프지는 않았다. 특별히 친한 사이는 아니었던 것이다. 사와무라뿐만 아니라 니레이와 개인적인 교류가 있었던 사람은 한 명도 없었다. 그래도 그가 이미 이 세상에 없다고 생각하니 뭔가 커다란 것을 잃어버린 듯한 불안정한 기분에 휩싸였다.

사와무라는 그것을 최대의 라이벌을 잃었기 때문일 거라고 해석했다.

그에게 니레이는 아무리 열심히 해도 넘어뜨릴 수 없는 벽 같은 존재였기 때문이다. 자신은 기를 써서 얻어낸 최고의 점프 기록을 니레이는 그야말로 가볍게 뛰어넘곤 했다. 반대로 니레이의 점프를 보고 나면 자신의 비행은 마치 잘못 만든 종이비행기처럼 비참하게 느껴졌다.

게다가 사와무라는 니레이의 묘하게 명랑한 성격도 영 적응이 안 됐다. 늘 웃음이 끊이지 않았지만 그건 너글너글한 웃음이라기보다 병적일 정도의 명랑함을 보여주는 듯한 것이었다. 긴장해야 할 상황에서 그런 웃음을 보일 때마다 사와무라는 이유도 없이 초조해지고 화가 치밀었다.

어제도 그랬어, 라고 사와무라는 HTV 배 대회에서의 일을 떠올렸다.

1차 시기의 점프에서 사와무라는 니레이의 뒤를 바짝 쫓으며 2위에 올라가 있었다. 이번에 K점 근처까지 거리를 늘리면 역전 가능성도 있다, 라고 생각하면서 스타트대에 앉았다.

신호가 파란색으로 바뀌었다. 규칙으로는 그때부터 20초 이내에 출발해야 한다. 사와무라는 도약대 옆의 코치를 보았다. 코치가 손을 휘둘렀다. 뛰라는 신호였다.

스타트 직전, 사와무라는 옆을 보았다. 이제 남은 선수는 니레이뿐이었다. 그는 계단 위에 작은 눈사람을 만들며 놀고 있었다. 그러다가 사와무라의 시선을 깨닫고는 어린애가 못된 장난을 들킨 것처럼 겸연쩍은 웃음을 지었다.

의미도 없이 사와무라는 불끈 화가 났다. 그대로 그는 스타트했다. 도약대에서 뛰쳐나가는 순간, 아차 했다. 지나치게 힘이 들어갔다. 이래서는 바람을 못 탄다고 생각할 틈도 없이 랜딩힐이 눈앞에 닥쳐왔다. 72미터. 완전히 실패한 점프였다. 사와무라는 머리를 부여잡았다.

그다음에 뛴 니레이는 80미터를 훌쩍 넘는 기록으로 우승을 가로채 갔다. 브레이킹 트랙에서 정지한 그는 잽싸게 판을 떼어내더니 "와하하, 미네기시 씨, 야호, 야호!"라고 신이 난 듯 소리치며 자신의 코치를 찾고 있었다. 헬멧도 내던진 채였다. 그런 촐싹거리는 모습을 목도하고 사와무라는 한층 더 깊은 굴욕감이 가슴을 꿰뚫는 것 같았다.

'그러고 보니 그런 일도 있었어…….'

사와무라가 다시 떠올린 것은 이번 시즌이 시작되고 얼마 안 되었을 무렵의 일이다. 경기가 끝난 뒤에 우연히 니레이와 둘만 남았던 적이 있었다. 그때 니레이가 말했던 것이다.

"나, 너의 결점이 뭔지 알아."

사와무라는 놀라서 그의 얼굴을 보았다. 그가 이런 얘기를 하는 건 처음이었다.

"그래? 뭔데, 알려줘."

그러자 니레이는 갑자기 뒷걸음질을 치더니 몇 걸음 도움닫기를 해서 두 다리로 펄쩍 뛰었다. 그리고 빙글 앞으로 공중제비를 돌고는 깔끔하게 착지했다.

"멋진 착지입니다. 9.95!"

그가 말했다. 그러고는 사와무라 쪽을 돌아보며 아하하 하고 웃었다.

"그게 뭐냐?"

사와무라는 부루퉁한 목소리를 냈다. 앞 공중돌기가 뭐가 어떻다는 것인가.

"이게 힌트야. 그다음은 나도 모르거든?"

그렇게 말하더니 니레이는 콧노래를 부르며 멀어져갔다. 사와무라는 어이가 없어서 그의 등짝만 쳐다보고 있었다.

숙소에 돌아온 뒤 사와무라는 코치 하마타니에게 그 얘기를 했다. 니레이는 대체 무슨 말을 하고 싶었던 것이냐고. 하지만 코치는 피식 웃어넘기며 말했다.

"그거야 널 놀려먹은 거지."

"그런가. 꼭 그런 것만은 아니었는데."

"웃기자고 한 짓이라니까. 애초에 니레이가 뭘 진지하게 생각하고 말고 하는 놈이냐? 신경 쓸 거 없어."

어쩐지 석연치 않은 느낌이 들었지만 결국 사와무라도 더 이상 신경 쓰지 않기로 했었다. 그 뒤 니레이와도 그 건에 관해서는 얘기한 적이 없으니까 과연 그가 어떤 생각이었는지, 이제는 완전히 수수께끼로 남아버렸다.

'정말 묘한 녀석이었어.'

하지만, 이라고 사와무라는 생각했다. 묘한 녀석이기는 했어도 니레이가 누군가를 비웃거나 업신여기는 일은 한 번도 없었다. 병적일 만큼 명랑한 모습이 이따금 이상한 쪽으로 오해를 사는 일은 많았지만.

'대체 무슨 말을 하고 싶었던 걸까.'

어둠 속에서 사와무라는 눈을 떴다. 한순간 니레이가 비행하는 모습이 눈앞을 스쳐 가는 듯한 느낌이 들었다.

5

니레이 아키라가 사망한 다음 날 아침, 사쿠마와 니미 형사는 차를 타고 미야노모리 경기장에 갔다가 거기서 다시 호텔 마루야마로 향했다. 대표팀이 예정대로 미야노모리에서 훈련을 한다는 얘기를 듣고 경기장으로 갔는데, 미네기시 코치는 혼자 숙소에 남았다고 관계자가 알려주었기 때문이다. 두 형사의 목적은 우선 미네기시를 만나는 것이었다. 그를 시작으로 앞으로 스키점프 관계자 전원을 차례대로 만나 얘기를 들어봐야 한다.

호텔 마루야마는 니시 27초메에 있었다. 미야노모리에서 마루야마 동물원과 마루야마 야구장 옆을 빠져나가면 넓은 도로가 교차하는 사거리가 나온다. 호텔은 그 한쪽에 서 있다. 4층 건물이고 그다지 새것은 아니었다. 유리로 된 정문 현관 앞에 왜건 차량 몇 대가 서 있었다.

안으로 들어가자 테이블 두 세트뿐인 조촐한 로비가 있고 그 한쪽을 프런트로 쓰고 있었다. 프런트에서는 안경을 쓴 자그마한 남자가 멍하니 사쿠마와 니미 쪽을 쳐다보았다.

사쿠마는 인사를 건네며 프런트 카운터로 다가가 하라공업팀의 미네기시 코치를 만나고 싶다고 말했다.

"미네기시 씨라면 아까 레스토랑에 가셨는데요."

자그마한 남자는 흘러내린 안경을 올리면서 말했다. 시즌 때마다 합숙소로 이용해주는 만큼 스키점프 관계자의 얼굴과 이름은 완전히 파악한 모양이었다.

'라일락'이라는 이름의 레스토랑 문을 열자 파란색 바람막이를 입은 남자의 모습이 곧바로 눈에 들어왔다. 어제 미야노모리에서 얼핏 본 기억이 있었다. 나이는 30세 전후, 현역 선수라고 해도 통할 만큼 날씬한 체형이었다.

그는 안쪽 테이블에서 양복 차림의 남자와 이야기를 나누는 중이었다. 상대는 40대쯤으로 보였다. 사쿠마와 니미는 앞쪽 테이블에 자리를 잡고 웨이트리스에게 커피를 주문하면서 그 참에 작은 소리로 저 사람이 미네기시 씨냐고 물어보았다. 그렇습니다, 라고 웨이트리스가 대답했다.

10분쯤 지나자 미네기시와 마주한 남자가 자리에서 일어났다. 잘 부탁드립니다, 라고 미네기시 쪽에서 인사를 건네고 있었다. 양복 차림의 남자는 가볍게 머리를 숙이고 레스토랑을 나갔다.

미네기시가 어딘지 피곤한 기색으로 다시 의자에 앉는 것을 보고 사쿠마 일행은 자리를 털고 일어섰다. 그쪽으로 다가가자 미네기시도 알아보고 긴장하는 몸짓을 보였다.

"니시경찰서의 사쿠마입니다. 이쪽은 니미 순경이고요. ……여기 좀 앉아도 괜찮겠습니까?"

그의 맞은편 의자를 당기자 미네기시는 "예, 그러시죠"라고 머리를 끄덕였다. 검은 피부에 약간 투박한 얼굴 생김새였다. 눈에 경계의 빛을 띠고 있었다.

"방금 저분은?"

사쿠마는 문 쪽을 잠깐 쳐다보면서 물었다.

"회사에서 나오신 분이에요. 니레이가 그렇게 되는 바람에 그쪽에서도 이래저래 힘든 모양입니다."

무거운 어조로 말하더니 미네기시는 뭉친 어깨를 풀어주듯이 목을 빙글 돌렸다.

"하긴 그만큼 대단한 선수였으니까요."

"그것뿐만이 아니에요." 그가 말했다. "우리 팀은 선수가 니레이 한 명뿐이었으니까요. 실질적으로 스키점프팀이 소멸된 셈이에요. 제가 이 합숙소에 머무는 것도 앞으로 2, 3일이면 끝날 것 같습니다."

"힘들겠네요. 앞으로 어떻게, 계획은 있어요?"

"잠시 자택에서 대기하다가 회사에서 자리를 정해주는 대로 가야지요. 아마 영업부 쪽이 될 거예요."

거기까지 얘기하고 미네기시는 의아한 듯 형사들을 보았다.

"근데 니레이 일로 뭔가 알아냈습니까?"

"글쎄요." 사쿠마는 잠시 뜸을 들이며 천천히 수첩을 꺼냈다. "부검 결과가 나와서 말이죠, 독약의 정체가 밝혀졌어요. 아코니틴이라고 합니다. 투구꽃에서 분리되는 것인데 상당한 맹독성이에요."

미네기시는 말없이 고개를 끄덕였다. 어떤 독극물인지 이름을 들어봤자 뭐가 뭔지 모르기 때문일 것이다.

"그래서 말인데요, 미네기시 씨." 사쿠마는 혀로 입을 적신 뒤에 말했다. "문제는 니레이 씨가 왜 그런 독약을 먹었느냐는 겁니다."

"역시 자살일까요?"

미네기시의 물음에 사쿠마는 짧게 고개를 저었다.

"아닙니다."

"그러면……."

"이거, 아시지요?"

사쿠마는 호주머니에서 작은 비닐봉지를 꺼냈다. 안에 빨간색 캡슐 한 개가 들어 있었다.

"이건 니레이의 비타민제인데요?"

그렇게 말하더니 미네기시가 숨을 헉 삼키는 것 같았다. 그리고 약간 충혈된 눈으로 사쿠마와 니미를 지그시 쳐다보았다.

"설마 이 캡슐 속에?"

"실은, 그렇습니다." 사쿠마는 조용히 말했다. "우리한테 제출해준 비타민제 중 다섯 개의 캡슐에서 독극물이 검출됐어요. 캡슐은 낱개로 포장된 것인데 자세히 보니 면도날 같은 걸로 한 차례 개봉한 흔적이 있었습니다. 그다음에 접착제로 다시 붙인 거예요. 어제 점심식사 후에 니레이 씨는 비타민제인 줄 알고 이 독이 든 캡슐을 먹었던 것으로 보입니다."

"그럼 니레이는……."

예에, 라고 사쿠마는 고개를 끄덕였다.

"니레이 씨는 누군가에 의해 살해됐습니다."

그 말에 미네기시는 선뜻 말문이 열리지 않는 기색이었다. 입을 반쯤 벌린 채 시선이 테이블 위의 공간을 떠돌고 있었다.

"그래서 이 비타민제에 대해 좀 물어보겠는데요."

사쿠마가 말하자 잠깐의 빈틈 뒤에 미네기시는 네, 라고 대답했다. 그리고 눈의 초점을 형사들에게 맞췄다.

"니레이 씨는 언제부터 이 비타민제를 복용했지요?"

"그게 그러니까, 언제부터였나……."

아직 마음이 가라앉지 않았는지 미네기시는 초조한 듯 이마를 툭 쳤다.

"아, 분명 작년 봄부터였어요. 이시다 선생님과 상담한 뒤에 복용량을 정했습니다."

"이시다 선생님이라는 건 그 이시다 병원의?"

"그렇습니다."

이 호텔에서 200미터쯤 남쪽으로 들어간 곳에 있는 병원이다. 어제 미야노모리 경기장에 달려온 것도 그 의사였다. 약 봉지에 인쇄된 병원 이름을 보고 니레이에게 약을 처방한 게 이시다라는 건 알고 있었다. 지금쯤 다른 수사원이 만나고 있을 터였다.

"약 봉지에는 어제 날짜가 찍혀 있던데요." 사쿠마가 말했다.

"네, 매주 월요일에 약을 받으러 가니까요."

"어제 약을 받으러 간 사람은?"

"니레이 본인이었어요. 아침 일찍 나갔습니다."

"몇 시쯤이었지요?"

미네기시는 고개를 갸우뚱하다가 대답했다.

"아마 8시 전이었을 거예요. 항상 진료 시간이 시작되기 전에 가거든요."

"다시 숙소로 돌아온 것은?"

"정확하게는 기억나지 않지만, 8시 이후예요. 마침 제가 여기서 아침을 다 먹었을 때쯤 돌아왔습니다. 약을 받아 왔다고 봉지를 보여준 뒤에 여기 웨이트리스에게 맡겼어요."

"그때 이 레스토랑에 다른 사람들도 있었어요?"

"물론 있었죠." 미네기시가 고개를 끄덕였다.

"스키점프 관계자들도?"

미네기시는 어깨를 움츠리며 말했다.

"여기는 거의 다 스키점프 쪽 사람들이에요."

"누구누구였는지 기억나십니까?"

사쿠마의 말에 미네기시는 어려운 문제를 마주한 것처럼 난감한 얼굴을 했다.

"저하고 한 테이블에 있었던 건 히무로코산의 다바타 감독이었어요. 그리고 미요시 총감독님도 있었을 겁니다. 선수로는 사와무라와 히노가 저쪽에서 밥을 먹고 있었던 거 같은데요."

그 이름들을 니미가 잽싸게 메모했다. 최소한 그 인물들은 니레이가 약을 받아 와서 웨이트리스에게 맡겼다는 사실을 알고 있는 것이다.

"니레이 씨는 어제 아침에도 약을 먹었던가요?"

"먹었을걸요. 약 봉지를 맡기면서 웨이트리스에게 아침을 주문했으니까 식사를 한 다음에 약도 먹었을 겁니다. 우리는 그때 이미 레스토랑을 나간 뒤였어요."

"그 뒤로 니레이 씨와 뭔가 얘기한 건 없었습니까?"

"딱히 얘기한 건 없었는데……." 미네기시는 기억을 더듬어보는 듯한 눈빛을 했다. "점심식사 전에 제가 다바타 씨 방에 가서 장기를 뒀거든요. 도중에 니레이가 한 번 그 방에 왔었습니다. 잠깐 옆에서 주간지인지 뭔지 들여다보고 있었는데 어느 틈에 나가고 없더라고요. 그러고 그다음에는 점심식사 때 얼굴을 본 게 전부예요."

"점심식사는 같은 테이블에서?"

"아뇨, 저는 다바타 감독하고 나카오 코치랑 함께였어요. 니레이는 옆 테이블에서 혼자 먹었습니다. 원래부터 식사는 혼자 하는 편이었어요."

"그럼 그걸 먹은 다음에 약을?"

"네, 먹었습니다. 잊지 말라고 제가 얘기했거든요. 비타민제 잊지 말고 먹으라고."

"그런 것도 일일이 체크하고, 코치 일도 만만치 않겠네요. 그리고 그다음에는?"

"니레이는 점심만 먹고 바로 나갔어요. 그게 1시쯤이었습니다. 그 뒤로는 어쨌는지 모르겠어요. 저는 다바타 감독, 나카오 코치와 함께 점심 먹은 다음에도 계속 여기에 있었으니까요."

사쿠마는 감식과에서 들어온 얘기를 떠올려보았다. 범행에 사용된 캡슐의 용해 시간은 길게 잡아도 기껏 5분 정도라는 얘기였다. 아코니틴이 흡수되는 시간을 더해보면 절명 때까지 20분이 한도일 거라고 했다. 물론 이건 개인차가 있다. 니레이가 사망한 것은 1시 30분경이니까 캡슐 약을 먹고 효과가 나타나기까지 약 30분이 걸렸던 셈이다. 그게 시간적으로 가능한지 어떤지는 아직 검토 중이다.

"그러고 있는 참에 스기에 유코 씨에게서 전화가 왔던 거군요."

유코의 이름을 대자 미네기시는 한순간 허를 찔린 듯 눈이 둥그레졌다.

"예, 그렇습니다. 잘 아시네요."

"내 일인데요, 당연히."

사쿠마는 미네기시가 얘기한 내용을 니미가 빠짐없이 기록했는지 확인하고 나서 다시 입을 열었다.

"이건 미네기시 씨의 솔직한 의견을 말씀해주셨으면 하는데……." 그렇게 미리 양해를 구하자 미네기시는 다시 경계하는 기색을 보였다. "니레이 씨가 누군가에게 살해되었다는 건 일단 틀림이 없어요. 그래서 말인데, 그것과 관련해 뭔가 짐작되는 게 있습니까?"

"······그 말은 니레이를 미워했던 사람이 있었느냐는 건가요?"

미네기시가 목소리를 낮춰 머뭇거리듯이 물었다.

"꼭 미워했느냐 아니냐는 것만은 아니고요." 사쿠마는 말했다. "그 밖에도 이해관계라든가 지위와 명예가 걸린 일이라든가 치정 관계라든가, 다양하게 있겠지요."

미네기시는 팔짱을 끼더니 힘들다는 듯이 고개를 저었다.

"그런 건 전혀 상상하기가 어려운데요. 내 주위에 살인범이 있다니."

"그 기분은 이해합니다. 하지만 찬찬히 생각해봐주시죠. 니레이 씨가 살해되었다는 사실을 부정할 수는 없으니까요."

사쿠마의 말에 미네기시는 눈을 꾹 감고 턱을 당겼다.

"네, 생각해보겠습니다."

미네기시가 지금 전국스키연맹의 관계자를 만나러 가봐야 한다고 해서 일단 탐문 조사는 거기서 끝이 났다. 하지만 그가 나간 뒤에도 사쿠마와 니미는 레스토랑에 남아 커피를 추가 주문했다. 그리고 웨이트리스가 커피 두 잔을 쟁반에 얹어 내왔을 때, 사쿠마가 그녀에게 말을 건넸다.

"후지이 가나에 씨지요?"

밝은 말투를 쓰려고 노력했지만, 그녀는 바짝 긴장한 채 작은 목소리로 네, 라고 대답했다.

사쿠마는 자신들의 신분을 밝힌 뒤, 니레이의 약을 관리한 것에 대해 확인했다.

"관리를 했다기보다 그냥 맡아달라고 해서 그렇게 했을 뿐이
에요."

가나에는 에이프런 자락을 만지작거리며 입을 툭 내밀었다.

"언제쯤부터였어요?"

"아마…… 작년 4월쯤부터였을 거예요. 깜빡 잊고 약을 자꾸
숙소 방에 놓고 온다면서 아예 저한테 맡기겠다고 니레이 씨가
얘기했거든요."

"그래서 약 봉지는 어디에 보관했지요?"

"카운터 아래 서랍에요."

"미안하지만, 잠깐 보여줄 수 있을까요?"

네, 라고 대답하고 가나에는 카운터로 걸어갔다. 사쿠마와 니
미도 뒤따라갔다.

카운터 너머에 싱크대가 있고 그 아래쪽이 두 칸짜리 서랍이
었다. 가나에는 위쪽 칸의 서랍을 열었다. 둥근 고무줄, 비닐봉
지 등이 깔끔하게 정리되어 있었다. 거기에 니레이의 약 봉지도
넣어뒀다고 그녀는 말했다.

"어제 아침에 니레이 씨가 약을 맡겼을 때도 곧장 여기에 넣
었어요?"

"네, 그렇습니다." 그녀가 대답했다.

"이 카운터 안에 손님이 들어온다거나 하는 일은 없어요?" 이
번에는 니미가 물었다.

"그런 일은 없죠. 손님이 뭐 하러 여기에 들어오겠어요."

"하긴 그렇겠네요." 사쿠마가 웃으면서 말했다. "어제 점심식사 후에 니레이 선수에게 약 봉지를 꺼내준 것도 가나에 씨였겠네요?"

"네."

"그때 뭔가 이상한 점은 없었습니까? 이를테면 서랍 안에서 약 봉지의 위치가 바뀌었든가."

가나에는 잠시 생각하더니 대답했다.

"별로 달라진 건 없었던 것 같은데요."

"어제 오전 중에 가나에 씨는 계속 이 레스토랑에 있었던가요?"

"영업시간이 시작된 후로는 내내 여기 있었어요."

"영업시간이라면……."

"오전 10시부터예요."

"잠깐만요, 아침 8시쯤에 여기서 식사를 했다고 들었는데?"

"호텔에서 숙박하시는 손님에 한해 조식을 따로 내드리거든요. 그게 9시까지로 정해져 있어요."

"그렇다면……." 사쿠마는 턱을 비비며 말을 이어갔다. "9시부터 10시까지는 이 레스토랑은 문이 닫혀 있는 거네요?"

가나에는 꾸벅 고개를 끄덕였다.

"그럼 그동안에 가나에 씨는 어디에?"

"안쪽에요. 식사를 하고 있었어요." 그렇게 말하고 가나에는 주방으로 이어진 듯한 출입문을 돌아보았다. "그러고는 대개 9시

40분쯤에 다시 나와요."

9시부터 9시 40분, 이라고 입 속에서 중얼거리면서 레스토랑 안을 둘러보다가 사쿠마는 물었다.

"이곳에는 항상 가나에 씨 혼자 있습니까?"

"아뇨, 평소에는 점장님도 계세요. 지금은 손님이 없어서 저 혼자 나왔지만……. 점장님은 지금 안에 계세요."

"잠깐 만날 수 있을까요?"

가나에는 의아한 기색이었지만 안으로 들어가 곧바로 검은 옷을 입은 남자를 데리고 나왔다. 머리를 정확히 7대 3으로 가른 40세 전후의 마른 남자였다. 이 레스토랑의 책임자이고, 이름은 이노우에라고 밝혔다.

사쿠마가 어제 오전 일에 대해 문의해본바, 이노우에의 대답은 가나에의 말과 거의 일치했다.

9시부터 9시 40분까지 이 레스토랑은 아무도 없는 상태였던 것이다.

"그 빈 시간에 사람들이 레스토랑에 드나드는 건 가능합니까?" 사쿠마는 물어보았다.

"가능하지요. 준비 중이라는 팻말만 걸었을 뿐, 문에 열쇠까지 채우는 건 아니니까요. 스키점프 관계자들이라면 회의를 하려고 이따금 모이기도 합니다."

"어느 쪽으로나 드나들 수 있어요?"

이 레스토랑에는 호텔 로비로 이어지는 문과 외부 주차장으로 나가는 문이 있었다. 사쿠마는 그 두 곳을 번갈아 가리키며 물었다.

"네, 어느 쪽이든 괜찮아요." 점장이 대답했다. "그러고 보니 어제도 10시 전에 온 사람이 있었어요. 그게 누구더라…….."

"가타오카 씨예요." 가나에가 옆에서 덧붙였다.

"닛세이자동차팀의 트레이너를 맡은 사람이에요." 이노우에가 설명했다. "쇼핑을 하고 돌아오는 길이었어요. 그 사람뿐만 아니라 누구든 외부 쪽 문으로 나가는 게 더 가까울 때는 레스토랑 안을 지나서 드나들기도 해요."

"좀 위험할 거 같은데요?"

니미가 현금등록기 쪽을 돌아보며 물었다.

"그 시간에는 아직 현금등록기에 돈도 없어요. 잔돈을 세팅해 두는 건 영업시간 시작되기 조금 전입니다."

"그렇군요." 사쿠마도 그제야 이해하고 고개를 끄덕였다.

"근데 그게 니레이 씨 일과 뭔가 관계가 있습니까?"

점장이 거꾸로 질문을 했다. 이쯤에서 마무리하자 싶어서 사쿠마는 말했다.

"아뇨, 단순한 확인 작업이에요. 고맙습니다."

인사를 건네고 니미와 함께 레스토랑 '라일락'을 나섰다.

"독극물 캡슐을 약 봉지에 몰래 섞어놓을 기회가 있었던 거네요." 차 엔진을 켜면서 니미가 말했다. "니레이가 조식 후 약을 먹고 그 봉지를 후지이 가나에에게 맡겼다. 가나에는 그걸 카운터 서랍에 넣어두었다. 그다음에 그녀가 약 봉지를 꺼낸 건 니레이가 점심식사를 할 때였죠. 그리고 그들의 얘기를 종합해보면 9시부터 9시 40분까지, 그사이에 독극물 캡슐을 거기에 몰래 섞어둘 수 있었어요. 하긴 니레이가 병원에서 약을 받은 시점에 독극물이 들어 있지 않았다면 그렇다는 얘기지만."

"아마 그렇겠지." 사쿠마도 그 점은 일단 틀림없다고 확신했다. "그보다 아까 내가 얘기하다가 생각난 건데, 아무래도 이상해. 독극물 캡슐이 총 다섯 개가 발견되었다고 했었지?"

"그렇습니다."

"니레이가 먹은 것까지 합하면 여섯 개야. 왜 독극물 캡슐을 그렇게 많이 만들었을까?"

"확실하게 하려고 했던 거 아닐까요? 아니면 한시라도 빨리 니레이를 죽이고 싶었을 수도 있죠. 개수가 많으면 독약 캡슐을 집어 들 확률이 높아지니까."

"그런 건가. 하지만 결과적으로는 니레이가 너무 일찍 제비를 뽑아버리는 바람에 독극물을 섞어놓은 시각을 확정하기가 쉬워졌어. 그런 리스크를 각오하면서까지 범인은 가능한 한 빨리 니레이를 죽일 필요가 있었다는 건가? 그럴 바에는 아예 비타민제를 모두 독극물이 든 것으로 바꿔버리면 되잖아. 이거, 아무래도 뭔가 좀 어중간해."

엔진을 충분히 덥히고 니미가 차를 출발시켰다. 또 눈이 내리고 있었다.

"그나저나……." 사쿠마는 좁은 차 안에서 다리를 꼬며 말했다. "그 미네기시라는 사람, 어쩐지 거슬리더라고."

큰길로 나가는 데 정신이 쏠렸는지 니미가 "예? 뭐라고요?"라고 되물었다.

"미네기시라는 사람 말이야. 니레이가 살해됐다는 얘기를 들었을 때 놀라는 거 자네도 봤지? 뭐, 그건 그렇다고 치자고. 문제는 그다음이야. 우리 질문에 실로 논리정연하게 대답했어. 크게 동요한 척했지만, 쓸데없는 부분이 적고 표현도 정확했어. 마치 미리 준비한 사람처럼."

"지나친 의심 아니에요? 단순히 머리 회전이 빠른 사람일 수도 있는데."

"뭐, 그렇다면야 좋겠지만."

눈경치를 배경으로 사쿠마는 미네기시의 그늘진 눈매를 떠올렸다.

앞 유리창에 눈가루가 달라붙기 시작해서 니미가 와이퍼를 켜고 있었다.

6

대체 어떻게 한 거야…….

스기에 쇼의 오늘 마지막 점프를 아래쪽에서 보고 있던 사와무라는 자신의 스키 판을 어깨에 떠멘 채 저도 모르게 중얼거렸다.

도약 타이밍이 약간 밀린 것처럼 보였지만 그래도 비거리 기록이 크게 늘었다. 방금 그 점프만이 아니다. 최근 들어 스기에 쇼의 실력은 놀라울 만큼 향상되고 있었다.

쇼가 스키 판을 떼고 브레이킹 트랙에서 나오자 검은 바람막이로 몸을 감싼 스기에 다이스케가 그에게 다가가고 있었다. 상대를 위압하듯이 가슴을 젖히고 큰 걸음으로 눈을 걸어차면서 걷는 사람이다. 쇼 앞으로 가더니 그는 뭔가 큰 소리로 고함을 쳐가며 직접 도약 자세를 해 보였다.

저렇게 들볶는데 쇼는 대체 어떻게 견디는 거야, 라고 사와무라는 고개를 저으며 걸음을 옮겼다.

사와무라가 왁스룸에서 옷을 다 갈아입을 즈음에야 드디어 풀려났는지 쇼가 들어왔다. 단정한 생김새에 피부가 하얘서 2, 3년 전만 해도 미소년이라는 말을 들었을 게 틀림없다. 그 하얀 얼굴이 더욱더 창백해졌고 뺨 근처가 부루퉁했다.

쇼는 스토브 앞에 앉아 물끄러미 자신의 손바닥을 들여다보았다. 그런 채로 전혀 움직임이 없었다. 그 이상한 분위기에 곁에 있던 다른 선수들도 섣불리 말을 건네지 못했다. 하지만 그건 오늘만의 일이 아니었다. 요즘 들어 쇼는 늘 그런 식이어서 다들 으스스해하고 있었던 것이다.

사와무라는 왁스룸을 나와 측면에 히무로코산 스키점프팀이라고 적힌 왜건 차량에 탔다.

그의 선배 격인 히노와 이케우라가 이미 뒷좌석에 앉아 있었다.

"젊은 후계자님의 컨디션이 아주 좋은 거 같더라."

이케우라가 두 손을 머리 뒤에 받치며 말했다. 히무로코산팀에서는 중견급 선수로, 이전 올림픽에 국가대표로 출전한 바 있다. 그가 젊은 후계자님이라고 한 것은 스기에 쇼 얘기였다.

"그지? 그런데도 아버님께서는 불만이 많으신 모양이더라고."

두 선배 사이에 자리를 잡으면서 사와무라가 말하자 이케우라는 피식 웃음을 흘렸다.

"스기에 감독님은 워낙 이상이 높으시잖아. 아들이 다른 선수들과 비슷한 곳에 착지해서야 영 불쾌하겠지. 아무튼 본인이 과거에 남다른 영예를 누렸으니까. 그러니 점프 파더가 아주 고약한 거야. 쇼도 불쌍하다, 불쌍해."

그리고 이케우라는 옆에 올려둔 워크맨을 가져다 헤드폰을 끼고 눈을 감아버렸다.

사와무라는 차창으로 왁스룸 쪽을 쳐다보았다. 쇼가 스키 판을 떠메고 나오는 참이었다. 무슨 생각을 하는지 고개를 숙인 채 묵묵히 걷고 있었다.

스기에 쇼는 닛세이자동차팀 선수로, 그 팀의 감독 스기에 다이스케의 아들이다. 아주 어릴 때부터 스키점프 선수를 목표로 영재교육을 받아왔다고 들었다. 지도자는 물론 아버지였다. 오로지 근성으로 몰아붙이는 옛날 스포츠 드라마를 그대로 재현하는 듯한 혹독한 교육이었다.

애초에 닛세이자동차 스키점프팀 자체가 스기에 다이스케를 위해 만들어졌다는 소문은 사와무라도 들어서 알고 있었다. 닛세이자동차 사장의 가까운 친인척인 데다 회사 홍보에도 도움이 된다고 3년 전에 결성했다고 한다.

자세한 내용까지는 알지 못하지만, 엄청난 액수의 운영비가 회사에서 지급된다는 얘기였다. 그것을 증명하듯이 닛세이팀은 다른 데는 생각도 못 할 만큼 수많은 스태프를 거느리고 있었다. 사와무라가 소속된 히무로코산팀도 그런 면에서 나름대로 충실한 편이라는 평가를 받아왔지만 그래도 감독과 코치 외에 트레이너 한 명이 있을 뿐이다. 닛세이팀은 그 밖에도 전속 의료진, 카운슬러, 영양사까지 있었다. 소문에 의하면 과학 트레이닝을 전문으로 하는 기사技師까지 채용했다고 한다. 그렇게 많은 스태프가 스기에 쇼를 포함해 단 세 명의 선수를 돌보고 있는 것이다.

얼마 전까지만 해도 스키점프계에서 닛세이자동차팀은 그리 대단한 존재가 아니었다. 결성 당시에는 어디서 무명 선수들만 데려왔구나, 라는 느낌이었다. 그 시절의 선수들은 지금은 한 명도 남아 있지 않았다. 다들 오래 버티지 못하고 그만둔 것이다.

사와무라도 스기에 쇼를 딱히 의식해본 적이 없었다. 고등학교 때부터 아는 선수였지만 그다지 위협적으로 느낀 적도 없었다. 무엇보다 최근까지 니레이 아키라라는 슈퍼 스키점퍼가 있었기 때문에 다른 선수들은 모두 거기서 거기라는 정도였던 것이다.

그러던 게 요즘 들어 갑자기 쇼의 점프가 신경 쓰이기 시작했다. 니레이를 따라잡으려고 무진 노력을 했는데 문득 뒤돌아보니 새로운 경쟁자가 발꿈치까지 바싹 쫓아온 느낌이었다.

"쇼는 기술이 확실하게 바뀌고 있어."

여태까지 잠잠하던 히노가 불쑥 중얼거렸다. 히노는 스키점프계에서는 베테랑으로, 내년이면 서른이다. 지금이 마지막 기회라고 각오를 다졌기 때문인지 이번 시즌에는 나름대로 호조를 보이고 있었다.

"작년에는 좀 어설펐거든. 근데 올해는 완전히 급이 달라졌어. 그렇게 단기간에 확 바뀔 수 있는 거더라니까."

혼잣말처럼 담담하게 히노는 중얼거렸다.

"역시 스태프 차이인가?" 사와무라가 말했다. "저기 동독의 피겨 선수는 스태프가 여덟 명씩이나 따라다닌다잖아. 뭐, 그 정도가 아니면 금메달은 못 따는 모양이네."

"그런 거, 다 소용없어." 워크맨으로 음악을 듣는 줄 알았는데 이번에는 이케우라가 나섰다. 그는 눈을 감은 채 말했다. "뛰는 건 결국 선수야."

히노는 아무 말도 하지 않았다.

얘기가 잠시 끊긴 참에 감독 다바타와 코치 하마타니가 들어와 앞좌석에 앉았다. 운전 담당은 하마타니 코치다. 엔진을 켜고 있었다.

"니레이 일은 뭔가 밝혀졌대요?"

이케우라가 두 사람의 등을 향해 말을 건넸다. 다바타는 허를 찔린 듯한 얼굴을 하더니 하마타니에게 도움을 청했다.

"어떻게 됐지?"

"아직 아무 얘기도 못 들었는데요."

하마타니는 억양 없는 목소리로 대답했다.

"어쩐지 오싹해요." 이케우라가 얼굴을 찌푸리며 말한 뒤, 다시 앞좌석의 두 사람에게 물었다. "장례식은 하겠지요?"

"장례식……. 이봐, 미요시 씨한테서 뭔가 들은 얘기 없어?"

다바타가 이번에도 운전석 쪽을 봤지만 하마타니는 아뇨, 라고 대답했다.

"경찰 쪽에 이런저런 절차가 있다니까 그거 정리된 다음에 하겠죠. 장례식은 조만간 한다는 것 같더라고요."

"난 그 친구 장례식에는 가고 싶다." 이케우라가 말했다. "괴상한 녀석이었지만 역시 대단했어요. 천재와 바보는 종이 한 장 차이라더니, 그 친구를 보면 아, 그 말이 진짜 맞는구나 싶었거든요."

"참석해주면 좋지. 나도 그럴 생각이야."

다바타는 진지한 표정으로 고개를 끄덕였다.

하지만 실은 한가롭게 장례식 얘기를 할 때가 아니었다.

그들은 그것을 합숙소에 도착한 다음에야 알았다. 호텔 마루야마 로비에서 여러 명의 형사들이 그들을 기다리고 있었던 것이다.

"어제는 여기서 조식을 먹었고 그다음에는 삿포로역에 갔어요. 여기서 나간 게 9시쯤이었나? 역에서 9시 반에 약속이 있었거든요."

레스토랑 '라일락'의 맨 안쪽 테이블에서 사와무라는 형사와 마주 앉았다. 사와무라만이 아니다. 히노와 이케우라도 옆 테이블에서 마찬가지로 다른 형사의 질문에 답하고 있었다.

"누군가와 만나기로 약속을 했다는 얘기군요. 그 사람이 누군지 알려주실 수 있습니까?"

형사는 날카로운 시선을 가진 사람이었다. 야성적인 느낌이 들었다. 사쿠마 형사라고 이름을 밝혔다.

"별로 말하고 싶지는 않은데, 그러면 불리하겠네요."

미리 그렇게 말해놓고 사와무라는 얘기를 이어갔다. 어제 여대생 연인과 데이트를 했던 것이다.

"그러고 저녁 8시쯤에 여자 친구를 집에 데려다줬어요. 엄한 집안이라서."

"저런, 헤어지기 싫었겠네. 아무튼 그 여자 친구를 만나려고 아침 9시쯤에 이 레스토랑에서 나갔다는 얘긴데, 그 전에는 뭘 했어요?"

"외출 준비를 했죠. 그래봐야 옷을 갈아입는 정도지만."

"방에 다른 누군가 같이 있었어요?"

"아뇨, 저 혼자였어요. 방을 같이 쓰는 이케우라 선배는 그저께 밤에 본가에 돌아갔고, 히노 선배도 어딘가 외출한 것 같더라고요."

그저께는 HTV 배 경기가 있었다. 시합이 끝나면 그때부터 다음 날 밤까지는 자유 시간으로 정해져 있는 것이다.

"사와무라 씨는 왜 집에 안 가고 여기 있었어요?"

"꾀죄죄한 회사 기숙사라서 가봤자 좋을 게 하나도 없어요. 본가는 멀고, 이 호텔에서 지내는 날이 더 많아서 갈아입을 옷도 거의 다 이쪽에 있습니다."

시즌이 끝나도 지역 팀은 거의 매달 합숙 훈련이 있다. 거기에 전국의 실업팀이 합동으로 하는 훈련도 비슷한 정도로 참가한다. 각각 1회에 열흘 전후여서 1년 중 250일 이상을 합숙소에서 지내는 셈이었다.

"그렇군." 형사는 턱을 비비며 수첩을 들여다보았다. "니레이 선수가 아침식사를 할 때 사와무라 씨도 이 레스토랑에 있었다고 들었는데, 틀림없어요?"

"어제 아침이요?"

사와무라는 창밖으로 시선을 던지고 기억을 더듬었다. 의외로 금세 그때의 정경이 떠올랐다.

"맞아요. 제가 아침 먹고 커피를 마시는데 니레이가 왔어요."

그가 약 봉지를 가나에에게 맡겼던 것도 생각났다. 그 얘기를 하자 사쿠마 형사는 만족스러운 듯 고개를 끄덕였다.

"아침식사 후에 니레이 선수가 약을 먹는 것을 봤습니까?"

"네, 봤어요. 이렇게 약을 손가락 끝으로 집어서." 사와무라는 엄지와 검지로 집는 시늉을 했다. "그러고는 잔뜩 폼을 재면서 약을 입에 넣었어요. 어떤 일을 하든 그렇게 과장하는 퍼포먼스가 들어가거든요, 니레이의 경우에는."

"퍼포먼스……."

형사는 입가를 풀며 웃었지만, 눈은 전혀 웃지 않았다. 그 미묘한 표정이 사와무라는 마음에 걸렸다.

"저기요, 형사님."

예에, 하고 형사가 똑바로 사와무라의 눈을 마주 보았다. 저도 모르게 피할 뻔했지만 겨우 버텼다.

"니레이, 혹시 살해된 거예요?"

형사의 눈이 한순간 좌우로 흔들렸다. 그리고 말했다. "아마도."

사와무라는 긴 한숨을 토해냈다. 어렴풋이 눈치는 챘었다. 그런 변고가 아니고서는 이렇게 모든 관계자를 상대로 형사들이 탐문 조사를 할 리 없다. 게다가 오늘 돌아오는 길에 차 안에서 이케우라가 했던 말도 마음에 걸려 있었다.

"……약이었군요, 그 비타민제."

하지만 사쿠마 형사는 손을 내저었다.

"사와무라 씨가 그런 것까지 알 필요는 없어요. 알아도 어떻게 할 수 있는 것도 아니고."

"우리들 중에 범인이 있다고 생각하시는 거예요?"

하지만 형사는 그 질문을 묵살했다. 굳이 대답할 것도 없는 말이기 때문일 거라고 사와무라는 해석했다. 그래서 용의선상에 오를 만한 사람은 과연 누구누구인지 재빨리 머리를 굴려보았다.

"니레이 선수가 비타민제를 복용한다는 건 다들 알고 있었습니까?"

다시 사쿠마 형사의 질문이 시작되었다.

"그야 다들 알고 있었죠." 사와무라는 힘주어 말했다. 자칫 자신만 의심을 받는다면 그건 말이 안 된다. "미네기시 씨가 엄하게 얘기했는지 빠짐없이 챙겨 먹었거든요."

"미네기시 씨가 엄한 편이었어요?"

"유난히 엄하지는 않았던 것 같은데, 니레이는 원래 미네기시 씨가 하라는 건 반드시 지켰거든요. 다른 건 설렁설렁 넘어가면서도."

"선수로서 코치를 신뢰하고 있었던 건가."

형사는 볼펜 끝으로 테이블을 톡톡 쳤다. 무슨 생각을 하는지는 알 수 없었다.

그나저나 그 비타민제에 독약이 들어 있었다니…….

"아, 맞다, 그거!"

니레이의 비타민제에 대해 생각하다 보니 문득 떠오르는 게 있어서 사와무라는 저절로 손뼉을 탁 치며 말했다. 형사가 날카로운 시선을 들어 올렸다.

"왜, 뭔데요?"

"2주 전쯤이었나, 그 약을 잃어버렸다고 니레이가 찡찡거렸던 적이 있었어요. 얘기를 들어보니까 식후에 약을 먹고 잠깐 눈을 뗀 사이에 테이블에 놓아둔 약 봉지가 감쪽같이 없어졌다고 하더라고요."

"흠, 그거 이상하네." 역시나 형사는 부쩍 관심이 생겼는지 눈빛을 번뜩였다. "그래서, 찾았어요?"

"아뇨, 못 찾았어요. 그때 레스토랑에 손님이 꽤 많았는데 아무도 본 사람이 없었어요. 니레이가 스키점프와 관계없는 일반 손님에게까지 죄다 물어보고 다녔거든요. 결국 나중에 다시 병원에 가서 약을 타 왔다고 들었습니다."

"약이 행방불명……."

이윽고 형사는 납득한 듯 고개를 끄덕이더니 손에 쥔 볼펜을 꾸욱 움켜쥐며 말했다.

"그런 거였어……. 그래, 그거야."

장시간에 걸친 경찰의 탐문 조사 때문에 오후 트레이닝은 취소되었다.

그뿐만이 아니었다. 삿포로 니시경찰서에 수사본부가 설치되었다는 정보를 얻어들은 언론사 기자들이 우르르 몰려와서 미네기시는 물론이고 전국 대표팀 총감독 미요시도 대응에 진땀을 빼고 있었다.

스키점프 관계자들 중에 범인이 있다고 생각하느냐, 라는 질문에 미네기시도 미요시 총감독도 뭔가 사고였다고 확신하고 있다, 라는 말만 되풀이했다. 그런 답변에 기자들이 순순히 고개를 끄덕여줄 리 없어서 경찰이 살인 사건으로 단정한 근거, 즉 캡슐에 독극물이 들어 있었다는 것을 언급하면서 재차 추궁했다. 모르겠다, 믿어지지 않는다, 라는 게 미네기시와 미요시가 내놓은 답변이었다.

밤이 되자 좀 잠잠해졌지만 그래도 TV 방송국 등은 상당히 늦은 시간까지 끈덕지게 버티고 있었다. 취재할 게 아무것도 없자 호텔 마루야마 건물을 찍고 있기도 했다.

저녁식사를 하고 미네기시는 다바타의 방으로 건너가 경찰이 어떤 질문을 했는지 물어보았다. 방 안에는 다바타 외에도 히무로코산팀의 코치 하마타니, 선수 사와무라와 히노가 와 있었다.

어제 하마타니와 사와무라는 외출을 했었기 때문에 그 행선지 등에 대해 형사가 아주 상세하게 질문을 했다고 한다. 온종일 호텔에 있었던 히노의 경우에는 한층 더 세세하게 동선을 설명하지 않으면 안 되었던 모양이다.

"내 알리바이는 아무래도 제대로 증명이 안 될 것 같아요." 히노가 말했다. "9시 넘어서 별관 현관에 있는 공중전화로 통화를 했고 그다음에는 본관을 지나 호텔을 나와서 편의점에 갔었거든요. 돌아온 게 10시 넘어서였나."

"저런, 증명해줄 사람이 없는 거네."

다바타가 말했다. 자기 일처럼 걱정스러운 얼굴을 하고 있었다.

"그렇다니까요. 전화 통화를 할 때는 사와무라가 본관에 가는 걸 봤을 뿐이고, 본관 안을 지나갈 때도 나카오 씨와 마주친 게 전부니까요."

"아까 잠깐 얘기해봤는데, 다들 비슷비슷해요. 알리바이라는 거, 확실한 사람이 오히려 더 적을걸요." 사와무라가 불퉁불퉁 말했다. "내 경우에도 일단 호텔을 나가는 척했다가 다시 몰래 돌아오는 방법도 있는 거잖아요."

"그래, 그런 식으로 생각하면 아무도 알리바이 같은 건 없지."

다바타가 고개를 끄덕이며 말하자 하마타니가 그 말을 받았다.

"감독님은 미네기시 씨하고 함께 있었잖아요."

"그야 그렇지만 둘이 장기를 두기 시작한 게 몇 시쯤이었는지, 정확히 기억나질 않더라고. 9시였는지 9시 반이었는지……."

"9시 조금 전이었어요." 미네기시가 옆에서 말했다. "그때 장기판을 펼치면서 바로 텔레비전을 켰었잖아요."

아침 9시에 시작하는 프로그램을 미네기시는 말했다. 다바타도 아, 그렇지, 라면서 이제야 생각난 얼굴이었다.

"맞아, 그 프로그램. 이다음에 형사가 물어보면 그 얘기를 해야겠다. 미네기시는 오늘 질문에서 9시 전부터 장기 시작했다는 거 말했어?"

"말했죠."

"오, 그러면 괜찮겠네."

다바타가 후우 한숨을 내쉬었을 때, 히노와 사와무라가 문 쪽을 보았다. 미네기시도 돌아보니 가타오카 마사아키가 서 있었다. 가타오카는 닛세이자동차팀의 트레이너다.

"미요시 총감독님 방에서 앞으로 어떻게 할지 상의하는 모양이에요. 다바타 씨와 미네기시도 참석하시랍니다."

금속성의 울림이 있는 목소리로 가타오카가 말했다. 트레이너치고는 몸집이 작고 어딘가 엘리트 샐러리맨 같은 분위기가 있는 사람이다.

다바타의 뒤를 따라 미네기시가 방을 나서자 가타오카가 옆으로 다가와 나란히 걸었다.

"혹시 짐작되는 게 있는 거 아니야?"

그가 작은 소리로 물었다.

"그런 게 없으니까 고민이지." 미네기시는 대답했다. "왜 그렇게 생각하는데?"

"그냥 어쩐지." 가타오카가 고개를 저으며 말끝을 흐렸다.

닛세이자동차팀에 들어가기 전에 그는 하라공업팀 트레이너였다. 하지만 미네기시와 같은 스키점프가 아니라 아이스하키팀 소속이었다. 그래도 미네기시는 이따금 상담을 하러 찾아가기도 하면서 한때 서로 절친하게 지냈던 시기도 있었다. 하지만 그가 닛세이팀에 뽑혀 간 뒤로는 따로 느긋하게 이야기할 기회도 없었다.

"아까 알리바이 얘기를 하는 것 같던데, 뭔가 좀 알 것 같아?"

"아니, 전혀." 이번에는 미네기시가 고개를 저을 차례였다.

"이런 일은 하루빨리 분명하게 해두는 게 좋잖아. 뭔가 알게 되면 서로 알려주자고."

"그래, 부탁한다."

미요시의 방 앞까지 갔지만 가타오카는 안으로 들어가지 않았다. 미네기시가 왜 그러느냐고 물어보자 그는 뺨이 삐뚜름해져서 말했다.

"나는 트레이너잖아. 스키점퍼들 얘기, 잘 모르겠더라고."

미네기시가 안으로 들어가자 모두의 시선이 그에게로 날아왔다. 지금까지 두런두런하던 소리가 스위치를 끈 것처럼 조용해졌다. 그들이 무슨 얘기를 하고 있었는지 미네기시는 대충 알 것 같았다. 지금 그들에게 중요한 건 살아 있는 선수들인 것이다.

"내일 스키연맹 이사장님이 나오실 모양이야."

미네기시가 방 한쪽에 앉는 것을 지켜보더니 미요시 총감독이 그렇게 알려주고 담배 한 개비를 뽑아 담뱃갑 위에 두어 번 톡톡 친 뒤에 입에 물었다.

"설마 훈련을 중단하라는 얘기는 아니겠지요?"

그렇게 물어본 사람은 데이코쿠화학팀의 나카오였다. 그의 질문에 몇 명이 고개를 들었다.

"중단까지는 아니어도 자숙하라는 얘기 정도는 나올지도 모르지."

그러자 나카오가 후유 한숨을 토해냈다.

"대체 무슨 이유로 자숙을 합니까. 그런다고 사건이 해결되는 것도 아닌데."

"지금 이 시기에 연습량을 줄이고 싶지는 않은데 말이야." 다바타도 혼잣말처럼 말했다. "그러잖아도 내내 시합만 하느라 연습량이 부족한데 여기서 또 줄이면 이번 시즌은 완전 망치는 거야."

"그래도 지금까지 해왔던 대로 연습을 계속하는 건 현실적으로 어렵지 않을까?"

다바타 옆에 앉아 있던 사람이 말했다. 홋카이도 지역 은행 스키점프팀 감독이다.

"그건 그렇지요, 솔직히 선수들도 훈련에 집중을 못 할 거예요."

다시 다른 팀 코치가 말했다.

"그건 각자의 기량 문제 아닌가? 일류 선수라면 어떤 상황에서도 집중할 수 있어야지."

"이상이야 그렇지만 현실은 일류가 아닌 선수가 대부분이니까 어렵다는 겁니다."

작은 말다툼이 벌어지려는 순간, 입을 연 사람이 있었다.

"아니, 일단 미요시 총감독 얘기를 들어봅시다."

스기에 다이스케였다. 그의 말에 모두의 시선이 미요시에게로 향했다. 미요시는 느릿느릿 담배를 빨아들이고 그 연기의 행방을 잠시 바라보았다. 그리고 짧아진 담배를 재떨이에 비벼 껐다.

"훈련에 대해서는 앞으로 상황을 봐가면서 임기응변으로 대처하면 돼. 그보다 지금 중요한 건 한시라도 빨리 사건을 해결하는 거야."

"해결이라고 해봤자 우리가 뭘 어떻게 할 수 있는 것도 아니잖습니까." 누군가가 말했다.

"그야 그렇지. 하지만 이렇게 두 손 놓고 경찰만 바라볼 수도 없잖아. 티 나지 않게 선수들에게 혹시 짐작 가는 게 없는지 물어봐. 형사에게는 미처 말하지 못한 게 있을지도 모르니까."

"그런 걸 어떻게 물어봐야 할지 모르겠네요."

머리를 긁적인 것은 선수들이 집중을 못 할 거라고 투덜거린 코치였다.

"미네기시 씨는 어떻게 생각해?" 은행팀 감독이 미네기시를 돌아보며 물었다. "니레이의 코치였으니까 뭐든 마음에 짚이는 게 있을 거 같은데."

미네기시는 얼굴을 들었다. 모두가 자신을 보고 있었다.

"아무것도 없어요." 그는 고개를 저었다.

"정말이야? 여기는 다 한 식구 같은 사람들이니까 숨기지 말고 얘기해봐."

미네기시는 입술을 삐뚜름하게 틀었다.

"숨기긴 제가 뭘 숨깁니까. 그런 거 없어요."

"니레이의 실력을 질투한 선수가 있었던 거 아니냐고 기자들이 물었잖아." 다바타가 퍼뜩 생각난 듯이 말했다. "그래서 내가 한마디 해주고 싶더라니까. 질투한 선수라면 아주 많았다고. 당연하지 않냐, 약한 선수는 강한 선수를 질투하게 마련이다, 그걸 발판으로 삼아 열심히 연습해서 강해지는 거다……. 근데 괜히 이상하게 오해할까 봐 아무 말도 못 했어."

"잘하셨어요, 그게 현명하죠. 그런 얘기를 했다가는 뉴스거리랍시고 일제히 살을 붙여서 써냈을 거예요."

나카오의 말이었다.

하지만 앞서 다바타가 한 얘기는 이곳에 모인 사람들을 잠시 침묵하게 했다. 니레이를 죽인 범인이 스키점프 관계자 중에 있을 가능성이 높다고 다들 마음속으로 생각한 것이다.

"앞으로 한참 동안 우울한 시간이 될 것 같네." 각자 흩어져서 방으로 돌아가는 중에 나카오가 미네기시에게 말을 건넸다. "서로가 서로를 의심하고 있잖아. 그러니 제대로 된 토론을 할 수 있나."

"어쩔 수 없잖아."

"어쩔 수 없다……. 하긴 그럴지도 모르겠다. 다들 형사 앞에서 알리바이를 증명할 일은 평생 없을 거라고 생각했을 텐데."

"미안하다."

"미네기시 씨가 사과할 문제는 아니지."

나카오의 방 앞에서 두 사람은 발을 멈췄다. 방문 손잡이를 당기다가 나카오가 문득 미네기시를 돌아봤다.

"난 어제 그 시간에 호텔 정면 주차장에서 차량 정비를 했어. 믿지 않을지도 모르지만."

"왜 안 믿겠어, 당연히 믿지." 미네기시는 말했다.

"시간은 정확히 기억나지 않지만 그때 호텔에 드나든 건 사와무라뿐이야. 그 뒤에 내가 로비에서 신문을 읽고 있었어. 9시 20분부터 10시쯤까지 그러고 있었나. 내 기억이 틀림없다면 그때 지나간 사람은 히노뿐이었을 거야."

"그렇다면 9시 20분 이후로 레스토랑 앞은 나카오 씨의 눈이 지키고 있었던 셈이네."

"뭐, 그렇긴 한데 별 의미는 없어. 레스토랑 출입문이 한 군데가 아니잖아."

"아 참, 그렇지."

나카오는 미네기시의 어깨에 손을 척 얹었다.

"아무튼 나도 우리 팀 선수들에게 슬쩍슬쩍 물어볼게. 미네기시 씨가 직접 물어보기도 힘들 테니까."

"가타오카도 똑같은 얘기를 해주던데, 그러다가 자칫 서로 의심만 커지는 건 아닌지 모르겠다."

"그래도 어쩌겠냐."

그렇게 말하고 나카오는 자기 방 안으로 사라졌다.

미네기시는 방으로 돌아와 텔레비전을 켰다. 채널을 이리저리 돌려봤지만 어디에서도 뉴스는 나오지 않았다. 가요 프로그램에 맞춰둔 채 그는 이불 위에 누웠다.

괜찮아, 라고 중얼거렸다. 괜찮아, 잘 풀릴 거 같아.

팔다리를 한껏 쭉 폈다.

미네기시는 눈을 감았다. 점프하는 니레이의 모습이 선하게 떠올랐다. 어프로치에서 도약, 비행 자세…… . 하지만 돌연 그게 니레이가 아니었다. 빨간 옷…… 스기에 쇼였다.

미네기시는 벌떡 몸을 일으켰다. 눈두덩을 비볐다. 짧은 꿈을 꾼 것인가. 심장이 급하게 뛰었다.

제대로 한 건가. 그는 불안해졌다. 분명 제대로 잘 했을 텐데, 그래도…… .

그는 자리에서 일어나 세면대로 향했다. 수도꼭지를 틀고 물로 얼굴을 씻었다. 머릿속까지 스며드는 차가움이었다.

수건으로 얼굴을 닦고 거울을 보았을 때, 미네기시는 그제야 그것을 발견했다. 그것은 거울 앞에 붙은 작은 선반 위에 있었다.

하얀 봉투였다. 앞면에 '미네기시에게'라고 극단적으로 삐뚤

빼뚤한 글씨로 적혀 있었다. 뒤쪽은 백지였다.

안에 편지지 한 장이 들어 있었다. 거기에도 필적을 속이기 위해서인지 읽기 어려울 만큼 서툰 글씨가 길게 이어졌다.

하지만 미네기시의 마음을 휘어잡은 것은 물론 그 내용이었다. 그는 그 글귀를 몇 번이고 다시 읽어보았다. 편지지를 든 손이 심장박동을 따라 흔들렸다.

'대체 누가……'

미네기시는 거울을 보았다. 밀랍처럼 하얘진 얼굴이 그곳에 있었다.

'니레이 아키라를 죽인 사람은 너다. 자수해라.'

편지지에는 그렇게 적혀 있었다.

경
고

1

새 같다, 라고 미네기시는 생각했다. 처음 니레이 아키라를 봤을 때의 느낌이다. 겨우 50미터를 뛰면 끝나는 작은 점프대였지만 그래도 니레이의 비상은 빛이 났다.

"아직 자리가 안 잡혔어. 방금 뛴 건 괜찮지만, 어이없이 실망할 때도 많아."

미네기시 옆에서 후지무라 고조가 말했다.

지금부터 7년 전의 일이다.

그 무렵 미네기시는 하라공업팀의 유일한 스키점프 선수였다. 그리고 코치가 후지무라였다. 후지무라는 예전에 하라공업팀이 스키점프계에서 맹위를 떨치던 시절에 선수로 활약했다. 은퇴 후에 코치가 되었고, 당시 나이는 50세였다. 회사에서는 공장장의 직위를 맡고 있었다.

그 후지무라가 미네기시를 데리고 아사히카와에서 다시금 북쪽으로 올라간 곳에 자리한 작은 스키장에 갔던 것은 시즌도 끝난 4월의 일이었다.

짧은 리프트가 달랑 두 개뿐인 겔렌데 뒤쪽에 그 작은 스키점프대가 있었다. 미네기시도 오래전에 와본 적이 있었지만, 그 무렵에는 이미 까맣게 잊어버린 곳이다.

그날은 거기에서 중학생과 고교생 몇 명이 스키점프를 하고 있었다. 중학생은 스키점프 소년단, 고교생은 학교 스키부였다. 그 속에 니레이 아키라가 있었던 것인데 그는 그중 어느 쪽에도 속해 있지 않았다. 즉 자기 혼자 스키점프를 한 것이다.

"저 학생은 학교 클럽에 가입을 안 했어요?"

미네기시는 후지무라에게 물었다.

"중학교 때까지는 점프 소년단에 가입해서 고등학교 여러 곳에서 스카우트 제의를 받았던 아이야. 근데 고등학교를 어머니가 아는 사람이 교사로 일하는 곳으로 선택했어. 그 학교에는 아쉽게도 스키부가 없어."

"왜 그런 고등학교에?"

"어머니가 원한 거야. 아마 아이의 장래가 걱정됐던 모양이지. 제대로 사회에 적응하지 못할까 봐서. 아는 사람이 교사로 근무하는 곳이면 그래도 마음이 든든하잖아."

"장래가 걱정이라니……. 저 학생, 무슨 문제라도 있어요?"

"아니, 문제라고 할 정도는 아니야. 약간 괴짜라고 할까."

후지무라는 스키점프를 마친 니레이에게 다가갔다. 미네기시도 뒤따라갔다.

니레이는 후지무라의 얼굴을 보자 반갑다는 듯이 웃으면서 오늘은 바구니였다고 말했다.

"바구니?" 미네기시가 되물었다.

"네, 바구니. 전혀 좋지 않았어요. 어제는 방석 정도였는데. 근데 역시 카펫이어야 돼요."

그러더니 그는 큼직한 입을 벌려 하하하 웃었다. 후지무라도 싱글벙글하고 있었다. 미네기시는 하나도 우습지 않았다. 니레이가 무슨 말을 하는지 알아들을 수 없었기 때문이다.

그가 스키 판을 정리하러 가 있는 동안에 후지무라에게 물어보았다.

"무슨 뜻이에요?"

"실은 나도 잘 몰라." 후지무라가 웃으면서 말했다. "아마 점프할 때의 감각을 말하는 것 같아. 바구니나 카펫이라는 건 바람을 얼마나 잘 탔느냐는 거겠지? 그 밖에도 개구리, 메뚜기, 벼룩 같은 비유가 툭툭 튀어나와. 그런 건 물어봐도 분명하게 대답을 못 하더라고. 말로 표현이 안 되는 걸 거야."

어이구, 하고 미네기시는 한숨을 내쉬었다.

후지무라는 그 니레이라는 소년을 입양할 계획이라고 그곳에 가는 전철 안에서 미네기시에게 얘기했다. 후지무라는 자녀도 없이 아내가 세상을 떠나는 바람에 그 무렵에 혼자 살고 있었던 것이다.

니레이의 어머니가 1년 전에 사망하는 바람에 그는 아사히카와의 큰외삼촌 집에서 지내고 있었다. 하지만 그 집도 그리 풍족한 편이 아니어서 환영은 받지 못했다. 그 얘기를 듣고 후지무라는 입양을 결심한 모양이었다. 후지무라는 오래전에 세상을 떠난 니레이의 아버지와 사촌 간이었다. 니레이에 대해서는 전부터 알고 있어서 그가 중학교를 졸업한 뒤에도 내내 신경이 쓰였다고 한다. 이따금 이 점프대에 나와 간단한 충고를 해주곤 했다는 얘기였다.

"저 녀석, 진짜 대단해." 후지무라가 불쑥 말했다. "앞으로 세계적인 스키점프 선수가 될 거야. 틀림없어."

"그래서 입양하려는 거예요?"

미네기시가 물어보자 후지무라는 "그것도 있지"라면서 고개를 끄덕였다.

입양 후에 삿포로의 학교로 전학하고 니레이는 스키부에 들어갔다. 남에게 지도를 받으며 뛰는 건 싫다고 했었지만 후지무라의 지시에는 고분고분 따랐다고 한다. 후지무라의 말만은 결코 거스르지 않았던 것이다.

니레이의 실력은 오래지 않아 꽃피었다. 전국 고교 대회에서 연거푸 우승하고 주니어 국가대표로 선발되었다. 오쿠라야마 스키점프 경기장에서 1, 2차 시기 연속으로 100미터를 날아 스키점프 관계자들을 놀라게 한 적도 있었다. 성인 팀의 기록에 육박하는 경우도 드물지 않았다.

처음 실업팀에 들어오면 누구든 벽에 부딪힌다. 고교생과 성인은 연습량도 체력도 다르기 때문에 그 차이에 적응하기가 힘든 것이다. 니레이도 그런 점에서는 예외가 아니었다. 하지만 그 벽을 뛰어넘는 데 겨우 두세 달밖에 걸리지 않았다는 것에 그의 비범함이 있었다. 주니어 국가대표 선수였던 그는 어느새 일본을 대표하는 스키점프 선수가 되었다.

여기까지는 순풍에 돛 단 듯이 흘러갔지만 니레이의 시련은 예상치 못한 형태로 찾아왔다. 후지무라가 급사한 것이다. 지주막하출혈이었다.

장례식 날 밤, 니레이는 관 앞을 떠나지 않았다. 밤새 "아저씨, 아저씨"라면서 울고 있었다. 미네기시가 그의 눈물을 본 것은 그때가 처음이었다.

후지무라가 세상을 떠나고 한 달 동안 니레이는 점프대에 오르지 않았다. 누가 뭐라고 엄하게 지시를 하건 "뛰고 싶지 않다니까요"라고 대답할 뿐이었다. 대표팀에서 제외된다고 해도 소용이 없었다. 애초에 그런 것에 집착하던 아이가 아니었으니까 당연한 일이었다.

그토록 명랑한 니레이가 그 무렵에는 전혀 웃지 않았다.

코치 겸임이 된 미네기시는 참을성 있게 그를 기다렸다. 무리하게 말해봤자 들을 상대가 아니었기 때문이다. 하지만 이대로 스키점프에서 멀어지는 일만은 절대로 있어서는 안 되었다.

그건 미네기시에게는 자기 자신이 걸린 문제였다.

미네기시는 날마다 니레이를 만나러 갔다. 그는 후지무라가 기거하던 방에 틀어박힌 채 전혀 밖에 나오지 않았던 것이다. 식사도 제대로 안 하는지 하루하루 여위어가는 것 같았다.

그 방에서 미네기시는 니레이를 상대로 스키점프 이야기를 했다. 스키점프의 역사에서부터 기술의 변천, 세계의 실력 분포 등도 조곤조곤 들려주었다. 니레이가 중간에 싫어하는 기색을 보이면 "후지무라 씨에게서 들은 얘기야"라고 말했다. 그러면 다시 얌전하게 귀를 기울여주었다.

니레이에게 변화가 나타난 것은 후지무라의 선수 시절 얘기를 했을 때였다. 그 무렵의 낡은 사진이 나온 것도 행운이었다. 사진 속의 후지무라는 두 팔을 든 자세로 뛰고 있었다.

"아저씨는 언제쯤까지 뛰었을까."

사진을 보면서 니레이가 중얼거렸다.

"서른여섯 살 되던 해 봄까지." 미네기시는 대답했다. "부인이 얼른 은퇴하라고 울면서 매달렸는데도 후지무라 씨는 계속 뛰겠다고 했어. 아직 자신의 꿈을 이루지 못했다면서. 하지만 결국 허리 부상으로 은퇴하게 됐어. 은퇴하던 날 이불 속에서 아침까지 울었대. 너무 섭섭해서. 눈물이 멈추지 않았다고 하더라."

"아저씨답네요."

그렇게 말하고 니레이는 무심코 사진을 뒤집었는데, 그 순간 그의 표정이 굳어버렸다. 미네기시가 그의 손맡을 들여다보자 사진 뒤에 글씨가 적혀 있는 게 보였다.

'태양을 향해 날아라!'

사진 뒷면에는 그렇게 적혀 있었다.

미네기시가 건네는 말도 들리지 않는 듯 니레이는 그 글을 빤히 들여다보고 있었다.

다음 날부터 니레이는 연습을 시작했다. 뭔가에 씐 것처럼 맹렬한 연습으로 이번에는 아무리 말려도 멈추지 않았다. 몸이 상하지나 않을지 미네기시는 그 전보다 더 걱정했을 정도였다.

하지만 그의 체력은 금세 회복되었다. 점프 실력도 부활했다. 오쿠라야마 경기장에서 열린 대회를 제패하고 TV 리포터에게 "기분은 어떻습니까?"라는 질문을 받았을 때, 그는 파란 하늘을 가리키며 말했다.

"태양을 향해 날았습니다."

그렇게 니레이는 부활했다. 동시에 조금 어른이 되었다.

니레이의 시대가 찾아온 것이다.

그리고 그로부터 1년 후에 미네기시는 은퇴를 결심했다.

선수 생활을 마무리한 그 1년 동안은 이른바 마지막 기회라는 말 이상의 의미가 있었지만 결국 자신의 한계를 깨닫는 것으로 끝나버렸다.

그렇게 작년 봄부터 미네기시는 전임 코치가 되었다. 팀원은 니레이 단 한 명뿐이었다. 그래도 하라공업팀의 이름을 널리 알리는 데 그 한 명이면 충분했다. 그의 비상은 전국의 스키점프 팬들을 매료시켰다.

미네기시는 자신이 이루지 못한 꿈을 니레이에게 의탁하기로 했다. 올림픽 출전, 그리고 목표는 삿포로 올림픽 이후 첫 금메달이었다. 니레이는 할 수 있을 터였다.

하지만······.

그런 니레이를 살해하기로 결심한 것은 스키점프 시즌이 시작된 12월의 일이었다.

살해 방법은 독살로 정했다. 독극물의 입수처로 미리 생각해 둔 곳이 있었기 때문이다.

차근차근 계획을 짜고 시기를 기다렸다.

그리고 실행에 옮겼다. 미야노모리에서 니레이의 죽음을 확인했을 때, 기묘한 감상感傷이 가슴속을 오갔다.

슬펐지만 후회는 없었다. 실행하지 않았다면 자기 자신이 더욱더 고통받는다는 것을 알고 있었기 때문이다.

2

"머리가 좋은 건지 나쁜 건지, 도통 감이 안 잡힌다니까, 이번 사건의 범인은."

사쿠마 옆에서 스카와 도시히코가 중얼거렸다. 휴대용 면도

기로 수염을 밀고 있었다. 도경본부 수사1과 형사다.

"2주 전부터 계획을 짰을 정도였으면서 너무 단순한 방법을 썼잖아. 이래서야 내부에 범인이 있다고 공표하는 거나 마찬가지야."

히무로코산팀의 사와무라에게서 들은 얘기로는 2주 전에 니레이의 약을 봉지째 훔쳐 간 자가 있었다고 한다. 수사본부에서는 그 도난 건이 이번 사건과 관계가 깊다고 판단했다.

즉 사전에 약을 훔쳐 간 범인은 캡슐의 내용물을 독극물로 바꾼 뒤 범행 기회를 엿보고 있었다는 얘기다. 그리고 빈틈을 노려 레스토랑 카운터 아래 서랍에 넣어둔 약과 봉지째 바꿔치기한 것이다. 바뀐 약 봉지의 날짜 표기는 고쳐 쓴 흔적이 있었다.

"그만큼 자신이 있었던 거겠죠. 절대로 자신을 의심할 리가 없다고."

신중하게 핸들을 꺾으면서 사쿠마가 말했다. 아침 이른 시간에는 군데군데 노면이 얼어붙은 곳이 많아서 방심할 수 없다.

"바로 그게 어리석다는 거야. 우리가 의심하지 않을 사람은 단.한 명도 없잖아."

"어쩌면 절대로 증거를 못 잡을 거라는 자신이 있었거나?"

"그건 범인을 너무 높이 평가해주는 거지. 사쿠마는 교묘하게 얽힌 추리를 좋아한다니까."

"스카와 씨도 그러시잖아요."

"나는 그냥 배배 꼬인 걸 좋아하는 거고."

스카와는 그렇게 대꾸하고 면도기를 프런트박스에 넣더니 이번에는 넥타이를 매기 시작했다.

니레이 아키라의 죽음은 살인 사건으로 결론이 나서 홋카이도 경찰본부 수사1과로 주도권이 넘어갔다. 수사본부는 삿포로 니시경찰서에 설치되었다. 수사1과에서 가와노 경감을 팀장으로 10인의 수사원이 파견되었는데 스카와는 그중 한 사람이었다. 나이는 사쿠마보다 여덟 살 많고 근육질 몸매에 항상 검은 양복을 입었다. 짙은 색깔의 선글라스를 즐겨 쓰는 편이어서 한물간 살인 청부업자 같은 이미지다.

그 스카와가 사쿠마와 한 조가 되었다. 전에도 한번 살인 사건을 함께 해결한 적이 있어서 서로 속을 훤히 아는 사이였다.

두 사람은 니레이 아키라가 살았던 하라공업의 회사 기숙사로 향하는 중이었다.

"나온 김에 그 합숙소부터 들렀다가 가자. 그게, 어디라고 했더라……."

"호텔 마루야마."

"아, 그래, 그 호텔. 이름을 너무 간단하게 지었다니까."

호텔 마루야마에는 이미 수사원들이 나가 있었다. 그중 몇 명은 어젯밤부터 아예 숙박까지 하고 있었다. 사쿠마 일행이 도착하자 로비 의자에 앉아 있던 젊은 형사가 일어섰다. 수면 부족인지 눈을 비볐다. 별다른 이상은 없습니다, 라고 그가 말했다.

"약은 찾았나?" 스카와가 물었다.

"아직 못 찾았습니다. 관계자 전원의 짐을 조사해볼 수 있으면 좋을 텐데."

니레이의 약을 봉지째 바꿔치기했다면 독극물을 넣지 않은 원래의 약이 어딘가에 있을 터였다. 그들은 그것을 찾고 있는 것이다.

"짐 같은 거 뒤져봤자 소용없어." 스카와가 말했다. "그런 위험한 물건을 여태까지 범인이 갖고 있을 리가 없잖아."

"팀장님도 그렇게 얘기하시긴 했어요."

"그렇지? 선배가 하는 말은 귀담아들어야 해."

스카와가 대답하는 참에 레스토랑 '라일락'의 문이 열리고 마른 몸매의 한 남자가 나왔다. 사쿠마가 본 적이 있는 사람이다. 점장 이노우에였다. 그는 프런트로 가더니 담당자를 불렀다.

"그 개, 아직 처리가 안 됐던데, 보건소에 연락은 했어?"

"네, 연락했는데 조금 늦어지네 어쩌네 하더라고요."

프런트 담당이 느긋하게 대답하고 있었다.

"이것 참, 난감하네." 이노우에는 구두 끝으로 바닥을 톡톡 쳤다. "저런 곳에 저렇게 놔두면 올 손님도 안 와. 빨리 처리해야 한다고."

"근데 보건소 쪽도 몹시 바쁜 모양이에요."

"아무튼 다시 한번 재촉 좀 해봐."

이노우에의 말에 프런트 담당은 떨떠름하게 수화기를 집어 들었다.

"무슨 일인데 저러지?" 사쿠마는 젊은 형사에게 물었다.

"개 사체가 발견됐다고 하더라고요." 그가 대답했다. "떠돌이 개인가 봐요."

"떠돌이 개의 사체가……."

사쿠마는 어쩐지 마음에 걸려서 이노우에에게 다가갔다.

"개가 어디서 죽었어요?"

"아, 형사님." 그는 흠칫 놀란 얼굴을 했다. "그게, 레스토랑 옆 주차장이에요. 외부에서 직접 오시는 손님은 그쪽 출입문을 이용하는데 그게 있으니 너무 보기가 사나워서……."

"어딘지 잠깐 보여주실 수 있을까요?"

"네, 괜찮습니다만."

이노우에는 의아한 얼굴을 하면서도 레스토랑 쪽으로 걸음을 옮겼다. 사쿠마도 뒤따라갔다. 스카와 쪽을 돌아보니 "나는 됐어"라고 손을 저었다. "인간 이외의 사체는 질색이라서."

이노우에는 레스토랑 안을 가로질러 밖으로 나가는 문을 열었다. 그 앞이 차량 대여섯 대쯤을 세울 수 있는 주차장이었다.

"저깁니다." 이노우에가 주차장 끝을 가리키며 말했다. 눈이 도도록하게 쌓였지만 일부 움푹 꺼진 곳이 있었다. 들여다보니 옅은 갈색 잡종견의 사체가 눈 속에 파묻혀 있었다. 사체 옆에는 작은 노란색 꽃이 놓여 있었다.

"발견한 건 언제였어요?"

"오늘 아침에야 봤죠. 배달 나온 주류 판매장 아저씨가 알려주더라고요."

사쿠마는 다시 한번 사체를 살펴보았다. 주변에 어지럽혀진 흔적은 없었다. 아무래도 이 자리에서 죽은 건 며칠 전이고 그 위에 눈이 내려서 쌓인 것 같았다. 그러다가 어젯밤부터 오늘 아침 사이에 기온이 좀 올라가니까 눈이 녹으면서 사체가 드러난 것이다.

"저 꽃을 올린 건 누구지요?"

"꽃?"

그건 알지 못했었는지 이노우에는 다시 한번 들여다보고 말했다.

"아, 아마 가나에 씨일 겁니다. 가끔 이 개에게 먹을 걸 챙겨줬으니까요."

"먹을 것을? 그럼 이 근처에 자주 나타나던 개였군요?"

"그렇습니다. 버릇이 되어서 아예 자리 잡고 살면 안 되니까 먹을 건 챙겨주지 말라고 내가 얘기했거든요. 역시나 이렇게 됐지 뭡니까."

이노우에는 답답하다는 듯이 아랫입술을 툭 내밀었다.

"죄송하지만, 후지이 가나에 씨를 좀 불러주실 수 있을까요? 잠깐 얘기를 듣고 싶어서요."

"그야 괜찮지만, 이 개한테 무슨 문제가 있습니까?"

"아뇨, 아직은 잘 모르겠어요."

사쿠마의 말에 이노우에는 고개를 갸웃거리며 레스토랑 안으로 들어갔다.

곧바로 가나에가 나왔다. 사쿠마를 보더니 꾸벅 머리를 숙였다. 개에 대해 물어보자 슬픈 표정으로 양쪽 눈썹 끝이 처지면서 밥을 챙겨줬다는 것을 인정했다.

"반년 전쯤부터였나, 이 근처를 서성거리고 다녔어요. 그래서 점심때와 저녁때, 남은 음식을 몰래 줬는데……. 하지만 지난 2, 3일 동안은 눈에 띄지 않아서 이상하다, 이상하다, 했었어요."

"정확히 언제부터 안 보였어요?"

"언제부터……?" 가나에는 둘째 손가락을 입에 대고 잠시 생각에 잠겼다. "아, 지난주 토요일 점심때 여기서 본 게 마지막이었어요. 눈이 쌓이지 않은 주차장 한쪽에서 햇볕을 쬐고 있었거든요."

"그때도 먹을 걸 줬어요?"

"네, 줬습니다."

"그리고 그 뒤로 이 개는 여기에 온 적이 없었던 건가요?"

"아뇨, 그날 밤에 다녀간 것 같아요."

"다녀간 것 같다니, 그건 어떤……."

"밤에는 레스토랑 문 닫기 전에 제가 접시에 먹을 걸 담아서 저기쯤에 두고 퇴근하거든요. 그러면 밤사이에 와서 먹고 가는 것 같더라고요."

"그러면 그 토요일 밤에도 그렇게 했는데 다음 날 아침에 보니까 먹고 갔더라는 얘기군요."

"네, 근데⋯⋯." 그녀는 고개를 갸우뚱하며 말했다. "먹긴 먹었는데 많이 남겼어요. 저는 그냥 그런가 보다 하고 넘어갔었는데⋯⋯."

"그리고 그 뒤로는 못 봤던 거군요."

가나에는 꾸벅 고개를 끄덕였다.

"그러면 이 꽃을 올린 건 가나에 씨?"

"꽃이요?" 가나에는 아래쪽을 들여다보더니 고개를 저었다. "아뇨, 제가 올린 거 아니에요."

"가나에 씨도 아니다⋯⋯."

사쿠마는 다시 한번 개의 사체를 살펴보다가 가나에에게 말했다.

"가나에 씨, 여기서 잠깐만 기다려줄래요? 금방 올 테니까요."

사쿠마는 호텔 안으로 뛰어가 스카와를 데리고 나왔다. 상황을 설명하자 그도 얼굴빛이 달라졌다.

"이 개 좀 잘 보십쇼." 사쿠마가 말했다. "외상은 어디에도 없어요. 떠돌이 개치고는 근육도 탄탄해서 병에 걸린 것 같지도 않아요. 가나에 씨 얘기로는 활발하게 뛰어다녔답니다."

"독극물에 당했을 가능성이 있다는 거네." 스카와는 바지 주머니에 양손을 넣은 자세 그대로 개의 사체를 내려다보았다. "일단 조사해보자. 부검해서 아무것도 안 나오면 그냥 해프닝으로 웃어넘기면 되니까."

그리고 다시 스카와는 가나에에게 물었다.

"그날 저녁에는 어떤 걸 챙겨줬어요?"

"밥하고 소시지였어요."

"먹을 것을 담아준 그릇은 있어요?"

"네, 있습니다." 그녀가 대답했다. "근데 씻어버렸는데요."

"그렇겠죠." 스카와는 뺨 근처를 긁적였다.

"가나에 씨가 이 떠돌이 개를 돌봐주는 거, 스키점프 쪽 사람들도 알고 있었어요?"

사쿠마가 무심코 물어보았다.

"네, 다들 알죠." 가나에가 말했다. "가끔 함께 놀아준 사람도 있었어요. 노라짱이라고 이름도 붙여주고."

"노라짱……." 스카와는 다시 개의 사체에 시선을 떨구고 가슴 앞에 작은 십자를 그었다. "가엾게도. 리허설에 이용되었는지도 모르겠네."

사쿠마 일행이 하라공업팀 회사 기숙사에 도착하자 기숙사 총무라는 청년이 안내해주었다. 거기서 니레이의 방을 들여다본 사쿠마는 아연해서 잠시 할 말이 떠오르지 않았다.

니레이는 대부분 합숙소에서 지냈지만 그래도 1년에 100일쯤은 이 기숙사에서 먹고 자며 살았던 것이다. 하지만 그의 방은 생활공간이라고 하기에는 너무도 이질적이었다.

우선 일반적으로 남자 혼자 살아갈 때 필요하다고 일컬어지는 물건들이 이 방에는 한 가지도 없었다. 옷장이나 서랍이 없는 건 물론이고, 그보다 그 안에 넣어둘 의류가 일절 눈에 띄지 않았다.

"옷은 아마 합숙소 쪽에 있을 거예요." 기숙사 총무가 사쿠마의 의문에 답해주었다. "배낭 하나에 다 넣어두더라고요. 이동할 때 그거 하나만 들고 가면 된다면서."

"그래도 여름철 겨울철 옷이 다르고 여벌 옷도 필요했을 텐데요."

"아뇨, 그 친구는 그런 복잡한 건 생각도 안 했을걸요. 더우면 벗고 추우면 껴입고, 그런 식이었어요. 애초에 평소에는 트레이닝복으로 다 해결되니까요."

"그렇군요."

사쿠마는 고개를 끄덕였다. 그리고 니레이는 복잡한 건 생각하지 않는다, 라는 말을 이번으로 몇 번째나 듣는 건가, 하고 생각했다.

의식주 중에서 의가 그런 상태인 데다 그다음의 식과 주도 거기서 거기였다. 전기 주전자나 오븐 토스터 같은 것도 없었다. 책상도 없고, 텔레비전이나 라디오도 없다. 난방 기구조차 없었다.

"춥지도 않았나?"

스카와가 눈이 둥그레져서 말했다.

"겨울철에는 거의 합숙소에서 지냈으니까 별 필요가 없었겠죠. 게다가 추위에도 강했던 것 같아요. 감기 걸렸다는 얘기는 한 번도 들은 적이 없어요."

"흠, 이런 경우는 역시 존경스럽다고 해야겠지?"

코트 앞깃을 바짝 여미고 목을 움츠리면서 스카와가 말했다.

그렇다면 니레이의 방에 무엇이 있었는가 하면 이게 또 기묘했다. 방 한쪽에 백과사전이 줄지어 서 있었다. 그것도 책장이 아니라 방바닥에 놓아둔 것이다. 사쿠마가 헤아려보니 백과사전은 부록을 포함해 총 스물네 권에 달했다. 추레한 회색 벽을 배경으로 새 백과사전이 통일된 호화 장정의 책등을 내보이며 나란히 선 풍경은 보는 사람에게 뭔가 기이한 느낌을 주었다.

백과사전 이외에 눈길을 끈 것은 벽에 걸린 그림이었다. 우선 액자부터가 주목할 만했다. 릴리프 틀의 고급품이어서 구입하려면 몇만 엔은 할 것이다.

그 액자에 넣어둔 것은 스키에 유코의 웃는 얼굴을 그린 연필화였다. 그 여자라는 것을 금세 알아본 것은 상당히 잘 그린 그림이었기 때문이다. 니레이가 직접 그린 것이라는 말을 듣고 두 형사는 다시금 놀랐다.

"이걸 그린 것은 유코 씨와 교제하기 전이었어요. 이렇게 버젓이 걸어놓기까지 했으니 니레이가 유코 씨를 좋아한다네, 하는 소문이 금세 퍼졌죠. 하지만 멘털이 강하다고 할까, 전혀 멋쩍어하지도 않고 누군가 놀려도 깔깔거리며 웃기만 했어요. 하긴 그 짝사랑이 결국 이뤄졌으니까 정말 대단한 친구였죠."

"니레이 씨가 교제를 청한 거예요?"

방 한쪽에 놓인 큼직한 냄비를 보면서 사쿠마가 물었다. 양쪽 손잡이가 달린 양은 냄비다. 왜 이런 냄비가 굴러다니고 있는 건가.

"아뇨, 아무래도 그게 아니었던 모양이에요."

기숙사 총무가 목소리를 낮추며 빙글거렸다.

"그게 아니라니……."

"들은 얘기에 의하면 유코 씨 쪽에서 먼저 데이트를 신청했대요. 솔직히 말해서 우리도 깜짝 놀랐습니다. 형사님들도 의외라고 생각하시죠?"

"흠, 유코 씨의 첫인상과는 좀 다르긴 하네요." 사쿠마는 그렇게 답했다.

"그렇다니까요. 이런 기적도 있구나, 하고 니레이에게 한 수 배운 기분이었어요."

기숙사 총무가 익살스러운 표정으로 말했다.

백과사전과 초상화도 눈에 띄었지만, 이 방에서 가장 이질적인 것은 구석에 놓인 불단일 것이다. 50센티미터 정도 높이의 작은 것이지만 정갈하게 관리했는지 먼지가 거의 없었다.

"이건 누구지요?"

불단 앞에 세워둔 작은 사진틀을 스카와가 집어 들었다. 사진 두 장이 들어 있고, 한쪽은 30대 여자, 또 한쪽은 50이 넘은 듯한 남자였다.

"니레이의 어머니, 그리고 후지무라 씨예요." 기숙사 총무가 알려주었다.

"이 사람이? 아하, 그렇군."

사쿠마는 고개를 끄덕였다. 니레이의 성장 과정에 대해서는 조사를 해서 이미 알고 있었다.

"니레이에게 이 두 분은 그야말로 하느님이었어요. 불단을 놓고 하느님이라니 좀 이상하긴 한데, 진짜 그런 느낌이었어요. 항상 유쾌한 친구였지만 불단을 마주하고 있을 때는 보는 사람이 어쩐지 으스스해질 정도였으니까요."

사쿠마는 다시 한번 사진을 들여다보았다. 니레이는 이 방에서 지낼 때, 아침저녁으로 혼자 절을 올렸던 것일까.

"아, 알겠다."

사진틀을 제자리에 돌려놓던 스카와가 뭔가 납득한 듯 고개를 위아래로 끄덕였다.

"뭘요?"

"니레이가 스기에 유코에게 반한 이유를 알겠어. 유코 씨와 니레이 어머님이 어딘가 분위기가 상당히 비슷해."

그 말을 듣고 사쿠마도 사진과 초상화를 번갈아 보았다. 정말 스카와가 말한 그대로였다. 우선 헤어스타일이 비슷했다. 며칠 전에 봤을 때는 긴 머리를 풀고 있었지만 이 초상화에서는 위로 묶었다. 그게 니레이의 어머니와 똑같은 것이다.

거기에 눈이나 코를 하나하나 비교해보면 딱히 빼닮은 것도 아닌데 전체적인 분위기가 흡사했다.

"그거라면 제가 니레이에게서 직접 얘기를 들었어요." 기숙사 총무가 말했다. "얼굴 생김새뿐만 아니라 꽃이나 색깔 같은 취향도 자기 어머니하고 똑같다고 하더라고요."

"언제까지고 어머니 품을 벗어나지 못했다는 얘기군."

스카와는 자신의 코를 엄지로 톡 팅기며 말했다.

백과사전과 초상화와 불단을 빼고는 이 방에서 따로 볼만한 것은 없었다. 휑한 방바닥 거의 한가운데 얇은 방석 한 장이 깔려 있을 뿐이다. 그리고 방 한쪽에 큼직한 냄비. 이 냄비가 아무래도 궁금해서 사쿠마는 기숙사 총무에게 물어보았다. 그는 즉시 대답했다.

"그건 이 기숙사에서도 유명한 니레이의 세숫대야예요."

"세숫대야?"

"예. 항상 그걸 들고 목욕탕에 나타났거든요. 니레이 본인의 말에 의하면, 이만큼 큼직한 게 편리하고 게다가 손잡이가 달려 있으니까 들고 다니기도 쉽다는 거예요."

진짜 그렇다, 라고 사쿠마와 스카와는 서로 얼굴을 마주 보았다.

3

리프트에서 내린 사와무라는 걸음을 서둘렀다. 앞서 걸어가는 스기에 쇼를 따라잡았다. 어깨를 툭 치자 쇼가 움찔 놀라면서 돌아보았다.

"뭘 그렇게 놀라?" 사와무라는 웃음을 지으면서 말했다. "컨디션이 아주 좋던데? 뭘 어떻게 한 거야?"

쇼는 곧장 대답하지 않고 긴 속눈썹의 눈을 떨구더니 다시 사와무라를 보았다.

"좋을 때도 있는 거지."

어딘가 시들한 말투였다.

"저절로 휘이익 날아가는 때가? 난 그런 때가 한 번도 없던데."

"사와무라는 굴곡이 없어. 언제든지 안정적으로 거리가 나오잖아."

감정이 담기지 않은 목소리로 말하더니 쇼는 다시 걸음을 옮겼다. 별수 없이 사와무라도 잠자코 그 뒤를 따라갔다. 쇼의 뒷모습은 어딘지 나른하게 처진 것처럼 보였다.

사와무라는 오늘도 쇼의 점프가 신경 쓰였다. 뭔가를 확실하게 키워가는 듯한 위압감이 있었다. 어떻게든 더듬더듬 기어가면서 점프 실력을 향상시키려고 하는 자신에 비해 그는 분명한 뭔가를 향해 성큼성큼 몇 계단씩 뛰어오르는 것 같았다. 그리고 그건 어쩌면 상당히 오래전부터 진행되어온 것인지도 모른다고 사와무라는 생각했다. 요즘 들어 급격하게 변모하기 시작해서 이제야 알아본 것뿐인지도 모른다.

쇼가 뛰고 그다음 순서에 사와무라가 뛰었다. 거리는 거기서 거기로 거의 비슷했다. 하지만 사와무라는 현재 최상의 컨디션인 것이다. 머지않아 대적할 수 없는 강적이 될지도 모른다……. 랜딩 힐을 타고 내려올 때, 그런 불길한 예감이 사와무라의 머릿속을 스쳐 갔다.

다음에 리프트를 타고 올라갈 때, 사와무라는 중간 포인트에서 내렸다. 도약대 바로 옆의 코치박스로, 감독이나 코치진이 선수의 점프를 체크하는 곳이다.

"왜 그래, 사와무라, 무슨 일 있어?"

그를 알아보고 코치 하마타니가 물었다.

"아뇨, 그냥 아리요시 교수님한테 잠깐 볼일이 있어서요."

사와무라는 스키 판을 한쪽에 세워놓고, 감독이나 코치진과 조금 떨어진 곳에서 카메라며 계기판 같은 것을 조종하고 있는 두 남자에게 다가갔다. 한쪽은 30대 중반이고 입가에 수염을 길렀다. 또 한 사람은 아직 젊고 늘씬한 느낌이다. 둘 다 두툼한 다운재킷을 입고 있었다.

"교수님, 안녕하십니까."

사와무라가 인사를 하자 수염 기른 쪽이 어, 그래, 라고 응했다. 젊은 남자는 가볍게 머리를 숙였다.

"여전히 컨디션이 아주 좋더라."

"그렇지도 않아요. 사기 친 거예요, 사기."

사와무라는 두 사람 옆으로 다가가 설치된 카메라를 들여다보았다.

수염을 기른 이 남자는 아리요시 유키히로로, 호쿠토대학에서 바이오메카닉스를 연구하는 조교수다. 원래 수영 쪽을 연구 테마로 삼아 「경영競泳에 있어서 팔 흔들기형型 스타트에 관한 분석적 연구」라는 논문을 발표하기도 했다. 그러다가 소소한 일을 계기로 스키점프에 흥미를 느끼고 히무로코산 스키점프팀과 협업 형태로 주로 도약에 관한 연구를 계속하고 있다. 그리고 정기적으로 훈련장에 나와서 히무로코산팀 선수들의 데이터를 따가는 것이다.

사와무라는 카메라에서 눈을 떼고 허리를 숙인 채 목소리를 낮춰 말했다.

"실은 교수님께 부탁할 게 있어요."

"뭔데? 돈과 여자에 관한 거라면 난 몰라."

아리요시는 옆에 있는 젊은 남자와 얼굴을 마주 보며 웃었다. 그는 아리요시의 조교로, 이름은 간자키라고 했다.

"그런 부탁을 왜 하겠습니까. 그게 아니라…… 쇼가 점프하는 거, 보셨어요?"

"스키에 쇼 말이야?" 아리요시의 얼굴이 약간 심각해지는 것처럼 보였다. "응, 아주 좋더라고. 이전과는 너무 달라졌어."

"전부터 어렴풋이 눈치채기는 했는데, 요즘 부쩍 좋아진 거 같아요."

"니레이가 죽고 드디어 나의 시대다, 라고 생각했던 사와무라

료타 선수로서는 영 못마땅하다는 얘기?"

"엇, 그런 농담을 할 때가 아니에요. 그런 동기를 의심해볼 수 있다는 식으로 오늘 아침에도 어떤 스포츠 신문에 기사가 나왔다니까요."

"의심해볼 수 없는 거야?" 아리요시가 피식 웃었다. "오늘 아침에 여기 와보고 놀랐어. 언제부터 스키점프가 이렇게 인기가 있었나 싶어서. 이만큼 세상의 주목을 받은 건 옛날 삿포로 올림픽 이후로 처음일 거야."

아리요시가 점프대 아래쪽을 턱으로 가리켜서 사와무라도 그쪽을 돌아보았다. 신문사며 잡지사 차들이 줄을 잇고 있었다. TV 방송국도 몇 군데 나온 것 같았다. 그들에 가려져 눈에 띄지는 않지만 경찰도 섞여 있을 터였다.

"살해된 사람이 니레이였기 때문인가." 사와무라는 혼잣말처럼 중얼거렸다.

"그럴지도 모르지." 아리요시가 다시 계기판 쪽으로 돌아서며 말했다. "그나저나 쇼가 어떻다고?"

"아 참, 그 얘기." 사와무라는 다시 엉거주춤 허리를 숙였다. "쇼의 점프도 기록해주시면 좋겠어요."

"그래서 어떻게 하려고?"

"분석을 하는 거죠."

"누가?"

사와무라는 아리요시의 가슴팍을 손끝으로 가리켰다. 그걸 보고 아리요시도 자신을 가리키며 물었다.

"내가? 뭣 때문에?"

"좀 해주세요. 궁금하잖아요. 오며 가며 하셔도 되잖아요."

"이봐, 사와무라." 아리요시가 짐짓 무서운 목소리로 말했다. "지금 연구 예산이 부족해서 죄다 내 발로 뛰고 있어. 오며 가며 할 수 있는 일이면 내가 왜 이 고생을 하겠냐."

"그러지 말고, 부탁 좀 드릴게요."

사와무라가 손을 맞댔을 때, 조교 간자키가 작게 부르짖었다.

"엇, 스기에 쇼 선수다!"

사와무라는 손을 맞댄 모습 그대로 점프대 쪽을 돌아보았다.

쇼가 타고 내려오는 참이었다. 발군의 타이밍에 도약하는가 싶더니 몸이 공중으로 뛰쳐나오고 있었다. 전경前傾 자세가 제대로 잡힌 비형으로 랜딩 힐 너머로 사라졌다.

"120미터!"

멀리 떨어진 곳에서 거리를 재는 사람이 핸드 스피커로 알렸다.

코치와 감독들 사이에서 와아 하는 소리가 새어 나왔다.

사와무라는 아리요시를 보았다. 그도 놀란 듯 입을 헤벌린 채였다.

"부탁드릴게요." 사와무라는 다시 한번 말해보았다.

아리요시는 팔짱을 끼고 한 차례 끄으응 앓는 소리를 낸 뒤에 사와무라를 보았다.

"저녁 살 거야?"

그 즉시 사와무라는 한쪽 눈을 찡긋했다.

일진日辰에 따라 니레이 아키라의 장례식이 모레로 잡혔다는 소식을 사와무라는 왁스룸에서 들었다. 되도록 참석해달라는 요청이 미요시 총감독 쪽에서 내려왔다는 얘기였다.

"참석 안 하면 안 되겠지?" 한 선수가 말했다. "다들 왔는데 나만 빠지면 범인으로 딱 찍힐 거 아냐."

그 선수는 농담처럼 얘기한 것이겠지만, 그 말은 주위에 있던 이들을 일시에 침묵하게 하는 효과가 있었다. 머쓱해졌는지 그는 잽싸게 왁스룸을 나가버렸다.

자리를 바꾸듯이 들어온 사람은 스기에 다이스케였다. 그는 안을 빙 둘러보더니 우선 쇼 이외의 닛세이팀 선수 두 명이 앉아 있는 곳으로 갔다. 이미지 트레이닝을 중심으로 어쩌고저쩌고하는 대화가 귀에 들어왔다. 오후 일정을 설명해주는 모양이었다.

그런 다음에 스기에는 쇼에게로 다가왔다. 쇼는 사와무라 옆에서 막 옷을 갈아입기 시작한 참이었다. 사와무라는 콧노래를 흥얼거리면서 귀를 쫑긋 세웠다.

"2시 반부터 시작한다. 2시까지 로비로 나와."

스기에 다이스케의 목소리가 들렸다. 애써 나지막하게 억누른 말투였다.

"너무 피곤해요." 쇼가 말했다. "오늘은 좀 봐주세요."

"어리광 부리지 마. 어제 그 소란 통에 아무것도 못 했잖아. 그만큼 반드시 만회해야 돼."

쇼는 입을 꾹 다물었다.

"알았지? 2시야."

내뱉듯이 말하고 스기에는 빠른 걸음으로 왁스룸을 나갔다. 사와무라는 그 뒷모습을 지켜본 뒤, 슬그머니 쇼를 곁눈으로 살펴보았다.

쇼는 뭔가 생각에 잠긴 것 같았지만 이윽고 다시 옷을 갈아입었다. 벽 쪽으로 돌아서서 스키복을 벗었다. 넓은 어깨가 사와무라의 눈앞에 있었다.

'2시 반부터 시작한다…….'

사와무라는 스기에가 한 말을 떠올리고 있었다. 대체 뭘 시작한다는 것인가. 닛세이 스키점프팀의 다른 선수들과는 별도로 하는 트레이닝 프로그램인 것 같은데…….

멍하니 그런 생각을 하다가 쇼의 하반신을 본 순간 사와무라의 생각은 딱 멈췄다. 그의 시선을 끈 것은 대퇴부 근처였다. 특히 허벅지 뒤쪽의 근육이 불룩해져 있었다.

'이 친구 다리가 원래 이렇게 생겼었나?'

사와무라가 마음속으로 중얼거렸을 때, 쇼가 쓱 트레이닝 바지를 올렸다. 그리고 가방을 들고 돌아보았다. 사와무라와 시선이 마주쳤다.

"왜?"

쇼가 물었다. 여전히 억양 없는 목소리였다. 사와무라를 쳐다보는 눈에도 감정이 담겨 있지 않았다.

"아니, 아무것도 아냐."

사와무라가 고개를 젓자 그는 어떤 반응도 보이지 않은 채 자신의 스키 판을 떠메고 왁스룸을 떠났다.

'저 녀석, 혹시……'

사와무라의 머릿속에 한 가지 의혹이 싹트기 시작했다.

4

실질적으로 스키팀은 소멸한 셈이었지만, 한동안 합숙소에서 대기하라는 게 하라공업 본사에서 미네기시에게 내려온 지시였다. 한마디로, 사건의 보고 담당자로, 그리고 경찰이나 언론의 대응 담당자로 남아 있으라는 것이다. 미네기시는 독신이라서 혼자 살고 있었다. 그런 점에서 이런 때 활용하기에 적합하다고 생각했는지도 모른다.

다만 정보는 뜻밖일 만큼 전혀 들어오는 게 없었다. 형사로 보이는 사람들이 계속 호텔 안팎을 배회하고 있는데 그들이 무엇을 하는지 전혀 짐작도 되지 않았다. 두세 명에게 넌지시 물어보기도 했지만 애매하게 얼버무리기만 할 뿐이었다.

점심때가 되자 미네기시는 레스토랑으로 가서 각 팀이 오전 연습을 끝내고 돌아올 때까지 기다리기로 했다. 안은 평소보다 빈 테이블이 적었다. 낯선 사람들이 여기저기 앉아 있었다. 신문사나 잡지사 기자들이 틀림없었다. 미네기시가 안쪽 테이블에 자리를 잡자 그들은 슬그머니 몸을 틀어 이쪽을 살펴보는 태세를 취했다.

'설마 내가 범인인 줄은 꿈에도 생각 못 하겠지.'

태연한 척 커피를 마시며 미네기시는 생각했다. 누가 보더라도 자신에게는 살해 동기가 없다. 오히려 지도하던 선수를 잃은 피해자라고 딱한 시선으로 바라보고 있다.

하지만…….

이대로 시간이 가기만을 기다려서는 안 된다고 미네기시는 생각했다. 지금 이대로는 잠도 편히 잘 수 없다. 어젯밤에 그는 결국 한숨도 못 잤던 것이다.

니레이 아키라를 죽인 사람은 너다…….

그 편지의 글귀가 머릿속을 떠나지 않았다. 대체 누가 그런 편지를 놓고 간 것인가. 필체는 일부러 알아볼 수 없게 썼고, 편지지나 봉투도 본 적이 없는 것이었다.

우선 그 편지는 언제 어느 틈에 내 방에 갖다 놓은 것인가.

그 점을 생각하기 시작하자마자 절망적인 기분이 들었다. 누구라도 손쉽게 방에 들락거릴 기회가 있었기 때문이다.

일단 저녁식사 전부터 미요시 총감독의 방에서 열린 회의에 참석하느라 미네기시는 한두 시간 방을 비웠다.

그리고 그 전에도 잠깐잠깐 방을 나왔다. 어제는 방에 느긋하게 앉아 있을 겨를이 없었던 것이다. 그리고 이곳에서 합숙 중인 자들 대부분이 그렇지만, 자기 방에 열쇠를 채워두는 일은 없다. 즉 길가의 쓰레기통에 뭔가 툭 던지듯이 방 안에 던져놓기만 하면 된다. 누구라도 간단히 할 수 있는 것이다.

'자수하라고?'

역시 스키점프 관계자들 중 한 명일 거라고 미네기시는 생각했다.

편지를 보낸 자는 무슨 속셈인 걸까, 하고 그는 생각해보았다. 자신의 계획은 완벽했을 터였다. 어디에도 빈틈은 없었다. 그러면 어떤 근거로 그자는 니레이를 죽인 사람이 미네기시라고 추리했던 것인가.

그는 바싹 타는 목을 커피로 축였다. 몇몇 테이블에서 남자들이 급히 눈을 피했다. 깨닫지 못했지만 그들은 내내 미네기시를 주목하고 있었던 모양이다.

나도 모르는 사이에 누군가 지켜보는 일도 있다…….

아, 잠깐, 하고 미네기시는 테이블 위에 놓인 자신의 손바닥에 시선을 떨궜다. 편지를 보낸 자가 범행 일부를 목격했을지도 모른다는 생각이 떠오른 것이다.

그렇다면 대체 무엇을 목격한 것인가.

독이 든 캡슐을 건네준 트릭에 대해서라면 미네기시는 자신이 있었다. 가장 머리를 쥐어짠 계획이었고 그런 만큼 실행에 옮기는 데도 세심한 주의를 기울였기 때문이다. 누군가에게 들켰을 거라고는 도저히 생각할 수 없었다.

'그게 아니면 좀 더 이전의 일인가.'

독극물을 손에 넣은 과정을 미네기시는 머릿속에 떠올렸다. 거기서 누군가에게 들킨 것인가.

미네기시가 독극물을 손에 넣은 것은 올해 설 연휴에 오타루의 본가에 갔을 때였다. 물론 본가에 독극물이 있었던 게 아니다. 그가 노린 곳은 본가에서 200여 미터 떨어진 오래된 집이었다.

그곳에는 일흔 살이 된 할머니가 혼자 살고 있었다. 2년 전에 타계한 그녀의 남편은 고서점을 꾸려가는 한편, 아이누 민족에 관한 연구를 하고 있었다. 미네기시는 어렸을 때부터 자주 그 집에 놀러 갔었다. 그런 인연으로 지금도 본가에 가면 이따금 어떻게 지내시는지 들여다보곤 했다.

그 집에 아코니틴이 있는 것을 미네기시는 알고 있었다. 고서점 할아버지가 세상을 떠나기 1년쯤 전에 선반의 서랍에서 유리병 하나를 꺼내 미네기시에게 보여준 것이다. 옛날부터 아이누 사람들은 곰 사냥용 독극물로 투구꽃 뿌리를 사용했다는 얘기였지만, 거기에서 분리해낸 것이 아코니틴이었다.

"이걸 바늘 끝에 살짝 묻혀서 찔러보라지. 사람은 한 방에 끝이야."

노인은 누런 이를 드러내며 웃었다.

"먹어도 죽어요?"

미네기시가 물어보자 노인은 대답했다.

"물론 죽지. 먹기도 하고 바르기도 하고 양쪽 다 쓰는 거야."

그때 일을 미네기시는 내내 기억하고 있었다. 그래서 니레이를 죽이기로 결심했을 때, 가장 먼저 그 독약이 머릿속에 떠올랐던 것이다.

새해 인사를 갔을 때, 미네기시는 노파의 눈을 피해 몰래 갖고 나왔다. 노파는 아코니틴에 관한 것은 알지 못할 터였다.

미네기시로서는 그 일을 누군가 알아냈을 리는 없다고 생각되었다. 그가 그 고서점에 자주 드나든다는 건 가족도 알고 있지만 사망한 주인이 아이누 연구가였다는 것까지는 알지 못할 터였다. 또한 알았다고 해도 그걸 곧바로 독약과 연결 지어 생각할 리는 없다.

'독약의 입수처를 통해 알아낸 게 아니라면 역시 독약을 넣는 과정에서 누군가에게 들켰다는 건가…….'

거기까지 생각했을 때, 히무로코산팀의 다바타가 다른 감독들과 함께 레스토랑에 들어왔다. 다바타는 미네기시를 알아보고 그의 맞은편 자리에 와서 앉았다.

"미치겠다." 다바타가 넌더리가 난다는 얼굴로 말했다. "지금 연습이고 뭐고 할 수가 없어. 선수들도 전혀 집중을 못 하고."

"당분간은 힘들 것 같네요."

"당분간? 당분간으로 끝난다면야 다행이지만, 그게 마음대로 될지 모르겠다. 일단 이번 주말 기록은 꽝이야, 틀림없이."

다음 대회를 걱정하는 말을 토해내고 다바타는 웨이트리스 가나에를 불렀다.

이 사람인지도 모른다……. 점심을 주문하는 다바타의 옆얼굴을 보면서 미네기시는 잽싸게 머리를 굴렸다. 이 사람과는 함께 있는 일이 많았다. 어쩌면 뭔가 눈치채고 있는지도 모른다.

"왜 그래, 점심 안 먹어?"

다바타가 메뉴를 손에 든 채 물었다. 가나에도 미네기시를 보고 있었다.

"아, 먹어야죠. 잠깐 멍해져버렸네."

서둘러 대답하고 미네기시는 눈두덩을 꾸욱 눌렀다.

"괜찮아? 안색이 별로 안 좋아. 피곤한 거 아니야?"

"좀 피곤하긴 하네요. 근데 괜찮습니다."

대답하면서 역시 이 사람은 아니라고 미네기시는 생각했다. 분명 함께 있었던 적이 많았지만, 어떤 빈틈도 내보인 적이 없었을 터였다.

잠시 후에 가타오카가 옆자리로 다가왔다. 지금은 닛세이자동차팀의 트레이너로 옮겨 갔지만 그는 예전에 하라공업팀 소속이었다. 그래서 다바타도 스기에 다이스케는 꺼리지만 가타오카는 그 정도로 멀리하지 않았다.

"그날 조식 후에 맨 마지막까지 레스토랑에 남았던 사람이 누군지 알았어." 가타오카가 목소리를 낮추고 미네기시에게 얼굴을 바짝 댄 채 말했다. "미요시 씨야. 늦게까지 커피를 마시고 있었던 모양이야. 이건 웨이트리스 가나에 씨한테도 확인했으니까 틀림없어. 9시 조금 전에 여기서 나갔다고 했어."

"미요시 총감독님을 의심하고 싶지는 않은데……."

"그렇게 감성적으로 생각하는 건 위험해. 뭐, 아무튼 좋아. 재미있는 건 지금부터야. 미요시 씨가 최근에 여기 주차장 쪽 출입문으로 나가려고 했던 모양이야. 근데 문이 얼어붙어서 다시 로비 쪽 문으로 나갔다는 거야."

"주차장 쪽은 아침에는 항상 얼어붙어서 안 열리잖아." 다바타가 옆에서 말했다.

그때 웨이트리스가 주문을 받으러 와서 가타오카는 입을 다물고 메뉴의 맨 위에 적힌 정식을 가리켰다.

"근데 그날 아침 10시 전에 내가 주차장 쪽 출입문으로 들어왔단 말이야."

웨이트리스가 간 뒤에 가타오카가 다시 이야기를 시작했다.

"……근데 그게 왜?"

"그때는 문이 아무 문제 없이 열렸다고. 그러니까 그 전에 누군가 드나들면서 얼어붙었던 게 풀렸다는 얘기야. 아마도 그자가 범인일 거야."

"요즘 날씨에는 웬만해서는 저절로 녹는 일이 없으니까 그것도 맞는 말이네." 다바타도 동의했다.

"즉 범인은 나갈 때든 들어올 때든 분명 주차장으로 통하는 저 출입문을 이용했다는 거야."

가타오카는 자신의 추리에 자신이 있는지 진지한 눈빛으로 말했다. 미네기시도 덩달아 심각한 얼굴을 하고 고개를 끄덕여주었다.

"어때, 수사에 참고가 되지 않겠어?"

"글쎄……." 미네기시는 생각해보는 척했다. "응, 참고가 될 것 같기도 하다."

가타오카는 고개를 끄덕이더니 자신의 컵을 들고 다른 테이블로 옮겨 갔다. "뭐야, 저 친구?"라고 다바타는 의아한 얼굴을 하고 있었다.

"출입문……."

미네기시는 입 속에서 중얼거렸다. 하지만 그는 알고 있었다. 그런 생각은 아무 도움도 안 된다. 그리고 다들 그런 식으로 추리를 펼치고 있는 한, 자신은 안전할 터였다.

그런데 현실은 그렇지 못하다. 누군가가 진상을 알고 있다.

그 편지를 보낸 자는 어떻게 범인을 알아낸 것인가.

물적 증거는 아무것도 남기지 않았다. 그런데 어떻게…….

미네기시는 무심코 주위를 둘러보았다. 가타오카와 다바타뿐만 아니라 각 팀의 감독과 코치들이 몇 군데 테이블로 나뉘어 식사를 하고 있었다.

저 사람인가. 아니면 이쪽의 이 사람인가.

오늘 밤도 잠이 올 것 같지 않다. 미네기시는 절망적인 기분이 들었다.

5

고난 스포츠센터는 도요히라카와강 변에 자리 잡고 있다. 5층 빌딩으로 애슬레틱 짐, 피트니스 스튜디오, 테니스 코트, 실내 수영장 등을 갖춘 본격적인 회원제 스포츠클럽이다.

스기에 유코는 이 스포츠센터 2층의 메디컬 살롱에서 근무하고 있다. 메디컬 살롱은 의학적인 관점에서 클럽 회원들을 지도해주는 곳이다.

그녀가 접수 카운터를 맡고 있을 때, 양복 차림의 남자가 다가왔다. 회원 가입을 하러 온 줄 알고 미소를 지으려고 했지만, 그게 아니었다. 유코는 어중간하게 웃음을 멈췄다.

남자는 후카마치 가즈오였다. 뾰족한 턱에 약간 그늘진 눈매가 여전했다.

"잠깐 얘기 좀 하고 싶은데." 그가 말했다.

"지금 바로?" 그녀는 물었다.

후카마치는 잠시 생각해보더니 고개를 끄덕였다.

"응, 지금 바로 얘기하는 게 좋겠다." 그리고 짧게 덧붙였다. "5분이면 돼."

그녀는 다시 한번 그를 바라본 뒤, 조금 떨어진 자리에서 컴퓨터 단말기를 들여다보는 동료에게 10분만 자리를 비우겠다고 양해를 구했다.

메디컬 살롱 옆의 휴게실에서 두 사람은 마주 앉았다. 자동판매기 커피라도 사 올까, 라고 후카마치가 제안했지만 유코는 괜찮다고 고개를 저었다.

"그러고 보니 인스턴트커피는 싫어했었는데." 그가 쓴웃음을 지으며 말했다.

그 말에 대해 유코가 아무 대답도 하지 않았기 때문에 그도 곧바로 원래의 진지한 얼굴로 돌아왔다. 한 차례 헛기침을 했다.

"이래저래 힘들었지?" 그가 물었다.

조금, 이라고 유코는 턱을 당겼다.

"이번 사건, 뉴스 보고 알았어. 진짜 놀랐어."

"그랬을 거야."

"살해된 사람이 니레이라는 것도 그렇지만, 네가 그 현장에 있었다는 것도 마음에 걸렸어. 역시 아직 그 친구하고 사귀고 있었구나."

유코는 대답 대신 시선을 떨궜다. 후카마치는 가만히 고개를 끄덕였다.

"경찰 수사는 어느 정도 진행되고 있어?"

"글쎄…… 모르겠어."

"설마 네가 의심을 받는 건 아니지?"

유코는 얼굴을 들어 후카마치의 눈을 보았다. 진심으로 하는 말인지 어떤지, 짐작이 가지 않았기 때문이다. 그리고 그의 눈을 바라본 뒤에도 그건 잘 알 수 없었다.

"의심하는지도 모르지." 그녀는 대답했다. "내가 니레이의 약을 독약으로 바꿔치기했다, 라는 식으로. 하지만 그날은 내가 오전 내내 여기에 있었으니까 알리바이가 입증이 되려나?"

"응, 그렇다면 일단 마음이 놓인다." 후카마치가 말했다. "그런데 스기에 감독님은 이번 사건에 대해 무슨 얘기 없었어?"

아버지 이름이 나오자마자 유코는 깊은 한숨을 흘렸다. 그리고 고개를 저었다.

"이번 일로 따로 얘기한 적은 없어. 이번 일뿐만이 아니라, 라고 하는 게 맞을지도 모르지."

"그것도 역시 여전하다는 얘기네. 실은 이번 사건 소식을 듣자마자 가장 먼저 스기에 감독님이 머릿속에 떠오르더라. 그 계획과 뭔가 관계가 있는 게 아닌가 싶어서. 그거, 아직도 계속 밀어붙이고 있잖아?"

이번에도 그녀는 대답 대신 시선을 떨구었다.

"하긴 그렇겠지." 후카마치가 말했다. "혹시라도 스기에 감독님이 그 계획을 단념할 리는 없으니까."

"걱정 끼쳐서 미안해."

"네가 사과할 문제는 아니지. 어머님은 뭐라고 하셔?"

"여전히 똑같아."

"그렇구나. 그래서 어때, 이번 사건과 관계가 있는 것 같아?"

"아니, 관계없을 거야."

그때만 유코는 딱 잘라 말했다.

"그래, 그렇다면 다행이지만……. 그냥 그게 계속 마음에 걸리고 걱정이 돼서 잠깐 들러봤어."

"고마워."

"5분 지났네. 근무 중에 미안하다."

자리에서 일어선 유코는 후카마치의 뒷모습을 배웅했다. 그와는 며칠 전에도 만났었다. 그때와는 크게 기분이 달라져 있었다.

그의 모습이 더 이상 보이지 않아서 다시 접수 카운터로 돌아가려고 했을 때, 눈앞에 불쑥 두 명의 남자가 나타났다. 한 사람은 유코를 빤히 쳐다보고 있었다. 그리고 또 한 사람은 후카마치가 사라진 쪽으로 시선을 던지고 있었다.

"안녕하십니까."

유코를 보고 있던 남자가 말했다. 미야노모리 경기장에서 만났던 형사였다.

6

스기에 다이스케와 아들 쇼를 따라 닛세이팀이 호텔에 돌아왔을 때, 시계는 막 6시를 넘어서고 있었다. 로비에서 스포츠 신문을 읽고 있던 사와무라는 그들이 엘리베이터에 타는 것을 확인하고 자리에서 일어섰다.

오늘 2시 정각에 쇼가 스기에 다이스케를 따라가는 것을 사와무라는 지켜봤다. 그리고 그들의 차가 출발하는 것과 동시에 두 명의 형사가 차로 미행에 나서는 것도 목격했다. 이건 딱히 스기에 부자에만 한정된 일은 아니었다. 스키점프 관계자가 한 걸음이라도 밖에 나가면 일단 예외 없이 감시가 따라붙었다.

사와무라는 휘파람을 부는 척하면서 스기에 부자의 뒤를 이어 나타난 젊은 형사에게로 다가갔다.

"수사는 좀 어떻습니까."

레스토랑의 진열 케이스 안을 들여다보던 형사는 갑작스럽게 말을 건넨 스키점프 선수의 얼굴을 흥미롭다는 듯이 쳐다보았다.

"무슨 궁금한 거라도 있어요?"

형사는 옅은 웃음을 짓고 있었다. 느닷없이 속마음을 꿰뚫어 보는 바람에 사와무라는 당황했다.

"왜요?"

"왜냐니, 댁들 쪽에서 우리한테 먼저 말을 걸어주는 일은 한 번도 없었잖아요. 다들 귀찮아하기만 했지. 하긴 뭐, 그럴 만도 하죠."

사와무라는 코 밑을 쓱쓱 비볐다.

"아무래도 좀 그렇죠?"

"그나저나 무슨 일? 수사상의 비밀은 말해줄 수 없지만, 정보 제공이라면 대환영인데."

"안타깝지만 사건과는 관계없고요. 닛세이팀을 미행했었지요?"

"닛세이팀?" 말을 하고 나서 형사는 아아, 하고 고개를 끄덕였다. "스기에 씨 부자? 뭐, 실례를 무릅쓰고 좀 따라다니기는 했지요."

"어디에 갔었어요?"

사와무라는 물어보았다. 하지만 형사는 대답하지 않고 새삼 그를 올려다보았다.

"왜 그런 걸?"

"알고 싶어서요. 그들이 어디서 뭘 했는지."

사와무라는 솔직히 본심을 털어놓기로 했다.

"실은 그 스기에 쇼라는 선수가 내 라이벌이거든요. 라이벌이 어떤 연습을 하는지, 궁금한 게 당연하잖습니까."

"오호, 라이벌이라."

형사는 여전히 느물느물 웃으면서 사와무라를 위아래로 훑어보았다. 불쾌한 시선이었다.

"안됐지만 그 궁금증은 풀어주기 어렵겠네." 형사가 말했다. "미행을 하긴 했는데 그건 닛세이자동차 공장 건물 앞까지였거든. 안에는 들어가질 못했어요. 그러니까 어떤 연습을 했는지도 못 봤죠."

비밀 연습인가……. 상상했던 그대로인지도 모른다고 사와무라는 주먹을 부르쥐었다.

"그러면 체육관 창문도 전부 가려져 있었어요?"

"체육관?" 형사는 미간을 좁혔다. "아니, 체육관이 아니었는데? 닛세이자동차 공장 안이었어요. 제2실험동이라고 적혀 있었던가?"

"실험동……."

체육관이 아니라 실험동에서 트레이닝을? 역시 자신의 예상이 틀림없다고 사와무라는 확신했다. 뭔가가 있는 것이다.

저녁식사 후, 사와무라는 팀 트레이너 사사모토의 방을 찾았다. 문을 열어보니 이케우라와 히노가 먼저 와 있었다. 이케우라는 침대에 엎드린 자세로 사사모토에게 마사지를 받는 중이고, 히노는 그 옆의 의자에 앉아 텔레비전을 보고 있었다.

"사와무라까지 납셨어? 여긴 휴게실이 아니라고." 사사모토가 말했다.

"아뇨, 물어볼 게 있어서요."

침대 옆에 자리를 잡고 사와무라는 말했다.

"무슨 일인데 정색을 하고 그래?"

사사모토는 동안인 데다 눈이 부리부리하다. 그 눈알을 굴리며 물었다.

"도핑에 대한 거예요." 사와무라가 말했다.

"도핑?"

사사모토의 손이 멈췄다. 이케우라와 히노도 사와무라를 돌아보았다.

"뭐야, 도핑을 해달라는 거야?"

"그런 거 아니에요. 도핑 테스트에 대해 좀 알려주세요. 그거, 간단히 할 수 있어요?"

"자세히는 모르지만, 간단할걸? 소변만 받아 오면 되니까. 근데 왜 그런 걸?"

하지만 거기에는 대답하지 않고 사와무라는 재우쳐 물었다.

"사사모토 씨도 할 수 있어요?"

"내가 그걸 어떻게 하겠냐. 기술과 기구가 있으면 가능하다는 얘기야."

"그래요?"

사와무라는 낙담한 목소리를 냈다.

"따지는 것 같다만, 대체 왜 그런 걸 묻는 거냐고. 도핑 테스트를 해보고 싶은 사람이라도 있어?"

"아뇨, 그냥 좀……."

"내가 맞혀볼까?" 사사모토에게 등 마사지를 받으면서 이케우라가 흘끗 사와무라를 보았다. "쇼를 검사해보고 싶은 거지?"

"쇼를?" 사사모토의 눈이 둥그레졌다. "정말이야?"

"이건 우리끼리만 하는 얘기인데요……."

사와무라는 한껏 목소리를 낮췄다. 그리고 최근에 쇼의 실력이 급격히 좋아진 게 아무래도 의심스럽다는 얘기를 이어갔다.

"오늘도 우연히 쇼의 다리를 봤는데 대퇴부 근육이 엄청나더라고요. 얼마 전까지만 해도 그 정도는 아니었던 것 같은데. 이렇게 단기간에 그만큼 근육이 붙었다니, 도핑 말고 뭐가 있겠어요."

"대퇴부의 어디쯤이지? 앞쪽이야 뒤쪽이야?"

"여기 뒤쪽이에요."

사와무라는 자신의 허벅지 뒤쪽을 가리키며 말했다.

"그럼 대퇴이두근이네."

사사모토는 마사지하던 손을 멈추고 팔짱을 척 꼈다.

"도핑을 했는지 어떤지는 둘째 치고, 그 부분의 근육이 발달했다면 쇼의 점프 실력이 향상된 것도 이해가 돼. 허벅지 앞쪽과 뒤쪽의 근육 비율을 조사해보면, 국내 스키점프 선수가 1대 0.5인 데 비해 유럽의 톱클래스 선수는 1대 0.6에서 0.65 정도라고 하거든. 어떤 효과가 있느냐면 그 근육이 강한 선수는 스키를 밀고 나가는 안정성에서 확연히 차이가 나는 거야."

"도핑을 한 거예요, 그 녀석." 사와무라는 확신에 찬 어조로 말했다. "그게 아니고서는 그렇게 갑자기 변할 리가 없어요. 다음에 한번 봐요, 허벅지가 이만하더라니까."

사와무라는 자신의 허벅지보다 한 움큼 굵은 크기를 양손으로 표현했다. 그것을 보고 이케우라가 사사모토에게 물었다.

"도핑을 하면 그렇게 빨리 효과가 나타나요?"

사사모토는 고개를 끄덕였다.

"어떻게 하느냐에 따라 다르지만, 믿을 수 없을 만큼 근육이 붙는다더라고."

"근육증강제라는 거네요?"

"그렇지. 아나볼릭 스테로이드라는 게 일반적이야. 서울 올림픽에서 화제가 되었으니까 다들 알고는 있지? 근육이 쉽게 붙는 데다가 피로를 감소시켜 좀 더 강한 트레이닝을 장시간 할 수 있어. 그 결과, 엄청난 몸이 되는 거지."

"주사를 놓는 거예요?"

"예전에는 주사뿐이었지. 근데 요즘은 먹는 약으로도 효과를 보고 있어. 실은 아나볼릭 스테로이드가 세계적으로 퍼진 것은 경구투여가 가능해진 다음부터야."

"오호."

이케우라는 두 팔을 턱 밑에 받치고 생각에 잠긴 듯 잠자코 있다가 불쑥 말했다.

"나, 그거 한번 시도해볼까? 그렇게라도 해서 기록이 올라가면 좋잖아."

"근데 부작용이 있어."

지금까지 잠자코 있었던 히노가 진지한 어조로 말했다.

"문제는 그거야. 주로 간 기능에 장애가 생겨. 거기에 전립선 비대, 고혈압, 성욕 감퇴까지, 대략 그 정도야."

"성욕 감퇴라는 게 영 꺼림칙하네. 근데 외국 선수들은 어떻게든 하지 않아요?"

이케우라는 몸을 돌려 한쪽 팔을 베개처럼 얼굴 밑에 괴고 사사모토를 보았다.

"도핑 기술이 엄청난 기세로 진보하고 있는 건 사실이지." 사사모토가 말했다. "검사를 피하는 방법이 다양하게 개발되고 부작용을 억제하는 연구도 상당히 진전된 모양이야. 흔히들 하는 얘기지만, 악순환이 이어지는 거야."

"우리 나라는 점점 더 승산이 줄어든다는 거잖아요. 역시 한 번 진지하게 고려해볼까. 사사모토 씨는 어떻게 생각해요? 내심 시도해보고 싶은 거 아니에요?"

이케우라의 질문에 사사모토는 "물론 관심은 있지"라고 태연히 말했다. "근데 들켰다가는 책임 문제가 발생해. 난 사양할게. 외국인 엑스퍼트가 지도해주신다면 고려해봐도 괜찮겠지만, 그런 분을 모셔 올 형편도 안 되고."

"맞다!" 사와무라가 손을 따악 쳤다. "닛세이팀이 외국인 도핑 전문가를 데려온 거예요. 닛세이에서 돈 가방을 안겨주면 어떻게든 데려올 수 있잖아요."

"그것뿐만이 아니야." 히노가 불쑥 중얼거렸다. "분명 근육이 붙으면 스키를 밀면서 타고 내려갈 때 안정적이고 도약력도 늘어나겠지. 하지만 쇼가 요즘 뛰는 걸 보면 꼭 그것만이 원인은 아닌 것 같아. 스킬 자체가 변했어."

그러더니 히노는 사사모토에게 물었다.

"근육증강제 외에 경기 능력을 향상시키는 방법으로는 또 뭐가 있어요?"

"흠, 글쎄. 직접 능력 향상으로 이어질지 어떨지는 좀 의문이
지만……."

사사모토는 그렇게 전제하고 천장을 노려보면서 이야기하기
시작했다.

"우선 중추신경에 작용하는 약이겠지. 자율신경 흥분제 중에
한때 가장 널리 사용된 게 암페타민이야. 이 약을 먹으면 긍정
적인 기분이 들고 행동이 활발해져. 자신의 능력에 자신감이 생
기고 승리를 확신하게 되는 거야. 집중력도 높아지고."

"진짜요? 그거, 나도 먹고 싶다."

이케우라가 가벼운 입을 놀렸다.

"하지만 남용하면 정신불안, 환각, 환청, 망상 등의 증상이 나
타나게 돼. 그 암페타민을 대신해서 나온 것이 에페드린. 이건
간단히 입수할 수 있어. 감기약이나 비염 치료제에 포함된 경우
가 많으니까. 기관지천식을 앓던 미국 수영 선수가 에페드린 성
분의 치료제를 먹었다가 금메달을 박탈당했다는 얘기도 있잖
아. ……그리고 그런 약물 이외에는 최면술이 있어."

"최면술?" 사와무라가 되물었다. "당신은 잠이 듭니다, 잠이
듭니다, 하는 거요?"

"아니, 그렇게 우습게 볼 게 아니야. 잘하면 몸에 어떤 피해도
입히는 일 없이 긴장감을 풀어주고 자신감도 심어줄 수 있어.
그것뿐만이 아니야. 이를테면 너희도 이미지 트레이닝을 하고

있잖아."

사와무라는 고개를 끄덕였다. 실제로 점프하는 게 아니라 점프할 때의 동작을 머릿속에 그려보면서 순간순간의 몸동작을 학습하는 트레이닝 방법이다. 다른 스포츠에서도 흔히 쓰고 있지만, 특히 스키점프에서는 유효한 수단으로 여겨지고 있다.

"그때 자신의 최고의 점프를 떠올려야 가장 효과적인데 그걸 머릿속에서 정확히 재현한다는 게 그리 쉽지 않아. 그럴 때 보완해주는 게 최면술이야. 기억의 주름 속에 엉켜 있는 감각을 불러내주니까. 그렇게 순간순간의 동작을 머릿속에서 되풀이하면서 완벽하게 자기 것으로 만들 수 있어."

"그거, 멋있다." 이케우라는 감사하다는 듯이 두 팔을 들어 올렸다. "그런 최면술이라면 받고 싶은데, 나 같은 경우는 안 되겠네. 아직 한 번도 완벽한 점프를 해본 적이 없어서."

"그 밖에도 다양한 방법이 있어." 사사모토가 히노 쪽을 보면서 말했다. "일정 주기의 전기 자극을 가해 근육을 키우는 방법, 전기 충격을 사용해 반응 속도를 높이는 방법 등등, 아무튼 외국인들은 온갖 방법을 다 생각해내더라고."

"바로 그걸 하고 있어요." 사와무라는 확신을 갖고 말했다. "닛세이팀에서 그런 온갖 방법들을 쇼에게 시도해보는 거라고요. 일단 돈이 엄청 많잖아요."

"어쩌면 그럴 수도 있겠지." 히노가 생각에 잠긴 얼굴로 말했다. "하지만 그건 핵심이 아닌 거 같아. 쇼의 변모는 단순히 육체적인 것뿐만이 아니야. 게다가 기존의 기술을 그대로 연마하는 것도 아니야. 완전히 다른 뭔가가 그 녀석의 몸을 조종하고 있어."

"상당히 단정적이네? 무슨 근거라도 있어?"

사와무라가 반색을 하며 물어보았다.

"아니, 그런 건 아니고."

히노는 말을 얼버무렸다.

"내가 보기에는 사와무라도 히노도 너무 지나친 생각이야. 이야기로서는 재미있지만, 무슨 그런 대단한 짓을 하겠냐고. 스테로이드쯤이라면 할 수도 있겠지만 말이야. 그냥 요즘 쇼의 컨디션이 유독 좋은 것뿐일 거야."

이케우라가 몸을 일으키며 말했다. 하지만 그의 말 속에도 어쩐지 불안한 울림이 섞인 것을 사와무라는 감지했다.

"아무튼 이건 우리끼리 얘기로 덮어두자. 나도 어디서 주워들은 얘기를 했다는 게 알려지면 여기저기서 눈총을 받을 거야. 다만 히노의 말은 마음에 드네. 다른 뭔가가 쇼의 몸을 조종하고 있다는 거. 그건 스기에 다이스케 감독 얘기지?"

사사모토가 농담처럼 말했다. 하지만 사와무라는 농담으로 받아들이지 않았다.

'맞아, 결국 그게 본질이야.'

그렇게 생각했다.

7

사쿠마는 눈두덩을 지그시 눌렀다. 눈이 조금 피곤했다. 게다가 실내가 담배 연기로 가득 차서 담배를 피우지 않는 사쿠마는 눈이 따가웠다.

수사 회의를 마치고 방금 해산한 참이었다. 시계는 밤 12시를 넘어서고 있었다. 남아 있는 사람은 사쿠마와 스카와뿐이었다.

사건이 발생하고 사흘째다. 아직 초조해할 시기는 아니었다. 하지만 수사본부 안에는 뭐라고 표현할 길 없는 묵직하고 답답한 공기가 자욱하게 고여 있었다.

용의자는 지극히 한정된 범위 안에 있다. 범행 수법도 명확하게 밝혀졌다. 그런데도 전혀 진전이라고 할 만한 게 시야에 들어오지 않았기 때문이다.

처음에는 용의자를 압축하는 건 간단한 작업이라고 생각했었다. 범행 시각, 즉 니레이 아키라의 약을 독약으로 바꿔치기했다고 보이는 시간대가 확정적이었기 때문이다. 레스토랑에 사람이 없는 9시부터 9시 40분 사이가 범행 가능한 시간대라고 결론을 내린 과정은 일단 완벽했다.

하지만 그다음으로 한 걸음도 나아가지 못했다. 우선 첫째로, 알리바이가 확실한 사람이 예상보다 훨씬 적었다. 사건 당일은 훈련을 쉬는 날이어서 수많은 선수와 코치진이 그 시간대에 계속 호텔에 있었다. 또한 그 전날부터 자택에 돌아갔던 사람들도 잠깐씩 호텔에 들렀다가 다시 나갔을 가능성이 있었다.

두 번째로, 목격자가 없었다. 범인은 분명 혼자서 레스토랑에 들어와 약을 바꿔치기했을 터였다. 하지만 누구도 혼자 들어가는 장면을 봤다는 사람이 없었다. 어쩌면 봤을 수도 있지만 너무도 일상적인 풍경이라 기억하지 못한다고 생각할 수도 있다. 어느 쪽이건 그런 단서가 전혀 잡히지 않았다.

세 번째로, 독극물의 입수 경로가 밝혀지지 않았다. 스키점프 관계자 주변을 샅샅이 훑어봐도 투구꽃 독과 관련된 것이라고는 하나도 나오지 않았다.

"네 번째로는 동기야."

사쿠마 옆에서 컵라면을 먹어치운 스카와가 담뱃갑을 집어 들면서 말했다.

"니레이를 눈엣가시로 생각한 선수는 한둘이 아니야. 하지만 그건 죽이고 싶다는 것과는 전혀 다른 차원의 감정이야. 실제로 현재까지 조사해본 바로는 니레이에게 살의를 품을 만한 사람은 전혀 눈에 띄지 않아."

"니레이를 미워한 사람은 없다……. 스기에 유코의 말이었지요?"

오늘 오후에 그녀를 만났을 때의 일을 사쿠마는 떠올렸다. 그녀 쪽에서 먼저 니레이를 유혹했다는 소문에 대해 물어보자 그녀는 부정하지 않았다. 니레이가 몇 번이나 선물을 보내줬기 때문에 그에 보답한다는 생각으로 식사를 청한 것이 맨 처음이었다는 모양이다. 그게 어쩌다 보니 지금까지 이어져온 것이라고 말했다.

"장래에 대한 것까지는 생각하지 않았어요."

이 또한 그녀의 말이었다. 나이 차 문제도 있었던 거냐고 스카와가 스스럼없이 물어보자 그녀는 "상상에 맡기겠습니다"라고 대답했다.

스기에 유코에 대한 정보는 상당히 상세한 부분까지 수집했다. 이 지역 전문대를 졸업한 뒤, 현재의 직장에 다니고 있다. 니레이를 처음 만난 건 작년 초여름이다. 닛세이팀을 응원하기 위해 거의 매일같이 합숙소에 먹을 것을 들고 찾아다니다 보니 어느새 친해진 모양이었다.

그런데 오늘 그녀의 직장에 낯선 남자가 찾아왔다. 갸름한 얼굴에 성실해 보이는 사람이었다. 유코에게 물어보니 이름은 후카마치 가즈오, 예전에 닛세이 스키점프팀 선수였던 사람이라고 했다. 현재는 닛세이자동차 회사 쪽에서 실무를 담당하고 있다. 이번 사건을 신문을 통해 알고서 걱정이 되어 찾아왔다는 얘기였다. 유코와의 관계를 물어보자 예전에 한동안 사귄 적이 있다고 딱히 수줍어하는 기색도 없이 술술 대답했다.

후카마치에 대해서도 조사가 진행 중이지만 현재로서는 아무것도 나오지 않았다.

한마디로 단서를 하나도 건지지 못한 것이다.

"자네 말이 맞는지도 모르겠어."

"맞는다니, 뭐가요?"

"범인은 바보가 아니라는 거 말이야. 그리 쉽게 범인을 알아내지 못한다는 자신감이 있었던 거야. 그러니 그런 범행 수법을 생각해냈겠지."

"독극물의 입수 경로도 들킬 리가 없다는 확신이 있었겠지요?"

"아마도."

스카와는 연기를 토해내더니 긴 다리를 바꿔 얹었다.

현재까지 발견된 단서라면 범인이 버린 것으로 보이는 약 봉지 하나가 있었다. 그건 호텔 마루야마의 외부 주스 자동판매기 옆 휴지통에 버려져 있었다. 안에는 캡슐 비타민제가 일주일분쯤 들어 있었다. 즉각 감식과에 보내 조사해봤지만 예상했던 대로 지문은 발견되지 않았다. 이것에 대해서도 목격자를 찾는 작업을 하고 있는데 현재로서는 아무것도 나온 게 없다.

"다만 범인의 행동이라고 하기에는 좀 의아한 점이 몇 가지 있단 말이야." 스카와가 혼잣말처럼 중얼거렸다. "이번 범행을 계획한 것은 최소한 니레이의 약 봉지를 훔쳐 간 2주 전보다는 더 이른 시기야. 그런데 독극물 테스트는 바로 이틀 전에 했어. 이건 아무리 생각해봐도 이상하잖아."

"저도 그렇게 느꼈어요."

사쿠마도 고개를 끄덕이며 동의했다.

그 떠돌이 개의 사체를 부검한 결과가 오늘 저녁에 드디어 나왔다. 사쿠마의 직감대로 개의 체내에서 독극물이 검출되었다. 니레이가 먹은 것과 동일한 아코니틴이었다. 범인이 독의 효과를 테스트해보기 위해 토요일 밤에 후지이 가나에가 떠돌이 개를 위해 준비한 밥에 섞어 넣은 것으로 생각되었다.

"범행 직전이 되어서야 독의 효과가 불안해졌던 걸까요?"

"그럴 수도 있지. 아니면 독극물의 입수가 예상 밖으로 늦어졌거나."

말을 하고 나서 "아니, 그건 아니다"라고 스카와는 고개를 저었다.

"이번 범인은 그렇게 충동적으로 움직이는 타입이 아니야. 독극물은 예정대로 입수했을 거고, 효과에 대해서도 자신이 있었을 거야. 애초에 떠돌이 개로 테스트를 하는 것 자체가 몹시 위험한 짓이야. 다행히 개가 눈이 두툼하게 쌓인 곳에 쓰러졌고 그날 밤 우연히 눈이 많이 내린 덕분에 발견이 늦어졌지. 만일 밥그릇 옆에서 심상치 않은 모습으로 죽어 있는 걸 누군가 발견했다면 곧바로 그 개밥을 의심했을 거야. 범인 입장에서 생각해보면, 범행을 실행하기도 전에 그런 위험한 일이 벌어질 만한 짓은 피하는 게 일반적이잖아."

"그렇다면 뭔가 예정에 없던 일이 일어났었는지도 모르겠네요."

"예정에 없던 일이라……."

스카와는 담배를 입에 문 채 의자에 깊숙이 몸을 묻었다. 연기가 그의 눈앞에 피어올랐다. 그게 스며들었는지 연신 눈을 끔벅거렸다.

"우발적인 일이 생겨서 개에게 독약을 먹여야만 했다. 그러고는 그 가엾은 개에게 꽃을 올렸다는 건가."

누가 개의 사체에 꽃을 올렸는지는 아직껏 밝혀지지 않았다. 범인이 한 짓이라고 생각할 수밖에 없었다.

"그런 우발적인 일은 대부분 범인에게 치명타가 되는데 말이에요."

"그래, 대부분 그렇게 되기 마련인데……. 이 범인은 그렇게 간단히는 꼬리를 잡히지 않을 것 같아."

스카와는 그제야 담배를 옆에 있던 재떨이에 비벼 껐다. 그리고 두 손으로 얼굴을 팡팡 두드렸다.

"그나저나 우리도 이제 그만 퇴근할까."

분명 스카와의 말처럼 그런 상태가 이어졌다면 수사 당국도 그리 쉽게 범인을 지목해낼 수 없었을 것이다. 그런데 바로 다음 날, 사태가 급변했다.

수사본부를 단숨에 뒤흔든 것은 한 통의 속달 편지였다.

'삿포로 니시경찰서 니레이 살해 사건 수사본부 귀하.'

흰 봉투의 앞면에는 그렇게 적혀 있었다. 자를 사용한 듯 각진 글씨였다. 보낸 사람의 이름은 없었다. 우표의 소인은 전날 오후로 찍혀 있었다.

편지지는 세로로 괘선이 들어간 평범한 것이었다. 거기에도 역시 공들여 써넣은 각진 글씨가 줄줄이 이어졌다.

그 내용을 가와노 경감이 발표했을 때, 그 자리에 함께 있던 수사원들 사이에서 우와아 하는 소리가 터져 나왔다.

사쿠마도 그중 한 사람이었다.

"이게 대체 뭔 일입니까." 그는 중얼거렸다.

"글쎄 말이야. 영문을 모르겠네." 스카와도 말했다.

편지 내용은 다음과 같은 것이었다.

'니레이 아키라를 살해한 자는 하라공업 스키점프팀의 미네기시 코치다. 즉각 체포하시오.'

해
명

1

　미네기시가 잠자리에서 나왔을 때, 시곗바늘은 오전 11시 가까이를 가리키고 있었다. 그래도 여전히 머리가 무지근했다.

　늦잠을 잔 게 아니다. 오히려 수면 부족이었다. 지난밤에도 도무지 잠이 오지 않아 결국 새벽녘까지 홀짝홀짝 위스키를 마셨기 때문이다.

　미네기시는 방석 위에 책상다리를 틀고 앉아 멍하니 허공을 바라보았다. 잠깐씩 꾸벅꾸벅 졸다가 여러 편의 꿈을 꾸었던 게 생각났다. 아무 맥락도 없는, 뭐가 뭔지 알 수 없는 영상을 이어 붙인 듯한 꿈이었다. 그 속에 자신이 도약하는 장면이 있었던 게 기억났다. 지금의 이 불쾌감은 아무래도 거기서 나온 모양이다.

미치겠네, 라고 그는 중얼거렸다. 점프하는 꿈은 그에게는 쓰라린 일 중의 하나였다.

고교 시절 미네기시는 오타루 지역의 신동神童으로 불렸다. 시합에 참가하는 족족 이겨서 연승 행진을 기록하기도 했다. 상대가 고교생이라면 어느 누구에게든 이길 자신이 있었다. 지금 당장 국가대표팀에 들어가도 웬만큼 따라갈 거라고 친구들과 경쟁자에게 호언장담한 적도 있었다.

고등학교 3학년이 되자 스카우트 제의가 속속 들어왔다. 하나같이 유명한 팀이었다. 미네기시는 고심을 거듭한 끝에 하라공업으로 정했다. 유구한 전통을 자랑하는 팀이라서 과거에 유명한 선수가 여러 명이나 나왔다. 무엇보다 감독이 후지무라라는 점에 끌렸다. 후지무라가 지도자로서 최고라는 얘기는 전부터 익히 들어왔기 때문이다.

하지만 실업팀에 들어와서는 우선 전국 대표팀의 삼엄함을 맛보았다. 역시 주니어와 성인은 연습량도 경쟁의 치열함도 전혀 달랐던 것이다.

시합에서의 압박감도 예상을 훌쩍 뛰어넘었다. 게다가 온갖 심리전도 겪어야 했다.

어느 시합 때의 일이었다. 미네기시는 1차 시기를 마친 시점에 처음으로 1위에 올랐다. 그것만으로도 잔뜩 흥분했는데 대기실에서 2차 시기를 기다리는 동안 선배들이 번갈아가며 한마디씩 던졌다.

"어이, 너무 잘하는 거 아냐?"라고 웃으면서 말을 걸어오는 사람이 있는가 하면, "2차 시기는 85미터 이상 뛰어. 그러면 우승은 틀림없어"라고 구체적인 숫자를 의식하게 하는 사람도 있었다. 한 선배는 노골적으로 "첫 우승이지?"라면서 어깨를 툭툭 치기도 했다.

하나같이 그에게 압박감을 주는 게 목적이었다. 승부의 세계니까 당연한 일이라고 할 수도 있지만, 그런 심리전에 아직은 익숙하지 않을 때였다.

그중에서도 가장 큰 영향을 끼친 것은 뒤에서 은근히 숙덕거리는 대화였다.

"오른쪽에서 오는 바람이 강해진 거 같지?"

왼쪽으로 휘어지는 버릇이 있는 미네기시에게는 오른쪽에서 오는 바람이 가장 큰 약점이었던 것이다. 그는 2차 시기의 점프에 실패했다. 지나치게 바람을 의식하는 바람에 힘이 들어간 것이다. 하지만 실제로는 오른쪽에서 오는 바람 따위, 전혀 없었다. 뒤에서 속닥거린 그 대화도 그에게 긴장감을 떠안기기 위한 작전이었던 것이다.

그와 비슷한 일을 수없이 경험하면서 미네기시도 한 시즌에 몇 번은 우승을 거둘 만큼 성장해갔다. 그리고 실업팀 5년 차였던 스물세 살 때가 전성기였다. 국가대표 선발전에서 우승하고 월드컵에 출전해서도 제법 괜찮은 성적을 냈다.

어떻게든 다음 올림픽 때까지 이 실력을 유지하고 싶다…….
미네기시는 그것만을 빌었다.

생각지도 못한 불상사가 일어난 것은 바로 그런 때였다.

90미터급의 시합이었다. 그날, 테스트 점프 때까지도 미네기
시는 최상의 컨디션이었다. 이 정도라면 오늘도 이길 것 같다,
라고 생각했다.

그리고 1차 시기…….

어프로치 구간을 내려갈 때, 좋았어, 완벽해, 라고 느꼈다. 평
소보다 더 안정적이었다. 발바닥은 확실하게 설면을 타고 있다.

속도를 올리면서 테이크 오프 그라운드에 접어들었다. 한껏
도약했다. 각도와 타이밍 모두 완벽하게 감을 잡았다고 생각했
는데…….

왜 그 순간에 그런 동작을 했는지, 미네기시는 지금도 이해가
되지 않는다. 하지만 녹화 테이프를 보면 그건 틀림없는 사실이
었다.

그는 완벽한 도약을 했다고 생각했는데 그 직후에 다리를 움
츠려버린 것이다. 그런 자세로는 양력揚力을 전혀 받을 수 없어
서 거꾸로 추락한다는 건 뻔히 알고 있었다.

그는 떨어졌다. 동시에 하반신에 격한 통증을 느끼고 한순간
의식이 가물가물해졌다. 누군가 달려와 "이봐, 괜찮아?"라고 건
넨 말도 어딘가 벽 너머에서 들려오는 것 같았다.

좌슬 관절부의 복잡골절이라는 게 그에게 내려진 진단이었다.

"지나치게 완벽했기 때문이야."

병원 창문으로 바깥 풍경을 바라보며 후지무라는 중얼거렸다. 아주 온화한 목소리였다.

"너무 완벽한 도약을 하는 바람에 몸의 앞으로도 뒤로도 바람의 저항이 전혀 없으니까 진공 속에 들어간 것처럼 불안한 기분이 들었을 거야. 점프 선수는 어느 정도 바람의 존재를 감지하지 않으면 도리어 두려움을 느끼는 법이거든. 다리를 움츠린 것이 역효과를 냈지만, 어떻게 보면 그건 본능적인 동작이었어."

미네기시는 침대 위에 앉아서 하얀 병실 벽에 시선을 던지고 있었다. 후지무라의 설명을 멍하니 듣고 있었지만, 자신이 대체 무슨 생각으로 어떤 동작을 했는지 전혀 기억이 나지 않았다. 도약대를 뛰쳐나간 순간, 머릿속이 공백이 되었던 것이다.

후지무라는 몸을 돌려 그의 눈을 지그시 들여다보았다.

"그 공포감을 이겨내야 돼. 그러면 아무도 따라올 자가 없어."

결의가 담긴 어조로 후지무라는 그렇게 말했다.

"다시 날 수 있을까요?"

미네기시는 깁스를 가리키며 물었다.

"날 수 있고말고. 새도 날개가 새로 돋아나는데."

후지무라는 단언했다.

그리고 그의 말대로 1년 뒤에 미네기시는 다시 점프대에 섰다. 처음에는 공백 기간에서 오는 공포감과의 싸움이었지만 이윽고 그것도 지나가고 이전의 감각이 되살아났다.

하지만 성적은 예전처럼 나와주지 않았다. 이미지는 똑같은 데도 착지하는 지점은 노렸던 것보다 한참 못 미치게 나왔다.

"근력도 순발력도 회복됐어." 후지무라는 말했다. "한마디로, 네 안의 이미지가 어긋난 거야. 그걸 인정하는 게 선결문제야."

이미지는 스키점프 선수의 재산이다. 얼마나 좋은 이미지를 갖고 있느냐에 따라 그 선수의 기량이 결정된다고 해도 과언이 아니다.

미네기시는 묵묵히 연습에 연습을 거듭했다. 유명한 선수에게 조언을 청하고, 자신의 전성기 때의 비디오를 수없이 돌려봤다. 자신 안의 무엇이 어긋났는지 찾아내고 싶었다.

그가 힘들어하는 동안, 젊은 선수들은 무섭게 치고 올라왔다. 그들은 예전의 미네기시처럼 두려움 없는 점프를 펼쳐 보였다. 어느새 시합에서 미네기시의 순서는 한참 앞쪽이 되어 있었다. 즉 랭크가 떨어졌다는 뜻이다.

니레이 아키라가 고등학교를 졸업하고 하라공업팀에 들어온 것은 미네기시가 그런 상태일 때였다.

니레이의 실력은 익히 알고 있었지만, 그래도 함께 연습하면서 새삼 충격을 받았다.

특히 인상적이었던 것은 니레이가 처음 우승했을 때였다. TV 방송국에서 주최한 오쿠라야마 경기장에서 열린 대회였다. 관객도 평소보다 많이 온 것 같았다.

니레이는 1차 시기에 최장 부도거리不倒距離를 내면서 1위에 올랐다. 다만 그날은 날씨 조건이 좋았던 것도 있어서 2위 이하의 선수들이 근소한 차로 바짝 따라붙었다. 아직 우승의 향방을 장담할 수 없다, 라는 게 1차 시기를 끝낸 뒤에 나온 일반적인 의견이었다.

당연히 상위 그룹으로서는 니레이에게 압박감을 심어주는 게 시급한 문제였다. 하지만 그때에 한해서 말한다면, 그 심리전은 완전히 실패로 끝났다.

1차 시기가 끝나면 선수들은 왁스룸에 들어가 2차 시기를 대비하면서 왁스 칠을 한다. 그런데 왁스룸에 들어가기 전부터 니레이는 신이 나서 와와 떠들어댔다.

"1등, 1등! 첫 우승이다!"

귀가 따가울 만큼 높은 목소리였다. 조용히 하라고 미네기시가 주의를 줘도 싱글벙글 웃을 뿐이었다.

"그렇게 좋아해도 될까, 꼬맹이?" 베테랑 점퍼가 나지막한 소리로 말했다. "점프는 두 판 승부야. 아직 무슨 일이 일어날지 모르잖아. 네가 확 꼬꾸라질 수도 있어."

그러더니 옆에 있던 선수에게 "그렇지?"라고 동의를 청했다. 그 선수도 느물느물 웃으면서 니레이를 쳐다보았다.

하지만 니레이는 얼굴빛 하나 변하지 않았다. 베테랑 선배의 말에 크게 고개를 끄덕였다.

"맞아요, 무슨 일이 일어날지 몰라요. 나 빼고 전부 다 확 꼬꾸라질 수도 있어요."

그러고는 다시 깔깔거리고 웃었다. 얼굴빛이 변한 건 베테랑 선배 쪽이었다.

점프대에 올라간 뒤에도 온갖 잡소리가 니레이에게 날아왔다. 하지만 그는 완전히 태연했다. 다들 합세해 우승을 강하게 의식하게 하고 압박감을 최대한 높이려고 했던 것이지만 니레이 본인이 애초에 우승을 확신해버렸으니 아무 효과도 없었다.

결과는 니레이의 압승이었다. 2위 이하의 선수들이 니레이의 태도에 불끈 화가 솟구친 상태였으니 제대로 뛰었을 리가 없다.

"쟤, 의외로 교활한 놈이야."

2차 시기에 실패한 베테랑 선배는 미네기시의 귓가에 대고 그렇게 속닥거렸다.

그날 오후에 대회 모습이 TV에 방영되어서 미네기시는 방에서 후지무라, 니레이와 함께 봤다. 1차 시기 점프에서 K점을 넘어선 니레이가 손뼉을 치면서 랜딩 힐을 타고 내려온다. 브레이킹 트랙에서 멈춰 서자 그는 화면 옆쪽을 향해 양손으로 V자를 만들었다. 누구를 향한 포즈인가 하고 의아해하는데 옆에서 니레이가 웃음을 터뜨렸다.

"아이쿠, 망했다. 텔레비전 카메라가 그쪽이 아니었어!"

TV 시청자를 향해 V 사인을 날린 모양이었다.

그리고 그날 밤 저녁식사 후, 니레이는 케이크 하나를 주문했다. 쇼트케이크가 테이블에 나오자 호주머니에서 뭔가를 꺼내 케이크에 꽂았다. 꼬임 무늬가 들어간 양초였다. 그 초에 불을 붙이고 뭔지 알아들을 수 없는 노래를 한 뒤, 훅 불어 끄고는 흐뭇한 얼굴로 케이크를 먹기 시작했다.

"우승을 축하하는 거예요"라고 니레이는 말했다.

케이크를 떠먹는 그의 얼굴을 보면서 이 녀석은 교활한 게 아니라고 미네기시는 생각했다. 단지 신경의 구조가 남다른 것뿐이다.

그런 정신적인 것뿐만 아니라 점프 테크닉에서도 그의 천재성을 목도하는 일이 많았다. 특히 비행 자세를 완료시키는 스피드는 눈이 휘둥그레질 정도였다.

한 가지 바람이 미네기시의 마음속에 싹텄다.

그건 그의 스키점프 인생에서 마지막 결심이라고 할 수 있었다.

문득 정신을 차려보니 미네기시는 헬스장에 와 있었다.

이곳은 호텔 마루야마가 각종 스포츠 선수의 합숙에 대비해 만든 시설이다. 별관 1층에 있어서 미네기시 일행의 방 바로 옆이었다.

벤치프레스에 앉아 미네기시는 후우 한숨을 내쉬었다.

'왜 그런 생각을 했을까.'

그때 자신이 결심했던 것을 떠올리며 미네기시는 가만히 고개를 저었다. 결국은 '그 생각'이 잘못된 것이었다는 후회가 몰려왔다. 그건 환영에 지나지 않았다……

미네기시는 이마에 손을 짚고 그러고는 얼굴을 비볐다. 약간의 두통이 있었다. 속이 울렁거리는 감각과 함께 구토감도 느껴졌다.

얼굴을 비비던 손을 멈춘 것은 손가락 사이로 뭔가 보였기 때문이다. 그것은 미네기시가 쓰는 방의 창문이었다. 안쪽에서 커튼을 쳤지만 꼭 닫히지 않아 그 틈새로 방 안이 보였다.

미네기시는 벤치에서 일어나 창 쪽으로 다가갔다. 보안을 위해 창에는 격자가 달려 있다. 그 격자 너머로 실내를 넘어다보았다. 자기 방의 고타쓰가 정확히 보였다.

그의 뇌리에 되살아난 것은 지난주 목요일 밤의 일이었다.

그는 문을 걸어 잠그고 고타쓰 앞에 앉았다. 그리고 가방에서 미리 준비해둔 것을 꺼냈다. 하나는 아코니틴 병, 그리고 또 하나는 전에 훔쳐 온 니레이의 비타민제 캡슐이었다.

해야 할 일은 단순했다. 캡슐의 내용물을 아코니틴으로 바꿔 넣는 것이다. 하지만 맹독이라서 함부로 다룰 수는 없었다. 그는 준비해둔 고무장갑을 끼고 마스크까지 쓴 채 작업에 뛰어들었다. 캡슐에 독을 넣는 데는 귀이개를 사용했다.

독이 든 캡슐을 여러 개 만들고 작업을 마쳤다. 고타쓰 테이블에 깔았던 신문지, 고무장갑, 마스크, 귀이개 등은 죄다 비닐봉지에 담아서 가방 속에 넣었다.

그리고 독이 든 캡슐 하나를 작은 비닐봉지에 담아 옷 호주머니에 챙겨 넣었다. 남은 독약 캡슐과 비타민제를 합해서 숫자를 헤아려가며 약 봉지에 담았다. 우연히 그때 니레이가 2주 치를 한꺼번에 받아 왔기 때문에 개수가 많았던 것이다.

약 봉지도 옷 호주머니에 넣었다.

그리고 문제의 아코니틴 병은…….

미네기시는 사이클링 머신 앞으로 가서 안장의 높이를 고정하는 나사를 풀고 샤프트까지 함께 뽑아냈다. 샤프트 파이프 안은 빈 공간이다. 지금 그곳에는 비닐 테이프가 붙어 있다.

비닐 테이프를 벗기자 안에 든 비닐봉지가 보였다. 미네기시는 손가락을 넣어 그것을 꺼냈다.

거기에는 남은 캡슐과 함께 가늘고 작은 병이 들어 있었다. 병 속에 보이는 하얀 분말이 아코니틴이다.

미네기시는 독극물이 든 병을 지그시 들여다보았다. 한 줌 정도에 불과하지만 이것만으로도 사람을 몇 명이나 죽일 수 있다.

하지만 그가 죽여야 할 사람은 이제 한 명뿐이었다. 자살로 꾸며 죽일 것이다. 니레이를 죽인 범인이라고 위장해 죽일 것이다.

그때까지는 이 독약을 처분할 수 없는 것이다.

독극물을 다시 파이프 안에 넣어두려고 했지만 중간에 그의 손이 멈췄다. 비닐봉지 입구가 열리지 않게 둥근 고무줄로 묶었는데 그 묶는 방법에 이상한 점이 느껴졌던 것이다.

혹시나 해서 고무줄을 풀어보고 미네기시는 아연했다.

명백히 누군가 손을 댄 흔적이 있었다. 누군가 비닐봉지 안에서 병을 꺼냈고 그런 다음 다시 원래대로 돌려놓은 것 같았다.

손끝이 파르르 떨렸다.

'대체 누가 이런 걸 들여다본 것인가.'

미네기시의 머릿속을 스쳐 간 것은 자신이 이걸 감춰두는 장면을 누군가 목격했을지도 모른다는 것이었다. 옆방 창문에서 헬스장 안을 볼 수 있다. 하지만 이걸 감춰둘 때는 충분히 신경 써서 주위를 살폈었다.

미네기시는 병이 든 비닐봉지를 샤프트 파이프에 밀어 넣고 안장을 제자리에 끼웠다. 그리고 그곳에 올라타 페달을 밟아보았다.

처음에는 아무 변화가 없었다. 하지만 세게 밟자 희미하게 덜컥거리는 소리가 울렸다.

혀를 끌끌 차면서 미네기시는 내려와서 다시 안장을 뽑았다. 비닐봉지를 꺼냈다.

'말도 안 돼, 어떻게 이런······.'

자신이 한심했다.

누군가 여기서 자전거 타기 트레이닝을 하다가 이상한 소리에 안장을 빼봤던 것인지도 모른다. 그리고 이 비닐봉지를 발견했던 것이리라.

"말도 안 돼."

이번에는 소리를 내어 되풀이했다. 누군가 독극물이 든 이 작은 병을 봤다니······.

그 자리에 우두커니 서 있는데 호텔 프런트 담당이 안으로 들어오는 게 보였다. 이 헬스장의 출입문은 유리로 되어 있다.

"미네기시 씨, 여기 있었어요?"

프런트 담당은 안도하는 듯한 얼굴로 말했다.

"무슨 일이에요?"

미네기시가 물었다. 손바닥에 땀이 번져서 바지 옆에 닦았다. 비닐봉지는 호주머니에 들어 있다.

"경찰이 왔어요."

"경찰? 형사라면 날마다 오잖아요."

"아니, 그게……." 프런트 담당은 자신도 무슨 영문인지 모르겠다는 듯 고개를 갸웃거리며 말을 이어갔다. "미네기시 씨한테 볼일이 있대요. 꼭 만나야겠다는데요."

"……"

미네기시는 침을 삼켰다. 꿀꺽 소리가 크게 나서 프런트 담당에게도 들렸겠다고 내심 걱정했을 정도였다.

"지금 레스토랑에서 기다리고 있어요."

다행히 프런트 담당은 그의 표정 변화에는 관심을 보이지 않았다.

"알았어요. 금방 갈게요."

프런트 담당이 나간 뒤, 미네기시는 헬스장을 둘러보았다. 벤치프레스가 눈에 들어왔다. 그는 벤치를 번쩍 들고 다리 한쪽의 미끄럼 방지 패드를 떼어냈다. 그 다리도 역시 파이프로 되어 있다. 그 안에 비닐봉지를 감췄다.

작업을 마친 그는 걸음을 뗐다. 무릎이 떨리는 느낌이 들었다.

'추억에 젖어 있을 때가 아니었어.'

다시 한번 침을 삼키려고 했지만 이번에는 입 안이 바짝 말라 있었다.

2

"단순한 확인이에요. 별다른 건 없습니다. 수사가 정체되면 다시 처음으로 돌아가 차근차근 확인 작업을 하거든요. 어딘가에 빈틈이 없었는지 점검이나 해보려는 것이죠. 경찰도 일단 공무원이라고 생각하시면 돼요."

스카와가 유창하게 설명하고 있었다. 레스토랑 '라일락' 안이다. 사쿠마와 스카와의 맞은편에 앉은 하라공업팀 코치 미네기시가 사건 당일의 소재를 다시 한번 얘기해달라는 말에 의아한 얼굴을 보였던 것이다.

"수사가 정체되고 있어요?"

미네기시가 거꾸로 질문을 던졌다.

"뭐, 순조롭게 진척되고 있다고는 할 수 없죠." 스카와는 과장스러운 몸짓으로 자신의 머리 뒤쪽을 두어 번 손바닥으로 쳤다. "범위가 이렇게 좁혀졌잖아요. 순조롭게 풀렸다면 지금쯤은 해결됐어야지. 기대에 부응하지 못했으니 이거야 원, 면목이 없습니다."

"그래서 하루빨리 해결하기 위해서는 여러분의 협조가 꼭 필요합니다."

사쿠마가 덧붙여 말했다. 스카와도 옆에서 고개를 끄덕였다.

미네기시는 미간에 주름을 잡은 채 헛기침을 했다.

"협조해드리고 싶긴 한데, 그날 아침에 제가 어디 있었는지는 지난번에 말씀드린 그대로 되풀이하는 수밖에 없어요. 아침을 먹은 뒤에 히무로코산팀의 다바타 씨 방에 가서 둘이 장기를 뒀고, 그다음은 점심식사였어요."

"두 분이 계속 함께 있었어요?" 사쿠마가 물었다.

"네, 함께 있었습니다. 연속으로 뒀거든요. 다바타 씨가 장기를 좋아해서."

"승부는 어떻게 나왔어요?"

"두 번을 연거푸 졌습니다. 그때는 다바타 씨가 유난히 잘 두시더라고요."

사쿠마는 흘끔 스카와 쪽을 보았다. 표정 변화는 없지만 눈치 챘을 것이다.

오늘 호텔에 오기 전에 두 사람은 미야노모리 경기장에 들러 다바타에게 잠깐 얘기를 듣고 온 것이다. 사건 당일 아침에 실제로 미네기시와 함께 있었는지, 넌지시 물어보았다. 다바타의 대답은 명확했다. 화장실까지 함께 갔었다고 한다. 다만 장기 성적에 대해 물었을 때, 다바타는 약간 마음에 걸리는 얘기를 했다.

"그때 두 번을 둬서 두 번 다 내가 이겼어요. 솔직히 말해서 어쩌다 이긴 거예요. 평소에는 4대 6 비율로 내가 졌으니까. 두 번째 뒀을 때는 미네기시가 어이없는 악수를 뒀어요. 나는 틀렸다고 포기했었는데, 뭔가 잘못 읽은 것 같더라고."

이 증언을 사쿠마는 귀중한 정보라고 생각했다. 미네기시가 그답지 않은 실수를 했다는 것은 장기에 집중할 수 없는 뭔가 다른 이유가 있었기 때문이 아닐까.

방금 미네기시는 자신의 어이없는 악수로 졌다는 말은 하지 않고 상대가 잘 두었다고 설명했다. 여기에 뭔가 작위적인 것은 없을까.

"그날은 훈련을 쉬는 날이었다고 했죠? 휴일 오전에는 항상 장기를 뒀어요?"

스카와가 물었다.

"항상 그런 건 아니지만, 다른 볼일이 없을 때는 주로 다바타 씨하고 함께 있었어요."

"그러면 그날도 다바타 씨가 청해서?"

다바타에게서 듣기로는 장기를 두자고 먼저 말을 꺼낸 것은 미네기시 쪽이었다. 사쿠마는 그의 대답을 기다렸다.

미네기시는 잠시 생각해보더니 "아뇨"라고 고개를 저었다.

"그때는 제가 먼저 하자고 했어요. 어쩐 좀 심심하기도 하고. 다바타 씨는 싫다고는 안 하는 분이니까요."

"그렇다더군요. 주위에 그런 사람이 있으면 편리하죠."

스카와의 말에 미네기시는 잠시 틈을 둔 뒤에 의아한 표정을 보였다.

"합숙 중에는 달리 재미있는 게 없으니까요." 그가 말했다.

"그렇군요. 하긴 코치도 여간 힘든 일이 아니더라고요. 시즌 중에는 거의 이 호텔에서만 지낸다면서요?"

"뭐, 그렇죠."

"미네기시 씨는 본가가 오타루라고 하던데, 웬만해서는 고향에도 못 가겠네요."

"그야 뭐…… 요즘에는 통 못 갔습니다."

미네기시는 그렇게 말하고 시선을 비스듬히 아래쪽으로 향했다. 사쿠마에게는 그가 한순간의 동요를 드러낸 것처럼 느껴졌지만, 이건 선입견 때문인지도 모른다.

뒤를 이어 니레이가 쓰러졌다는 전화가 왔을 때의 일을 스카와가 다시 한번 확인했다. 이전에 했던 대답과 별다른 차이는 없었다. 그리고 다른 사람들의 진술과도 일치했다.

고맙다고 인사를 건네고 자리에서 일어섰지만, 헤어지는 참에 스카와가 말했다.

"아 참, 어제 저기 주차장에서 떠돌이 개의 사체가 발견됐어요. 혹시 미네기시 씨도 그 개 알아요? 노라짱이라고 불렀다던데."

"노라짱? 그러고 보니 어젯밤에 누군가 그런 얘기를 했어요. 근데 그게 왜요?"

"아뇨, 실은 좀 미심쩍은 점이 있어서 부검을 했거든요."

"네에……."

미네기시의 표정에서 딱히 변화는 보이지 않았다.

"그랬더니 체내에서 독극물이 검출됐어요. 그것도 니레이 선수가 먹은 것과 똑같은 것이."

"예?" 미네기시의 눈이 휘둥그레졌다. "그게…… 정말입니까?"

"당연히 정말이지요. 그러니까 뭔가 짐작 가는 게 있으면 얘기해주십쇼."

스카와가 말했다. 그 옆에서 사쿠마는 미네기시의 표정을 주의 깊게 살펴보았다. 미네기시는 입을 반쯤 벌린 채 급하게 눈동자를 굴리고 있었다.

"아뇨, 전혀 모르겠어요. 그 개가 왜……. 그거, 정말로 니레이가 먹은 것과 똑같은 독약이었어요?"

"틀림없습니다." 스카와가 딱 잘라 대답했다.

미네기시는 손등으로 입가를 훔치는 듯한 몸짓을 보이더니 고개를 가로저었다.

"어떻게 된 건지 저는 뭐 전혀……."

"그래요? 그럼 다음에 또 뭔가 생각나는 게 있으면 연락해주십쇼."

스카와와 사쿠마는 다시 인사를 건네고 미네기시와 헤어져 호텔을 나섰다.

"모르겠네, 모르겠어……." 차에 탄 뒤 스카와가 중얼거렸다. "개가 독극물 때문에 죽었다는 얘기를 들었을 때의 저 사람 표정, 봤지? 정말로 놀라는 것처럼 보이던데."

"동감입니다. 만일 미네기시가 개에게 독극물을 먹였다면 그전에 개를 부검했다는 얘기를 들었을 때부터 벌써 동요하는 모습을 보였을 거예요. 근데 그때는 거의 표정 변화가 없었어요. 아니면 원래 연기를 잘하는 건지……."

"그렇게까지 감정 조절이 잘되는 타입으로는 안 보였어. 그리고 또 한 가지 모르겠는 건 사건 당일의 미네기시의 동선이야."

"저도 그걸 모르겠어요. 미네기시는 완벽한 알리바이가 있잖습니까. 약을 바꿔치기할 시간 같은 건 없었어요."

"다바타가 공범일 가능성도 없진 않지만, 현재로서는 그렇게 보기는 어려워."

"어쨌든 미네기시에게서 의심할 만한 분위기가 감지되기는 했어요. 그날만 유독 먼저 장기를 두자고 했다는 것도 마음에 걸립니다. 그 장기에서 드물게 실수가 많았다는 다바타의 증언도 그렇고요."

"만일 그자가 범인이라면 먼저 장기를 두자고 했던 것은 그 시간 동안의 알리바이 만들기였다고 생각해도 되겠지. 그렇다면 약을 바꿔치기한 게 조식 후부터 점심때까지였다고 생각한 우리의 추리가 잘못된 건가. 하지만 니레이가 약을 그 웨이트리스에게 맡긴 건 조식 때였어. 그리고 약을 먹고 죽은 건 점심을 먹은 뒤였는데…….”

조수석에서 스카와가 끄으응 앓는 소리를 냈다.

“애초부터 약 봉지에 독약이 들어 있었다는 것도 말이 안 되고…….”

니레이가 약을 타 온 이시다 병원에도 수사원이 찾아가 조사를 했다. 하지만 니레이에게 건네주기 전에 제삼자가 그 약에 손을 댔을 가능성은 전혀 없다는 게 탐문 결과였다. 설마 병원이 한패가 되어 니레이를 죽이려 했다고는 생각되지 않았다.

“그 편지를 보낸 자는 진짜 사실대로 얘기한 건가.”

스카와가 말했지만 마침 사쿠마도 그 편지에 대해 생각하고 있었다.

니레이 아키라를 살해한 자는 하라공업 스키점프팀의 미네기시 코치다…….

과연 누가 그런 편지를 보냈을까.

그건 아직 밝혀지지 않았지만, 일단 다시 한번 미네기시에 대해 조사해보기로 결정이 났다. 그래서 알리바이도 재차 확인해본 것인데 미네기시에게서 뭔가 회색빛 감촉이 느껴졌던 만큼 더욱더 편지를 보낸 자에 대한 것이 마음에 걸렸다.

“왜 편지로 밀고하는 방법을 썼을까요?”

사쿠마는 의문을 입에 올려보았다.

“자기 정체가 밝혀지는 게 두려웠기 때문이겠지? 어떤 형태로든 스키점프 동료를 경찰에 고해바쳤다고 하면 두고두고 껄끄러울 거 아냐."

현재로서는 편지를 보낸 사람은 스키점프 관계자일 것으로 보고 있다. 그래서 다른 수사원들은 최근에 편지를 쓰고 있던 사람이나 어제 우체통에 다녀간 사람이 있는지 등을 암암리에 알아보고 다니는 중이다. 또한 밀고장으로 사용된 편지지와 봉투에 대해서는 문방구를 한 집 한 집 찾아다니며 탐문 수사를 하고 있다.

"그런 거라면 미네기시에게 직접 자수를 권하는 게 좋았을 텐데요. 미네기시한테도 그게 더 유리하잖아요."

"그렇다면 그럴 만한 사이가 아니라는 얘기네. 의외로 냉혹한 세계인지도 모르겠다."

"게다가 또 한 가지 의문이 있어요. 그 편지 말인데, 왜 독살 방법에 대해서는 밝히지 않았을까요. 그걸 밝혀줬으면 일이 훨씬 간단하게 해결될 텐데."

"맞아, 그건 나도 아주 불만이야."

스카와가 무릎을 두드리면서 말했다.

"그것에 관해 두 가지 경우를 생각해볼 수 있습니다. 첫째로, 편지를 보낸 자가 허위 사실을 적시한 경우예요. 별 근거도 없이 아무튼 미네기시가 의심스럽다고 생각했거나 혹은 악의적으로 미네기시를 함정에 빠뜨리려고 했거나."

"그럴 가능성이 있지."

스카와는 고개를 끄덕였다. 수사본부에서도 미네기시를 미워하는 자의 장난이 아니냐, 어쩌면 이 밀고자야말로 진범이 아니냐, 라는 등의 의견이 나왔다.

"또 한 가지 생각해볼 수 있는 건, 편지를 보낸 자는 어쨌든 범인이 미네기시라는 것을 알고 있다. 하지만 어떻게 약을 바꿔치기했느냐는 등의 자세한 것까지는 알지 못한다. 그래서 그런 내용으로 쓰게 되었다⋯⋯."

"미네기시가 범인이라는 건 어떻게 알았지?"

"우연한 기회에 그의 살의를 알았는지도 모르지요. 이를테면 그가 독극물을 소지한 것을 목격했다거나."

"목격? 응, 그런 거라면 두말할 것도 없지."

수사본부에 도착하자 두 사람은 가와노 경감에게 보고했다. 가와노는 떨떠름한 표정이었다.

"동기도 없다, 알리바이도 확실하다, 이런 사람이 대체 어떻게 범인이라는 거야?"

답답함을 감추지 못하고 있었다.

"동기는 나온 거 없습니까?" 스카와가 물었다.

"없어. 미네기시에 관해서는 니레이가 살해된 걸 알았던 시점부터 이미 샅샅이 조사했어. 그자가 니레이를 살해하지 않으면 안 될 이유라고는 요만큼도 없었다고. 오히려 니레이의 사망으로 가장 큰 피해를 입은 게 미네기시야."

"편지를 보낸 사람에 관해서는 뭔가 들어왔습니까?"

사쿠마가 물어봤지만 가와노는 노골적으로 못마땅한 얼굴을 했다.

"지문이 안 나왔어. 봉투와 편지지 제조사는 알아냈지만 아무 도움도 안 될 거고. 이런 편지로 사람 답답하게 만들지 말고 직접 와서 얘기했으면 좋았잖아."

가와노가 편지를 보낸 자에게까지 분통을 터뜨리고 있었다.

"실제로 미네기시가 범인이라면……." 스카와가 오른손 중지로 관자놀이 근처를 툭툭 치면서 말했다. "대체 어떻게 그런 독극물을 입수했을까요? 아코니틴은 흔하게 나도는 게 아니잖아요."

"그것도 지금 조사 중이야. 미네기시 주변에서 문제의 독극물을 취급한 사람을 찾아내기만 하면 그야말로 일이 빨라질 텐데, 아직 소식이 없어."

"탐문 결과로는 어떤 게 나왔어요?"

스카와의 질문에 가와노는 아랫입술을 툭 내밀고 고개를 저었다.

"아코니틴은 투구꽃에서 추출하는 독성 물질이고, 아이누 사람들이 사냥할 때 썼던 것이래. 그래서 우선 그런 쪽의 연구를 하는 사람들을 알아보라고 했는데 아직 스키점프 관계자와 연결될 만한 것은 못 찾았어."

가와노는 곁에 놓인 책자를 내밀었다. 사쿠마가 받아서 펼쳐 보니 이름이 줄줄이 나왔다.

"이 근처 아이누 연구자 모임에서 받아 왔어. 거기 소속된 회원 명부야."

회원 이름 하나하나에 거의 다 사인펜으로 체크 표시가 되어 있었다. 전화 등을 통해 스키점프 관계자와의 교류 유무를 일일이 확인했던 것이다. 명부 맨 밑에는 탈퇴한 회원 두 명의 이름이 실려 있었다. 다치바나 나오쓰구, 야마모토 고로, 두 사람 다 '타계'라는 사유가 적혀 있었다. 아마도 고령의 회원이 많을 것이다.

"식물원 같은 데는 어떨까요?" 사쿠마가 말해보았다. "홋카이도대학 농학부 부속 식물원에 다양한 종류의 투구꽃이 재배되고 있거든요. 어쩌면 독도 취급하고 있을지 모르는데."

"니레이가 먹은 독이 아코니틴인 거 알고 제일 먼저 홋카이도대학 농학부에 문의해봤어. 근데 그쪽은 아무 관계도 없었어."

"투구꽃에서 자기 손으로 독을 추출하는 건 불가능할까요?"

스카와의 말에 가와노는 즉각 고개를 저었다.

"재료를 얻는 건 간단해. 뿌리를 잘라내기만 하면 되니까. 하지만 아코니틴 분리는 아마추어는 할 수 없어."

"투구꽃을 한방에서 쓴다는 얘기는 들은 적이 있는데요."

사쿠마도 그렇게 말해보았다.

"맞아." 가와노는 자신의 수첩을 펼쳤다. "진통제나 강장제로 쓰이는 팔미지황환八味地黃丸, 진무탕眞武湯 등의 한약에 배합하는 거야. 그래서 한약 쪽으로도 지금 알아보는 중이야. 하지만 그 경우에도 아코니틴을 분리해서 쓰는 게 아니라서 별다른 성과를 기대하기는 어려워. 오히려 일반 약학 관련 쪽이 가능성이 더 높을 수도 있어. 약리 실험으로 심장의 부정맥 모델을 만들 때 아코니틴을 쓴다고 하더라고."

"와아, 진짜 열심히 공부하셨네."

스카와가 놀리듯이 말했다.

"이봐, 그만큼 궁지에 몰렸다는 얘기야."

가와노는 달갑지 않은 표정으로 대꾸했다.

미네기시의 자택 주변으로 탐문 수사를 나갔던 수사원이 돌아왔다. 하지만 빈손이라는 건 그들의 표정만 봐도 알 수 있었다.

"미네기시의 옆집에 사는 사람이 같은 하라공업 직원이고 서로 친했다는 얘기가 들려서 그 회사까지 가봤어요. 근데 그럴싸한 얘기는 건지지 못했습니다."

오동통한 체형에 머리를 짧게 깎은 형사가 아쉽다는 듯이 말했다.

"그 친구 얘기로는 미네기시가 아주 성실하고 책임감도 강한 사람이랍니다. 매사에 손을 아끼지 않고, 배려심도 남다르다는 거예요. 혹시 미네기시를 의심하는 거라면 분명 잘못 짚은 거라고 충고까지 해주던데요."

"여자관계는 어땠어?" 가와노가 물었다.

"아무것도 없었어요. 일단 미네기시에게 여자가 있었던 기척도 없습니다. 오로지 스키점프에만 전념했던 모양이에요."

"그래?"

기대에 어긋난 결과에 가와노는 답답한 듯 뺨을 긁적였다.

혹시 스기에 유코를 둘러싸고 미네기시와 니레이 사이에 다툼이 있었던 건 아니냐는 의견에 따른 조사였지만, 결과를 들어보니 역시 예상했던 대로라는 게 사쿠마의 느낌이었다.

"아무리 스키점프에만 전념했어도 이제 현역 선수도 아니니까 연애담 한두 가지쯤은 있어야 되는 거 아냐?" 책상에 기대어 손톱을 깎으면서 스카와가 어이없다는 듯이 말했다. "합숙 중에는 그렇다 쳐도 평상시에는 대체 뭘 하지? 연말연시에도 합숙을 하는 건 아니잖아. 나이 서른의 남자가 자취방에서 혼자 게임이라도 하는 건가."

"평상시에 게임을 하는지 어떤지는 모르지만, 이번 설 연휴에는 자택에 없었답니다."

"그럼 어디 갔는데?"

"본가예요. 그 친구 본가가 오타루여서 거기 간다고 얘기했던 모양이에요."

"흠, 오타루라는 건 우리도 알고 있는데……."

스카와가 사쿠마 쪽을 쳐다보았다. 사쿠마도 고개를 갸우뚱하며 응했다. 서로 생각한 게 똑같았던 것이다.

아까 미네기시를 만났을 때, 그의 본가에 대한 얘기가 나왔다. 그때 그는 "요즘에는 통 못 갔습니다"라고 말했다. 이번 설 연휴에 고향에 갔다면 그런 식으로 대답하지는 않았을 것이다. 아니면 고향에 다녀온 사실을 깜빡 잊어버렸던 건가.

'만일 거짓말이라면, 왜 그런 거짓말을 했어야 할까. 설에 본 가에 갔었다고 해도 아무도 이상하게 여기지 않을 텐데.'

역시 깜빡 잊고 그렇게 말한 것뿐인가.

아니, 그건 아니다, 라고 사쿠마는 생각했다. "통 못 갔습니다" 라고 말했을 때의 미네기시의 얼굴이 생각났던 것이다. 극히 한 순간이었지만 그는 당황한 것처럼 보였다. 무엇 때문이었을까.

'혹시⋯⋯.'

미네기시는 무의식중에 오타루 본가에 대한 얘기를 피하고 싶었던 게 아닐까. 그런 심리에 따라 저도 모르게 거짓말을 한 것이라고 생각할 수도 있다.

'만일 그렇다고 한다면, 어째서 오타루 본가에 갔던 것을 감 추려고 했는가.'

3

오후가 되자 미네기시는 니레이가 살았던 회사 기숙사로 갔다. 내일 그 근처 주민회관을 빌려 장례식을 하기로 정해졌다. 그 절차를 상의하기 위해서였다.

기숙사 사감실에 가보니 아사히카와에서 니레이의 큰외삼촌이라는 사람이 와 있었다. 전화로 얘기한 적은 있지만, 만나는 건 처음이었다. 그가 내민 명함에는 구사노 후미오라는 이름이 찍혀 있었다. 가전제품 매장을 운영하는 모양이었다. 작은 몸집에 마른 편이고 안색도 그리 좋지 않은 사람이었다. 나이는 50대 중반으로 보이는데 실제로는 더 젊은지도 모른다.

구사노의 말에 의하면 어젯밤에 삿포로에 왔고 사감인 시라키와는 어느 정도 상의를 끝냈다고 한다.

"합숙소 관계자분들에게도 인사를 드리려고 했는데 시간이 없어서……."

그렇게 말끝을 애매하게 흐렸다. 아마도 번거로운 일은 줄이고 싶다는 게 본심일 거라고 미네기시는 짐작했다.

장례식 상의가 끝나자 시라키가 인스턴트커피를 타주었다. 시라키는 선해 보이는 사람으로, 이런저런 일을 거의 모두 맡아주었다. 기숙사 입사자에게 연락해 오늘 밤 조문객을 받겠다는 말을 꺼낸 것도 그였다.

"니레이는 참 재미있는 청년이었어요. 항상 싱글벙글 웃고 한번도 심각해진 얼굴은 본 적이 없는데."

시라키는 실눈을 하고 미소를 지었지만 금세 다시 침울한 얼굴이 되었다.

"그런 젊은이에게 대체 누가 그런 몹쓸 짓을 했나 싶어요. 뭔가 이유야 있었는지도 모르지만 아무리 그래도……."

그 말에 구사노는 잠시 잠자코 있더니 커피를 한 모금 마신 뒤에 무거운 어조로 말했다.

"쾌활하고 명랑한 사람이라고 반드시 원한을 사지 말라는 법은 없으니까요."

"그건 무슨 말씀이신지……."

시라키가 물었다. 구사노는 먼 곳을 보는 눈빛이 되었다.

"이건 그 아이 엄마에게서 들은 이야기예요. 초등학교 6학년 때였나, 니레이의 반 친구 한 명이 전학을 가게 됐다는군요. 게다가 멀리 외국으로 이사하는 거였어요. 오늘로 작별이다, 하는 날에 같은 반 친구들끼리 뭔가 해주자는 얘기가 나왔습니다. 전학할 남학생 본인에게 물어보니까 스모 대회를 하고 싶다고 했던 모양이에요. 그래서 리그전으로 스모를 하게 됐어요. 그런데 담임선생님이 이별 선물로 그 남학생을 우승하게 해주려고 아이들에게 미리 귀띔을 했대요. 한마디로 일부러 져주라고 한 거지요. 게다가 그 남학생은 1회전은 부전승으로 해줬답니다. 그렇게 해서 드디어 스모 대회를 시작했는데……."

여기서 구사노는 다시 커피 잔에 손을 내밀었다.

"둘씩 붙어 시합을 하다 보니 분위기가 후끈 달아올랐던가 봐요. 그러던 중에 니레이 차례가 됐답니다. 걔가 원래 어릴 때부터 운동신경이 좋아서 스모도 아주 잘했어요. 문제없이 2회전에 진출해 그 전학하는 남학생과 처음으로 맞붙은 거예요."

결과가 대충 짐작이 간다고 미네기시는 얘기를 들으면서 생각했다.

"다들 열이 오르기도 했고, 애초에 그 남학생을 부전승으로 올려준 것도 좀 치졸하기는 했죠. 아무튼 그 아이와 맞붙었을 때, 니레이가 선생님이 넌지시 얘기해준 걸 까맣게 잊어버렸던 모양이에요. 아주 본격적으로 겨뤄서 그 남학생을 냅다 던져버렸다지 뭡니까. 깜짝 놀란 건 내동댕이쳐진 남학생보다 다른 친구들과 담임선생님이었겠지요. 그 속에서 니레이 혼자 신이 났다는 거예요."

"아, 정말 그랬을 것 같은 얘기네요."

시라키가 빙그레 표정을 누그러뜨리며 말했다.

"그러자 다른 친구가 니레이한테 이러면 안 되지 않느냐고 따졌던 모양이에요. 그 말을 듣고서야 니레이가 퍼뜩 생각이 났는지 아 참, 그렇지, 하고 머리를 긁적이며 웃었다는군요. 그러고는 별반 무춤하는 것도 없이 그 뒤에도 계속 이겨먹었어요. 주인공이 일찌감치 떨어져버렸으니 대체 뭘 위한 스모 대회인지 알 수 없는 판인데 니레이만 신바람이 난 거예요. 다들 시큰둥해진 것도 모르고 우승을 했다고 팔짝팔짝 뛰면서 좋아했다네요. 니레이의 엄마, 그러니까 내 여동생이 반 친구 엄마들한테서 한동안 미운 소리를 들었다더라고요."

"니레이는 좀 그런 면이 있었죠."

미네기시는 조용히 말했다.

"그렇다니까요. 전학한 그 아이가 어떤 기분이었는지는 모르겠지만, 어쨌든 그 스모 대회의 주인공은 니레이가 되어버린 거예요."

그런 잔혹함이 니레이에게는 있었다, 라고 미네기시는 생각했다. 본인에게는 전혀 나쁜 뜻은 없다. 처음에는 떠나는 친구를 기쁘게 해주자는 마음이었을 것이다. 하지만 스모라는 게임이 점점 열기를 띠자 그는 전력투구하는 것에만 온 신경이 쏠렸다. 아마도 둘이 맞붙었을 때, 니레이는 상대가 전학 갈 친구라는 것도 알지 못했을 것이다. 그는 그저 자신과 겨루는 상대에 맞서 진지하게 스모를 했던 것뿐이다.

비슷한 일이 최근에도 있었지, 라고 미네기시는 그때 일을 떠올렸다.

미네기시가 은퇴하기 두 달 전쯤의 일이었다. 마지막으로 한 번만 우승을 해보고 싶다는 말을 내비치자 니레이가 이런 얘기를 했다.

"그럼요, 할 수 있죠. 최근에도 2위와 3위는 몇 번 했잖아요."

"그건 한참 전이지. 요즘에는 번번이 10위 안에도 못 들었어. 3위를 딱 한 번 했을 뿐이지. 애초에 네가 있어서 우승은 힘들어. 요즘 한창 상승세라는 건 내가 가장 잘 아는데."

그러자 니레이는 잠시 생각해본 뒤에 말했다.

"그럼 이렇게 해요. 미네기시 씨가 2차 시기까지 뛴 시점에 1위에 올랐고, 그다음에 나 말고는 따돌릴 선수가 없다면 내가 일부러 실패 점프를 할게요. 그러면 미네기시 씨가 우승이잖아요."

미네기시는 쓴웃음을 지으며 고개를 저었다.

"됐네, 그럴 거 없어. 그렇게까지 해서 우승하고 싶은 건 아니야. 게다가 2위를 찍는 것도 어려울 거야."

"괜찮아요, 괜찮아요. 이거, 약속이에요."

니레이는 그렇게 말하며 새끼손가락을 세워 보였다.

그 후로 몇 차례 시합이 있었다. 하지만 역시 미네기시는 하락세였다. 아니, 하락세라는 건 정확한 표현이 아니다. 이제는 한계인 것이다. 그건 스스로도 잘 알고 있었다.

그런데 그 시즌의 최종전⋯⋯.

나가노현 노자와온천 스키장에서 거행된 시합이었다. 후회만은 남기지 말자는 심정으로 도전했던 것인데 미네기시는 예상 밖의 결과에 놀랐다. 1차 시기, 2차 시기에 제대로 바람을 타서 제법 먼 거리를 날았다. 점프 경기는 비거리 점수와 심사 위원이 공중자세를 채점하는 비형 점수를 합해서 총점이 매겨진다. 비형 점수에 관해서는 미네기시는 원래부터 자신이 있었다.

2차 시기를 마친 시점에 미네기시는 톱에 올랐다. 그다음 순서로 열 명의 선수가 남아 있었다. 가장 마지막 순서는 역시 니레이였다.

한 명 한 명 젊은 점퍼들이 몸을 날렸다. 미네기시는 평소와는 또 다른 긴장감을 맛보면서 그들의 비상을 지켜보았다. 아슬아슬한 비거리와 아슬아슬한 점수가 표시되었다. 그리고 아홉 명이 점프를 마친 뒤에도 미네기시의 이름은 맨 위에 올라 있었다.

니레이가 약속한 상황이 만들어진 것이었다.

미네기시는 그의 점프를 아래쪽에서 보고 있었다. 현재 미네기시가 톱이라는 건 니레이도 알고 있을 터였다.

어쩌면, 이라고 미네기시는 생각했다.

니레이가 어프로치 구간을 미끄러져 내려왔다. 테이크 오프 그라운드에 돌입, 그리고 날카로운 도약, 그의 몸이 허공에 아치를 그렸다.

그 곡선은 그때까지 날았던 선수들의 어떤 비상보다도 크고 아름다웠다.

니레이는 2차 시기의 최장거리를 기록했다.

미네기시를 크게 따돌리는 점수의 우승이었다. 이길 때면 항상 하던 대로 니레이는 양손을 치켜들고 손뼉을 쳤다. 그리고 기뻐했다.

시상대에 올랐을 때 미네기시는 니레이에게 말해보았다.

"2위라니, 정말 오랜만이다."

어쩌면 그가 지난번의 그 약속을 떠올릴지도 모른다고 생각했던 것이다. 하지만 니레이는 얼굴빛을 바꾸지 않고 말했다.

"그러니까 내가 말했잖아요. 아직 한참 더 하실 수 있어요."

미네기시는 옅게 웃으면서 니레이에게 악수를 청했다. 니레이는 유난히 힘껏 손을 맞잡았다.

그의 악력을 느끼면서 잘된 거라고 미네기시는 생각했다. 일부러 져준다는 약속은 니레이가 제 마음대로 정했던 것이니까 배신이네 아니네 따질 문제는 아니었다. 무엇보다 승부는 공정하지 않으면 안 된다.

다만 미네기시는 그가 입에 올렸던 약속을 아직 기억하고 있었다. 솔직히 실제로 그렇게 해줄 거라고 기대도 했었다.

그런 자신이 너무도 한심했다.

반대로 니레이 쪽에서는 자신이 꺼냈던 얘기를 깨끗이 잊어버렸다. 물론 악의는 없다. 일단 점프대에 올라서면 어떻게 해야 최대한 멀리까지 날 수 있느냐는 것에만 온 신경이 쏠려버리는 인간인 것이다.

앞으로 커나갈 사람은 원래 그런 거라고 미네기시는 생각했다. 은퇴를 앞둔 선수가 작은 대회라도 좋으니 마지막으로 멋진 추억을 만들고 싶다는 감상에 빠지는 것 따위, 그의 의식 속에는 전혀 없는 것이다.

후련하다, 라고 생각했다.

그리고 그날 밤, 미네기시는 은퇴를 표명했다.

기숙사를 나와서 미네기시는 택시를 잡았다. 차에 탈 때 오른편 시야 끝에서 뭔가 잽싸게 움직이는 게 보였다. 그래도 알아보지 못한 척하는 얼굴로 좌석에 앉아 기사에게 호텔 마루야마로 가달라고 말했다. 자세를 바꾸면서 슬쩍 뒤를 돌아보니 하얀 세단이 모퉁이를 돌아 큰길로 나오는 참이었다.

역시 미행을 하고 있다.

왜일까, 라고 미네기시는 생각해보았다.

오늘 아침에도 형사 두 명이 찾아와 알리바이를 조사하고 갔다. 확인하려는 것이라는 식으로 말했지만, 실제로는 그럴 리가 없다. 뭔가 나를 의심할 만한 단서를 잡은 게 아닐까.

아니, 단서는 나올 수 없다고 그는 생각했다. 증거 따위, 아무것도 나오지 않았다. 게다가 니레이를 살해한 동기를 그들이 알아낼 수 있을 리도 없다.

어쩌면…….

미네기시는 그 편지를 다시 떠올렸다. 그에게 자수하라고 지시했던 편지다. 그것을 보낸 자가 드디어 경찰에도 밀고해버린 것인가.

하지만 자수하라고 지시했던 게 화요일이고 오늘은 목요일이다. 약간 성급한 거 아닌가.

뭐, 어찌 됐든, 이라고 미네기시는 생각했다. 아직 경찰은 아무 증거도 잡지 못했다. 사건 당일의 알리바이를 새삼스럽게 문의하러 올 정도니까 아직 여유는 있다.

아무튼 한시바삐 수수께끼의 편지를 보낸 자를 찾아내야 한다. 그리고 경우에 따라서는…….

만일 추리만으로 범인을 알아낸 것이라면 대체 어떤 식으로 추리를 한 것인가. 일반적인 추리라면 알리바이가 확실한 미네기시는 진즉에 용의자 목록에서 제외되었어야 한다.

두 가지 가능성이 있었다. 하나는, 알리바이를 검토하는 것 자체가 무의미하다는 것을 알았을 경우, 그리고 또 하나는 뭔가 강력한 증거를 쥐고 있을 경우다.

전자의 경우라면 편지를 보낸 자는 이번 범행의 방법을 상세하게 파악했다는 얘기가 된다. 그러면 대체 어떻게 그런 통찰이 가능했던 것인가.

자신의 행동에 결코 빈틈은 없었다고 미네기시는 굳게 믿고 있었다.

현재로서는 후자일 가능성이 크다고 생각되었다. 편지를 보낸 자는 뭔가 결정적인 증거를 쥐고 있는 것이다.

헬스장의 사이클링 머신 파이프에 감춰둔 독약이 미네기시는 마음에 걸렸다. 누군가가 그 독을 발견했다는 건 거의 확실하다. 그리고 그 '누군가'는 독약을 감춰둔 사람이 미네기시라는 것까지 알고 있었던 것인가.

만일 알고 있다면 그자는 니레이를 죽인 사람이 미네기시라는 것도 금세 알았을 것이다. 그렇다면 그자가 편지를 보낸 사람일 가능성도 높다.

한편 우연히 독약을 발견했지만 숨겨둔 사람이 누구인지는 알아내지 못했다면 범인이 미네기시라는 것도 알지 못한다. 하지만 그런 경우라면 왜 그자는 아직까지 독약을 발견한 사실을 경찰에 알리지 않았느냐는 의문이 남는다.

어쨌든 독약을 발견한 자를 찾아내는 게 선결문제라고 미네기시는 생각했다. 단서는 있다. 토요일 저녁에 헬스장에 있었던 사람이다.

그자는 우연히 독약을 발견했고, 그리고 그 효과를 테스트해본 것이다.

떠돌이 개를 이용해서……

4

호쿠토대학의 아리요시가 왔을 때, 사와무라는 아직 레스토랑에서 저녁을 먹고 있었다. 아리요시는 손을 흔들며 다가와 그의 맞은편 자리에 앉았다.

"쇼는 컨디션이 어땠어?"

아리요시가 우선 그것부터 물었다.

"여전해요. 이대로 가면 다음 시합은 전혀 승산이 없어요."

스파게티를 포크로 돌돌 감으면서 사와무라는 부루퉁한 얼굴로 말했다.

"벌써부터 자포자기야?"

"그건 아니지만, 제대로 훈련해봤자 못 당한다니까요."

"뭔 소리야?"

"뭔 소린지 나도 모르겠네. 아무튼 그놈은 뭔가 하고 있어요. 그게 결론이에요. 그리고 나는 아무것도 안 하고 있고."

"흐음." 아리요시는 자신의 목덜미를 툭툭 쳤다. "너의 그 직감, 딱 맞혔는지도 모르겠어. 저녁 먹고 시간 있어?"

"시간이야 있죠. 근데 우리 코치와 감독님은 미요시 씨 방에서 회의가 있어서 가봐야 할 것 같던데요."

"너 혼자라도 좋아. 방에서 얘기 좀 하자."

아리요시는 그렇게 말하고 다리를 바꿔 앉더니 레스토랑 안을 둘러보았다. 그의 시선이 카운터 옆의 안내문에서 멈췄다.

"저건 뭐냐?"

안내문에는 매직펜으로 '지난주 토요일 저녁에 헬스장에서 돈을 잃어버린 분은 프런트에 문의해주세요'라고 적혀 있었다.

"누가 돈을 잃어버렸나 봐요. 얼마인지 써두지 않아서 재미없어."

"실제로 잃어버린 사람이면 얼마인지 알 테니까 안 써두는 거야. 아니면 너무 적은 돈이거나."

"시합 전날에 헬스장에 가는 사람은 없어요."

사와무라는 스파게티를 물로 꿀꺽 넘겼다.

방에 가보니 이케우라와 히노가 이불 위에 누워 텔레비전의 사극 드라마를 보고 있었다. 아리요시가 들어가자 후다닥 일어나 텔레비전을 껐다.

"태평한 녀석들이네. 아직 그 사건도 전혀 해결되지 않았잖아."

사와무라가 권하는 방석에 책상다리로 앉으면서 아리요시가 말했다.

"우리하고는 아무 관계 없네요." 이케우라가 대답했다. "주위에서 술렁술렁하는데 우리 중에는 범인이 없을걸요. 이건 뭔가 착오예요, 틀림없이."

"동료들을 믿는다는 건가. 그래, 좋지."

"믿는다고 할까, 그럴 배짱이 있는 놈은 없어요. 니레이가 어디로 사라졌으면 좋겠다고 생각한 놈은 꽤 많겠지만."

"그런 얘기, 언론 쪽 귀에 들어가면 큰일이 날걸."

"글쎄요. 그런 건 다른 스포츠에도 많잖아요. 프로야구 대기 선수는 레귤러가 부상이라도 당하기를 기도한다던데."

"그래도 죽으라고 빌지는 않아. 뭐, 그건 어찌 됐든 오늘은 격려차 내가 귀중한 데이터를 들고 왔어."

아리요시는 가방에서 자료를 꺼내 세 사람 앞에 내보였다.

"오늘 가져온 자료는 쉽게 말하면 너희를 비롯한 국내 톱 스키점퍼들과 핀란드 마티 뉘케넨의 스킬 차이를 그림으로 표시한 거야. 어때, 놀랍지?"

뉘케넨이라는 말에 사와무라는 고개를 쏙 내밀었다. 이케우라와 히노도 앉음새를 바로잡았다. 목표로 삼는 것도 황송한 스키점프계의 절대적 존재다.

"이번에 했던 연구는 각자의 도약 동작을 비디오로 촬영해서 도약하는 힘의 방향과 크기를 구해본 거야. 각자 자기 사진은 찾을 수 있지?"

나눠준 사진 속에서 사와무라는 자신의 것을 찾아냈다. 도약 순간이 분해 사진이 되어 줄줄이 이어졌다. 왼쪽에서 오른쪽으로는 시간의 경과를 표시한 모양이다. 사진 옆에 '디지털 셔터 비디오카메라로 촬영(1초당 60컷)'이라고 적혀 있었다.

"이 사진들을 분석해서 신체 중심에 관한 가속도 성분의 시간별 변화를 구해봤어. 이를테면 이 그림은 뉘케넨의 도약 순간을 어느 방향으로 얼마만큼의 가속도가 작용했는지 선 그림으로 표시한 거야."

아리요시가 손끝으로 짚어준 것은 방금 본 분해 사진을 직선으로 단순화한 그림이었다. 선으로 표시된 사람의 머리 부근 위로 각각 화살표가 하나씩 길게 그려졌다(그림 1).

"화살표의 방향은 그 순간의 가속도의 방향, 화살표의 길이는 가속도의 크기를 보여주는 거야. 어느 타이밍에 어느 만큼의 가속도를 발휘하는지를 알 수 있어. 참고로 사와무라의 경우는 이거야."

아리요시가 다시 비슷한 그림 한 장을 꺼냈다. 역시 선 그림이고 화살표도 붙어 있었다(그림 2).

"뭔가 살짝 다른 느낌이네요."

사와무라는 자신의 그림과 뉘케넨의 그림을 비교해보면서 말했다.

"이 가속도라는 건 도약하는 힘과 중력에서 나오는 거예요?"

히노가 제법 진지한 어조로 말했다.

"그 밖에 공기 저항의 영향도 있어." 아리요시가 대답했다. "자아, 여기서 이 가속도의 크기를 수직 성분과 수평 성분으로 나눠서 검토해봤어. 수직 성분은 위로 뛰어오르는 크기, 수평 성

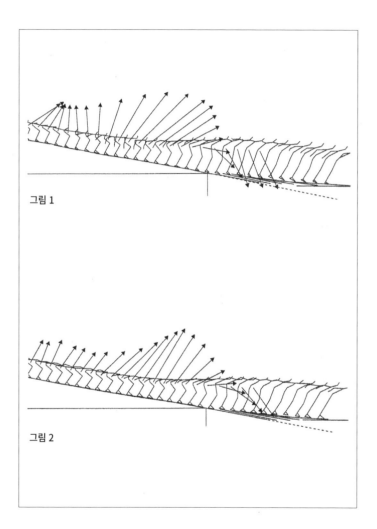

그림 1

그림 2

분은 앞으로 뛰쳐나가는 크기야. 우선 수직 쪽부터 보자. 시간에 따른 크기 변화를 보면 이런 식이 되지? 각자 비교하기 쉽게 도약대를 뛰쳐나간 순간을 0으로 하고, 거기서부터 시간을 마이너스 초秒로 표시했어."

아리요시가 꺼내놓은 것은 가로축에 시간, 세로축에 가속도의 수직 성분의 크기를 딴 그래프였다(그림 3). 그 즉시 이케우라가 지겹다는 얼굴을 내보였다.

"나는 이런 거 들여다봐도 뭐가 뭔지 도통 모르겠던데요."

"그래프 거부증이야? 하지만 이걸 이해하지 못하면 뉘케넨을 알아낼 수 없어."

"그림으로 보기에는 딱히 뉘케넨이 뛰어난 것도 아닌데요?"

히노가 말했다. 아리요시는 크게 고개를 끄덕였다.

"바로 그거야. 이 중에서 가속도가 가장 높은 사람은 사와무라라는 게 보이지? 그리고 일반적으로 도약 직전의 순간에 최대의 힘을 발휘하는 게 좋다고 하는데, 힘이 꼭짓점에 달하는 순간부터 도약까지의 시간 Δt도 사와무라가 가장 짧다는 얘기야. 이것에 관해서는 뉘케넨이 이케우라보다 뒤떨어지고 있어."

"대박! 내가 뉘케넨보다 더 잘하는 게 있었어."

이케우라가 우쭐우쭐하면서 말했다.

"하지만 실제로는 뉘케넨이 우리들 중 누구보다 더 먼 거리를 날았어. 즉 이 그림으로는 뉘케넨이 얼마나 강한지, 그 비밀을 알 수 없다는 얘기야."

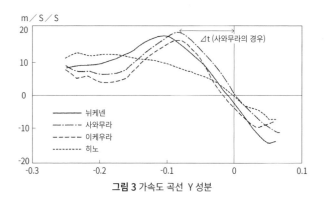

그림 3 가속도 곡선 Y 성분

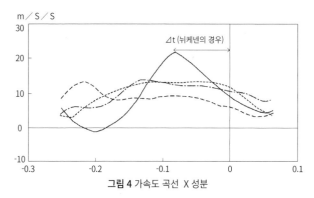

그림 4 가속도 곡선 X 성분

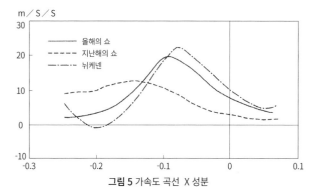

그림 5 가속도 곡선 X 성분

187

"수평 성분은 어때요?"

사와무라가 물었다.

"문제는 그거야."

아리요시는 네 번째 자료를 꺼냈다. 조금 전과 비슷한 그림이었다(그림 4). 그 그래프를 본 순간 사와무라와 히노는 동시에 엇, 하는 소리를 냈다. 그리고 조금 지나서 이케우라도 고개를 끄덕이며 말했다.

"아, 나도 알았어!"

"일목요연하지?"

아리요시는 세 사람의 반응에 만족했는지 가슴을 척 젖혔다.

"이걸 보면 분명하게 알 수 있듯이 가속도의 수평 성분 크기, 즉 앞으로 도약하는 가속도는 뉘케넨이 훨씬 뛰어나. 게다가 그 가속도가 꼭짓점에 달한 뒤부터 도약하기까지의 시간이 누구보다 짧은 것으로 나왔어. 좀 더 말하자면……."

아리요시는 그래프에 그려진 뉘케넨의 곡선을 손끝으로 따라가며 훑었다.

"이렇게 가속도의 수평 성분이 깨끗한 산 모양으로 나오기도 힘들다고 해야겠지. 너희 세 명의 곡선을 보면 알겠지만 대부분의 선수가 어디가 꼭짓점인지도 뚜렷하지 않으니까. 즉 누구보다 잽싸게 전방으로 몸을 이동한다, 게다가 그걸 도약대와 가장 가까운 지점에서 최대가 되도록 발휘한다, 이 두 가지가 조인 뉘케넨의 위협적 점프의 비밀인 거야."

"아, 그렇구나……."

사와무라는 자신의 심장박동이 빨라지는 것을 느꼈다. 겨드랑이에 땀이 주르륵 흘렀다. 그리고 온몸이 후끈 달아올랐다.

전부터 뉘케넨은 진짜 대단하다고 생각했다. 가 닿을 수 없는 존재라고도 생각했다. 하지만 그건 관념적으로 바라본 결과였다. 추상적이었던 것이다. 그런데 이제야 비로소 뉘케넨과 자신의 차이를 구체적인 형태와 숫자를 통해 알게 되었다.

다른 두 사람도 똑같은 심정이었는지 한참 동안 입을 꾹 다문 채 자신과 핀란드 조인의 차이를 명확하게 드러내주는 그래프를 보고 있었다.

잠시 뜸을 들였다가 아리요시가 "그나저나"라고 입을 열었다. 세 사람은 다시 얼굴을 들었다.

"뉘케넨이 다른 선수와 어떻게 다른지는 판명되었는데 그게 어째서 비행 거리가 길어지는 결과로 나타났는지, 그런 메커니즘은 아직 해명하지 못했어. 이런 식으로 뛰는 게 좋다, 라고 뉘케넨을 통해 짐작이나 해보는 단계야. 쉽게 말해서 과학이 아직 그를 따라가지 못한다는 얘기지. 다만 너희는 그다음 단계의 해명까지 알아야 하는 건 아니야. 그가 데이터로 증명해준 방법으로 뛸 수 있게 연습만 열심히 하면 돼."

"말로는 쉽지만, 막상 해보려고 하면 안 되니까 이러고 있죠."

이케우라가 입을 툭 내밀며 과장스럽게 얼굴을 찡그렸다.

"뉘케넨 외에 그런 방법으로 뛰는 선수가 있기는 해요?"

히노가 물었다.

"그거야 데이터를 수집하지 않고서는 모르지. 하지만 강호로 일컬어지는 선수라면 분명 비슷한 경향을 보일 거야. 그리고 한 가지 마음에 걸리는 데이터가 있었어."

아리요시는 그렇게 말하고 사와무라 쪽을 흘끔 쳐다보았다. 그리고 가방 속에 손을 넣었다. 사와무라는 어쩐지 안 좋은 예감이 들었다.

"이건 쇼의 점프를 분석한 결과야." 아리요시가 다시 종이 한 장을 꺼냈다. "사와무라가 쇼의 점프도 찍어달라고 하길래 검사 검사 분석해봤거든. 상당히 흥미로운 결과가 나왔어. 잠깐 살펴 봐."

그가 꺼내놓은 자료를 세 사람은 덤벼들듯이 들여다보았다. 방금 화제에 오른 가속도의 수평 성분을 그래프로 표시한 것이 었다.

"이건……." 히노가 아리요시를 보며 말했다. "이게 정말 쇼의 점프예요?"

"맞아." 아리요시가 대답했다. "어떻게 생각해?"

"어떻게 생각하냐니……." 사와무라가 멍하니 중얼거렸다. 한심하게도 목소리가 떨렸다. "아까 교수님이 말씀하신 그대로잖아요. 깨끗한 산 모양의 커브를 그렸고 꼭짓점에서 도약대 도약까지의 시간이 짧아요. 뉘케넨만큼은 아니어도……."

"그래, 잘 봤어. 한마디로 너희보다는 바람직한 방법으로 뛰고 있다는 거야."

아리요시가 담담한 목소리로 말했다. 세 사람은 어떤 말도 내놓지 못했다. 그런 모습을 보고 아리요시는 조용히 말했다.

"게다가 이런 데이터도 있어."

그가 또 한 장의 자료를 꺼내놓았다. 거기에도 비슷한 그래프가 그려져 있었다.

"작년에 내가 이 연구를 시작했을 무렵에 전국 스키점프팀 선수 전원을 비디오로 촬영했던 게 생각나더라고. 그래서 그 비디오를 꺼내다가 쇼의 예전 점프를 분석해봤어. 점선이 작년에 뛰었던 점프, 실선이 이번에 뛴 점프야. 그리고 참고삼아 뉘케넨의 경우를 1점 쇄선으로 표시했어."

그 그래프(그림 5)는 최근에 사와무라가 직감적으로 느꼈던 것을 고스란히 숫자로 증명해주는 것이었다. 지난해 쇼의 점프는 그리 깨끗한 산 모양의 커브는 그려내지 못했다. 꼭짓점도 뚜렷하지 않고 도약까지의 시간도 길었다. 그러던 게 올해 들어 비약적으로 향상된 것이다.

"이제 알았지?" 아리요시가 할 말을 잃은 세 명의 선수를 보면서 말했다. "니레이라는 괴물 같은 선수가 있었기 때문에 올해 들어서도 쇼는 아직 눈에 두드러지는 활약은 없었어. 그 바람직한 방법의 훈련이 아직은 실제 성적으로 이어지지 않았다고 할 수 있겠지. 하지만 쇼의 기술은 확실하게 향상되고 있어. 뉘케넨의 점프가 거의 완벽하다고 한다면 쇼는 그 완벽에 근접했다고 봐도 무방하겠지. 이대로 쇼가 그 기술을 연마해나가면 머지않아 너희는 쇼를 결코 이길 수 없게 돼. 아마도 쇼가 은퇴할 때까지."

아리요시의 설명을 들으면서 사와무라는 바싹 마른 입술을 내내 혀로 핥고 있었다. 최근에 줄곧 감지해왔던 일이다. 쇼의 점프는 우리와는 어딘가 다르다, 라고.

"이런 점프를 하려면 어떻게……." 거기까지 말하고 히노는 작게 헛기침을 했다. 긴장해서 그도 목이 타는 모양이었다. "이런 점프 스킬을 배우려면 어떻게 해야 되지요? 사와무라는 쇼가 도핑을 하는 게 아니냐고 하던데요."

"도핑?"

아리요시는 놀란 얼굴로 사와무라를 돌아보았다.

"쇼의 근육이 급격히 불어난 게 아무래도 이상해서요. 특히 여기 이 부분……."

사와무라가 허벅지 뒤쪽을 가리키면서 말했다.

아리요시는 잠시 생각에 잠겼다.

"분명 이런 점프를 하려면 대퇴이두근에 강한 근육이 필요해. 하지만 단순히 웨이트트레이닝을 한다든가 사와무라가 얘기한 도핑으로 근육을 붙인다고 해서 이 스킬을 몸에 익힐 수는 없어. 점프는 간단히 말하면 위쪽이 아니라 앞으로 뛰쳐나가는 거야. 그 연습을 수없이 반복해야 돼. 그렇게 해서 다리가 근육의 사용법을 기억하도록 하는 게 필요해."

"반복해서 연습해도 실제로 뛰어보면 당최 마음먹은 대로 되지 않던데."

이케우라가 비관적인 얼굴을 보였다.

"느닷없이 실제 점프 때 그렇게 하라는 뜻이 아니야. 그래봤자 자신이 어떤 동작으로 움직이는지 자각할 수도 없고 근육을 올바른 방식으로 활용하는지 어떤지 체크할 수도 없잖아. 우선은 기본적인 동작으로 그 도약 방법을 익히는 게 중요해."

"기본적인 동작⋯⋯. 구체적으로 어떤 거예요?" 사와무라가 물었다.

"이를테면 제자리멀리뛰기야." 아리요시가 말했다. "위로 뛰어오르는 경향을 보이는 선수는 수직 뛰기에 비해 제자리멀리뛰기를 못했어. 작년 연말의 체력 테스트 결과인데, 우리 나라 팀 선수들은 제자리멀리뛰기 기록이 대략 280센티미터 전후로 나왔어. 그런데 뉘케넨은 330센티미터에 육박한다는 기록이 있어. 그 당시 전국 팀 선수 중에서 300센티미터 넘게 뛴 사람은 니레이 단 한 명뿐이었어."

니레이⋯⋯.

그 친구도 역시 그런 스킬을 썼던 것인가, 라고 사와무라는 낙담했다. 강한 선수는 모두 그런 공통점이 있었던 것이다⋯⋯.

"사와무라는 도약력은 뛰어난 편이야." 아리요시가 사와무라를 보며 말했다. "체력 테스트에서도 수직 뛰기는 톱클래스잖아. 하지만 작용하는 방향이 별로 좋지 않았어. 아까 가속도의 수직 성분을 그래프로 나타낸 것을 봤지만(그림 3), 사와무라의 점프가 앞쪽이 아니라 위로 향한다는 게 분명하게 나타나 있어."

"하지만 그래서는 안 된다는 것이지요?"

"응, 최소한 뉘케넨 같은 방식의 점프는 아니야."

"지금 이대로라면 뉘케넨은 될 수 없다는 얘기네요. 내일부터 제자리멀리뛰기를 죽어라 연습해야겠어요."

농담인 척 말했지만, 마음속으로는 큰 충격을 받았다.

"제자리멀리뛰기 외에 또 어떤 연습 방법이 있어요?"

히노가 물었다.

"그건 글쎄……. 우선 뛰어 날아 앞구르기가 좋아. 마루운동에서 하는 그거."

그거라면 나도 잘하는데, 라고 이케우라가 중얼거렸다.

"그리고…… 앞 공중돌기도 괜찮아."

"공중돌기?" 사와무라는 저절로 목소리가 높아졌다. "그게 좋은 거예요?"

"음, 좋지. 근데 왜?"

"아니, 그게……."

사와무라는 얼마 전에 니레이와 나눴던 얘기를 떠올렸다. 니레이는 사와무라에게 "나, 너의 결점이 뭔지 알아"라면서 앞 공중돌기를 직접 해 보였던 것이다. 그때는 그게 무슨 뜻인지 전혀 알지 못했었는데…….

"니레이가 그런 말을 했다고?" 얘기를 들은 아리요시는 약간 당황한 표정이었다. "의미도 없이 그런 말을 했을 리는 없어. 그는 점프에 관한 한 천재적인 데가 있으니까. 아마 사와무라의 결점을 꿰뚫어 보고 그걸 직접 몸으로 보여줬을 거야."

"설마요." 이케우라가 시큰둥한 목소리로 중얼거렸다. "니레이가 대단한 친구였다는 건 인정해요. 우리와는 분명 뭔가가 달랐어요. 하지만⋯⋯."

여기서 그는 또다시 되풀이하는 것이었다. 니레이 아키라에 관한 얘기가 나오면 누구든 똑같이 말하는 그 소리를.

"믿어지지 않잖아요, 그 니레이가 이런 어려운 걸 생각했었다니."

5

기숙사 근처 주민회관에서 거행된 니레이 아키라의 장례식은 기숙사생 외에 스키점프 관계자와 회사 사람들도 참석해서 웬만큼 형식은 갖춰졌다. 웬만큼, 이라고 한 것은 니레이의 일가친척이 거의 보이지 않았기 때문이다. 큰외삼촌이라는 사람이 혼자서 상장을 달고 가면처럼 무표정한 얼굴로 서 있을 뿐이었다. 스키점프계나 회사 쪽 관계자가 아니라면 거의 틀림없이 스포츠 기자들이었다.

사쿠마는 멀찍이 떨어진 자리에서 지켜보고 있다가 미네기시를 비롯한 스키점프 쪽 사람들이 떠나는 것을 확인하고는 경찰서로 돌아가기로 했다. 사쿠마가 감시했던 사람은 미네기시였지만, 또 다른 낯선 사람은 없는지도 내내 주시했다. 결과는 꽝이었다.

수사본부로 돌아와보니 스카와와 가와노 경감이 둘러앉아 스토브를 쬐고 있었다. 스카와는 미네기시의 고교 시절 친구에 대한 탐문 수사를 다녀온 길이었다.

"뭔가 좀 건졌어요?"

사쿠마도 스토브에 손을 쬐며 물었다.

"아니, 없었어." 스카와가 고개를 저었다. "고교 시절에는 친하게 지냈지만 졸업한 뒤로는 전혀 만난 적이 없대. 미네기시가 하라공업팀에 들어간 직후에 연락을 해봤는데 당분간 점프에 전력투구해야 하기 때문에 만나기가 어렵다, 라고 했다는 거야. 그 이후로 한 번도 서로 간에 왕래가 없었어."

"미네기시도 예전에는 유망한 선수였던 모양이지?" 가와노가 말했다.

"그렇습니다. 다리에 골절상을 입기 전까지는 대단한 선수였어요. 역시 스포츠 선수에게는 부상이 가장 무섭다니까요. 듣기로는 그것 때문에 상당히 힘들어했다고 합니다."

"성실한 선수일수록 더 힘들 거야."

"그렇겠죠." 스카와가 고개를 끄덕였다.

"오타루 본가 쪽에서는 뭔가 들어온 거 없습니까?"

사쿠마가 가와노에게 물었다.

"첫 연락이 들어왔어. 미네기시가 작년 12월 31일에 본가에 도착해 1월 3일 아침에 떠났다는 거야. 그사이에 집 밖으로 멀리 나갔던 적은 없었어."

"먼 곳이 아닌지도 몰라요."

"그거야 나도 알지. 아무튼 그자의 동선을 샅샅이 체크하라고 지시했어. 다만 아직까지는 본가 주변에 한방약과 관련된 가게 등은 눈에 띄지 않았다는 거야."

"네……."

사쿠마는 미네기시가 설 연휴에 본가에 갔다는 것을 솔직히 말하지 않은 점에 주목했다. 그 말을 본능적으로 피하게 만든 뭔가가 있었던 게 아닐까. 그렇게 생각해보니 역시 본가에 돌아갔을 때 투구꽃 독을 입수했을 것이라고 감이 딱 왔다. 그래서 수사원 두 명이 오늘 아침 일찍 오타루에 갔던 것이다.

"그나저나 도무지 이해가 안 되는 게 바로 알리바이야." 가와노가 끄으응 앓는 소리를 내며 말했다. "범인이 미네기시라면 대체 어느 시간에 약을 바꿔치기했던 거냐고."

"그거 말인데요, 우리가 어쩌면 처음부터 잘못 짚은 것인지도 모르겠어요."

스카와가 목을 죄는 넥타이를 느슨하게 풀면서 말했다.

"무슨 말이야?"

"그 알리바이, 절대로 깰 수 없어요. 즉 미네기시가 약을 바꿔치기하는 건 불가능했습니다."

"그럼 미네기시가 범인이 아니잖아?"

"네, 그것도 한 가지 가능성이에요. 그 편지는 가짜 정보였다는 겁니다."

"그럼 또 다른 가능성은?" 사쿠마가 물었다.

"미네기시는 약을 바꿔치기하지 않고 니레이에게 독약을 먹였다. 이게 또 하나의 가능성이야."

"그게 말이 돼?" 가와노가 툭 내뱉었다. "약을 바꿔치기했기 때문에 범행 수법이 밝혀진 거잖아. 그자가 범인이라는 것도 확실해졌고."

"약을 바꿔치기한 건 니레이가 독약을 먹은 다음이겠지요. 아니면 한창 소란할 때였다든가. 어느 쪽이건 현재 걸림돌이 되고 있는 알리바이와는 관계없는 시간이에요."

"니레이가 독약을 먹은 다음에 약을 바꿔치기했다? 왜 구태여 그런 짓을 하지?"

"문제는 바로 그겁니다. 약을 바꿔치기했다는 게 밝혀진 것은 니레이가 레스토랑의 웨이트리스에게 맡겼던 약 봉지에서 독이 든 캡슐이 발견되었기 때문이잖아요. 저는 처음부터 그게 거슬렸어요. 어째서 독이 든 캡슐을 딱 한 개만 넣어두지 않았는가. 그랬으면 니레이가 죽은 다음에 비타민제 캡슐을 조사해도 거기엔 이미 독이 든 캡슐은 없을 테니까 약을 바꿔치기했다고 단정하지도 않았을 겁니다."

"그건 저도 마음에 걸렸어요." 사쿠마가 말했다.

"그러니까 그건 한시바삐 니레이를 죽이려고 했기 때문인 거아냐?"

"저도 그렇게 생각했어요. 하지만 또 한 가지 이유가 생각났습니다. 범인은 약을 바꿔치기했다는 것을 경찰에 알리고 싶었던 거예요."

"뭐라고?"

가와노의 얼굴빛이 변했다.

"즉 니레이가 비타민제인 줄 알고 독이 든 캡슐을 먹었고 그래서 죽은 것이다, 라고 경찰이 믿어버리게 하려는 거였어요."

"아…… 미끼였군요." 사쿠마가 말했다. "실제로는 그런 방법으로 독약을 먹인 게 아니었어요. 하지만 약을 바꿔치기한 것이라고 경찰이 믿어버리면 당연히 언제 바꿔치기를 했느냐는 것에 집중하겠지요. 범인으로서는 그 시간대에 완벽한 알리바이를 만들어두기만 하면 되는 거예요."

"흠, 그렇게 생각할 수도 있겠네……. 하지만 그 바람에 타살이라는 게 명확해졌잖아. 스키점프계의 내부 범행이라는 것도그렇고."

"분명 그렇긴 한데 범인 입장에서는 딱히 위험성이 높아지는것도 아니에요. 현실적으로 생각해보면, 어떤 식으로 살해를 했든 자살인지 타살인지 사고사인지는 시간문제일 뿐 금세 밝혀져요. 그리고 현재 상황에서 니레이 아키라가 살해되었다고 하면 스키점프계 관계자는 당연히 가장 먼저 의심을 받게 마련이에요."

"그렇군. 어차피 마찬가지라는 거네."

"그럴 거라면 일단 알리바이 조작을 시도해서 자신이 완벽하게 혐의를 벗는 방법을 택하는 게 현명한 것이죠."

사쿠마의 설명에 스카와는 맞는 말이라고 고개를 끄덕였다.

"그러면 역시 미네기시인가⋯⋯." 가와노가 말했다.

"이 추리가 맞는다면 미네기시가 범인이에요. 완벽한 알리바이를 갖고 있다는 게 오히려 수상한 거예요."

다만, 이라고 스카와는 말을 이어갔다.

"그래도 역시 의문은 남아요. 어쨌든 결과적으로 약 봉지는 바꿔치기한 것이니까 미네기시가 그걸 할 수 있었는지 어떤지, 밝힐 필요가 있겠지요. 그리고 또 한 가지, 실제 범행 수단이 약의 바꿔치기가 아니었다면 대체 미네기시는 어떻게 니레이에게 독을 먹였느냐는 겁니다."

"첫 번째 의문에 관해서는 다시 처음부터 탐문 수사를 해봐야겠네. 지금까지 약 봉지를 바꿔치기한 것은 니레이의 조식 이후부터 점심때까지라고만 생각했었으니까 말이야. 하지만 두 번째 의문은 그리 어렵지 않겠어. 미네기시는 니레이의 코치야. 이 약을 먹어라, 라는 식으로 얘기하고 독약을 건네주기만 하면 되잖아."

"아뇨, 그건 아닐걸요."

사쿠마는 조심스러워하면서도 비교적 단호한 어조로 말했다.

"왜 그렇지?"

가와노는 뜻밖이라는 표정을 보였다.

"미네기시의 심리를 생각해보면 그건 아닌 것 같아요. 그는 조식 이후로 한 번도 니레이와 단둘이 있었던 적이 없습니다. 즉 경감님이 말씀하신 것처럼 독약을 직접 줬다면 늦어도 아침 식사 전에는 건넸어야 해요. 그런데 그럴 경우, 미네기시는 어떻게 지시해야 할까요. 우선 이 약은 점심식사 후에 먹어야 한다, 먹는 모습을 다른 사람이 봐서도 안 된다, 약을 갖고 있다는 것도 누군가 알면 안 된다……. 그런 얘기를 니레이에게 의심을 사지 않게 지시했어야 합니다."

"어떻게든 둘러댔겠지. 이를테면 비밀스러운 약이라고 했다거나."

하지만 가와노는 말하는 도중에 피식 웃음을 흘렸다. 설득력 없는 의견이라는 건 스스로도 알고 있는 기색이었다.

"그렇게 지시했다고 쳐도 니레이의 성격을 감안하면 걱정이 됐을걸요. 이구동성으로 증언했던 대로 니레이는 워낙 태평한 성품이라서 자칫하면 남에게 줄줄 얘기해버릴 가능성이 있으니까요. 이건 절대 비밀이라고 니레이가 단단히 자각할 만큼의 이유가 필요해집니다."

"태평한 성품의 사람을 진지하게 만들 만한 이유……."

가와노는 끄으응 앓는 소리를 낸 뒤에 "그건 어렵지"라고 말했다.

"그리고 이게 가장 큰 이유인데, 니레이에게 독약을 건네더라도 미네기시 자신이 직접 주는 건 피하려고 했을 겁니다. 왜냐면 니레이가 즉사할 수도 있잖아요. 어디서 죽을지도 알 수 없고. 약을 먹고 고통스러워하면 사람들이 모여들 거고, 그 참에 니레이가 헛소리로라도 누가 약을 줬는지 말을 흘리면 모든 게 끝나버려요. 아니, 극단적으로 말해서 혹시라도 목숨을 건지는 쪽으로 일이 흘러가면 정말 난처해지죠."

"무슨 말인지는 알겠는데…… 그렇게까지 깊이 생각할까?"

"다 생각했을 겁니다." 스카와가 뒤를 밀어주었다. "그런 것까지 생각하지 않고서야 일부러 미끼 트릭까지 쓸 수는 없어요. 뒤집어 말하면, 미끼 트릭을 쓸 정도의 인간이라면 그런 위험한 짓은 안 하겠지요."

흐음, 하고 가와노가 눈을 꾹 감았다. 입이 시옷 자로 삐뚜름해졌다.

"그러면 어떻게 미네기시는 니레이에게 독약을 먹인 거야?"

"안타깝게도 그건 아직 모르겠어요." 스카와가 말했다. "다만 지금까지처럼 약을 바꿔치기한 방법에만 집중해서는 안 됩니다."

사쿠마도 고개를 끄덕였다. 가와노는 여전히 눈을 감은 채였다. 그 상태로 10여 초가 지나고 그가 눈을 떴다.

"좋아, 다시 한번 호텔 마루야마에 다녀와."

스카와와 사쿠마는 코트를 집어 들고 자리에서 일어섰다.

6

굴뚝에서 나오는 연기를 미네기시는 기이한 마음으로 바라보았다. 저게 그 니레이를 태운 연기라니, 믿어지지 않았다. 좀 더 신비한 뭔가가 감돌 거라고 상상했는데 그저 거무스름하고 추저분한 연기에 지나지 않았다. 그리고 인간도 물질에 불과하다는 것을 다시금 확인했다.

굴뚝에서 눈을 돌리자 옆에 스기에 유코가 서 있었다. 그녀도 검은 연기를 올려다보고 있었지만 문득 시선을 느꼈는지 미네기시를 보았다.

"니레이의 영혼도 저 연기처럼 하늘로 올라갔을까요?"

그녀는 맑은 눈동자를 글썽거리면서 물었다.

"그런 동화적 상상은 질색인 성품이었죠." 미네기시는 대답했다. "미야노모리 경기장에서 숨을 거둔 순간에 니레이의 모든 것은 사라졌어요. 그것 말고는 아무것도 없어요."

"……네, 그렇겠죠? 죽어버리면 모두 다 끝이에요. 생각하는 일도, 자신을 죽인 사람을 원망하는 일도 없이 말이죠."

"니레이가 자신을 죽인 사람을 알고 있었다고 생각해요?"

"글쎄요." 그녀는 고개를 갸우뚱했다. "생각해보니 그건 어땠는지 모르겠네요. 누가 자신을 죽였는지도 모른 채…… 아니, 누군가 자신의 목숨을 노렸다는 것도 모른 채 죽어가는 게 니레이다운 일인지도 모르지요."

"맞는 말이에요." 미네기시는 고개를 끄덕였다. "그러는 게 니레이에게는 어울리죠."

"게다가." 그녀가 말했다. "만일 니레이가 범인을 알았다면 죽기 전에 내게 알려줬을 거예요. 말을 못 하더라도 어떤 방법으로든."

"다잉 메시지라는 거군요."

"추리소설 같은 얘기죠?"

"그러게요." 미네기시는 말했다. 그리고 다시 굴뚝을 올려다보았다.

설령 니레이의 영혼이 남아 있다고 해도 누가 자신을 죽였는지는 모를 것이다. 독약은 미네기시가 직접 준 게 아니었기 때문에 죽기 직전에 니레이가 자신의 고통을 미네기시와 연결 지어 생각할 일은 절대 있을 수 없다. 유코의 말대로 다잉 메시지 같은 걸 남겨서는 곤란하다.

이윽고 굴뚝의 연기가 멎었다. 의리상 여기까지 왔던 사람들도 삼삼오오 자리를 떴다. 미네기시도 이쯤에서 돌아가려는데 유코가 뒤따라왔다.

"전부터 유코 씨에게 물어보고 싶은 게 있었어요."

미네기시가 말하자 유코는 바람에 날리는 머플러를 고쳐 매면서 그를 보았다.

"니레이에 관한 건데." 미네기시는 말을 이어갔다. "저는 그 친구가 유코 씨를 좋아한다는 건 꽤 오래전부터 알았어요. 하지만 유코 씨는 그럴 마음이 없다고 생각했어요. 그래서 두 사람이 사귄다는 말을 들었을 때, 선뜻 믿어지지 않던데요."

"그러니까 무슨 생각으로 그와 사귀었느냐는 건가요?"

"그렇습니다."

그러자 그녀는 잠자코 한참 걸음을 옮긴 뒤에 입을 열었다.

"특별한 이유는 없었어요." 온화한 말투였다. "나를 사랑해주는 사람과 함께 있는 건 즐거운 일이에요. 니레이처럼 오래도록 소년의 마음을 간직한 사람일 경우에는 특히 더 그렇죠."

"니레이를 사랑했던 건 아니고요?"

"좋아했어요, 무척." 그녀는 말했다.

큰길로 나서자 미네기시는 차라도 한잔하지 않겠냐고 말해보았다. 하지만 그녀는 긴 머리를 쓸어 올리며 고개를 저었다.

"사양할래요. 어쩐지 혼자 걷고 싶네요."

"그렇군요. 자, 그럼 이만."

두 사람은 반대 방향으로 걸음을 옮겼다. 중간에 미네기시는 딱 한 번 뒤를 돌아보았다. 유코도 멈춰 섰지만 그녀는 화장장에 시선을 던지고 있었다.

호텔에 돌아와 레스토랑으로 갔더니 다바타가 두 명의 형사와 이야기를 하는 참이었다. 한 명은 스카와, 또 한 명은 사쿠마라는 형사다. 두 사람은 미네기시를 보자 슬쩍 목례를 건네고 다시 다바타를 향해 뭔가 물어보는 기색이었다.

형사들이 나간 뒤에 미네기시는 다바타 옆으로 갔다.

"또 뭘 물어봤어요?"

"그게 말이지, 좀 이상한 걸 묻더라고. 니레이가 점심식사 후에 약을 먹고 그 약 봉지를 어떻게 했냐는 거야. 근데 그런 걸 누가 기억하겠어. 게다가 니레이가 약을 먹은 뒤라면 사건과는 딱히 관계가 없는 거 아냐?"

미네기시는 흠칫 놀라서 형사가 나간 쪽을 돌아보았다. 유리문 너머에 두 명의 형사가 아직 서 있었다. 그리고 뭔가를 관찰하는 듯한 눈빛으로 미네기시를 보고 있었다.

7

"시간이 꽤 지나버려서 각자 기억이 상당히 애매해졌더라고요."

수사본부에 돌아와 스카와가 가와노에게 보고했다.

"웨이트리스의 말에 의하면, 니레이는 약을 먹고 나서 약 봉지를 그대로 테이블 위에 두고 갔답니다. 그래서 웨이트리스가 그릇을 치울 때 그 약 봉지도 함께 가져왔다는 거예요."

"그러면 웨이트리스가 그릇을 치우기 전까지는 약 봉지를 바꿔치기할 기회가 있었다는 얘기잖아?"

"그렇죠. 빈틈을 노리면 의외로 간단했을 수도 있어요."

사쿠마가 옆에서 말했다.

"이걸로 독살 트릭의 반절은 풀린 셈인가. 이제 나머지 반절만 해결하면 되겠지? 흠, 제발 수월하게 풀려줬으면 좋겠는데 말이야."

저녁이 되자 여기저기로 탐문을 나갔던 수사원들이 속속 돌아왔다. 오타루에 갔던 수사원들도 얼굴을 내밀었다.

"독약과 관련이 있을 만한 곳은 간 적이 없어요."

예술가처럼 수염을 길게 기른 형사가 가와노에게 보고했다.

"12월 31일은 종일 집에 있었습니다. 그리고 1일에는 근처에 사는 어릴 적 친구 두 명과 가까운 신사에 첫 참배를 하러 나간 게 끝이에요. 그 두 명의 친구도 만나봤는데, 한 명은 주류 판매업자의 후계자, 또 한 명은 어업 종사자예요. 둘 다 독약과는 전혀 인연이 없죠."

"2일에는 어땠어?"

"2일에는 집안 친척이 찾아와서 저녁에는 집에 있었답니다. 단지 낮에 두 번쯤 산책을 나갔어요. 첫 번째는 친척 아이를 데리고 근처 공원에 갔었고 시간은 40분쯤이었다고 합니다. 돌아왔을 때 손에 뭔가 들고 있었느냐고 물어봤는데 기억이 안 난다는 대답이었어요. 미네기시의 어머니가 얘기한 거니까 곧이곧 대로 믿어줄 수는 없지만요. 그리고 두 번째는 이웃집에 세배를 하러 다녔습니다. 예의 바른 성격이라서 해마다 빠짐없이 인사를 한다던데요."

"이웃집을 전부 돌았다는 건가?"

"아뇨, 예전부터 친하게 왕래하던 집에만 갔죠. 어머니가 아는 범위 내에서 어디어디인지 적어달라고 했습니다."

수염을 기른 형사가 양복 안주머니에서 편지지를 꺼내 가와노에게 건넸다.

"모형 가게, 고서점, 과잣집……. 전부 독약과는 관련이 없을 것 같긴 한데, 일단 문의는 해봤지?"

"네, 다 물어봤습니다. 모형 가게와 과잣집은 점포 앞에서 잠깐 새해 인사만 하는 정도였고, 고서점은 안에 들어가 차도 한잔 마시고 돌아갔다고 합니다. 고서점 할머니는 미네기시를 아주 착한 청년이라고 칭찬하더라고요. 노인네 혼자 지내는 걸 걱정해서 이따금 들여다봐주곤 했대요. 저는 할머니 얘기가 한없이 길어질 것 같아서 얼른 마무리하고 도망쳤는데."

"고서점 할머니와 청년이라니, 미담이네." 가와노는 심드렁한 표정으로 가게 이름들이 적힌 편지지를 책상 위에 내려놓았다. "그러면 3일에는?"

"3일에는 아침 일찍 집을 나와 삿포로로 출발했어요. 하지만 누가 배웅을 한 건 아니었으니까 집을 나선 뒤에 어딘가에 들렀을 가능성은 있습니다."

"만일 그렇다면 어디에 들렀는지 찾아내는 건 좀 어렵겠네."
가와노가 이번에는 떨떠름한 얼굴을 했다. "결국 아무것도 건질
게 없다는 건가."

그의 한마디에 수사본부 안에 낙담한 분위기가 감돌았다. 미
네기시 주변에서 독약의 입수처가 나오지 않는 한, 이번 사건이
쉽게 해결되지 않으리라는 것을 모두가 알고 있는 것이다.

사쿠마도 실망이 컸다. 미네기시가 본가에 다녀온 사실을 무
의식중에 감추려고 했다고 직감한 만큼 반드시 그쪽에서 뭔가
나올 거라고 내다봤던 것이다.

그는 책상 위에 놓인 편지지를 집어 들었다. 미네기시가 새해
인사를 다녔다는 이웃집 목록이다.

사토 모형 가게, 다치바나 고서점, 미도리 제과…….

'모형 가게나 고서점에서 독약을 판매할 리 없고, 과잣집은
더더욱 그렇지.'

편지지를 책상에 다시 내려놓았다. 하지만 그 순간 뭔가 마음
에 걸리는 게 있어서 사쿠마는 다시 종이를 낚아챘다.

'다치바나 고서점…….'

머릿속 어딘가에 걸려 있는 이름이었다. 고서점이라는 게 아
니다. 다치바나라는 성씨였다.

최근에 어디선가 본 적이 있는데, 라고 사쿠마는 생각했다. 아
니, 들은 건가.

'다치바나, 다치바나…….'

"아, 맞다!"

사쿠마는 저도 모르게 큰 소리로 부르짖고, 수사 자료가 첩첩
이 쌓여 있는 책상으로 달려가 그 속에서 원하는 책자를 빼냈
다. 그리고 애타는 심정으로 페이지를 휙휙 넘겼다.

"여기 있어, 이거야!"

사쿠마는 책자의 마지막 페이지를 가리켰다.

그 책자는 아이누 연구자 모임의 회원 명부였다.

체
포

1

다음 날인 토요일은 아침부터 가랑눈이 흩뿌렸다. 사와무라
는 왁스룸에서 하늘을 올려다보고 그나마 심하게 퍼붓지는 않
을 것 같다, 하고 마음을 놓았다.

오늘은 삿포로 올림픽 기념 대회가 이곳 미야노모리 경기장
에서 거행된다. 이 시합에서 사와무라는 오랜만의 우승을 노리
고 있었다. 어쨌든 니레이가 사망한 뒤 처음 맞는 시합이다. 환
태평양컵 국제 대회도 겸하고 있지만, 뉘케넨 같은 선수가 출전
하는 건 아니다. 여기서 일단 외국 선수들에게 자신의 이름을
똑똑히 알려주자는 목표를 세웠다. 어제 연습 때 들은 얘기로는
외국 선수들은 니레이가 없는 한, 일본 선수 따위는 안중에 없
다고 얕잡아 보는 모양이었다.

하지만 사와무라는 은근히 신경 쓰이는 게 있었다. 며칠 전 아리요시에게서 들은 얘기다. 자신이 도약하는 방식은 뉘케넨이나 니레이와는 근본적으로 다르다고 했다.

그렇다고 지금 당장 도약 방식을 바꿀 생각은 없었다. 이번 시즌은 어찌 됐든 이대로 가는 수밖에 없는 것이다. 하지만 자신의 도약 방식으로는 미래가 없다고 생각하면 연습할 때 어쩌다 괜찮은 기록이 나와도 별로 뿌듯한 마음이 들지 않았다.

왁스 칠을 끝낸 사와무라는 판을 떠메고 리프트로 향했다. 문득 앞을 보니 키가 훌쩍 큰 스기에 쇼가 느릿느릿 걸어가고 있었다. 평소 습관대로 약간 구부정하게 숙인 자세로 한 걸음 한 걸음 짚어 가듯이 발을 옮기고 있었다.

사와무라는 걸음을 서둘러 그를 따라잡고 작은 소리로 말을 건넸다.

"우승이 목표?"

쇼는 무표정한 얼굴로 돌아보았다. 그야말로 한순간 눈이 둥그레진 게 유일한 반응이었다.

"그쪽 목표겠지." 쇼가 말했다. 그리고 다시 얼굴을 앞으로 돌렸다.

"다들 수군거리고 있어. 이렇게 갑자기 기록이 좋아진 데에는 분명 뭔가 있다고. 어때, 뭔가 비밀이 있지? 특별한 연습을 했다든가."

쇼의 발이 한순간 멈췄다. 그리고 사와무라 쪽을 보았다. 그의 입은 뭔가 말하고 싶은 듯 잠깐 움찔거렸지만 결국 어떤 말도 나오지 않았다. 그대로 총총걸음으로 앞서가더니 리프트를 탔다. 사와무라도 그 뒤를 이어 리프트에 앉았다.

시합에서 점퍼들은 세 번을 뛴다. 테스트 1회, 본시합 2회다. 하지만 테스트라고 해도 대충 할 수는 없다. 승부는 이미 그 단계에서부터 갈라진다.

"거리가 상당히 나오고 있어. 이건 위로 올릴 것 같다."

점프대 위에 도착하자 한발 먼저 올라와 있던 이케우라가 굽혀펴기운동을 하면서 말했다. 위로 올린다, 라는 것은 스타트 게이트 얘기다. 첫 속도를 조정하기 위해 스타트대의 위치를 50센티미터 간격으로 바꿀 수 있다.

한 명 두 명, 테스트 점프가 끝나갔다. 순서를 기다리는 선수는 준비운동을 하면서도 다른 선수의 비행에서 눈을 떼지 않는다. 남의 점프를 통해 오늘의 날씨 조건을 가늠해보고 자신의 데이터로 흡수해야 한다. 그리고 오늘은 어떤 선수의 컨디션이 좋은지도 놓칠 수 없는 대목이다.

사와무라의 선배인 히노와 이케우라가 날았다. 히노는 어깨에서 가슴까지의 라인이 독특해서 약간 딱딱한 느낌이 든다. 히노 본인의 얘기로는 고풍스러운 비행이라는데, 그의 성격이 그대로 드러나는 것 같아서 사와무라는 마음에 들었다.

이케우라는 그다지 허리를 숙이지 않는다. 온몸으로 전경 자세를 취하는 느낌이다. 상반신이 스키와 평행이 아니라는 것 때문에 이 자세는 국내에서는 비형점飛型点이 그리 좋게 나오지 않는다. 하지만 외국의 시합에서는 좋은 평가를 받는다고 들었다. 공격적이라는 인상을 주기 때문이라는 것이다.

히노도 이케우라도 꽤 괜찮은 점프였다. 다른 선수들도 호조를 보여서 80미터 라인을 줄줄이 넘겼다.

그리고 쇼의 차례가 되었다. 그다음 차례인 사와무라는 스타트대 바로 옆에서 그의 표정을 지켜보았다.

쇼는 헬멧 위에 얹힌 고글의 위치를 몇 번이나 매만졌다. 호흡이 약간 거칠어진 것은 그의 입가에서 나오는 하얀 입김으로 알 수 있었다. 침을 삼키고, 상반신을 앞뒤로 두세 번 흔들고 나서 스타트했다.

무릎을 그리 깊숙이 굽히지 않는 자세로 어프로치 구간을 미끄러져 내려갔다. 36도의 경사각이 급격히 완만해지지만 쇼의 자세는 무너지지 않았다. 날기 직전에 그는 모아둔 에너지를 폭발시키듯이 날카롭게 도약했다.

허공으로 몸이 뛰쳐나가고 그다음 순간, 도약대 너머로 사라졌다. 하지만 그의 점프가 완벽했다는 것을 사와무라는 그 한순간으로 알 수 있었다. 그리고 그것을 증명하듯이 관객석에서 환성이 터져 나왔다. 그 환성은 지금까지 날았던 어떤 선수에 대한 것보다 큰 목소리였다.

도약대 저 끝의 랜딩 힐에 착지를 끝내고 미끄러져 내려가는 쇼의 모습이 나타났다. 양팔을 옆으로 펼친 텔레마크 자세다.

하지만 그 등짝에도 기를 쓰고 분발하는 기척은 없었다. 어딘가 담담한 힘이 감도는 것처럼 사와무라에게는 느껴졌다.

쇼의 비거리는 91미터였다.

사와무라 뒤에서 대기하던 캐나다 선수가 뭔가 빠른 말투로 중얼거렸다. 영어가 유창한 일본인 베테랑 점퍼가 옆에 있었기 때문에 궁금한 걸 물어본 모양이었다. 그 베테랑 점퍼가 그에게 대답했다. 이쪽의 영어는 사와무라도 알아들었다. 그가 이렇게 말했던 것이다.

"No, he is not NIREI. he is SHOU SUGIE. NIREI was killed (그는 니레이가 아니다. 스기에 쇼다. 니레이는 살해되었다)."

듣고 있던 캐나다 선수는 그리 놀란 얼굴은 보이지 않았다. 니레이가 살해되었다는 소식을 이미 들었는데도 쇼의 점프를 보고 무심결에 "니레이야?"라고 물어본 것이다. 즉 그럴 만큼 쇼의 점프가 니레이의 수준에 근접했다는 얘기다.

너희는 쇼를 결코 이길 수 없게 돼…….

아리요시가 했던 말이 사와무라의 머릿속에 되살아났다.

사와무라의 테스트 점프는 실패로 끝났다. 이런저런 쓸데없는 생각이 가득한데 본래의 자신의 점프가 나올 턱이 없었다. 타이밍도 각도도 제각각이어서 스스로도 짜증이 날 만큼 한심한 점프로 끝이 났다.

왁스룸 벤치에서 풀이 죽어 있으려니 이케우라가 다가와 사와무라의 어깨를 토닥였다.

"눈앞에서 그렇게 날아버렸으니 힘이 들어갈 만도 하지."

그럭저럭 괜찮은 점프를 해낸 만큼 이케우라는 기분이 좋아 보였다. 자신의 기록이 나쁠 때는 이렇게 남을 다독여주는 일은 결코 없다.

"쇼는 어디 있어?"

사와무라가 실내를 둘러보며 물었다.

"닛세이팀의 왜건 차량 안에 있어. 아버지와 작전을 짜고 있는 모양이던데."

"흠……."

대체 어떤 작전을 짠다는 건가, 라고 사와무라는 생각했다. 테스트 점프에서도 K점을 넘었는데 다시금 스타트 위치를 위로 올리라는 지시라도 하는 건가. 그렇게 자유자재로 거리를 낼 수만 있다면야 고민할 사람이 어디 있나.

아무튼 오늘 하루는 더 이상 쇼에 대한 생각은 하지 말자고 사와무라는 결심했다. 실력으로 지는 건 그렇다 쳐도 최소한 자멸만은 하고 싶지 않았다.

1차 시기에 들어가기 직전부터 눈발이 약간 굵어지는 것 같았다. 리프트를 타고 올라가면서 사와무라는 어쩐지 불길한 예감이 들었다. 바람은 없는 것 같았지만 눈이 내릴 거라면 바람이 불어주는 게 더 낫다. 바람은 내 편이 되어주기도 하지만 눈은 언제나 방해꾼일 뿐이다.

예상대로 위로 올려진 스타트 위치에서 본시합이 시작되었다. 역시나 테스트 때만큼 거리가 나오지 않았다. 물론 뒤로 갈수록 실력 있는 선수가 나오기 때문에 좋은 기록은 이제부터다. 평상시라면 나중 순서일수록 설면도 매끄러워진다.

다만 오늘 같은 날씨에는 어떻게 될지 알 수 없다. 눈이 어프로치 구간에 달라붙으면 단숨에 설면 저항이 커지기 때문이다.

사와무라가 본 바로는 선수들이 평소보다 시간 간격을 두지 않고 속속 스타트하는 것 같았다. 바람이 없다는 점도 있지만, 앞 선수가 닦아놓은 곳에 눈이 달라붙기 전에 얼른 타고 가려는 생각 때문이다.

합숙소에서 항상 얼굴을 마주하는 선수들이 차례차례 날았다. 그들은 오늘의 시합이 가진 의미를 잘 알고 있었다. 니레이가 없어지면서 누구든 우승할 기회가 생긴 것이다.

그리고 만일, 이라고 사와무라는 생각했다. 만일 앞으로 스기에 쇼가 니레이를 대신해 스키점프계를 지배한다면 우리 팀이 이길 기회는 이제 그야말로 아주 짧은 기간밖에 남지 않았다는 얘기가 된다.

쇼에 대한 생각은 하지 않기로 했는데 우승을 의식하면 할수록 그가 머릿속에 들러붙어 떨어지지 않았다.

그런 쇼의 1차 시기는 86미터였다. 지금까지의 최장 부도거리였다. 비형점도 좋게 나올 테니까 두말할 것도 없이 현시점에서의 톱이다.

아래쪽에서 온 신호와 거의 동시에 사와무라는 스타트했다. 머릿속을 비우고 한껏 멋진 도약의 이미지만 남긴다. 빨려들듯이 슬로프를 미끄러져 내려갔다. 시야 위쪽에 도약대가 들어왔다. 온몸에 닥치는 거센 풍압. 그 바람의 각도가 미묘하게 바뀌었다. 뇌보다 먼저 하반신이 경사의 변화를 깨달았다. 시속 80킬로미터 이상의 속도로 휙휙 흘러가는 시야 속에서 자신이 최고라고 믿는 도약 타이밍을 찾아냈다.

그리고 도약.

단 한순간 광대한 공간이 눈앞에 펼쳐졌다. 컬러풀한 색채도 그 안에는 포함되어 있다. 하지만 그것은 금세 새하얀 세계로 바뀌었다. 실제로 하얀 세계를 봤는지 어떤지 사와무라는 알지 못했다. 단순히 머릿속이 공백 상태가 된 것뿐인지도 모른다. 아니, 분명 그런 것이리라. 0점 몇 초 동안의 무아지경…….

거기에서 깨어나는 건 착지 직전이다. 문득 깨닫고 보면 그곳에 랜딩 힐이 나타난다. 거대한 흰 벽이 되어 착지면은 점퍼를 향해 덤벼든다. 그것을 벽으로 여기고 두려워하느냐, 아니면 나를 받아주는 존재라고 믿느냐, 거기서 마지막 승패가 갈린다.

양쪽 발의 스키가 설면에 닿고 두 팔을 옆으로 펼쳤을 때, 비로소 안도와 만족감이 사와무라의 가슴속에 번져갔다. K점이 바로 옆에 있었던 것을 기억하고 있었다. 비거리는 꽤 많이 나왔을 것이다. 하지만 미끄러져 내려갈 때, 천천히 자신의 비행이 머릿속에 되살아났다. 몸이 살짝 기울어서 그것을 교정하려고 왼팔을 움직였다. 판은 어땠을까. 나란히 맞춰졌을까.

거리는 87미터 50센티미터였다. 쇼를 뛰어넘었다. 사와무라는 두 손가락으로 작게 V자를 만들었다. 전광판으로 시선이 내달렸다.

하지만 사와무라의 이름은 톱에 올라와 있지 않았다. 근소한차로 쇼에게 밀렸다. 역시 비형점에서 차이가 난 것이다.

3위는 캐나다 선수였다. 4위, 5위도 외국인 선수고 6위가 일본 선수, 7위에 히노가 끼어 있었다.

게시판에서 시선을 돌리며 걸음을 떼자 바로 눈앞에 쇼가 서있었다. 그도 게시판에서 막 시선을 돌린 참이었다. 사와무라와눈이 마주쳤다.

"굿 점프." 그가 말했다.

눈이 내려서 그런지 그의 목소리는 어쩐지 먹먹하게 들렸다. 표정은 여전히 읽히지 않았다.

"고맙다." 사와무라는 대답했다.

하지만 사와무라의 말이 끝나기도 전에 쇼는 벌써 이쪽에는관심이 없다는 듯이 판을 떠메고 닛세이팀의 왜건 쪽으로 걸어갔다.

사와무라가 왁스룸으로 가자 테스트 점프를 마쳤을 때와는미묘하게 분위기가 달라져 있었다. 역시 순위가 걸리면 선수들의 눈빛이 달라진다. 순위가 높으면 기분이 좋아지는 선수가 있는가 하면 도리어 과묵해지는 선수도 있다. 1차 시기의 결과가 탐탁지 않았던 선수들도 마찬가지다. 그래도 오늘은 포기, 라는 생각은 별로 하지 않는다. 아무튼 도약하는 이상, 스스로 납득할 만한 점프를 하고 싶게 마련이다.

히노가 공들여 왁스 칠을 하는 모습이 눈에 들어와서 사와무라는 그 옆으로 갔다.

"오늘 아주 좋은데요?"

말을 건네자 히노는 고개를 갸웃하면서 씨익 웃었다.

"어쩌다 보니 그렇게 됐네. 그보다, 용케 그만큼까지 버텨내더라."

사와무라의 점프에 대한 얘기인 모양이다.

"어쩌다 보니, 나도."

히노는 웃음을 띤 채 스키의 활주면을 꼼꼼히 닦다가 문득 손을 멈추더니 후우 한숨을 내쉬며 바깥으로 시선을 던졌다.

"오늘은 쇼가 가져갈지도……."

그의 중얼거림에 사와무라는 내심 초조해지는 것을 느꼈다. 솔직히 말하면 2차 시기 때 역전할 자신이 없었다.

2차 시기 점프가 시작되었다.

2차 시기는 1차 시기가 끝난 시점의 순위가 낮은 선수부터 하게 된다. 그래서 사와무라의 순서는 끝에서 두 번째다. 그는 최근에 국내 대회에서 매번 이런 패턴이었다. 니레이에 뒤처져서 번번이 2위였던 것이다. 그러던 게 오늘은 자신의 다음 순서를 바로 얼마 전까지는 별반 의식한 적도 없었던 스키에 쇼가 차지

한 것이다.

선수가 차례차례 왁스룸을 나갔다. 남아 있는 사람 수가 점점 줄어들었다. 히노와 나란히 창문 너머로 다른 선수들의 점프를 보고 있을 때 3위에 오른 캐나다 선수가 옆으로 다가와 말을 걸었다. 히노는 영어를 꽤 하는 편이다. 그에게 대응을 맡기고 사와무라는 실내로 시선을 던졌다.

쇼가 한구석에 놓인 벤치에 무릎을 껴안은 자세로 앉아 있었다. 남의 점프 모습을 보려고도 하지 않았다. 역시 긴장한 것인가, 라고 생각했지만 그의 허탈한 듯한 눈빛을 보니 그런 것도 아니라는 느낌이 들었다.

그러고 보니 오늘은 쇼가 첫 우승을 노리는 날인데도 아무도 그를 놀리거나 압력을 가하지 않았다. 거의 닛세이팀의 왜건 차량 안에 가 있었기 때문이지만, 애초에 어느 누구도 그에게 접근하는 사람이 없었다. 스키에 다이스케의 존재가 어른거리는 탓도 있고, 쇼에게서도 어쩐지 다가가기 힘든 분위기를 느꼈기 때문인지도 모른다.

이윽고 히노가 나가고, 외국인 선수들도 움직이기 시작했다. 그리고 사와무라와 쇼도 마지막으로 왁스룸을 나섰다.

'눈발이 점점 더 굵어지네.'

리프트에서 사와무라는 하늘을 올려다보았다. 게다가 습기를 잔뜩 머금은 묵직해 보이는 눈이었다. 돌발 상황이 생기면 안 되는데, 라고 그는 생각했다.

2차 시기에는 다들 거리가 나오지 않은 모양이었다. 설면이 뻑뻑해졌기 때문인지도 모른다. 날씨 조건이 점점 안 좋은 방향으로 가고 있었다.

"눈이 안 그칠 거 같다."

기다리는 동안, 사와무라는 쇼에게 말을 건네보았다. 쇼는 흘끗 하늘을 올려다보더니 "그러게"라고 짧게 대꾸할 뿐이었다. 그래도 나름대로 신경이 쓰였는지 그 뒤에도 한참 설질을 확인하고 있었다.

그러는 참에 히노가 스타트했다. 눈은 점점 더 거세게 내렸다. 어프로치 구간을 타고 내려가는 히노의 뒷모습이 눈발 너머로 사라져 없어지는 것처럼 보였다.

히노는 베테랑답게 무난하게 마무리한 모양이었다. 박수 소리가 들리는 걸 보면 상위에 올라섰을 것이다.

뒤를 이어 외국인 선수 두 명이 나갔다. 처음 선수는 80미터까지 나왔지만 두 번째 나간 선수는 실패 점프였다.

남은 건 이제 세 명.

사와무라는 머릿속에서 계산했다. 내가 우승하려면 얼마가 나와야 하는가. 어쨌든 쇼보다는 비거리에서 2, 3미터 앞서야 한다. 그러면 역전 가능성도 있다.

'2차 시기라서 속도는 떨어진 것 같지만 그래도 오늘 쇼의 컨디션이라면 80은 뛴다고 봐야 해. 그러면 나는 82, 83이 나와야……'

사와무라는 쇼를 살펴보았다. 그는 한참 먼 곳에 시선을 던지고 있었다.

3위에 오른 캐나다 선수는 스타트대를 거칠게 밀쳐내고 미끄러져 내려갔다. 조금이라도 속도를 올리고 싶은 마음이 그런 식으로 드러난 것이다. 애쓴 보람이 있었는지 80 가까이 날았다. 아마도 현시점에서의 톱일 것이다.

사와무라는 한 차례 천천히 심호흡을 하고 망설임 없이 스타트했다. 어찌 됐든 최대한 간격을 줄여야 한다.

바닥이 빽빽하다고 생각하면서 도약했다. 하지만 약간 타이밍이 빨랐다. 상반신이 붕 뜨는 듯한 느낌으로 공기 저항을 자각했다.

게다가 그 참에 옆에서 돌풍이 덮쳤다.

그래도 어떻게든 더 멀리 날아가려고 했다. 머릿속이 공백이 되지 않았다. 몸이 급강하하는 것을 알았다. 설면이 덮쳐들었다. 아니, 조금만 더 버텨…….

한순간, 온몸에 충격이 번졌다. 하늘과 땅이 거꾸로 뒤집혔다. 떨어지는 건가……. 겨우 그 생각에 이르렀을 때는 이미 상당한 거리를 데굴데굴 구른 뒤였다.

정지한 뒤에도 곧바로 일어설 수 없었다. 숨이 막혔다. 누군가의 부축을 받고 가까스로 일어섰다. 팔도 다리도 어디도 아프지 않았다. 얼굴이 유난히 차가울 뿐이었다. 아무래도 부상은 면한 모양이다.

비참한 기분으로 빠져나왔다. 관객 중에 박수를 쳐주는 사람도 있었다. 무엇에 박수를 치는 건가, 하고 사와무라는 화가 났다. 오히려 실컷 비웃어주면 속이 후련할 텐데.

고개를 떨군 채 사와무라는 왁스룸으로 향했다. 자신의 득점에도 순위에도 관심이 없었다.

"바보 같은 놈……."

자기 자신에게 던진 말이었다.

계단을 올라가 왁스룸으로 들어서자 누구와도 얼굴을 마주하지 않게 주의하며 벤치에 가서 앉았다. 한심한 마음이 치밀어 올랐다.

잠시 뒤, 밖에서 와아앗 하는 소리가 울렸다. 놀라서 벌떡 일어나 내다보니 그곳에 믿을 수 없는 광경이 펼쳐져 있었다.

이럴 수가, 마지막에 나온 쇼까지 굴러떨어진 것이다. 방금 전의 사와무라처럼 내려 쌓이는 신설新雪에 파묻힌 채 데굴데굴 구르고 있었다.

사와무라는 멍해져서 우두커니 서 있었다. 관객은 아직도 와글와글 떠들었다. 그리고 그 속에서 쇼가 몸을 일으키고 걸음을 옮겼다. 역시 방금 전의 사와무라와 똑같이 고개를 푹 숙인 채.

"눈 때문이야?"

사와무라는 하늘을 올려다보며 중얼거렸다.

"눈에 막힌 게 아니야." 사와무라 옆에서 옷을 갈아입은 이케우라가 말했다. "사와무라가 넘어진 뒤에 테스트 점퍼 몇 명이 타고 갔어. 막힌 게 아니지."

선수 한 명이 넘어지면 다음 선수가 스타트하기까지 시간이 걸린다. 그러면 그사이에 신설이 어프로치 구간에도 쌓이게 된다. 그리고 특히 더 쌓이기 쉬운 곳이 경사도가 완만한 테이크오프 그라운드다. 그러면 어떻게 되는가. 급경사를 미끄러져 내려와 갑작스럽게 신설이 쌓인 곳에 접어들기 때문에 급격하게 속도가 떨어진다.

이것을 '막혔다'라고 한다. 그 결과 자세도 무너지고 타이밍도 어긋난다. 조건이 좋지 않으면 양호한 도약이 나오기는 거의 불가능하다는 얘기다. 눈이 내리는 날에 앞 선수가 넘어지면 그 시합은 끝이다, 라는 얘기가 점퍼들 사이에서 나올 정도다.

다만 오늘 시합에서는 공정을 기하기 위해 그런 경우에는 테스트 점퍼가 중간에 뛰어주기로 정해져 있었다.

"굳이 말하자면, 사와무라가 넘어진 뒤로 날씨가 달라졌거든. 바람의 방향도, 눈이 내리는 방식도 바뀌었어. 게다가 쇼 자신이 느끼는 압박감이 미묘하게 달라졌을 수도 있겠지. 어쨌거나 사와무라가 넘어지지 않고 순조롭게 날았다면 쇼가 이겼을지도 모르겠다."

"사와무라, 넘어지지만 않았으면 네가 이겼을 거라고 생각하지?" 다시 이케우라 옆에 앉은 히노가 말했다. "근데 이번은 너무 지나치게 버텼어. 실패 점프는 대담하게 바로 착지하면 좋은데."

히노의 목소리는 기운이 넘쳤다. 사와무라와 쇼가 넘어져서 그는 3위로 올라선 것이다.

"쇼한테 미안하게 됐네."

사와무라는 힘없이 말했다.

"별것도 아닌 일에 신경 쓸 거 없어." 이케우라가 어깨를 토닥여주며 말했다. "일부러 그런 것도 아니잖아. 게다가 이번에 쇼는 굳이 거리를 내지 않아도 됐어."

"그건 그렇지만……."

영 뒷맛이 좋지 않았다.

스키 판을 차에 싣고 숙소로 돌아갈 때, 닛세이팀의 왜건 차량이 사와무라의 눈에 들어왔다. 왜건 앞에서 쇼가 혼자 정리 체조를 하고 있었다. 사와무라는 잠시 망설이다가 그에게로 다가갔다.

"오늘 미안했다."

말을 건네자 앞으로 굽혀펴기운동을 하던 쇼가 사와무라를 쳐다보았다. '뭔 소리?'라는 얼굴이었다.

"모처럼 우승할 기회를 망쳐버려서."

그제야 알아들은 듯 그는 아, 하고 무심한 목소리를 냈다.

"그러고 보니 내 앞 순서에 넘어진 게 너였어?"

꿈틀, 하고 사와무라의 심장이 한 차례 뛰었다.

"신경 쓰지 마. 내가 아직 미완성이었으니까."

갈게, 라면서 쇼는 멀어져갔다. 그 등짝을 사와무라는 멍하니 지켜보았다.

'그러고 보니 내 앞 순서에 넘어진 게 너……?'

그러고 보니, 라는 건 대체 뭔가. 내가 와서 말하기 전까지는 나라는 사람 따위 안중에도 없었다는 말인가. 내가 2위였다는 것도?

사과하려던 마음이 거꾸로 거센 분노가 되었다. 사와무라는 주먹을 부르쥐었다. 그리고 내일을 생각했다.

내일은 오쿠라야마 경기장에서 STB 배 시합이 있는 것이다.

2

관객이 대부분 자리를 뜬 뒤에도 미네기시는 자신의 차 옆에 서서 점프대를 올려다보았다.

눈발은 조금 약해진 것 같았다.

시합에서는 캐나다 선수가 우승했고 국내 선수로는 히노가 3위에 들었을 뿐이다. 그 자체는 딱히 별다를 것도 없었다. 니레이가 없어지면서 역시 국내 스키점프 선수단은 기대하기 어렵게 되었다고 스포츠 신문에 혹평이 실리는 정도일 것이다.

'문제는 그 녀석의 점프야.'

미네기시는 녹은 눈이 옷에 스며들어 살갗에 닿는 것도 깨닫지 못했다. 온몸이 뜨겁게 달아올랐다.

'이미 늦은 건가. 아니, 그럴 리가…….'

그는 자신의 가슴속에서 뭉클뭉클 커져가는 불안을 지워버리려고 했다. 늦었을 리 없다. 그래서는 절대로 안 되는 것이다.

머리를 휘휘 저으며 차에 타려는 순간, 눈을 밟는 소리가 바짝 다가온 것을 깨달았다. 차 문을 연 채로 얼굴을 들자 형사 두 명이 그를 향해 다가오는 참이었다.

"안녕하십니까."

말을 건넨 것은 선글라스를 쓴 나이 지긋한 형사였다. 스카와라고 했었다.

"저한테 볼일이라도?" 미네기시가 물었다.

하지만 형사들은 그 물음에는 답하지 않고 바짝 다가와 옆에 섰다.

"시합은 끝난 모양이죠?" 스카와가 말했다. "나도 관람하고 싶었는데 빠질 수 없는 업무가 있어서 못 봤네."

"네에……."

"오타루에 다녀왔어요." 옆에 있던 사쿠마 형사가 말했다. "오늘 아침 일찍."

"오타루에?"

미네기시는 급격히 몸이 싸늘해지는 것을 느꼈다. 온몸에 소름이 돋았다.

"잠시 물어볼 게 있는데 일단 경찰서로 가실까? 여기서 길게 얘기하면 너무 춥잖아."

스카와가 코트 앞을 여미며 장난스러운 투로 얘기했다. 하지만 선글라스 안의 눈빛은 날카롭게 미네기시의 표정을 지켜보고 있을 게 틀림없었다.

"무슨 일인데요?"

미네기시는 다시 한번 물었다. 목소리가 떨렸지만 그게 추위탓만은 아니라는 건 미네기시 자신이 잘 알고 있었다.

"본가 쪽 얘기예요." 사쿠마가 말했다. "특히 고서점에 대해 자세히 물어보고 싶은데."

역시 경찰은 대단하다, 라고 미네기시는 생각했다. 자신의 처지를 생각하면 그런 태평한 소리를 할 때는 아니었지만, 취조실로 연행되어 스카와가 빠른 말투로 들려주는 얘기를 듣다 보니 저절로 그런 생각이 들었다.

그들은 미네기시가 어떻게 독약을 입수했는지 거의 완벽하게 파악하고 있었다. 즉 이번 설 연휴 때 다치바나 고서점에 찾아가 고인이 된 주인 할아버지의 방에서 몰래 독약 병을 훔쳐 왔다는 것을.

하지만 그들이 어떤 단서로 다치바나 고서점을 주목했는지는 알 수 없었다. 세배차 고서점에 잠깐 들른 것 따위, 그야말로 사소한 일이었을 텐데도 죽은 가게 주인과 아이누 연구라는 것을 경찰은 어떤 계기로 하나로 연결 지어 생각할 수 있었을까.

그야말로 신기하기 짝이 없었지만, 미네기시 쪽에서 그런 질문을 할 수는 없었다.

"그 아이는 정말 착하다, 라고 고서점 할머니가 얘기하더라고." 스카와가 말했다. "어릴 때부터 책을 좋아해서 혼자 가게에 자주 놀러 갔다면서? 성인이 된 뒤에도 할머니 건강은 어떠시냐면서 이따금 찾아가고. 그 고서점 부부는 아이가 없어서 고인이 된 할아버지한테 귀여움도 많이 받았다던데."

미네기시는 침묵했다. 어떻다고도 대답할 도리가 없었다.

스카와는 비닐봉지 안에서 작은 병을 꺼냈다. 고서점에서 훔쳐 온 아코니틴 병과 똑같은 것이어서 미네기시는 한순간 움찔했다. 자신이 감춰둔 병을 경찰이 찾아낸 것인가, 라고 생각했던 것이다.

하지만 그건 그가 처분했던 병이 아니었다. 안에 뭔가 거무스름한 것이 들어 있었다. 찬찬히 보니 바짝 말린 식물 조각 같았다.

"여기 라벨을 읽어보셔." 스카와가 말했다.

라벨에는 '투구꽃 뿌리. 통에 넣어 난로 위에서 3, 4주 말린 것(유독성). 분리한 아코니틴과 함께 네모토 씨에게서 받아 옴'이라고 적혀 있었다.

"다치바나 씨의 방에 먼지 쌓인 작은 정리 선반이 있었어. 그 서랍 안에서 발견한 거야. 할머니의 말에 의하면 다치바나 씨가 그 서랍에는 절대로 손을 대서는 안 된다고 했다더라고. 하긴 그 정도로 맹독성이니까 당연하지. 서랍 안에는 그 밖에 아이누의 화살촉 같은 것도 들어 있었어. 그거 알아? 아이누족은 사슴의 발 뼈로 화살촉을 만들었어. 거기 오목한 곳에 이 투구꽃의 독을 발라뒀다는 거야. 그런데……."

스카와는 일단 말을 끊었다가 병을 가리키며 다시 이어갔다.

"여기 병의 라벨에 적혀 있어. 아코니틴과 함께 네모토 씨에게서 받아 옴……. 즉 또 다른 아코니틴 병도 다치바나 씨가 보관하고 있었어야 해. 근데 아무리 찾아봐도 그 병이 없었어. 이상하지? 미네기시 씨, 이거 어떻게 생각해?"

스카와가 미네기시의 눈을 지그시 들여다보았다.

"글쎄요, 저는 전혀 짐작이 안 되는데요. 무슨 얘기인지……."

"우리가 생각하기로는 누군가 그 병을 꺼내 갔어. 집 안에 반드시 있어야 할 물건이 안 보인다면 그렇게 생각하는 게 당연하잖아. 어때?"

"네, 당연합니다."

미네기시는 어쩔 수 없이 대답했다.

"그러면 누가 가져갔는가. 이거, 난감한 얘기가 나오더라고. 그 부부는 일가친척이 없어서 말이지, 최근 몇 년 동안 아무도 집 안에 들인 적이 없다는 거야. 집에 드나든 건 미네기시 씨, 당신뿐이래."

무릎 위에 놓인 주먹에 미네기시는 가볍게 힘을 주었다.

"미네기시 씨, 이거 다 아는 일인 거 아냐?"

"아뇨." 미네기시는 고개를 저었다.

"그 서랍 속을 본 적은?"

"글쎄요, 기억나는 게 없는데요."

미네기시는 형사의 얼굴을 똑바로 마주 보았다. 심장은 계속 급하게 뛰고 있었다. 하지만 스스로도 뜻밖일 만큼 머릿속이 냉정했다. 딱히 이렇게 되리라고 각오한 것도 아니었는데 왠지 자연스러운 과정을 바라보는 듯한 기분이었다.

"기억나는 게 없다?"

비웃듯이 말한 뒤에 스카와는 미네기시를 노려보았다.

"그 말, 잊지 마, 언젠가 다시 똑같은 질문을 할 수도 있으니까. 내친김에 얘기해두겠는데, 우리가 마음먹고 나서면 한 꺼풀 한 꺼풀 껍질을 벗기듯이 사실을 밝혀낼 수 있어. 이미 대강 다 알고 있다고. 당신 혼자서 죽어라 버텨봤자 거기서 거기야. 머지않아 모든 게 드러난다니까."

"한 가지 물어봐도 되겠습니까?"

미네기시의 말에 스카와는 담배를 입에 문 채 고개를 끄덕였다.

"그 고서점에 찾아간 건 나를 의심했기 때문이지요? 대체 무슨 근거로 나를 범인이라고 생각한 겁니까?"

그러자 스카와는 담배에 불을 붙이고 천장을 향해 후우 연기를 토해냈다.

"그건 뭐, 상상에 맡길게. 왜, 궁금해?"

"이를테면 누군가 밀고를 했다든가……."

스카와가 움직임을 멈췄다. 옆의 사쿠마도 얼굴을 들었다. 역시, 라고 미네기시는 생각했다.

"왜 그렇게 생각하는데?" 스카와가 물었다.

"그냥 그런 느낌이 들었습니다." 미네기시는 대답했다.

그로부터 한동안 침묵이 이어졌다. 공기가 묵직했다. 기나긴 밤이 이어질 것 같다고 미네기시는 생각했다. 이 침묵에도 익숙해지지 않으면 안 된다.

"좋아요, 우리는 미네기시 씨를 의심하고 있습니다. 근데 이해가 안 되는 게 있어요." 옆에서 사쿠마가 말했다. "그걸 좀 얘기해도 될까요?"

네, 라고 미네기시는 대답했다.

"당신이 범인이라고 치고, 왜 니레이 선수를 죽였느냐는 거예요. 그걸 모르겠단 말이죠. 증거가 잡히면 우선 그것부터 털어놔야 할 겁니다."

한 마디 한 마디 곱씹듯이 사쿠마는 말했다.

미네기시는 그의 얼굴을 바라본 채, 대꾸할 말이 생각나지 않았다.

저녁때쯤 풀려나 미네기시는 호텔로 돌아왔다. 그가 경찰에서 취조를 받았다는 건 아무도 알지 못하는 것 같았다.

'시간문제일 뿐, 이제 곧 알려질 거야.'

자신의 방에 누워 천장을 바라보며 그는 생각했다. 경찰은 이미 거기까지 밝혀냈다. 그렇다면 진상에 도달하는 것도 그리 오래 걸리지 않을 것이다.

그렇다고 해도 대체 누가 밀고한 것인가.

미네기시의 의문은 아직도 해결되지 않았다. 과연 누가 니레 이 사건이 미네기시의 범행이라는 것을 알았는가.

그는 드러누운 채 팔을 뻗어 전화기를 집어 들었다. 수화기를 귀에 대고 프런트에 전화를 걸었다. 상대는 바로 받았다.

"미네기시예요. 며칠 전에 돈을 잃어버린 사람, 나왔어요?"

"헬스장에서 주웠다는 그 돈 말이지요? 아뇨, 아직 찾는 사람이 없었어요. 어떻게 할까요?"

"그래요? 어떻게 해야 할지 모르겠네……. 미안하지만, 잠시만 더 보관해줄 수 있어요? 혹시 깜빡한 사람이 있을지도 모르니까."

"예, 저희는 괜찮습니다. 그러면 안내문도 계속 붙여둬야겠네요."

"그렇게 해주십쇼."

"알겠습니다."

경계하느라 안 나타나는 건가, 라고 미네기시는 혼자 중얼거렸다.

헬스장에 숨겨둔 독약을 누가 발견했는지 알아보기 위한 작전이었다. 떠돌이 개 노라짱이 토요일 밤에 죽었다고 했으니까 그 토요일 저녁에 독약을 발견했을 가능성이 높다. 그래서 그날

저녁에 헬스장에서 돈을 주웠다는 얘기를 퍼뜨리면 설령 본인
이 나서지 않더라도 어떤 형태로든 누가 헬스장을 드나들었는
지 알 수 있으리라 예상했던 것이다. 하지만 아직 단서는 나오
지 않은 모양이다.

다만 수수께끼의 밀고자가 헬스장에서 독약을 발견하고도
경찰에 알려주지 않았다는 게 미네기시는 이해가 되지 않았다.
그렇다면 혹시 밀고자와 독약을 발견한 자가 각각 다른 사람인
건가.

머리가 지끈거렸다.

자신의 계획은 완벽하다고 생각했다. 적어도 그 자신은 어떤
빈틈도 찾지 못했다. 그런 만큼 대체 누가 어떻게 알아차린 것
인지 전혀 짚어낼 수가 없었다.

탐정 역할을 하는 자는 누구인가.

그 탐정은 왜 이름을 밝히지 않는가.

'……왜? 어째서?'

문득 쓴웃음이 새어 나왔다. 연상聯想 게임처럼 사쿠마 형사
의 말이 불쑥 떠올랐기 때문이다. 왜 니레이 선수를 죽였느냐.

동기…….

왜 니레이를 죽였는지 생각하려고 하면 미네기시는 혼란에
빠졌다.

니레이를 살해할 동기가 싹튼 것은 정확히 언제인가. 그리고
동기라는 건 내 마음속에 있는 것의 어디에서 어디까지를 말하

는 것인가.

　엄밀히 말하면…….

　미네기시는 생각에 잠겨들었다. 엄밀히 말하면 그건 처음 만났을 때부터라고 해야 할 것이다. 그를 처음 보고 그가 자신과는 전혀 다른 능력을 가진 조인이라는 것을 알았을 때부터. 다만 그게 확실한 형태로 만들어지기까지 시간이 필요했던 것뿐이다.

　'형태가 드러나기 시작한 것은 그 무렵부터였어.'

　골절 부상에서 컴백해 다시 이전처럼 날아보려 했지만 더 이상 날 수 없었다. 실의 속에 그는 한 가지 가능성을 찾았다. 그건 자신의 전성기 때의 점프를 다시 살려내는 게 아니라 새롭게 전혀 다른 점프를 아예 처음부터 자신의 몸에 심어버리는 것이었다. 기존의 그림을 수정하는 게 아니라 아무것도 없는 하얀 캔버스에 다시 그리는 것이다.

　그리고 그 모델로 선택한 것이 니레이 아키라의 점프였다. 미네기시가 아는 한, 그의 점프는 국내 최고봉이고 세계에서도 톱 클래스에 속했다.

　니레이의 점프를 마스터하기만 하면 나도 부활할 수 있지 않을까. 그것이 미네기시가 품은 마지막 희망이었다.

　하지만 단순히 모양새만 흉내 내는 것이어서는 안 된다. 테크닉만 훔치는 것도 아니다. 니레이가 점프에 대해 갖고 있는 모든 이미지를 송두리째 자신의 뇌에 입력해야 하는 것이다. 이론이 아니라 감각을 복사하는 것이다.

"그렇다면 나도 도와주겠지만, 그게 보통 힘든 게 아니야."

당시 코치였던 후지무라는 그의 제안에 대해 엄격한 경고를 날렸다.

"각오하고 있습니다." 미네기시는 대답했다. "백지에서부터 다시 시작할게요."

3년이라는 기한을 설정했다. 그 시간에 점프 인생의 모든 것을 걸어보자고 결심했다.

이 계획은 니레이와 생활을 함께하는 것에서부터 시작되었다. 합숙이 많아서 상당한 시간을 함께할 수 있었다. 이것도 단지 같이 식사하고 같이 연습하는 것만으로는 안 된다. 미네기시는 그와 대화할 기회를 최대한 많이 가지려고 노력했다.

하지만 가장 초보적이라고 생각했던 이 방책이 무척 지난한 작업이었다. 니레이와 대화할 기회를 갖는 건 어렵지 않았다. 그는 얘기하기를 좋아했기 때문이다. 하지만 얘기의 페이스를 따라가기가 너무도 어려웠다. 화제는 아무런 맥락도 없이 엉뚱한 곳으로 튀었다. 그의 호기심은 전 세계를 향해 뻗어나가는 나뭇가지 같았다.

그래도 미네기시는 중요한 것을 한 가지 포착했다. 그것은 스키점프 역시 그의 호기심의 나뭇가지에 걸려든 것이라는 점이었다. 그리고 그것은 인간이 날개 없이 얼마나 멀리까지 날 수 있느냐, 라는 한 가지로 응축할 수 있었다.

"스타트대에 올라갈 때, 난 가슴이 두근거려. 어느 순간엔가 어쩌면 엄청나게 날아갈 수 있을지도 몰라. 누구라도 하늘을 나는 꿈을 꾸잖아요. 꿈속에서는 공중을 헤엄치듯이 이동할 수 있잖아요. 그런 식으로 나도 바람을 타고 휘이익."

그런 얘기를 한 적도 있었다.

하지만 실제로 점프할 때의 이미지에 대해 질문하자 그의 설명은 전혀 종잡을 수 없었다.

"이상적인 도약이라면 니레이는 어떤 이미지를 갖고 있어?"

미네기시가 물어본 적이 있었다. 그때 그의 대답은 이런 것이었다.

"그거야 뭐, 뻔하죠. 머릿속이 팡팡팡 터지는 것 같은 느낌이에요. 불쾌한 일은 다 잊어버리고요, 완벽한 점프를 하고 싶다고 그 순간에 주문을 걸어요. 그게 안 되면 좋은 도약은 못 해요."

처음에 미네기시는 대충 얼버무려 속이려는 것인가 의심했다. 자신의 이미지를 훔쳐 가지 못하게 경계하는 건가, 하고. 하지만 그의 얼굴을 보면 그런 느낌은 아니었다. 오히려 그는 열심히 그 감각을 전해주려고 하는 것 같았다. 미네기시가 이해하지 못했다는 것을 알면 머리를 부여잡으며 더욱더 설명을 이어 갔다.

"바람에 녹아든다는 생각으로 날아가요. 거스르면 안 돼요. 도약대에서 뛰쳐나갈 때는 재빨리 빠져나가듯이, 그다음은 바람이 나를 받아들이게. 거기까지 가면 그다음에는 몸을 맡겨요.

바람을 믿는 거예요."

요컨대…….

요컨대 이 사람의 감각이라는 것은 미네기시와 다른 선수들이 가진 것보다 훨씬 더 야성적이고 본능적인 것이라는 얘기였다. 실수 없는 도약이라는 프로그램이 애초에 머릿속에 깔려 있고, 그의 노력은 단지 그것을 얼마나 이끌어내느냐에 집약된다. 이제부터 그 프로그램을 만들어가려는 사람과는 기본 조건 자체가 다른 것이다.

그래도 미네기시는 그와의 대화를 끈기 있게 계속 이어갔다. 그가 무심코 내뱉는 말 속에 상실한 옛 감각을 일깨워주는 힌트가 숨겨져 있을지도 모른다고 기대했기 때문이다.

그리고 실제로 몇 가지 힌트를 미네기시는 얻어냈다. 그중에서 가장 큰 것은 니레이와 수영 이야기를 할 때 얻었다.

"탕, 하면 도약 때처럼 뛰어들면 되는 거네."

그가 텔레비전을 보면서 혼잣말처럼 중얼거렸던 것이다.

"도약 때처럼?"

"네, 앞의 바람에 뛰어드는 요령으로 물을 향해 몸을 날리면 분명 멋진 스타트가 될 것 같아요."

앞의 바람에 뛰어든다……. 그 한 마디가 미네기시의 머릿속에 새겨졌다. 그 뒤부터 주의해서 들어보니 니레이는 도약에 대해서 결코 '날아오른다'라는 말을 쓰지 않았다.

그 밖에도 작은 힌트를 몇 가지나 얻었다. 그것을 머릿속에서 통합해 희미한 형태로나마 니레이의 점프라는 것을 조립해 나갔다.

하지만 말로 전하는 데는 당연히 한계가 있었다. 니레이의 점프 이미지를 명확한 형태로 알기 위해서는 역시 그의 동작의 흐름을 눈으로 확인할 필요가 있었다. 다만 실제 점프 때는 거리도 있고 속도도 빠르다. 대략적인 형태는 잡더라도 세세한 부분을 관찰하는 건 불가능했다. 그래서 그가 착목한 것이 '가상 도약'이라는 연습이었다.

가상 도약이란 일종의 시뮬레이션 트레이닝으로, 도약대 위에서 어프로치 자세를 취한 채 실제 점프할 때의 상황을 머릿속에 그려보며 도약 동작을 해보는 것이다. 보통 2인 1조로 하고, 파트너가 아래쪽에서 상대의 몸을 받아준다.

그런 가상 도약을 니레이에게 해달라고 하고 그것을 다양한 각도에서 비디오카메라로 촬영했다. 마찬가지로 미네기시 자신의 도약도 촬영해 양쪽을 세밀히 비교하고 검토했던 것이다.

"치명적인 차이가 한 가지 있어." 비디오 모니터 두 대를 비교해보며 후지무라가 말했다. "바로 근육의 차이야. 단순히 도약력만 차이가 나는 게 아니야. 설령 완전히 똑같은 이미지를 갖고 있더라도 실제로 그것을 발휘해줄 근육이 없다면 무의미한 거야."

그 충고에 따라 미네기시는 철저히 웨이트트레이닝을 하기로 했다. 그저 마구잡이로 하는 게 아니라 트레이닝센터에 다니면서 가장 효과적인 근력 향상의 수단을 선정했다. 그때까지 걸어온 점프 인생 속에서 육체적으로 가장 힘겨운 시기였다고 할 수 있다.

트레이닝센터에서는 때때로 다른 팀 선수와 마주쳤다. 그들은 미네기시의 특별훈련을 보고 눈이 둥그레졌다. 하지만 미네기시가 실제로는 무엇을 노리는지, 그들은 알지 못했다. 아마도 하락세에 접어든 점퍼가 마지막 몸부림을 치는 것으로 비쳤을 것이다.

하지만 단 한 명 미네기시에게 협조적인 사람이 있었다. 얼마 전에 닛세이자동차 스키점프팀으로 옮겨 간 가타오카였다. 그는 미네기시의 특별훈련의 목적에 대해 따로 묻지는 않았지만, 트레이닝 방법에 대해 이따금 충고를 해주었다. 왼쪽 무릎을 펴는 근육을 중점적으로 단련해야 한다고 조언해준 것도 가타오카였다. 그의 말은 매번 적확해서 트레이닝 효과가 눈에 띄게 달라졌다.

"말년 병장의 오기라고 생각하는 거 아냐?"

어느 날 가타오카에게 물어본 적이 있었다. 그러자 그는 평소 버릇대로 금테 안경을 슬쩍 밀어 올린 뒤에 억양 없는 목소리로 말했다.

"뭐, 마지막 용쓰기를 보여주고 있다는 건 알지."

"그러네. 마지막 용쓰기야."

"어떤 일에나 마지막이 있게 마련이지. 그걸 마지막으로 하느냐 아니냐는 본인 하기 나름이야."

"아니, 이게 마지막이야." 미네기시는 말했다. "그다음은 없
어."

그러자 가타오카는 말없이 트레이닝에 대한 충고 한 가지를
던져주고 자리를 떴다.

합숙이 없을 때, 미네기시는 혼자 사찰을 찾아가 머문 적도
있었다. 집중력을 기른다는 의미도 있었지만, 니레이처럼 순수
하게 점프를 즐기는 마음을 되찾고 싶다는 게 진짜 목적이었다.
니레이는 마치 어린아이처럼 비행에 도전했다. 과연 인간은 얼
마나 날 수 있을까, 라는 그 자신의 영원한 테마에 끝없이 도전
하는 것뿐이었다. 승부 따위는 그다음 문제였기 때문에 압박감
을 느끼네 마네 하는 건 전혀 다른 차원의 얘기였다. 그런 그의
순수함이 미네기시는 부러웠던 것이다.

그런 생활을 하면서 한 해 두 해 흘러갔다.

위기가 닥쳐온 것은 후지무라의 갑작스런 사망 때였다. 충격
을 받아 니레이가 더 이상 점프를 하지 않는 바람에 미네기시의
계획도 크게 어그러졌다. 그래서 그 시기에 미네기시는 일단 니
레이를 다시 일으켜 세우는 데 노력을 집중했다.

이윽고 니레이가 부활하자 그의 점프를 자신 안에 도입한다
는 미네기시의 작업도 재개되었다. 심기체心氣體의 모든 면에서
니레이를 모방하려는 미네기시의 노력은 밤낮을 가리지 않고
이어졌다.

하지만 엄청난 시간을 쏟아부은 이 계획은 뚜렷한 효과를 거두었다고 하기는 어려웠다.

분명 미네기시의 비거리는 슬럼프에 시달리던 때보다는 개선된 것 같았다. 다른 팀 선수나 코치들에게서 최근에 컨디션이 좋아 보인다는 말을 듣는 일도 많아졌다. 시합에서는 제법 괜찮은 순위에 오르는 일도 적지 않았다.

하지만 뭔가 달랐다. 아니, 미네기시 자신의 느낌으로 보면, 모든 것이 달랐다.

그것을 분명하게 깨달은 건 월드컵 대회 참가차 레이크플래시드에 갔을 때였다. 그 무렵 미네기시는 호조를 보여 니레이 등과 함께 대표 선수로 파견되었던 것이다.

그 시합에서 엄청난 돌발 상황이 발생했다. 국가대표팀은 시합 3일 전에 현지에 도착했는데 눈보라 때문에 공개 연습 일정이 주어지지 않은 것이다. 드디어 날아볼 수 있었던 것은 시합 전날이었다. 그나마 고작 3회뿐이어서 도저히 도약대의 감각을 몸에 익힐 상황이 아니었다.

게다가 그때 니레이에게는 이중고가 덮쳤다. 감기로 고열에 시달려 연습을 한 번으로 끝내고 내려와버렸다. 그것도 지독한 실패 점프였다.

시합 당일, 니레이는 기권하지 않겠다고 말했다. 고열도 어지간히 가라앉았다. 담당 의사의 허가도 있었기 때문에 그대로 내보내기로 했다. 하지만 다들 니레이는 이번에는 안 될 거라고 생각했다. 연습을 전혀 안 한 것이나 마찬가지인 데다 감기까지 앓고 난 뒤인 것이다.

테스트 점프부터 말하자면 대표 선수들 중에서 미네기시의 성적이 가장 좋았다. 하긴 그래봤자 가까스로 외국인 선수에게 창피하지 않을 정도의 점프였다. 니레이는 70미터급 표준 거리에도 미치지 못하는 점프로 역시 연습 부족을 여실히 드러냈다.

"미끄럼틀에서 굴러떨어지는 것 같았어요."

테스트가 끝난 시점에 니레이는 자신의 점프를 그렇게 평하면서 웃었다.

"이번에는 어쩔 수 없어. 다치지나 않게 조심해."

미네기시가 위로하듯이 말해주자 그는 씨익 웃으며 "다치지는 않죠"라고 대답했다. 그러고는 양팔을 펼쳐 크게 기지개를 켰다.

"와아, 역시 외국은 거대하네요. 기분 좋게 놀다가 가요."

둔한 건지 천진한 건지 모르겠다고 다른 선수들도 웃어댔다.

하지만 그 웃음도 그의 1차 시기 점프를 본 순간에 사라졌다.

테스트 점프 때와는 딴판으로 니레이가 기막힌 비행을 보여줬던 것이다. 비거리도 상당히 나와서 대표 선수 중에서 최고인 10위로 치고 올라갔다. 미네기시는 거꾸로 테스트 점프 때보다 떨어졌다.

"갑자기 어떻게 한 거야?" 미네기시는 물어보았다.

"아무것도 안 했어요." 그가 대답했다. "에라, 모르겠다, 하고 그냥 내려갔다 온 것뿐이에요. 겨우 그것밖에 날지 못했지만 뭐, 별수 없죠."

"겨우 그것밖에……."

"근데 다음에는 괜찮게 나올 거 같아요. 이제 좀 익숙해졌거든요."

그리고 그는 정말로 다음 점프에서 1차 시기 이상의 거리를 냈다. 순위도 10위에서 단숨에 3위까지 올라갔다.

그의 점프를 모방하는 것 따위 불가능하다…….

미네기시는 그때 통절하게 실감했다. 니레이는 다른 선수들처럼 이미지에 의지해 날아오르는 게 아니었다. 그는 아무것에도 의지하지 않았다. 그의 의지와는 별도로 몸이 저절로 움직여주는 것이다. 그리고 그는 자신의 그런 몸을 믿었다.

'나는 환상을 좇고 있었던 것인가.'

미네기시는 그렇게 생각했다. 니레이의 점프를 몸으로 익히기 위해서는 결국 니레이의 몸을 손에 넣지 않으면 안 되는 것이다.

그 후로도 시합이 거듭될수록 미네기시의 그런 느낌은 더욱더 강해져갔다. 세상 어떤 분야에나 선택된 인간이라는 게 있다. 니레이는 바로 그런 인간이다. 나는 그렇지 않다…….

그리고 미네기시가 처음 정했던 3년의 기한이 지났다.

미네기시는 결국 니레이가 되지 못했지만 후회는 없었다. 니레이는 아마 앞으로 수십 년 동안 나오지 않을 스키점퍼임에 틀림없다. 그런 천재가 있고 그를 목표로 뛰었던 내가 있다. 결과는 아무리 다가가려 해도 저 멀리 사라지는 신기루 같은 존재라는 것을 깨달은 데 그쳤지만, 그래도 여한은 없었다. 이만한 천재를 따라가보려고 노력했던 것이다. 그동안 들인 시간이 아깝다고는 생각하지 않았다. 나는 할 만큼 했다, 라고 생각했다.

은퇴 후 미네기시는 니레이 아키라의 이름을 전 세계에 떨치는 것만 생각했다. 자신이 목표로 삼았던 대상이 얼마나 거대한 존재였는지를 분명한 형태로 내보이고 싶었던 것이다.

하지만 설마, 라고 미네기시는 생각했다.

설마 그 꿈이 그런 식으로 무너질 줄은 미처 생각도 하지 못했다…….

3

STB 배 및 환태평양컵 국제 대회는 그 전날과는 정반대로 쾌청한 하늘 아래 거행되었다. 더구나 스키점프에는 매우 유리한 맞바람이어서 좋은 기록이 속출했다. 특히 1차 시기 점프에서는 국내 팀 선수 대부분이 100미터 이상, 외국인 선수를 포함하면 총 다섯 명이 110미터 이상을 날았다.

사와무라도 그 다섯 명 중 한 명이었다.

하지만 그는 불만이었다. 다섯 명 중에서 5위였던 것이다. 비형점 문제가 아니라 비거리만으로도 꼴찌였다.

상위 네 명 중 세 명은 외국인 선수다. 그리고 나머지 한 명이 스기에 쇼였다. 사와무라에게는 순위보다 쇼에게 졌다는 게 더 큰 충격이었다.

"왜 부루퉁한 얼굴이야? 110미터를 날았으면 잘한 편이잖아."

사와무라가 2차 시기를 대비해 스키 활주면을 닦고 있는데 이케우라가 옆에 와서 말했다. 자기도 모르는 사이에 불만이 얼굴에 드러난 모양이다.

"오늘 같은 날씨 조건에 110이면 좋아할 게 아니지."

"야, 너무하네. 난 겨우 100이었다고."

"이케우라 씨도 역전할 수 있어. 그리 큰 차이도 아닌데."

"나한테도 찬스가 있을까?"

옆에서 얼굴을 쑥 내민 건 와타베라는 선수였다. 사라예보 올림픽에 나갔을 때가 전성기였고 최근 2, 3년은 바닥을 헤매고 있었다. 오늘도 95미터를 뛰는 데 그쳤다.

"넌 130미터쯤은 날아야 가능성 같은 게 살짝 보일락 말락 할걸."

이케우라가 놀리듯이 말했다. 와타베는 무릎을 툭 꺾으며 얼굴을 찌푸렸다.

"플라잉 선수권도 아니고 뭘 130? 오늘 같은 날씨에 니레이가 날았으면 또 모르지. 130은 농담이라도 바켄 기록은 너끈히 나왔을 거야."

"니레이……."

그럴지도 모른다고 사와무라는 생각했다. 니레이가 있었을 때는—그래봤자 바로 얼마 전이지만—이런 날씨 조건에서는 스타트대가 자꾸 위로 올라가곤 했다. 그래도 그는 120 가까이 날았다. 오늘 같은 스타트 위치라면 실제로 바켄 기록(그 점프대에서의 역대 최장 부도거리)을 냈을지도 모른다.

사와무라가 그런 생각을 하고 있는데 갑자기 왁스룸 한편에서 웅성거리는 소리가 들렸다. 선수 몇 명이 큰 소리를 냈던 것이다. 모두의 시선이 집중되자 그들은 입을 다물었지만 얼굴 표정이 심상치 않았다.

그들이 웅성거린 이유는 곧 알게 되었다. 히노가 다가와 사와무라 일행에게 알려준 것이다.

"저기서 잠깐 들은 얘긴데, 니레이를 죽인 범인이 잡혔대."

"뭐어? 진짜야?"

와타베가 목소리를 높이는 바람에 다시 모두의 시선이 쏠렸다.

"누군데?"

이케우라가 소리를 죽이고 물었다.

"그건 모르겠어. 아까 우리가 1차 시기를 뛰는 사이에 체포됐대. 역시 스키점프 쪽 사람이었던 모양이야."

"선수는 아닌 거네? 그렇다면 감독이나 코치 쪽? 우리 감독님, 괜찮은 거냐?"

이런 때에도 와타베는 농담을 했다.

"시합 도중이었다잖아. 미요시 총감독님이 힘들었겠다."

이케우라의 말에 모두가 고개를 끄덕였다.

2차 시기에 들어가 상위 그룹의 순서가 돌아올 때쯤에는 체포된 사람이 누구인지 얘기가 나오기 시작했다. 감독과 코치진 중에 오늘 시합에 나타나지 않은 사람이라면 한 명밖에 없었던 것이다.

사와무라는 순서를 기다리는 동안 이케우라에게 말을 건넸다.

"들었어?"

"응, 들었어." 이케우라가 대답했다. "미네기시 씨래."

"그러게. 정말 믿을 수가 없네. 그 미네기시 씨가……."

"가장 의심할 수 없는 사람이었는데."

"사람은 겉만 보고는 모른다더니, 그 말이 실감 나네."

그 얘기는 이제 그만하자는 듯이 이케우라가 다시 헬멧을 썼다. 그의 순서가 다가오고 있었다. 사와무라도 더 이상 얘기하면 방해가 될 것 같아 입을 다물기로 했다.

'미네기시 씨였다니…….'

사와무라는 복잡한 심경이었다. 딱히 친했던 것은 아니지만 미네기시에 관한 추억이라면 여러 가지가 있었다. 이를테면 슬럼프에 빠졌을 때 그의 점프를 참고했던 적도 있고 웨이트트레이닝에 유익한 충고를 해준 적도 있었다. 전체적으로 성실하고 올곧은 인상을 가진 사람이었다.

선수에서 은퇴하고 코치 일에 전념하던 미네기시는 오로지 니레이에게 올인하는 모습이었다. 니레이를 위해 테이핑을 배우고 운동생리학까지 공부한다는 얘기도 들렸다. 편식이 심한 니레이의 식생활을 염려해 의사와 상담한 끝에 비타민제 복용을 결정한 것도 그였다고 한다. 트레이닝 프로그램을 짜려고 일부러 프로야구 트레이너를 찾아가 상담했다는 얘기도 있었다.

그토록 니레이를 소중하게 여기던 미네기시가 그 니레이를 죽였다고 한다.

'대체 왜?'

사와무라로서는 상상도 되지 않았다.

시합이 끝난 뒤 사와무라 일행이 옷을 갈아입고 차로 돌아가자 낯선 남자 두 명이 뛰어왔다. 한 명은 카메라를 들고 있었다. 신문사 쪽 사람들이라는 걸 금세 알았다.

"니레이 선수 살인범이 잡혔다는 거, 알고 있습니까?"

사와무라는 알고 있다고 말하려고 했지만, 히노가 눈짓으로 제지하는 것을 보고 얼른 입을 다물었다.

"범인이 니레이 선수의 코치였다는데, 어떻게 생각하세요?"

못 들은 척 차에 타려고 했지만 남자는 끈질기게 사와무라의 옷소매를 잡았다. 보다 못한 히노가 차 안에서 얼굴을 내밀며 말했다.

"저기요, 나중에 미요시 총감독님이 다 얘기하실 거예요."

그 틈에 사와무라는 얼른 차에 타고 문을 닫았다.

"잠깐만요! 선수들도 한 말씀 해주십쇼!"

기자가 밖에서 소리쳤지만 이케우라가 창유리 커튼을 닫자 한 차례 그 유리를 툭 치고 떠났다. 아마 다른 팀을 알아보러 뛰어간 모양이다.

"앞으로 어떻게 해야 하나."

큰 한숨을 내쉬며 히노가 혼잣말처럼 중얼거렸다.

"어떻게 하고 말고 할 것도 없어." 이케우라가 말했다. "시간이 지나면 다 잊혀져. 원래 그런 거야. 이런 일에 휘둘려봤자 그만큼 손해지."

"이케우라는 항상 쿨하다니까."

"그렇지도 않아. 오늘 2차 시기는 어쩐지 산만해져서 실패했잖아. 이참에 한번 잘해보고 싶었는데. 이런 일로 컨디션이 무너지면 한심하잖냐."

실제로 그 말이 맞다고 사와무라는 생각했다. 2차 시기 때까지는 니레이를 살해한 사람이 미네기시였다는 것에 마음이 휘둘렸다. 하지만 지금은 솔직히 그런 건 돌아볼 겨를이 없었다. 니레이가 살해된 것보다, 미네기시가 체포된 것보다, 나에게는 더 중요한 일이 있다.

지금 사와무라의 머릿속에는 미네기시도 니레이도 없었다. 있는 것은 조금 전에 본 스기에 쇼의 점프뿐이었다.

"오늘 시합, 어떻게 됐어요?"

사쿠마와 스카와의 얼굴을 보자마자 미네기시는 그것부터 물었다. 취조실에서의 일이다.

"시합이라니?" 스카와가 되물었다.

"STB 배 경기요. 오쿠라야마 경기장에서 90미터급 시합이 있어요. 아마 방금 끝났을 텐데요."

"글쎄, 난 못 들었는데?"

"네⋯⋯."

미네기시는 고개를 숙이고 두통을 견디듯이 눈두덩을 꾸욱 눌렀다. 어쩌면 수면 부족인지도 모른다고 사쿠마는 생각했다. 정상적인 신경을 가진 인간이라면 어제 숙소에 돌아가서도 마음이 편하지는 않았을 것이다.

"이런 상황에 시합이 대수입니까? 코앞에 닥친 자기 일을 생각하는 게 좋아요."

사쿠마가 옆에서 말했지만 미네기시는 입을 꾹 다물었다.

"오늘은 당신 처지가 어제와는 좀 달라." 스카와가 말했다. "이미 알겠지만, 당신은 체포됐어. 뭔 얘기냐면 이제 집에 돌려보내지 않아도 된다는 뜻이야. 모든 것을 솔직하게 털어놓을 때까지 몇 시간이고 기다릴 거라고."

"스카와 씨에게 이미 들었겠지만, 변호인을 부를 수 있습니다.”

미네기시는 짧게 고개를 저을 뿐이었다.

스카와가 한 차례 헛기침을 했다.

“당신 말이야, 어제 우리한테 얘기했던 거, 잊지 않았지? 독약 병이 든 서랍 같은 건 기억에 없다고 했어. 그렇지?”

미네기시는 스카와 쪽을 흘끗 쳐다보고 고개를 끄덕였다.

“근데 그게 이상해.” 스카와가 입가를 일그러뜨리며 피식 웃었다. “아무리 생각해도 이상하단 말이야.”

그리고 그는 사쿠마를 보았다. 사쿠마도 동의한다는 뜻으로 고개를 끄덕였다.

“그 선반에서 당신 지문이 나왔거든. 또렷해. 게다가 아주 여러 개야. 그런데도 열어본 적이 없다니, 이건 앞뒤가 안 맞잖아?”

미네기시가 어금니를 악물었다. 그리고 오른손 엄지를 왼손으로 움켜쥐었다.

“어쩌면 열어봤을 수도 있겠죠.” 그가 대답했다. “근데 잊어버렸어요. 어쩌다 우연히 열어봤을 테니까요.”

“우연히 독약을 보셨다?” 스카와는 엉덩이를 들고 위협하듯이 미네기시 쪽으로 몸을 쓰윽 내밀며 말했다. “어떤 곳에 독약이 든 상자가 있었다. 다른 어느 누구도 손을 댄 적이 없다. 손을 댄 것은 당신뿐이다. 그리고 독약은 사라졌다. 어때, 답이 분명하잖아?”

"저는 모릅니다." 미네기시가 단호하게 대꾸했다. "독약이 들어 있었는지도, 그리고 누가 꺼내 갔는지도 모른다니까요. 그보다 정말로 거기에 독약이 있었어요? 실제로 본 사람은 아무도 없는 거 아닙니까?"

그러자 스카와는 잠시 피의자를 노려보다가 다시 의자에 앉았다.

"어제 당신한테 병을 하나 보여줬지. 다치바나 고서점에서 우리가 확보한 투구꽃 뿌리가 든 병이야. 거기에 라벨이 붙었고 이렇게 적혀 있었어. '아코니틴과 함께 네모토 씨에게서 받아 옴'이라고. 실은 그 '네모토 씨'라는 사람을 우리가 찾아냈어. 다치바나 씨와 같은 아이누 연구 모임에 가입했던 학자인데, 어제 밤늦게 우리 형사 둘이 만나고 왔단 말이야."

미네기시는 흘끗 스카와 쪽을 쳐다보고 금세 다시 시선을 내렸다. 얼굴빛에 변화는 없었다.

"그래서 어떻게 됐을까." 스카와가 말을 이어갔다. "네모토 씨에게 확인해보니 틀림없이 아코니틴 병을 다치바나 씨에게 내줬다는 증언이 나왔어. 5년 전 10월이었대. 그리고 네모토 씨는 다치바나 씨에게 준 것과 똑같은 아코니틴을 갖고 있었어. 그 성분을 우리가 급하게 분석 의뢰했어. 똑같은 아코니틴이라도 제각각 여러 종류의 불순물이 섞이는 경우가 많다는 거야. 자, 네모토 씨의 아코니틴과 니레이의 캡슐에서 발견한 아코니틴을 비교해보면 이번 범죄에 사용되었는지 어떤지 확실히 밝혀지겠지?"

거기서 말을 멈추고 스카와는 미네기시의 얼굴을 지그시 들여다보았다.

"그 결과가 드디어 나왔어. 과학연구소의 보고에 따르면, 네모토 씨에게서 받아 온 독약은 분리가 완전하지 않아서 리코크토닌, 아티신 등의 염기성 성분이 포함되어 있었어. 그 함유율이 니레이 살해에 사용된 독약 성분과 정확히 일치했어. 동일한 물질에서 동일한 수단을 통해 분리한 것으로 판단된다, 라는 얘기야. 좀 더 알기 쉽게 말하자면, 니레이를 살해한 독약은 고서점 영감님이 평생 소중히 보관해온 바로 그 독약이라는 거야. 어때, 이제 당신을 체포한 이유를 알겠지? 당신은 더 이상 도망칠 수 없어. 순순히 사실대로 털어놓는 게 좋아."

단숨에 술술 얘기하고 반응을 기다렸다. 하지만 미네기시는 눈을 꾹 감고 그대로 꿈쩍도 하지 않았다. 스카와는 책상을 내리쳤다. 그런데도 미네기시는 눈꺼풀조차 떨리지 않았다.

"얼른 자백하고 반성하는 모습을 보이는 게 재판에 훨씬 유리해요."

사쿠마는 부드러운 어조로 말했다. 그도 용의자에게 매번 이렇게 친절한 공략법을 쓰는 건 아니다. 파트너가 누구냐에 따라 달라진다.

"어제 내가 했던 말, 기억나지?"

스카와는 의자 등받이에 한쪽 팔을 얹고 몸을 비스듬히 기울인 채 미네기시를 보았다.

"우리가 마음먹고 나서면 뭐든 다 알아낸다고 했잖아. 한 꺼풀 한 꺼풀 껍질을 벗기듯이 말이야. 실은 지금 당신의 거주지 주변을 철저하게 조사 중이야. 물건 하나를 찾고 있거든. 어떤 물건이냐. 독약을 넣었던 바로 그 병이야. 당신, 분명 그 병을 어딘가에 버렸겠지. 그리 먼 곳은 아니야. 맹독이라서 함부로 버릴 수도 없으니까. 그렇다면 뻔하지, 거기서 거기야. 당신 집에 숨겼든지 아니면 어딘가에 파묻었든지, 혹은 의외로 호텔 숙소에 그대로 놔뒀든지."

사쿠마는 미네기시의 얼굴을 응시했다. 스카와가 열거하는 장소의 어딘가에서 특별한 반응을 보일지도 모른다고 생각했기 때문이다. 하지만 미네기시는 어디까지나 무표정이었다.

"이봐, 미네기시 씨." 스카와가 지겹다는 기색으로 말했다. "우리 서로를 위해서도 이건 아니잖아. 빨리 정리하자. 당신이 솔직히 말해주면 우리도 좀 쉴 수 있어. 그 무슨무슨 90미터급 스키점프 경기도 텔레비전으로 느긋하게 볼 수 있고 말이야."

그러자 미네기시는 처음으로 반응 비슷한 것을 보였다. 얼굴을 들고 중얼거린 것이다.

"텔레비전 녹화 중계 방송도 할 텐데……."

"오늘은 날씨도 좋았거든요. 분명 좋은 기록이 속출했을걸?"

사쿠마가 말하자 미네기시는 천천히 몸을 틀어 취조실 창문 너머로 하늘을 올려다보았다.

새파란 하늘에 동글동글한 구름 두 개가 떠 있었다.

"어때, 자백할 거 같아?"

사쿠마를 보자마자 가와노가 물었다. 스카와는 아직 취조실에 있었다.

"글쎄요, 체력도 정신력도 상당히 강한 사람이라서 좀……."

"장기전인가. 어떻게든 자백을 받아내면 좋겠는데."

"독약은 발견됐습니까?"

가와노는 고개를 저었다.

"작은 병이라서 마음만 먹으면 어디에든 감출 수 있어. 찾기 힘들 거야."

"니레이에게 독약을 먹인 방법에 대한 건 어떻습니까?"

"그것도 아직 단서가 없어. 하지만 그건 어떻게든 설명이 되잖아. 문제는 동기야."

"동기……."

이것에 관해서는 애초부터 전혀 감이 잡히지 않았다. 만일 그 밀고 편지가 들어오지 않았다면 미네기시는 여전히 용의선상에 오르지도 않았을 것이다.

"그 편지를 보낸 사람은 누구일까요."

사쿠마의 말에 가와노도 금세 고개를 끄덕였다.

"맞아, 나도 그거 생각하던 참이야. 다른 증거들이 쉽게 나오지 않는다면 어떻게든 그 편지를 보낸 사람부터 먼저 알아냈으면 좋겠는데 말이야."

"미네기시가 체포되었으니까 이제 이름을 밝히고 나서주지 않을까요?"

"아니, 그것까지 기대하기는 어려워."

"왜 이름을 밝히지 못하는 걸까요. 아니, 그보다⋯⋯." 사쿠마는 고개를 갸웃거리며 말했다. "밀고자는 어떻게 니레이를 죽인 범인이 미네기시라는 걸 알았을까요."

"그러게 말이야. 아무래도 이상해." 가와노가 말했다. "게다가 그 밀고자는 사건이 일어난 직후에 편지를 썼어. 그렇다면 상당히 일찍부터 진상을 알고 있었다는 얘기야."

"미네기시의 범행 계획에 치명적인 오류가 있었고 그걸 알아챈 사람이 있었다는 뜻이겠죠?"

"그렇다면 미네기시의 범행 계획을 처음부터 상세히 재조립해볼 필요가 있겠네. 그렇게 해서 진상을 눈치챘을 만한 사람을 추리해보자. 이른바 탐정 맞히기 게임이야."

"탐정이 누구인지를 경찰이 추리하다니, 그것도 묘한 얘기네요."

복잡한 기분으로 쓴웃음을 지으며 사쿠마는 곁에 놓인 신문을 무심코 들여다보았다. TV 편성표가 실린 부분이 눈에 들어왔다.

STB 배 스키점프 대회, 오쿠라야마 경기장에서 녹화 중계.

'텔레비전 녹화 중계⋯⋯.'

조금 전 취조실에서는 내내 아무 반응도 보이지 않던 미네기시가 스키점프 얘기가 나오자마자 변했었다. 게다가 처음부터 오늘의 스키점프 대회에 상당한 관심을 보였다.

'미네기시는 이 대회에 왜 그렇게 신경을 쓰는 거지?'

니레이가 없어져버린 지금, 그가 스키점프계에 관심을 보일 이유는 없을 터였다.

사쿠마는 퍼뜩 생각나는 게 있어서 가와노에게 말했다.

"경감님, 취조에 관해 한 가지 제안할 게 있습니다."

"남들이 보면 범인과 형사가 뭐 하는 거냐고 하겠다."

사쿠마의 귓가에 대고 스카와가 투덜거렸다. 사쿠마는 쓴웃음을 지으며 사과의 뜻으로 얼굴 앞에서 짧게 손칼을 그었다.

두 사람의 맞은편에서 미네기시가 의자를 반쯤 돌린 채 포터블 텔레비전 화면을 뚫어져라 보고 있었다. 오늘 오쿠라야마에서 거행된 경기의 녹화 방송이었다.

취조실에 텔레비전을 들여오는 것은 사쿠마로서도 경험해본 적이 없는 일이었다. 하지만 미네기시가 유독 오늘 경기에 큰 관심을 가지는 게 뭔가 심상치 않았다. 어쩌면 그의 침묵을 깨는 계기가 될지도 모른다. 그런 기대를 안고 용의자와 함께 녹화 경기를 시청하겠다고 가와노에게 제안했던 것이다.

시합은 2차 시기 점프에 들어갔다. 1차 시기에서 100미터를 넘긴 선수가 속출했기 때문에 스타트 위치가 위로 올려진 모양이지만 그래도 전체적으로 비거리가 떨어지는 경향은 보이지 않았다. 날씨 조건이 더욱더 좋아졌기 때문일 거라고 해설자가 설명해주고 있었다.

방송 도중에 아나운서가 니레이 살해 사건을 몇 번 언급했다. 또한 2차 시기가 시작되고 잠시 뒤에는 범인이 잡힌 것 같다는 얘기도 했다. 아직 이름까지는 밝히지 않았다. 확실한 정보를 얻지 못했던 모양이다.

사쿠마는 아나운서가 니레이를 언급할 때, 미네기시의 기척을 주시했다. 뭔가 변화를 드러내지 않을까. 하지만 사쿠마가 본 바로는 그는 여전히 무표정이었다. 유일하게 감정의 동요를 드러낸 것은 국내 선수 한 명이 1차 시기에서 2위에 올랐을 때였다. 몸을 앞으로 쓱 내밀었던 것이다.

화면 안에서 선수가 차례차례 몸을 날렸다. 해설자는 상위 다섯 명의 경쟁이 될 것이라고 말했다. 외국인 세 명에 국내 선수는 사와무라 료타와 스기에 쇼…….

그 순간 다시금 미네기시의 얼굴에 변화가 나타났다. 침을 삼켰는지 목젖이 꿈틀 움직인 것이다.

'무엇이 미네기시의 심기를 건드린 건가.'

사쿠마는 텔레비전으로 시선을 되돌렸다.

해설자가 예상했던 다섯 명의 선수가 뛸 순서가 되었다. 우선 사와무라 료타라는 선수였다. 빨간 스키복를 입은 사와무라는 107미터를 기록했다. 현재까지는 톱이었다. 사쿠마는 미네기시를 훔쳐보았다. 그는 사와무라의 비행에는 별다른 느낌이 없는 눈치였다.

이어서 미국과 캐나다 선수가 뛰었다. 둘 다 100미터 넘게 날았다. 캐나다 선수가 톱에 오르고 사와무라는 2위로 밀려났다. 미국인 선수는 3위다.

뒤를 이어 스기에 쇼라는 선수가 나왔을 때, 미네기시는 의자에서 앉음새를 바로잡았다. 책상 위에 놓인 왼손을 움켜쥐었다. 어라, 하고 사쿠마는 생각했다.

스기에 쇼는 힘차게 스타트했다. 카메라가 그의 활주 자세를 따라잡았다. 휘이익 몸을 날린 순간, 카메라가 한순간 그를 놓쳐버렸다. 다시 포착했을 때, "오오옷" 하는 소리가 들렸다. 해설자가 낸 소리였다.

"네에, 좋아요, 좋아요, 쭉쭉 나갑니다!"

아나운서도 흥분하고 있었다. 그리고 착지.

"멋진 착지입니다! 자아, 이건 어떻습니까. 거리가 상당히 많이 나온 것 같은데요. 잘하면……."

카메라는 한쪽 손을 번쩍 들어 V자를 그리는 스기에 쇼를 비췄다. 거기에 목소리가 겹쳐졌다. 123미터…….

"네에, 해냈습니다, 스기에 쇼 선수! 바켄 기록입니다!" 아나운서가 외쳤다.

사쿠마는 미네기시를 보았다. 그는 입을 헤벌린 채 멍한 눈빛으로 텔레비전을 보고 있었다. 움켜쥔 주먹이 가늘게 떨리고 있었다.

그리고 그의 관자놀이에 땀 한 방울이 주르륵 흘렀다.

5

사와무라가 호텔에 돌아온 것은 자정을 지난 무렵이었다. 택시에서 내려 허청거리는 발걸음으로 현관을 지나 로비의 소파에 가서 앉았다. 프런트에는 아무도 없었다. 레스토랑도 굳게 닫혀 있었다. 싸늘한 고요함 속에 사와무라 혼자뿐이었다.

많이도 마셨구나, 라고 자조적으로 웃었다. 낮에 본 쇼의 점프를 잊어버리려고 술을 마셨던 것이다. 그 점프는 사와무라에게 새로운 패배감과 열등감을 떠안겼다.

그나저나 얼굴에 불이라도 난 것처럼 화끈화끈 달아오른다.

그는 무거운 엉덩이를 들고 다시 휘청휘청 현관을 지나 밖으로 나왔다. 차가운 바람으로 몸도 마음도 시원하게 식히고 싶었다.

호텔 정문 앞 주차장에는 각 팀의 왜건 차량이 나란히 서 있었다. 사와무라는 그중 한 대에 몸을 기댔다. 기묘하게도 마침 닛세이팀의 차였다.

차 안에 스기에 다이스케 감독이 항상 입고 다니는 바람막이가 놓여 있는 게 보였다. 하지만 사와무라의 눈길을 끈 것은 그게 아니었다. 그 옷의 호주머니에서 열쇠가 반쯤 삐져나온 것이다. 게다가 그 열쇠에 '제2실험실'이라고 적힌 이름표가 달려 있었다.

사와무라는 지난번에 형사에게서 들은 얘기가 떠올랐다. 스기에 쇼 일행이 체육관이 아니라 실험동으로 들어갔다, 라는 얘기였다.

'쇼가 트레이닝을 하는 곳의 열쇠인가⋯⋯.'

문득 깨닫고 보니 그는 차 문을 밀고 있었다. 하지만 문은 잠겼다. 그는 차 뒤쪽으로 돌아가 해치를 들어 올렸다. 역시 이쪽은 잠가두지 않았다.

뒤쪽에서 차 안으로 들어간 사와무라는 스기에 다이스케의 옷을 끌어당겨서 열쇠를 꺼내 자신의 호주머니에 넣었다. 설마 닛세이팀이 이 밤중에 차량을 이용할 일은 없을 것이다. 내일 아침까지 제자리에 다시 넣어두면 된다.

왜건 차에서 나와 사와무라는 큰길로 나갔다. 때마침 달려온 택시를 잡아탔다.

"닛세이자동차 공장으로 가주세요." 운전기사에게 말했다.

한밤중의 공장은 거대한 묘석墓石 같았다. 조명이 꺼진 큼직한 건물이 일정한 간격으로 나란히 서 있었다. 사와무라는 발소리를 죽이고 최대한 건물 그늘을 골라 걸어갔다.

일요일 한밤중이라서 직원들의 모습은 보이지 않았다. 그런 만큼 부지 안에 들어오기까지도 여간 힘든 게 아니었다. 정문 옆의 작은 출입문이 열려 있었지만 그곳은 바로 앞에 수위실이 있어서 험상궂은 얼굴의 수위가 눈을 번뜩이며 지켜볼 것이다. 야근을 하는 직원들이 드나든다면 거기에 묻어가면 될 텐데 오늘은 휴일이라 그럴 수도 없었다. 사와무라는 공장을 둘러싼 콘크리트 담장을 따라가다가 가장 남의 눈에 띄지 않을 만한 곳을 골라 뛰어넘었던 것이다.

어둠을 틈타 걸어가자 부지 안의 건물 위치를 알려주는 안내판이 있었다. 거기서 위치를 확인하고 제2실험실로 향했다.

실험동은 동쪽 끝 세 군데의 건물로 제1, 제2, 제3으로 이름이 붙여진 모양이었다. 모두 2층 건물이었다. 사와무라가 노리는 곳은 한가운데 건물이다.

입구에는 열쇠가 채워져 있었다. 사와무라는 가져온 열쇠를 꽂아봤지만 구멍에 맞지 않았다.

초조한 기분으로 그는 다시 건물 주위를 탐색했다. 우선 창문을 하나하나 열어보기로 했다. 하지만 전부 단단히 닫혀서 꿈쩍도 하지 않았다.

역시 안 되겠다고 포기하려는 찰나에 2층 창문 중 반쯤 열린 곳이 눈에 들어왔다. 화장실 창문인지도 모른다. 사와무라는 그 밑으로 달려가 망설임 없이 1층 창문에 발을 얹고 벽에 길게 붙은 쇠파이프를 잡았다. 어쨌든 운동신경에는 자신이 있다. 게다가 아무리 높은 곳이라도 아무렇지도 않다.

신중하게 발 디딜 자리를 골라 한 발 한 발 올라가 창문을 열고 안으로 몸을 밀어 넣었다. 예상했던 대로 화장실이었다. 그 문을 열고 나가자 그저 널찍한 공간이 나오고 여기저기 계측기며 공작기, 금속이며 수지 재료 등이 어지럽게 널려 있었다.

계단을 타고 1층으로 내려가자 한가운데의 복도를 중심으로 양쪽에 문이 줄줄이 이어졌다. 공조실空調室, 전력 공급실, 자료실 등등의 명패가 달려 있었다. 그리고 막다른 곳에 실험실 문이 있었다. 사와무라는 손잡이를 돌려보았다. 역시 잠겨 있었다.

그는 호주머니에서 열쇠를 꺼내 문 열쇠 구멍에 꽂았다. 아무런 저항 없이 스르륵 돌아가고 금속 톱니가 달칵 열리는 소리가 인적 없는 복도에 울렸다.

실내는 깜깜했다. 창문은 있는 것 같은데 모든 블라인드가 내려진 모양이다.

사와무라는 벽을 훑으면서 오른편으로 걸어갔다. 곧바로 손이 스위치에 닿았다. 적당히 눌러보았다. 하지만 천장에 나란히 달려 있을 형광등이 한 개도 켜지지 않았다. 전원이 끊겨 있는 것이다. 그는 다시 한번 복도로 나가 전력 공급실이라고 적힌 문을 밀어보았다. 하지만 이곳도 잠겨 있었다.

일단 포기하고 실험실로 돌아왔다. 그리고 다시 벽을 따라 걸음을 옮겼다. 완벽한 암흑이었다. 눈이 좀체 익숙해지지 않았다. 기름과 먼지가 뒤섞인 듯한 냄새가 났다.

아주 넓은 실험실인지, 창가에 닿기까지 한참 걸어가야 했다. 중간에 책상이며 선반 같은 것이 있었지만, 우선은 창문을 통해 외부의 불빛이라도 확보하는 게 선결문제였다.

창가에 도착하자 사와무라는 블라인드를 열었다. 공교롭게도 오늘 밤은 달도 뜨지 않았다. 그래도 상당한 양의 빛이 쏟아져 들어온 것처럼 느껴졌다.

그는 실내를 둘러보았다. 하지만 그곳에는 그가 막연히 상상했던 것들은 없었다. 분명 고가의 각종 최신형 트레이닝 머신들이 완비되어 있을 거라고 예상했던 것이다.

그 대신 그곳에는 사와무라가 지금까지 본 적도 없는 낯선 것이 있었다. 너무도 예상 밖이었기 때문에 이 실험실과 스기에 쇼는 아무 관계가 없는 게 아닌가, 라고 한순간 낙담했을 정도였다.

'아니, 관계없을 리가 없잖아. 쇼는 이걸로 트레이닝을 하고 있는 게 틀림없어.'

사와무라는 천천히 그쪽으로 다가갔다.

어두워서 전체적인 모습은 파악하기 어려웠지만 그것은 실로 기묘한 것이었다. 크기는 소형 트럭 정도는 될 것이다. 조립식 망루 같은 게 있고 그 위에 길이 약 3미터의 다리가 얹혀 있었다. 다리의 두께는 40에서 50센티미터쯤이나 될까. 다리 윗면이 어떻게 생겼는지는 보이지 않았다.

그는 시선을 집중해 망루 아래쪽을 들여다보았다. 굵은 파이프가 여러 개 걸려 있는 게 희미하게 보였다. 거기에 모터가 달려 있는 것 같았다.

'대체 뭐에 쓰는 기계인 거야.'

조금씩 눈이 익숙해지자 방 구석구석의 상황도 서서히 알 수 있었다. 컴퓨터가 몇 대 놓여 있었다. 아무래도 이건 퍼스널컴퓨터와는 다르게 대형인 것 같았다.

사와무라는 이 거대한 장치에 관한 자료 같은 건 없을까, 하고 책상 위와 선반을 살펴보았다. 하지만 외부에 꺼내놓은 자료 같은 건 없고 서랍도 선반의 문도 단단히 잠겨 있었다.

'뭐야, 고생만 하고 아무 수확도 없이 돌아가겠네.'

사와무라가 혀를 차는데, 복도에서 발소리가 들려왔다. 이따금 덜컥덜컥 손잡이를 돌려보는 소리도 들렸다. 수위가 순찰을 돌면서 문이 잠겨 있는지 확인하는 것이다. 이 실험실 문은 아까 잠그지 않은 채 닫아두기만 한 상태였다.

순간적으로 책상 밑으로 기어 들어갔다. 그 직후에 문이 열렸다.

손전등 불빛이 실내를 비췄다. 사와무라는 고개를 들고 그 불빛을 빌려 기계장치를 자세히 살펴보고 싶은 충동에 휩싸였지만 꾹 참고 머리를 숙이고 있었다.

수위가 들어왔다. 블라인드 하나가 올라가 있는 게 의아한 모양이었다. 멈춰 서서 실내를 샅샅이 살펴보는 듯한 기척이 느껴졌다.

이윽고 수위는 납득했는지 블라인드를 내려놓고 빠른 걸음으로 문으로 향했다. 그리고 나가는 길에 문을 잠그는 것도 잊지 않았다. 손잡이 중앙의 버튼을 누르고 문을 당기면 잠기는 타입의 자물쇠인 것이다.

"후유, 살았다."

사와무라는 드디어 책상 밑을 벗어날 수 있었다. 그런데 더듬더듬 기어 나오다가 옆의 쓰레기통 속에 손이 쑥 들어가버렸다. 종이 뭉치가 손에 잡혔다.

'빈손으로 가느니 종이쪽이라도 선물로 가져가볼까.'

쓰레기통 속에는 구깃구깃한 종이가 여러 장 들어 있었다. 사와무라는 그것을 모두 다 호주머니에 쑤셔 넣었다.

택시를 잡느라 한참 고생하기도 해서 호텔에 돌아온 것은 오전 3시가 넘은 시각이었다. 닛세이팀의 왜건 차량 안에 열쇠를 다시 넣어놓고 사와무라는 자신의 방으로 돌아왔다. 이케우라도 히노도 보이지 않았다. 아마 오늘 밤은 둘 다 자택에 가 있을 것이다.

사와무라는 문을 걸어 잠그고 즉시 호주머니에서 종이를 꺼냈다. 그리고 한 장 한 장 펼쳐보았다.

"쳇, 이게 뭐야."

기대를 갖고 펼쳐봤지만 백지인 것도 있고 낙서한 것도 있고 광고 전단지까지 있었다. 하지만 잔뜩 실망해서 내던지려는 참에 맨 마지막 종이를 펼쳐보고 사와무라는 눈이 둥그레졌다.

'뭐지?'

그것은 프린터로 출력한 그래프였다. 세로축은 시간, 가로축은 단위가 'deg/s'로 되어 있는 걸 보면 각속도角速度인 모양이었다.

그곳에 산처럼 볼록한 두 개의 곡선이 거의 겹쳐진 모양으로 그어져 있었다. 곡선 하나에는 'MODEL', 그리고 또 다른 곡선에는 'SHOU'라고 표시되어 있었다.

그리고 그래프의 제목은 영어로 다음과 같이 적혀 있었다.

'The angular velocity on knee joint. (CYBIRD-SYSTEM-ELM).'

사와무라는 자신의 짐 가방 속에서 영어 사전을 꺼내 왔다. 외국인 선수와 대화할 때를 대비해 항상 사전을 들고 다니는 것이다.

제목을 번역해보니 '무릎 관절의 각속도'라는 뜻이었다. 하지만 괄호 안의 'CYBIRD-SYSTEM-ELM'이라는 것은 뭔지 알 수 없었다.

'사이버드 시스템 엘름?'

사이버드CYBIRD는 뭔지 알 수 없어서 우선 엘름ELM을 찾아보기로 했다. 그건 금세 눈에 띄었다.

엘름은 느릅나무, 즉 '니레'*라는 뜻이었다.

---

* '느릅나무'의 일본어 발음은 '니레楡'.

복
제

1

　미네기시를 체포하고 이틀째 되는 날은 월요일이었다. 사쿠마
는 혼자서 스기에 다이스케의 집에 가보기로 했다. 삿포로시 니
시구의 야마노테였기 때문에 니시경찰서에서는 바로 앞이었다.

　그의 저택은 완만한 언덕 위 주택가에 있었다. 대문에 달린
인터폰 버튼을 눌렀더니 여자 목소리가 들렸다. 이름을 밝히자
잠시 기다리게 한 뒤에 안쪽 현관문이 열렸다.

　대문까지 나온 사람은 스기에 다이스케의 아내인 모양이었
다. 나이는 아직 40대인가. 둥근 얼굴이지만 어딘지 신경질적
인 인상이었다. 바지에 스웨터를 걸친 옷차림은 수수한 느낌이
었다.

　사쿠마는 안내를 받아 응접실로 들어갔다. 한가운데 응접세

트가 있고 그 주위의 장식장에는 트로피와 메달 등이 줄줄이 진열되어 있었다. 가까이 가서 들여다보니 그것은 쇼가 아니라 거의 모두 스키에 다이스케가 예전에 딴 것들이었다. 그러고 보니 벽면도 그의 현역 시절의 사진으로 장식했다. 점프하는 방식은 아직 공중에서 양팔을 앞으로 뻗는 옛날 자세였다.

잠시 뒤 스기에가 나타났다. 얇은 감색 카디건을 입고 있었다. 스키팀 감독이라기보다 회사 중역처럼 보였다.

"아들은 지금 트레이닝센터에 갔어요. 곧 돌아올 겁니다. 아, 담배 피우셔도 되는데."

테이블 위의 유리제 담배 케이스 뚜껑을 들고 스기에가 권했다. 아뇨, 괜찮습니다, 라고 사양했다.

"오늘도 트레이닝을?" 사쿠마는 짐짓 놀랍다는 얼굴로 물었다. "시합 다음 날은 쉰다고 들었는데요."

"예, 쉬는 날이에요. 그래서 저도 이렇게 집에서 빈둥거리고 있죠. 아들은 트레이닝센터에 잠깐 마사지 받으러 갔어요. 그녀석도 피곤이 좀 쌓였을 테니까."

"그러고 보니 어제 시합, 대단했었지요? 아주 흡족하셨을 거 같은데요."

"이번에는 뭐, 괜찮았죠. 실은 그저께 형편없이 지는 통에 오히려 헛심이 빠져서 좋은 결과가 나왔는지도 모르겠어요."

"그래도 바켄 기록이라니, 정말 놀랍습니다."

"고맙습니다."

스기에는 담배 케이스에서 한 개비를 꺼내 역시 유리제 라이터로 불을 붙였다. 그리고 느긋하게 한 대 피운 뒤 사쿠마의 얼굴을 보았다.

　"그래서 오늘은 어떤 일로 나오셨습니까. 사건은 해결되었다고 들었는데요."

　"범인은 체포했습니다. 누구인지는, 아시지요?"

　스기에는 고개를 끄덕이며 미간을 좁혔다.

　"믿을 수가 없어요. 정말 성실한 코치라고 생각했는데."

　"하지만 미네기시가 범인이라는 건 거의 틀림없습니다. 다만 왜 니레이 선수를 살해했는지, 그게 아직 분명하게 해명되지 않았죠. 본인은 입을 꾹 다물고 있고."

　"그렇습니까. 동기는 무엇이냐, 라는 것이군요."

　"실은 그래서 스기에 씨는 뭔가 짐작되는 게 있으신가 해서 찾아왔습니다."

　그러자 그는 쓴웃음을 지으며 담뱃재를 재떨이에 떨었다.

　"나야 그리 절친한 편도 아니었고, 그런 건 히무로코산팀의 다바타 씨에게 물어보시는 게 좋지 않겠습니까. 왜 나한테 오셨는지……."

　"아뇨, 무슨 근거가 있는 건 아니고요."

　사쿠마는 어제의 경기 방송을 미네기시에게 보여줬다고 얘기했다. 그리고 그때 스기에 쇼의 점프를 보고 그가 묘하게 흥분했다는 것도 털어놓았다.

"미네기시가 쇼의 점프를 보고?"

스기에는 담배를 손가락 사이에 끼운 채 잠시 생각에 잠긴 표정이었다. 하지만 금세 원래의 웃는 얼굴로 돌아왔다.

"글쎄, 모르겠네. 뭐, 좋은 점프를 보면 우리도 흥분하니까요, 그런 거 아니겠습니까."

"실은 그것뿐만이 아닙니다. 미네기시의 방에서 비디오테이프를 몇 개 찾았는데 그걸 재생해보고 상당히 흥미로운 사실을 알았어요."

미네기시가 소지한 비디오테이프에는 대부분 니레이의 점프가 녹화되어 있었다. 그건 당연히 이해할 만하다. 요즘 스포츠계에서 선수의 동작을 비디오로 기록하는 건 거의 상식이 되었기 때문이다. 하지만 자기 팀도 아닌 선수를 찍어둔다면 의미가 달라진다. 그건 기술 정탐이라는 얘기가 되는 것이다. 사쿠마가 듣기로는 월드컵 등에서 각국의 코치진이 앞다퉈 뉘케넨의 점프를 촬영하려 했다고 한다.

미네기시가 니레이 이외에 촬영해둔 선수는 스기에 쇼였다. 그의 점프를 상당히 이전부터 계속 찍어온 것이다.

"그건 이상하군요." 그도 고개를 갸우뚱했다. "쇼의 어떤 점을 보려고 했는지 모르겠네. 그 친구에게는 니레이라는 훌륭한 선수가 있었는데."

"뭔가 짐작되는 건 없습니까?"

"아뇨, 전혀." 스기에가 말했다.

그때 누군가 돌아오는 기척이 들렸다. 부인이 몇 마디 하고 있었다. 발소리가 나더니 누군가 문을 노크했다. 들어선 사람은 쇼 선수였다. 키가 크고 얼굴이 작다. 텔레비전에서 봤을 때보다도 몸통이 큼직한 느낌이었다.

그를 따라 조금 작은 남자가 들어왔다. 금속 테 안경을 쓴 섬세해 보이는 사람이었다. 얘기해본 적은 없지만 이름은 알고 있다. 스기에 다이스케의 팀 트레이너고 이름은 가타오카라고 했다.

간단한 자기소개를 마친 뒤, 쇼도 소파에 앉았다. 가타오카는 입구 쪽에 서 있었다.

"형사님이 미네기시가 니레이를 살해한 동기를 알아보러 오셨어."

스기에의 설명에 쇼는 "동기?"라고 약간 신경질적으로 눈썹을 치켜올렸다. 사쿠마는 조금 전에 했던 얘기를 다시 한번 들려주었다.

"미네기시 씨가……."

한순간 쇼가 눈을 내리뜨는 것을 보고 사쿠마는 엇, 하고 생각했다. 그가 뭔가 얘기해줄 듯한 예감이 들었기 때문이다. 하지만 그 순간에 스기에가 끼어들었다.

"멋진 점프를 보고 좀 놀랐던 거라고 생각했어, 나는. 그것밖에 무슨 다른 이유가 있겠냐."

사쿠마에게 그건 마치 쇼의 입을 틀어막으려는 말처럼 들렸다.

"어떻습니까?"

사쿠마는 쇼를 향해 다시금 물어보았다.

하지만 쇼는 고개를 저었다. 모르겠습니다, 라고 작은 목소리를 낼 뿐이었다.

"그래요……."

사쿠마는 그런 쇼에게 다시 캐묻고 싶은 충동에 휩싸였다. 하지만 그럴 만한 근거가 없었다. 그리고 그런 사쿠마의 심리를 미묘하게 감지했는지 스기에가 천천히 말했다.

"그 밖에 다른 질문이 없으시다면, 우리가 지금부터 트레이닝에 관해 상의할 게 있어서요."

여지없이 밀어붙이는 말투였다. 사쿠마는 자리를 털고 일어서지 않을 수 없었다.

스기에 다이스케의 집을 나와 잠시 걸어가다가 사쿠마는 뒤를 돌아보았다. 지금쯤 저 아버지와 아들은 무슨 이야기를 하고 있을까. 그들이 분명 뭔가 감추고 있다는 것을 사쿠마는 감지했다.

'하지만 그렇다고 쳐도 대체 뭘 감추려는 것인가.'

2

호쿠토대학은 작은 정문 너머로 키 낮은 건물이 이어진, 얼핏

보기에는 근처의 평범한 초등학교 같은 느낌이 드는 대학이다. 그 정문으로 수많은 학생들이 끊임없이 드나들었다. 사와무라도 그들에 섞여 안으로 들어갔다. 방문객은 접수처로, 라고 적힌 간판이 있지만 그는 접수처가 어디 붙었는지도 알지 못했다. 항상 멋대로 체육학 건물 쪽으로 척척 들어간다.

새 건물의 계단을 두 칸씩 뛰어올라 3층 복도로 갔다. 바이오메카닉스 연구실이라고 표시된 문이 활짝 열려 있었다. 그는 망설임 없이 안으로 들어갔다.

아리요시는 창가 소파에서 낮잠을 자다가 사와무라의 발소리에 잠이 깬 모양이다. 얼굴을 북북 비비면서 몸을 일으켰다.

"대학 교수님은 좋으시겠어요." 비꼬는 말을 던지면서 사와무라는 맞은편에 앉았다. "항상 여대생과 마주하고, 강의가 없을 때는 낮잠이나 자면 되잖아요."

"뭔 말도 안 되는 소리야? 어제 밤을 꼬박 새우면서 논문을 정리했는데. 안 그래?"

아리요시가 말을 건넨 것은 조교 간자키였다. 컴퓨터를 들여다보던 간자키가 빙글빙글 웃으면서도 고개를 끄덕였다.

"게다가 이봐, 오해한 게 있어. 우선 우리 학교에는 여학생만 있는 게 아냐. 너저분한 남학생도 많다고. 게다가 여학생들도 별반 아름답지를 않아. 불규칙한 생활에 찌든 얼굴을 진한 화장으로 가리고 다니는 친구들이 대부분이란 말이야."

"그렇게 큰 소리로 떠들어도 괜찮아요? 문이 활짝 열려 있는

데."

"엇, 그걸 왜 이제야 얘기해?"

아리요시는 자신이 직접 달려가 문을 쾅 닫더니 신문을 집어 들고 돌아왔다.

"합숙소 쪽은 좀 잠잠해졌나? 어제는 시끌시끌했다면서."

"그런 모양이에요. 근데 저는 술 마시러 나가서 모르겠어요."

사와무라가 말하자 아리요시는 흥, 하고 코웃음을 쳤다.

"홧술을 퍼마신 모양이네. 미네기시 코치 체포 사건 때문에 존재감이 희미해지기는 했지만, 사와무라는 이게 더 신경 쓰이지?"

아리요시는 그렇게 말하고 신문 스포츠면 한쪽을 손끝으로 톡 튕겼다. '스키점프계의 암운을 단숨에 날려버린 스기에 쇼의 비상. 2차 시기에 바켄 기록'이라는 제목이 보였다.

사와무라는 한숨을 내쉬었다.

"교수님이 예언하신 대로 될 것 같아요. 이제는 영영 못 이길지도 모르겠어요."

"왜 그렇게 기가 죽었어?"

"이대로 가면 안 된다는 걸 알았거든요. 요즘 쇼가 하는 게 보통 트레이닝이 아니잖아요."

"왜, 뭔가 본 거야?"

"봤다, 라는 건 정확한 얘기가 아니고요."

사와무라는 어젯밤에 닛세이자동차 공장 실험실에 몰래 들어가 그곳에 설치된 기계를 봤다는 것을 털어놓았다. 아리요시는 눈이 둥그레졌다.

"어이쿠, 그런 위험한 짓을 하다니, 잡히면 불법침입죄야! ……나도 솔직히 귀가 솔깃해지긴 하네. 쓰레기통에서 주워 왔다는 그 종이, 지금 갖고 있어?"

"물론 가져왔죠. 교수님한테만 보여드리려고."

사와무라는 그 그래프 종이를 아리요시에게 건넸다. 그것을 보자마자 그의 눈이 험악해졌다.

"무릎 관절의 각속도? 우리가 하는 연구와 똑같은 거잖아."

"무슨 말이에요?"

"무릎 관절의 각도라는 건 여기 대퇴골과……." 아리요시는 허벅지를 가리키고 그다음에 정강이 바깥쪽을 손끝으로 가리켰다. "이 비골腓骨로 만들어지는 각도를 말하는 거야. 그러니까 이 부분의 각속도라면 무릎을 펴는 속도를 각도 변화로 나타낸 것이라고 할 수 있어. 이 각도가 크다는 것은 무릎을 펴는 게 빠르다는 얘기야. 이 그래프는 그 각속도가 시간에 따라 어떻게 변화하는지를 기록한 거야."

"그러면 쇼가 무릎을 펴는 속도는 이 곡선처럼 변해간다는 거예요?"

"그런 얘기지, 이 'SHOU'는 스기에 쇼를 가리킬 테니까. 다른 한쪽의 'MODEL'이라는 건 뭐지?"

"그거 말인데요, 니레이를 가리키는 거 같아요."

사와무라는 'CYBIRD-SYSTEM-ELM'의 'ELM'이 느릅나

무, 즉 '니레'라는 것을 아리요시에게 말했다.

아리요시가 끄으응 앓는 소리를 냈다.

"만일 그렇다면…… 쇼는 니레이와 완전히 똑같은 패턴으로 무릎 동작을 했다는 얘기야. 이 두 줄의 곡선이 거의 겹쳐졌으니까 말이야."

"대체 어떻게 된 거야……."

사와무라는 이유도 없이 불안해졌다.

"아, 잠깐. 무릎 관절이 이런 특성을 보인다면……."

아리요시는 팔짱을 끼고 미간을 좁힌 채 천장을 노려보았다. 입 속에서 뭔가 중얼중얼하고 있었지만 이건 그가 숙고에 잠겨 들 때의 버릇이다.

"흠, 그렇군. 알겠어." 아리요시는 한 차례 크게 고개를 끄덕이고 사와무라의 얼굴로 시선을 되돌렸다. "이 그래프, 나한테 좀 빌려줄 수 있을까? 확인해볼 게 있어."

"그야 괜찮지만, 결과는 저한테도 알려주실 거죠?"

"물론이지. 하지만 쇼가 어떤 트레이닝을 하는지는 알 수 없어. 그것만은 직접 눈으로 확인해야 하거든."

"……그렇겠네요."

사와무라는 낙담했다.

"하지만 이런 추리는 가능해. 닛세이팀은 니레이의 점프를 상당히 깊이 연구했다는 거야. 그리고 쇼의 스킬을 니레이와 흡사하게 만들려 하고 있어."

"니레이를 교과서로 삼은 거네요."

"바로 그거야. 그러니까 'MODEL'이라고 이름을 붙였겠지."

"흠……. 그걸 미네기시 씨는 알고 있었을까요?"

"글쎄, 어땠는지 모르겠네. 내 생각에는 몰랐을 것 같은데? 근데 왜 그런 걸 묻지?"

"실은 아까 호텔에서 나올 때, 형사가 이상한 걸 물어보더라고요."

"이상한 거라니?"

"미네기시 씨와 쇼의 관계."

아리요시는 입이 떡 벌어졌다. "엇, 진짜 이상한 질문이네?"

"그래서 도리어 내가 물어봤어요. 왜 그런 걸 묻느냐고. 그랬더니……."

사와무라와 얘기한 형사는 그 전에 몇 번 만났던 사쿠마라는 사람이었다. 그쪽에서도 그래서 사와무라에게 말을 걸었는지도 모른다. 그의 질문에 사쿠마 형사는 미네기시가 쇼의 점퍼에 큰 관심을 보였기 때문에 아무래도 마음에 걸려서 조사 중이라고 대답했다.

"관심을 보이다니, 어떻게?"

"그것까지는 얘기를 안 해주더라고요."

"그래서 뭐라고 대답했어? 이걸 얘기한 거야?"

아리요시가 그래프를 집어 들고 흔들면서 말했다.

"내가 그걸 얘기했겠어요? 자칫하면 닛세이 공장에 몰래 들어간 것까지 들통이 나잖아요."

사와무라의 말에 아리요시는 피식 웃음을 터뜨렸다.

"하긴 그렇지. 네 말이 맞아. 은근히 머리가 잘 돌아간단 말이
야?"

장난스럽게 얘기하더니 아리요시는 다시 진지한 얼굴로 돌아
왔다.

"어쨌든 형사가 그런 걸 조사하다니, 흥미롭네. 미네기시 코치
가 쇼의 점프를 염두에 두고 있었단 말이지? 흠, 일이 재미있어
질 것 같아."

"대체 뭐가 재미있는데요?"

"그건 지금 얘기할 수는 없지만 뭐, 시간문제야. 이봐, 사와무
라, 잘하면 볼 수 있을지도 몰라."

"볼 수 있다니, 뭘요?"

"뭐긴, 닛세이팀의 비밀 훈련 말이야. 쇼가 어떤 연습을 하는
지, 직접 눈으로 확인할 수 있다고."

사와무라가 놀라는 것도 아랑곳하지 않고 아리요시는 연신
고개를 끄덕였다.

3

스기에의 집을 나선 뒤, 사쿠마는 호텔 마루야마로 향했다. 그

리고 레스토랑에 들어가 이미 친숙한 얼굴이 된 선수와 감독들을 붙잡았다. 미네기시가 쇼에 대해 뭔가 얘기한 적이 없느냐고 물어보았다.

하지만 동료가 얽힌 일에 휘말리기 싫어서인지 다들 아는 게 없다고 손사래를 치면서 급히 자리를 떴다. 하나같이 기억을 더 듬어볼 생각조차 없는 눈치였다.

그런 가운데서 나름대로 참고가 될 만한 얘기를 해준 사람은 데이코쿠화학팀의 코치로 일하는 나카오라는 사람이었다. 나카오는 미네기시가 범인이 아니라고 믿고 있다고 전제한 뒤에 이런 말을 해주었다.

"미네기시는 쇼 선수보다는 스기에 다이스케 감독의 지도 방식을 못마땅하게 생각했어요. 엄청난 돈을 쏟아붓는 건 아마추어 스포츠 영역을 벗어난 짓이다, 선수 두세 명에 스태프를 여덟 명이나 두는 건 지나치다, 라는 얘기죠. 그야 닛세이자동차는 대기업이고, 스기에 감독이 그 사장과 친척 간이라니까 우리로서는 상상도 못 할 비용을 투입할 수도 있겠지요. 그에 비해 미네기시의 하라공업팀은 인건비를 최소한으로 줄이려고 그 친구가 선수일 때 겸임 코치로 일하라고 했던 그런 회사예요. 그런 면에서 큰 차이가 나니까 아무래도 아니꼬운 마음도 좀 있었을 거예요."

"그건 그럴 만도 했겠네요. 그런 내용의 대화를 자주 했습니까?"

"자주 했다기보다 최근에 좀 그랬어요. 게다가 대화를 했다는
건 정확한 표현이 아니고요. 어쩌다 술에 취해 그 친구 혼자 얘
기했던 거니까요. 평소에는 말수가 적은 편인데 스기에 감독 얘
기만 나오면 이상하게 시비조가 되더라고요."

스기에 다이스케와의 사이에 뭔가 있었던 것인가. 하지만 그
게 니레이 살해와 어떤 관계가 있는지 사쿠마는 짐작하기가 어
려웠다.

"그 밖에 또 어떤 점을 얘기했어요?"

"대개는 소소한 것이었어요. 대표팀 합숙 때는 봄과 여름에
체력 측정이 있는데, 그걸 닛세이팀만 거부했으니까요."

"체력 측정을 거부하다니, 왜요?"

"이유야 이래저래 둘러대죠. 몸 상태가 좋지 않다느니 다른
볼일이 있다느니. 떠도는 얘기에 의하면, 진짜 이유는 자기들이
하는 체력 측정에 비해 너무 레벨이 낮다고 생각하기 때문이라
던데요."

나카오는 말을 하다 보니 문득 생각나는 게 있다는 듯이 뒤를
이었다.

"아 참, 그러고 보니 체력 측정에 관해서 미네기시가 묘한 말
을 한 적이 있어요."

"어떤 말을?"

"저기요, 이 얘기는 우리끼리만 하는 걸로 해주세요. 명예훼손
으로 소송당하고 싶지는 않아요."

나카오의 목소리가 지금까지보다 더 작아졌다. 사쿠마는 부쩍 관심이 갔다.

"물론이죠, 나카오 씨에게서 들었다는 건 비밀로 하겠습니다."

"꼭 부탁할게요."

나카오는 컵의 물을 마시고 새삼 주위에 시선을 던졌다. 범인이 잡혔기 때문인지 오늘은 신문기자들의 모습은 보이지 않았다. 나카오는 사쿠마 쪽으로 의자를 바짝 당겼다.

"미네기시 얘기로는, 닛세이팀이 도핑을 하는 게 아니냐는 거예요. 그러니 급격히 체력이 향상된 것을 들키지 않으려고 정기 체력 측정을 거부한다는 거죠."

"도핑?"

그게 뭔지는 사쿠마도 알고 있다. 서울 올림픽에서도 화제가 되었던 것이다.

"특히 쇼가 도핑을 하는 것 같다고 했어요. 그러고는 선수 전원의 도핑 테스트를 해보는 게 어떻겠냐는 제안까지 하더라고요. 그런 게 가능하겠냐고 저야 거절했지만요. 분명 그 친구도 술 취한 김에 그런 얼토당토않은 소리를 했을 거예요."

"뭔가 근거가 있어서 그런 얘기를 했던 거 아니에요?"

"글쎄요, 잘 모르겠어요. 그때 나는 그냥 스기에 감독의 과학 편중주의에 반발해서 별 근거도 없이 하는 소리인가 보다 했어요."

"과학 편중주의……. 스기에 씨가 그런 사람이에요?"

"다른 감독들보다 과학을 도입하는 것에 욕심이 많기는 하죠. 다만 그것 때문에 한때 스키점프계에서 쫓겨나다시피 했던 적도 있었어요."

"쫓겨나요? 그건 보통 일이 아닌데요?"

"네, 보통이 아닌 결과가 나왔거든요. 아, 아니……." 나카오가 손바닥을 자신의 얼굴 앞에서 내둘렀다. "이건 진짜 얘기하고 싶지 않아요. 남의 험담은 제 취향이 아니거든요."

"나카오 씨가 얘기했다는 건 비밀로……."

"제 기분 문제죠. 근데 걱정 마세요, 지역 스포츠신문사에 문의하면 금세 알려줄 테니까."

"그럼 그렇게 해야겠네." 순순히 물러서면서 사쿠마는 입을 축였다. "그나저나 미네기시와 스기에 씨 사이에 개인적인 인연 같은 건 없었던가요?"

"아뇨, 그런 얘기는 들어본 적이 없는데?"

나카오가 고개를 갸웃거렸다.

4

미네기시를 체포하고 3일이 지났다. 이미 구류 기간에 들어 있다. 앞으로 일주일 안에 유력한 증거를 확보하거나 자백을 이끌어내야 한다는 게 수사 당국의 방침이었다.

그날 사쿠마와 스카와는 오타루경찰서까지 나갔다. 어쩌면 범행 동기에 그의 본가가 얽혀 있을지도 모른다고 생각했기 때문이다. 오타루경찰서에 미네기시의 가족에 관한 조사를 미리 부탁해두었던 것이다.

하지만 조사 결과만 놓고 보면 니레이 살해와 관계가 있을 가능성은 희박했다. 초등학교 교사였던 부친은 9년 전에 사망했고, 본가는 현재 미네기시의 형 다쓰오가 운송업으로 꾸려가고 있었다. 다쓰오를 비롯해 어머니 우메코, 다쓰오의 아내 사나에와 두 자녀에게서도 별다른 특이 사항은 발견되지 않았다. 최근 들어 집안에 뭔가 달라진 점도 없었다.

오타루경찰서를 나서자 사쿠마와 스카와는 미네기시의 본가에 가보기로 했다. 이전에 다치바나 고서점에 갔을 때 잠깐 들른 적이 있지만 체포 후에는 처음이었다. 게다가 미네기시가 체포된 직후에 어머니와 형이 삿포로 니시경찰서에 찾아온 모양이었지만 그때도 사쿠마 팀과는 만나지 못했다.

미네기시의 본가는 언덕길을 마주한 목조 2층집이었다. 외부에서 안을 들여다보지 못하게 하려는지 담장 밖으로 튀어나온 소나무 가지에 비닐 시트로 가림막이 씌워져 있었다. 2층 창문도 커튼으로 가려진 채였다. 그러고 보니 체포 직후에 TV 뉴스 중간에 이 집을 한참 동안 방영한 곳도 있었다.

환영받을 상황도 아닌데 어머니 우메코는 형사들을 순순히 집 안으로 맞아들였다. 현관 앞에서 티격태격하는 장면을 이웃에 보이고 싶지 않기 때문일 거라고 생각했지만 그게 아닌 모양이었다. 미네기시의 어머니는 사쿠마 일행에게 아들의 무죄를 호소하고 싶었던 것이다.

"그런 착한 아이가 사람을 죽이다니, 뭔가 단단히 오해한 거예요. 제발 다시 좀 조사해주세요."

그녀는 깊숙이 머리를 숙이며 눈물을 뚝뚝 흘렸다. 사쿠마와 스카와는 뭐라 대답할 방도가 없어서 서둘러 자리를 떴다.

"우리한테 울며 매달려봤자 별수도 없는데."

미네기시의 본가를 나온 뒤 스카와는 코 밑을 비비며 중얼거렸다.

수사본부로 돌아왔지만 수확이 없는 건 그들만이 아니었다. 미네기시의 범행을 뒷받침할 만한 증거가 그 뒤로 하나도 나오지 않은 것이다.

밀고자를 쫓고 있는 팀도 진전이 있다고는 말하기 어려웠다.

"밀고자, 동기, 범행 수단, 그중 하나만이라도 알아내야 할 거 아니냐고."

이제 한 발만 더, 라는 느낌이었던 만큼 가와노는 더욱더 답답해하는 기색이었다.

그때 내선전화가 울렸다. 수화기를 든 젊은 형사가 사쿠마를 불렀다.

"아래층에 손님이 오셨답니다."

"손님? 누구지?"

"아리요시라는 대학 교수라는데요."

"아리요시?"

들어본 적이 없는 이름이었다.

1층으로 내려가자 입구 쪽에서 한 남자가 기다리고 있었다. 입 주위에 수염을 길렀고, 교수라기보다 산적 같은 분위기의 사람이었다.

"사쿠마 형사님입니까?" 남자가 물었다.

"네, 그렇습니다. 누구신지……."

남자는 명함을 꺼냈다. 호쿠토대학 조교수였다.

"그런데 무슨 일로 저를 찾으셨지요?"

명함을 손에 든 채 사쿠마는 물었다.

"니레이 사건과 관련해 정보가 있어서요." 아리요시가 말했다. "아마 도움이 될 겁니다. 어때요, 어디 가서 차라도 한잔."

"그럴까요."

경찰서에서 대각선으로 맞은편에 있는 찻집으로 갔다. 아리요시는 우선 자신이 히무로코산팀의 후원으로 스키점프 동작에 대해 연구하고 있노라고 설명했다.

"재미있을 것 같은 일이네요."

사쿠마가 말했다. 솔직한 감상이었다.

"재미있기는요, 나침반도 없이 나무숲을 헤매는 듯한 상태예요."

아리요시는 진지한 얼굴로 말했다. 대략 무슨 말인지 이해가 되었다. 사쿠마는 납득하고 고개를 끄덕였다.

"실은 사쿠마 씨 얘기는 사와무라에게서 들었습니다. 아시지요, 사와무라 료타 선수."

"네, 알고 있습니다."

"사와무라에게 그런 얘기를 하셨다던데요. 미네기시 코치가 스기에 쇼의 점프에 큰 관심을 보였다고."

예, 라고 사쿠마는 고개를 끄덕였다.

"실은 저도 쇼의 점프에 관심이 있어요. 왜냐면 최근 몇 개월 동안에 쇼의 스킬, 즉 기능이 엄청나게 향상되었으니까요. 단순히 비거리만 늘어난 게 아니고 몸을 쓰는 방식에서도 급격한 발전이 있었어요. 이건 다양한 데이터를 보면 명백합니다."

"그럼 미네기시가 관심을 보인 것도 그 때문이라는 말씀인가요?"

하지만 아리요시는 고개를 저었다.

"그렇게 말하는 건 정확하지 않겠지요. 한 선수가 갑자기 눈이 트인 것처럼 하루아침에 향상되는 건 어떤 스포츠에나 있는 일이에요. 프로야구 드래프트 외 선수의 예를 들 것도 없겠지요. 제 생각에는 미네기시 코치가 관심을 가진 건 스기에 쇼의 기능이 급격히 향상된 원인 쪽일 겁니다."

"그건 무슨 말씀이신지."

사쿠마는 아직도 아리요시가 무슨 말을 하려는지 감이 잡히지 않았다.

"우선 이걸 좀 보십시오."

아리요시는 두 장의 종이를 사쿠마 쪽으로 내밀었다. 둘 다 가는 선 그림이 그려져 있었다.

"자세한 설명은 생략하겠지만, 이건 스키점퍼들이 뛰쳐나가는 순간을 간단한 선으로 보여준 거예요. 알아보시겠지요?"

아닌 게 아니라 말을 듣고 보니 점퍼가 도약하기 직전의 모습으로 보였다.

"네, 그러네요." 사쿠마는 대답했다.

"그 NO1(그림 6)이 니레이의 도약 모습입니다. 그리고 NO2(그림 7)는 지난해 스기에 쇼의 도약 모습이죠. 비교해보면 어떤 느낌이 드십니까?"

"상당히 다르군요. 텔레비전으로는 선수들의 도약이 모두 똑같아 보이던데 말이에요."

"우선 다른 건 도약 타이밍이에요. 무릎이나 허리의 각도를 보시면 알겠지만, NO2 쪽은 상당히 일찍부터 동작을 개시했지만, NO1 쪽은 아슬아슬한 순간까지 버티고 있어요."

"아하, 정말 그러네요."

"다음으로 허리에서 위쪽의 각도를 살펴보세요. 두 사람의 키가 거의 같기 때문에 머리 위치를 확인해보면 분명해지는데, 도약 동작과 함께 NO2 쪽은 상체가 서버렸어요. 그런데 NO1은 도약을 해서 점프대를 뛰쳐나간 뒤에도 한동안 허리를 숙인 상태로 유지하는 게 보이지요?"

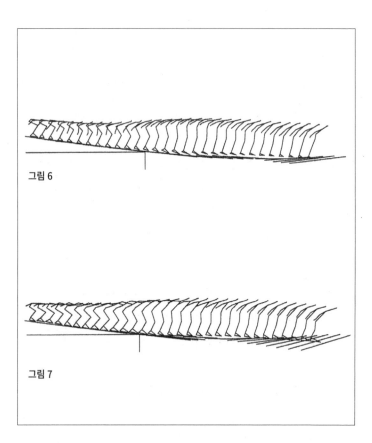

그림 6

그림 7

"그렇군요. 하지만 아마추어의 눈에는 NO2 선수의 비형이 더 깔끔해 보이는데요."

"허리를 펴서 키가 큰 느낌이 드니까 그렇겠지요. 하지만 도약 때 이런 자세를 취하면 정통으로 공기저항을 받아서 비거리가 잘 안 나오게 됩니다. 참고로 말하자면, 이때의 니레이의 비거리는 70미터급에서 91.5미터, 그리고 NO2의 쇼는 70.5미터가 나왔어요."

"그렇게나 다르게 나옵니까?"

사쿠마는 솔직하게 놀란 목소리를 냈다.

"도약 동작이라는 게 가장 중요하거든요. 그리고 이 니레이의 도약은 국제 수준으로 봐도 일급이라고 할 수 있어요. 이 정도 도약이라면 그 밖에 딱 한 명 정도밖에 떠오르지 않거든요."

"그 한 명이 누구지요?"

"뉘케넨입니다. 마티 뉘케넨."

"아, 그렇군요."

니레이 아키라는 일본의 뉘케넨으로 통한다는 얘기를 들었던 게 생각났다. 그건 단순히 승부에 강하다는 뜻만이 아니었던 모양이다.

"여기까지는 대충 알겠네요. 그다음 것도 설명해주십쇼."

사쿠마는 점점 더 궁금해져서 저도 모르게 재촉했다.

"그러면 이번에는 이 그림을 보실까요."

아리요시가 새로 꺼내놓은 것은 역시 비슷해 보이는 그림이었다.

"이건 뭡니까?" 사쿠마가 물었다.

"최근의 스기에 쇼의 도약을 표시한 거예요. 어때요, 작년과 비교해보면 크게 달라졌지요?"

"정말 그렇군요. 그러니까 최근 들어 스기에 쇼 선수의 컨디션이 특히 좋아졌다는 건가요?"

"그렇긴 한데, 이 그림을 조금 전의 NO1과 겹쳐서 보세요. 내가 무슨 말을 하려는지 분명하게 알 테니까."

"겹쳐 보라고요?"

그의 말대로 사쿠마는 두 장의 종이를 포갰다. 그리고 불빛에 비춰보았다. 저절로 엇, 하는 소리가 새어 나왔다. 두 장의 그림이 너무도 흡사했던 것이다.

"어때요, 흥미롭지요?" 아리요시가 빙긋이 웃었다. "아무리 일류 선수들이라도 비형에는 저마다 개성이 있고 기술을 발휘하는 방식에도 개인차가 있어요. 그런데 이렇게까지 흡사하다는 건 우연치고는 너무 잘 짜인 우연이잖아요?"

"저는 아마추어라서 아직 어떻다고는 말할 수 없지만, 좀 이상하긴 하군요. 하지만 모양새만으로는 뭐라 할 수 없잖습니까."

"인간의 시각 인식이라는 건 상상 이상으로 예리한 것이지만, 뭐, 좋습니다. 그러시다면 이걸 좀 보시죠. 방금 그 그림표를 분석한 겁니다."

아리요시는 세 장의 그래프를 꺼냈다. 각각의 그래프에 두 줄씩 곡선이 그려져 있었다. 모든 그래프에서 두 줄의 곡선이 거의 완벽하게 겹쳐졌다.

"이건 발목 관절, 무릎 관절, 그리고 허리 관절의 움직임을 분석한 거예요. 각속도의 시간적 변화를 보여주는 것인데……. 이건 설명을 생략해도 되겠지요?"

"네, 설명은 이제 좀……."

사쿠마는 쓴웃음을 지으며 말했다. 이런 얘기를 듣다 보면 시간이 아무리 많아도 부족할 것 같았기 때문이다.

"한마디로, 발목과 무릎과 허리를 움직이는 동작의 타이밍이나 패턴을 정량화한 거예요. 두 곡선의 한쪽은 니레이, 다른 한쪽은 현재의 스기에 쇼예요. 어때요, 그야말로 완벽하게 일치한다는 것을 아시겠지요? 이렇게까지 일치하는 경우는 정말로 드물어요."

"우연이 아니라는 말씀이군요."

"우연이 아니죠."

아리요시는 딱 잘라 말하고 목이 마른지 커피를 추가로 주문했다.

"우연이 아니라면, 대체 어떻게 된 거죠? 저도 알아들을 수 있게 얘기해주시면 좋겠는데요."

"간단합니다. 이론 따위 필요 없어요. 닛세이팀, 아니, 스기에 다이스케 팀이라고 하는 게 더 적절하겠네요. 그 사람은 자신의 아들에게 니레이 아키라의 점프를 철저히 기억하도록 훈련을 시킨 거예요."

"점프를 기억한다?"

"그 말이 이상하다면, 니레이의 전부를 주입하고 있다고 해도 좋겠지요. 아무튼 그들은 그런 훈련인지 교육인지를 하고 있는 겁니다. 그리고 이게 중요한데……."

여기에서 아리요시는 잠시 뜸을 들이듯이 커피를 한 모금 마셨다.

"그걸 미네기시 코치도 눈치챘던 게 아니겠습니까. 그렇기 때문에 그가 쇼의 점프에 강한 관심을 보였던 것이겠지요."

과연, 이라고 사쿠마는 생각했다. 재미있는 발상이었다.

"만일 그렇다고 해도 그게 어째서 이번 범행으로 연결되는 것이지요?"

그러자 아리요시는 입술로만 웃으면서 말했다.

"그건 모르겠어요. 바로 그걸 수사하는 게 형사님이 하실 일이겠지요."

사쿠마는 이 괴팍한 풍모의 조교수를 지그시 마주 보며 입가를 빙그레 풀었다.

"네, 맞는 말씀입니다. 하지만 뭔가 좀 더 확정적인 증거는 없을까요? 스기에 씨 팀에서 하는 일에 관해서요. 방금 말씀하신 건 아무래도 추론의 영역을 벗어나지 못하잖아요."

"추론이라면 추론이겠지요. 내 눈으로 직접 본 게 아니니까.

그보다⋯⋯."

아리요시는 가방 속을 들여다보며 잠시 망설이더니 다시 종이 한 장을 꺼냈다.

"이런 거라면 있긴 한데⋯⋯."

거기에는 조금 전에 보여준 세 장의 그림과 비슷한 그래프가 그려져 있었다.

"이건 뭡니까?"

"아까 보여드린 무릎 관절의 특성 그래프와 똑같은 거예요. 다만 이건 내가 작성한 게 아닙니다. 입수 경로는 밝힐 수 없고, 스기에 감독 팀 쪽에서 나온 것이다, 라는 말씀만 드리지요."

"스기에 감독 팀 쪽에서 나왔다⋯⋯. 여기 이 영어는 무슨 뜻인가요?"

사쿠마가 손끝으로 가리킨 곳을 아리요시가 들여다보았다.

"아, 그건 아마 시스템 이름이겠지요. 그리고 여기 이 ELM이라는 단어는 '느릅나무', 즉 '니레'라는 뜻입니다."

"니레⋯⋯."

아리요시의 추리가 얼마나 정확한지는 알 수 없지만, 스기에 팀이 니레이의 데이터를 사용해 뭔가 하려고 했다는 건 분명한 것 같았다.

"알겠습니다, 저희 쪽에서도 조사해보겠습니다. 이건 저한테 주셔도 괜찮겠지요?"

사쿠마는 테이블 위의 자료를 집으려고 했다. 하지만 그 전에 아리요시가 잽싸게 낚아챘다.

"아뇨, 이건 우리한테도 필요한 것이라서." 그가 말했다. "그리 쉽게 넘겨드릴 수는 없죠."

"그러면 복사라도 하게 해주십쇼."

사쿠마가 말했지만 아리요시는 답하지 않았다. 대체 왜 이러나, 라고 생각했다. 그러자 그가 웃는 얼굴로 말했다.

"거래를 해볼까요? 경찰에서는 이제 곧 스기에 감독을 찾아가겠지요. 어떤 훈련을 하는지 확인하기 위해서. 그 자리에 나도 동행하게 해주십쇼. 그렇게 해주시면 이 자료를 내드리죠. 경찰 쪽에서도 그러시는 게 훨씬 더 편리할 겁니다. 아마추어의 눈으로는 그들의 시스템에 어떤 의미가 있는지 웬만해서는 알기 어렵거든요. 그런데 저를 데려가시면 자세히 설명해드릴 수 있으니까요."

그런 얘기였구나, 라고 사쿠마는 납득했다. 이 사람은 역시 학자다. 사건 해결보다 스기에가 하고 있는 훈련에 깊은 관심이 있어서 오늘 이런 얘기를 들고 일부러 찾아온 것이다.

"알겠습니다. 상사와 상의해봐야겠지만, 아마 괜찮을 겁니다."

"네, 고맙습니다."

"그러면 그건 저한테."

사쿠마가 손을 내밀었지만 아리요시는 웃는 얼굴 그대로 가방을 들고 일어섰다.

"이 자료가 필요한 건 스기에 감독을 조사할 때뿐이잖아요.

그때 내가 직접 들고 가겠습니다."

그렇게 말하더니 그는 인사를 건네고 찻집을 나갔다.

"니레이 아키라의 복제 인간이야? 완전 SF 같은 소리네."

아리요시와 헤어진 뒤, 사쿠마가 그에게서 들은 얘기를 들려주자 스카와는 어이없다는 목소리를 냈다.

"하지만 나름대로 가능성이 있어요. 그 아리요시라는 학자가 가져온 데이터도 그렇지만, 며칠 전에 나카오라는 코치에게서 들은 얘기와도 일치하거든요."

미네기시가 스기에의 과학 편중주의를 몹시 못마땅하게 생각했다는 얘기다. 그리고 이런 얘기도 있었다. 스기에가 과거에 지나친 과학 도입으로 한때 스키점프계에서 쫓겨나다시피 했다…….

그 건에 대해서는 스포츠신문사 기자에게 문의해 이미 내용을 확인했다. 10여 년 전에 스기에 다이스케는 모 스키점프팀 감독으로 일했는데, 점프 연습에 관해 한 가지 제안을 했다. 다리에 특별히 고안한 깁스를 채우자는 것이었다. 일류가 되지 못한 선수들 중에 도약 동작 때 굽힌 무릎을 자기도 모르게 펴는 이들이 있었다. 그 깁스는 무릎 각도가 일정 이하로 떨어지지 않게 만들어진 것이었다. 이건 오스트리아의 어느 코치가 똑같은 목적으로 선수에게 강한 테이핑을 한 뒤에 뛰게 해서 상당한 효과를 거두었다는 정보를 바탕으로 한 것이었다.

하지만 무릎 테이핑은 어느 정도 무릎 굴신의 자유가 확보되는 반면, 스기에가 고안한 깁스는 지나치게 기계적이었기 때문에 움직임이 극단적으로 억제되었다. 제대로 뛸 때는 문제가 없었지만 자칫 넘어졌을 때는 순간적인 방어를 할 수 없게 되는 것이다.

한 선수가 넘어져 양쪽 다리에 골절상을 입었다. 그리고 스키점프 선수로서의 생명이 끊겼다. 그 직후에 스기에 다이스케는 스키점프계에서 자취를 감췄던 것이다.

'그런 짓을 하고도 다시 돌아온 사람이야. 니레이의 복제판을 만들어낼 정도의 뭔가를 할 가능성이 높지.'

아리요시에게서 들은 얘기가 사쿠마의 머릿속에서 신빙성을 더해가기 시작하고 있었다.

5

닛세이자동차 공장의 응접실은 스기에의 저택 응접실에 비하면 허름하게 보였다. 창문에 달린 커튼은 색이 바랬고 소파에는 화려한 맛이라고는 없는 흰색 커버가 씌워져 있었다. 벽지는 귀퉁이가 군데군데 찢어졌고 장식으로 걸어둔 풍경화도 그리 취향이 좋다고 하기는 어려웠다. 유일하게 그쪽과 비교해도 지지 않을 만한 것이라면 테이블 위에 나와 있는 은제 라이터뿐이었다. 그도 그럴 것이 그건 스기에 다이스케가 호주머니에서 꺼내 놓은 던힐 라이터다.

스기에는 아직 불을 붙이지 않은 담배를 오른쪽 손가락 사이에 끼우고 그 끝을 지그시 응시하며 앉아 있었다. 하지만 물론 담배 필터 따위를 보고 있는 게 아니었다. 그는 방금 전에 사쿠마가 던진 말에 대해 생각하고 있었다.

테이블 위에는 라이터 외에 몇 장의 자료가 나와 있었다. 사쿠마가 어제 아리요시의 설명과 함께 건네받은 것이다.

스기에 옆에서는 트레이너 가타오카가 지휘관의 지시가 떨어지기를 기다리는 부관처럼 말없이 기다리고 있었다.

가타오카뿐만이 아니었다. 사쿠마와 스카와도, 그리고 약속대로 동석하게 된 아리요시도 말없이 스기에의 대답을 기다리고 있었다.

"그러니까 그 말은……." 그가 드디어 입을 열었다. "우리가 현재 어떤 트레이닝을 하는지 알고 싶다는 겁니까?"

"그렇습니다." 사쿠마가 대답했다.

"거참, 이해를 못 하겠네." 스기에는 담배를 내젓는 듯한 몸짓을 하더니 그것을 입에 물고 테이블 위의 라이터를 집어 들었다. "그게 이번 사건과 무슨 관련이 있는지, 전혀 모르겠는데요."

"예, 우리도 아직 몰라요."

스카와의 말에 스기에는 잠깐 허를 찔린 듯한 얼굴을 했다. 스카와가 말을 이어갔다.

"그걸 알아야 하기 때문에 잠시 참관하게 해주십사고 부탁드리는 겁니다."

"이봐요, 스기에 씨." 아리요시가 나서서 말했다. "닛세이팀의 목적은 이미 알고 있어요. 쇼를 니레이처럼, 아니, 니레이 그 자체로 만들려는 거잖아요. 근데 살해된 사람이 니레이였고, 그 범인인 미네기시 코치는 쇼의 점프에 유난히 예민한 반응을 보였어요. 그렇다면 당신들이 대체 어떤 훈련을 하는지, 분명하게 밝혀주시는 게 도리가 아니겠습니까."

그러자 스기에는 한쪽 눈을 가늘게 뜨고 젊은 조교수의 얼굴을 노려보았다.

"어처구니없는 방식으로 우리를 골탕 먹이시네. 형사에게 착 달라붙어 찾아와서는 우리 트레이닝 내용을 확인하시겠다? 그걸 알아내려고 이제는 수단 방법을 가리지 않고 덤비는 건가?"

그는 종이 한 장을 집어 들었다. 그것은 아리요시가 작성한 것이 아니라 닛세이팀의 실험실에서 가져왔다는 그래프 자료였다.

"며칠 전 실험실에 고양이 한 마리가 기어들어온 것 같더니만 이걸 멸치 대가리인 줄 알고 가져간 모양이지?"

하지만 아리요시는 태연한 얼굴로 소파에 등을 기대고 있었다. 스기에는 그를 잠시 노려보다가 자료를 다시 테이블에 내려놓았다.

"어떻습니까, 잠깐 볼 수 있을까요?"

타이밍을 재다가 사쿠마가 다시 밀어붙였다. 스기에는 거절할 구실을 생각하는지, 입을 꾹 다문 채였다.

움직임을 보인 것은 스기에가 아니라 가타오카였다. 그는 자신의 상사 쪽으로 몸을 기울이더니 등을 쭉 늘려 스기에의 귀에 얼굴을 바짝 대고 오른손으로 입가를 가렸다. 묘하게 틀에 박힌 모습이어서 그게 오히려 으스스하게 보였다.

"……보여드려도" "괜히 이상한 억측을 하는 것보다" "경찰에 협력"이라는 말이 띄엄띄엄 귀에 들어왔다. 방심할 수 없는 사람이라고 사쿠마는 생각했다. 일부러 목소리 크기에 변화를 주고 있는 것이다.

가타오카의 조언은 수십 초 만에 끝났다. 그동안 스기에의 눈매는 안개가 걷힌 듯 환해졌다. 희미하게 웃음까지 짓고 있었다.

"뭐, 좋습니다." 이윽고 스기에가 형사들에게 말했다. "마음먹고 보여드리기로 하지요. 범죄와 관련이 있다고 의심받는 것도 싫고, 우리 트레이닝에 대해 이상한 소문이라도 나면 이래저래 지장이 많으니까."

"고맙습니다."

사쿠마 일행은 머리를 숙였다.

"아, 그리고." 스기에가 다시금 말했다. "내친김에 호텔 마루야마에서 합숙 중인 친구들도 불러주시지요. 이번 기회에 우리가 어떤 트레이닝을 하는지, 직접 눈으로 보게 해줄 테니까."

사쿠마는 놀라서 얼굴을 들었다. 이제 스기에는 웃는 얼굴로 바뀌어 있었다. 옆의 가타오카만 시종 무표정한 얼굴로 금테 안경의 렌즈에 김이 서리는 것에 신경을 쓰고 있었다.

6

사와무라는 닛세이자동차 공장 안을 걸어가면서 아리요시 교수님의 계획대로 일이 흘러가는 것 같다고 생각했다. 그 자료를 보여주면 반드시 경찰이 움직일 것이다. 그러면 어떻게든 우리도 거기에 편승해 닛세이팀의 훈련 내용을 확인해보자, 라는 계획이었는데 결과는 기대 이상이었다. 스기에가 무려 스키점프 관계자 전원에게 공개하겠다고 했다는 것이다.

사와무라는 지금 각 팀의 감독과 코치진, 그리고 20여 명의 선수들과 함께 실험실로 향하고 있었다.

"기대가 된다, 대체 뭘 하는지."

쇼의 급격한 실력 향상에는 별 관심이 없는 척하던 이케우라까지 어쩐지 목소리가 통통 튀었다. 어떤 스포츠 선수라도 남의 연습 내용이라는 건 궁금하게 마련인 것이다.

"근데 아무래도 이상해." 옆에서 걸어가던 히노가 중얼거렸다. 그는 아까부터 연신 고개를 갸웃거리고 있었다. "왜 갑작스럽게 공표하기로 한 걸까. 지금까지 그토록 철저히 비밀주의였으면서."

"이상한 의심을 받는 게 싫어서라잖아. 경찰이 달라붙으니까 배겨낼 도리가 없었겠지."

이케우라가 말했지만 히노는 여전히 미심쩍다는 얼굴이었다. 그런 히노의 모습을 보자 사와무라도 왠지 불안한 기분이 들었다.

스기에의 뒤를 따라 30여 명의 남자들이 줄줄이 걸어갔다. 이윽고 도착한 곳은 제2실험동 앞이었다. 스기에는 멈춰 서서 견학 온 사람들을 돌아보았다.

"미리 양해를 구할 게 있습니다." 우렁우렁한 목소리로 그가 말했다. "오늘은 경찰에서 오신 형사님들께 보여드리는 게 주목적입니다. 다른 분들은 조용히 눈으로만 지켜보시기 바랍니다. 실험실 안의 어떤 것에도 손을 대서는 안 되고 사진 촬영이나 녹음, 메모 등은 전면 금지합니다. 잘 부탁합니다."

참석자를 대표하듯이 미요시 총감독이 고개를 끄덕였다. 그 모습을 확인하고 스기에는 다시 한번 일행의 얼굴을 둘러본 뒤에 걸음을 뗐다.

"흥, 잘난 척하기는." 이케우라가 내뱉듯이 말했다.

사와무라는 주위를 살피면서 실험실 복도를 걸어 들어갔다. 얼마 전에 몰래 다녀간 곳이지만 이렇게 환할 때 보니 전혀 다른 느낌이었다. 전에 왔을 때는 병원에 들어온 것 같았는데 역시 이곳은 대기업의 실험동 안이었다.

복도를 지나 실험실 안에 들어갈 때, 사와무라는 가슴이 두근 거리는 것을 느꼈다. 지난번에는 깜깜해서 거의 아무것도 보지 못했기 때문이다.

안에 들어서서 찬찬히 실내를 둘러보았다. 저절로 탄성이 새 어 나왔다. 그나마 예비지식이 있는 자신도 그럴 정도니까 이곳 에 처음 온 사람들이 아무 소리도 내지 못하고 우두커니 서 있 는 것도 당연한 일이었다.

그곳은 마치 신형 병기의 시제품 공장 같았다. 철골이 그대로 드러난 높은 천장, 가장자리에 줄지어 늘어선 각종 공작기계, 그리고 사와무라의 눈길을 끈 것은 한복판에 놓인 거대한 장치 였다. 환한 조명 아래서 봐도 대체 어디에 쓰는 것인지 짐작도 되지 않았다.

"원래 차체를 연구하던 곳이거든요. 대규모 실험을 할 만큼 공간도 넉넉하고 장치의 반송 설비도 갖춰져 있습니다."

스기에가 형사들과 아리요시를 향해 자못 자랑스럽다는 듯 이 말하고 있었다. 사와무라는 사람들 사이를 뚫고 맨 앞으로 나갔다.

안쪽에는 작업복 차림의 기사 세 명과 트레이닝복 차림의 쇼, 그리고 가타오카 트레이너가 대기하고 있었다. 쇼는 긴장한 얼 굴이었지만, 다른 네 명은 경계하는 표정이 더 강했다.

스기에가 작업복 차림의 기사들에게 뭔가 지시하자 그들은 각자 맡은 자리로 갔다. 한 명은 컴퓨터 앞으로, 그리고 한 명은 한가운데의 장치 앞으로 갔다. 그리고 남은 한 명은 쇼를 데리고 실험실 구석으로 갔다. 가타오카는 아무래도 호위 담당인 모양이다. 스기에 옆에 그림자처럼 서 있었다.

"자, 그럼."

스기에가 한가운데의 장치 앞으로 나갔다. 사와무라는 새삼 살펴봤지만 그 장치는 보면 볼수록 기묘한 형태를 가진 것이었다.

다양한 기기가 빽빽이 들어찬 망루 위에 두툼하고 거대한 장방형 다리가 튀어나온 듯한 모양새였다. 그 다리 옆에는 마치 배의 갑판처럼 난간이 달려 있었다.

"이 장치는 우리 스키점프팀에서 회사의 지원을 받아 개발한 점프 시뮬레이터입니다."

스기에가 한층 큰 소리를 냈다. 그런 모습만 보면 형사들보다 오히려 스키점프 관계자들을 의식하는 것처럼 느껴졌다.

"모의 점프 연습 장치라는 건가요?"

사쿠마 형사의 말에 스기에는 만족스럽다는 듯이 고개를 끄덕였다.

"그렇습니다. 다른 곳에서도 다양한 시뮬레이터를 시험 제작하는 모양이지만, 죄다 뻔한 속임수 같은 것이지요. 공원의 장난감 놀이기구 같은 걸로 세계와 맞설 수는 없습니다."

이 또한 점프 관계자들에게 들려주려는 말인 것 같았다.

"이 장치라면 맞설 수 있다는 건가요?" 사쿠마 형사가 물었다.

"맞설 수 있고말고요." 스기에는 딱 잘라 말했다.

그리고 옆에 있던 작업복 차림의 기사에게 지시했다. "슬라이드 구간을 올려."

기사가 앞에 있는 계기판을 누르자 장치에 전원이 켜지는 소리가 울렸다. 모터가 돌아가는 듯한 소리였다.

"냉각 펌프 소리예요. 메인 모터가 열을 받기 때문에 냉각수를 순환시킬 필요가 있습니다."

스기에의 설명이 끝나는 것과 동시에 작업복 차림의 기사가 "슬라이드 구간을 올립니다"라고 알리면서 스위치를 눌렀다. 그러자 다시 모터 소리가 한층 높아지면서 거대한 다리를 받치고 있던 가장자리의 발 두 개가 천천히 나오기 시작했다. 반대편 가장자리는 높이가 바뀌지 않았기 때문에 다리는 서서히 기울어졌다.

참관하는 사람들 사이에서 탄성이 흘러나왔다. 거대한 장치가 천천히 움직이는 광경에서 뭔가 표현하기 어려운 위압감이 느껴졌기 때문이다.

다리의 윗면이 보이기 시작했을 때 움직임이 멈췄다. 그리고 잠시 조용해졌다.

"36도입니다." 소리조차 내지 못하는 관객들을 둘러보며 스기에는 만족스러운 듯 가슴을 젖혔다. "미야노모리 경기장의 어프로치 구간의 각도지요."

"설마 저걸 타고 내려오는 건 아니지요?"

사와무라가 거대한 미끄럼틀을 올려다보며 묻자 스기에는 태연히 대답했다.

"설마가 아니지. 타고 내려오지 않으면 무슨 의미가 있나."

"그게 가능합니까? 길이는 기껏해야 3미터 정도밖에 안 되잖아요."

"3미터면 충분해. 이것도 안전을 고려해 좀 길게 만든 거야."

"아, 그래서 슬라이드 구간이라는 거구나."

아리요시가 까치발로 목을 빼고 다리 위를 살펴보더니 알겠다는 듯 고개를 끄덕였다.

"다리의 표면이 벨트컨베이어처럼 뒤쪽으로 슬라이드하는 구조예요. 저 위에서라면 타고 내려와도 속도가 일치하기만 하면 위치 변화는 없는 것이죠." 아리요시가 형사들과 미요시 일행에게 설명해주었다. "올라가는 에스컬레이터를 거꾸로 내려가는 것과 같습니다."

귀에 쏙 들어오는 설명이었다. 사와무라는 감탄하며 고개를 끄덕였다.

"내가 할 말을 앞서서 해버리는군요. 교수님이 설명해주신 그대로입니다."

스기에는 기분이 좋아 보였다.

"하지만 표면이 고무인 것 같은데요?" 아리요시가 물었다.

"금속 캐터필러 위에 고무를 깔았어요. 고무 속에는 금속제 네트를 채워 넣었죠."

"고무라면 스키가 제대로 미끄러지지 않는 거 아닙니까?"

"네, 스키라면 미끄러지지 않죠."

"그러면…… 롤러 스키?"

"바로 그겁니다."

스기에가 눈으로 신호를 보내자 가타오카가 창가로 가더니 그 밑의 선반에서 스케이트보드 같은 것을 꺼내 왔다. 길이는 스케이트보드 정도지만 바닥에 바퀴가 여덟 개씩 달려 있는 점이 달랐다. 또한 표면에는 점프용 고리가 달려 있었다.

"저 롤러 스키의 사양을 정하는 데도 몇 달이 걸렸어요. 실패한 시제품이 내다 팔아도 될 만큼 많죠."

"그걸 신고 저 위에서 타고 내려온다고?"

스카와 형사가 어리둥절한 기색으로 말했다.

"하지만 미끄러져 내려오는 속도와 밑의 컨베이어가 움직이는 속도가 정확히 일치할까?"

미요시가 신기하다는 듯이 말했다. 형사들도 동감인지 옆에서 고개를 끄덕이고 있었다.

"백문이 불여일견이라고 하지요? 일단 직접 보시지요."

스기에는 실험실 한쪽에서 대기 중인 쇼에게 신호를 보냈다. 쇼 옆에 서 있던 기사가 바로 옆의 조정 판의 스위치를 누르자 다시 전동음이 울리고 쇼의 몸이 천천히 올라가기 시작했다. 천장에 설치된 크레인이 그의 몸을 매달아 올리는 것이었다.

쇼는 발에 롤러 스키를 신고 머리에는 헬멧을 쓰고 있었다.

크레인으로 들어 올려진 쇼는 대각선으로 기운 슬라이드 구간 위에 내려섰다. 그는 옆의 난간을 손으로 잡고 몸을 기댔다.

"그러면 우선 미요시 씨의 의문에 답하도록 하지요. 벨트를 작동시켜."

스기에의 말에 스위치가 켜지자 쇼의 발밑의 벨트가 천천히 뒤로 움직이기 시작했다. 조금씩 속도가 올라가더니 잠시 뒤에 쇼의 위치에서 대각선으로 앞쪽에 설치된 램프가 깜빡거렸다. 그와 동시에 쇼는 난간에서 손을 떼고 어프로치를 내려갈 때처럼 크라우칭 자세를 취했다.

롤러 스키가 굴러가고 쇼의 몸이 미끄러져 떨어졌다고 생각한 건 한순간의 일이었다. 곧바로 그의 몸이 원래 위치로 돌아간 것이다. 그리고 그 뒤에도 약간 빠르거나 늦어지기는 해도 쇼가 3미터 길이의 범위에서 벗어나는 일은 없었다.

"타고 내려가는 사람의 위치를 감지해서 그것으로 모터의 회전속도를 제어하는 것이죠. 뭐, 그리 대단한 기술도 아니에요."

스기에가 설명하는 동안에도 쇼는 영원히 돌아가는 슬라이드 구간 위에서 자세를 바꾸는 일 없이 계속 미끄러지고 있었다. 사와무라는 예전에 키웠던 다람쥐가 떠올랐다. 빙글빙글 돌아가는 원 안을 반영구적으로 계속 달리곤 했다.

"됐어, 그만 멈춰."

스기에가 말을 건네자 쇼는 상체를 들고 옆의 난간을 붙잡았다. 벨트의 속도가 서서히 줄어드는 소리가 울렸다. 이윽고 정지하자 쇼는 다리 가장자리에 엉덩이를 대고 주저앉았다.

지켜보던 선수들 사이에서 한숨이 흘러나왔다. 모두가 자신이 미끄러지는 듯한 기분을 느꼈을 게 틀림없었다.

"대략 이런 정도예요." 스기에가 형사들에게 말했다. "모의 슬라이드 구간의 속도는 최대 시속 120킬로미터까지 높일 수 있습니다. 90미터급에서도 시속 100킬로미터를 넘는 일은 없으니까 충분히 대응할 수 있는 것이죠."

"대단하네요."

아리요시가 멍하니 중얼거렸다.

"어프로치에 관해서는 이제 알겠는데요, 도약은 어떻습니까?" 사와무라 팀의 코치인 하마타니가 물었다. "설마 저 상태에서 그대로 도약하는 건 아니지요?"

"물론이지. 방금 저건 어디까지나 준비운동이야. 본격적인 무대는 이제부터 시작이지."

스기에는 장치 앞으로 나가 바닥을 가리켰다. 장치의 연장선상에 작은 전구를 줄줄이 달아놓은 게 보였다.

"이건 도약 타이밍을 점퍼에게 알려주기 위한 겁니다. 현재 쇼의 위치에서라면 정확히 자신이 타고 내려가는 방향에 세로로 나란히 있는 것처럼 보이지요. 슬라이드 구간 위에서 활강을 시작하면 이윽고 이 전구가 먼 곳에서부터 차례대로 켜집니다. 이건 즉 도약대가 임박한 것을 알려주게 설계된 것이죠. 점퍼는 불이 들어오는 전구가 가까워진 것을 보고 단숨에 도약합니다."

"자신이 원하는 때에 도약할 수 있는 건 아니네요. 근데 그걸로 끝이면 별것도 없잖아요?"

사와무라는 일부러 들으라는 듯이 큰 소리로 말해보았다.

스기에의 날카로운 눈빛이 사와무라에게로 날아왔다.

"성질도 급하군. 그걸로 끝이라면 이런 대규모의 장치를 만들 필요가 있겠나?"

으스스하게 웃으면서 말하더니 그는 쇼와 기사들에게 말을 건넸다.

"좋아, 여기 모이신 분들에게 본격적인 무대를 보여드리자. 준비됐지?"

쇼는 몸을 일으켜 조금 전처럼 난간을 잡았다. 기사들은 자신이 맡은 자리에서 엄지를 척 세웠다.

"그럼 시작해."

스기에의 목소리와 함께 다시 벨트컨베이어가 움직이기 시작했다. 하지만 그리 빠른 속도는 아니었다. 쇼는 난간을 잡은 채 롤러 스키가 굴러가는 상태를 확인하듯이 발을 앞뒤로 밀어보고 있었다.

"스타트만은 쇼의 타이밍으로 시작합니다. 그러다가 쇼가 손을 뗀 순간부터 이 시스템은 본격적으로 굴러가는 것이죠."

스기에가 설명했다.

잠시 그 상태가 이어진 뒤 쇼는 "좋아, GO!"라면서 난간에서 손을 떼고 크라우칭 자세를 취했다. 그와 동시에 장치 옆의 기사가 뭔가 스위치를 눌렀다.

조금 전과 마찬가지로 컨베이어의 속도가 쑥쑥 올라갔다. 쇼의 자세와 위치는 거의 바뀌지 않았다. 하지만 모의 도약대를 나타내는 전구의 맨 끝에 불이 들어온 순간, 큰 변화가 일어났다.

슬라이드 구간이라는 컨베이어를 받치고 있던 두 개의 실린더가 급격히 움츠러들기 시작한 것이다. 그리고 그 결과로 슬라이드 구간의 각도가 36도에서 순식간에 감소해갔다.

모두가 일제히 경탄의 소리를 올렸다.

전구는 차례차례 켜졌다. 이윽고 각도 변화가 멈췄다.

그와 동시에 쇼의 몸은 살짝 앞으로 미끄러지고 그 순간에 뛰쳐나가듯이 도약했다.

사와무라는 멍해져 있었다. 문득 깨닫고 보니 다리 밖으로 날아간 쇼의 몸이 크레인에 매달린 상태로 공중에 떠 있었다. 그리고 컨베이어는 서서히 속도를 줄이는 참이었다.

정신을 차리고 사와무라는 주위를 돌아보았다. 멍해져 있는 게 자신만이 아니라는 것을 알았다.

"어떻습니까."

모두의 얼굴을 차례차례 관찰하며 스기에가 말했다.

"아까도 말했듯이 최초의 슬라이드 구간은 36도로 유지되고 있지요. 그러다가 일정한 거리를 타고 내려오면 급격히 경사가 완만해지는 거예요. 이건 실제 점프대를 재현한 것이라고 생각하면 좋을 겁니다. 조금 전에 모의 도약대로서의 전구의 역할을 설명했지만, 물론 그쪽과도 연동되고 있죠. 즉 피실험자는 도약대가 다가오는 것과 동시에 경사가 느슨해져서 도약할 타이밍을 맞출 필요가 있는 거예요."

"아, 대단하네." 처음으로 입을 연 것은 히무로코산팀 감독 다바타였다. "이건 영락없이 실제 점프대와 똑같아. 이거라면 트레이닝이 되겠어. 그렇죠, 교수님."

그가 말을 건넨 것은 아리요시였다. 아리요시는 잠시 입을 다문 채, 진지한 표정으로 장치를 올려다보고 있었다.

"시뮬레이션으로서는 분명 대단해요." 이윽고 아리요시가 말했다. "여기서 바람까지 보낼 수 있다면 완벽하죠."

"풍동*과 조합하는 것도 검토 중입니다. 어쨌든 우리는 자동차 회사니까요, 그런 노하우는 충분히 축적되어 있지요."

완벽하네, 라고 누군가 말을 흘렸다. 스기에는 그쪽을 흘끗 쳐다보더니 다시 만족스러운 웃음을 지었다.

"하지만……." 이번에 발언한 사람은 사쿠마 형사였다. "아무리 완벽한 모의 점프대를 만들었어도 그것과 니레이 선수는 관련이 없잖습니까. 쇼 선수는 어떻게 니레이 선수 같은 기술을 마스터할 수 있지요?"

"그 점에 대해서는 조금 설명이 필요하겠군요." 스기에가 답했다. "니레이 선수에게는 이전부터 큰 관심이 있었어요. 그건

---

* 風洞, 인공적으로 바람을 일으켜 기류가 물체에 미치는 작용이나 영향을 실험하는 터널형 장치. 자동차, 비행기 등에서 테스트하는 데 쓰인다.

현재 스키점프계에 몸담은 사람이라면 누구나 마찬가지겠지요. 우리도 그의 점프에 대해서는 철저히 영상 분석을 했습니다."

"영상 분석을?"

아리요시가 의아한 듯 되풀이했지만 스기에는 아랑곳하지 않고 말을 이어갔다.

"그 결과, 니레이가 어떤 움직임을 보이는지 거의 완벽하게 파악했어요. 그다음은 이 슬라이드 구간 장치를 이용해 쇼가 그 움직임을 마스터할 때까지 반복해서 연습하는 것뿐입니다. 이 장치의 이점은 하루에 몇 번이고 뛸 수 있다는 것, 그리고 우리 팀 지도자가 어프로치 중인 선수에게 조언을 해줄 수 있다는 것이죠. 사이버드 시스템이라고 그럴싸한 이름을 붙였지만, 결국은 매일매일 착실히 훈련하는 거예요."

"이런 트레이닝을 하고 있었구나. 그러니 요즘 쇼의 성적이 부쩍 좋아질 수밖에."

다바타가 감탄하며 말했다.

"이 장치는 비용이 얼마나 들었어요?"

이번에는 미요시가 물었다.

"비용 말입니까? 회사 내부적으로 제작한 게 대부분이라서 전체를 외부에 의뢰한 경우보다는 싸게 먹혔겠지요." 스기에는 여기서 일단 말을 끊었다가 뒤를 이었다. "어쨌든 수천만 엔 정도로는 조금 어렵다는 말씀만 드리도록 하지요."

"그러면 억대?"

한숨을 내쉰 것은 모 은행팀의 감독이었다.

"이상이 우리 비밀 트레이닝의 전모입니다. 이제 형사님들도 우리가 니레이 아키라와 미네기시 코치의 범행과는 아무 관계도 없다는 것을 아셨겠지요. 혹시 질문하실 것은?"

두 형사는 서로 얼굴을 마주 보더니 아뇨, 라고 고개를 저었다.

"그러면 이것으로 입증을 마치도록 하겠습니다."

스기에가 신호를 보내자 모든 장치의 스위치가 꺼졌다.

7

"전부 다 보여준 게 아닐걸요."

핸들을 잡은 사쿠마 뒤에서 아리요시의 목소리가 날아왔다. 호쿠토대학에 그를 데려다주는 도중의 일이었다.

"닛세이팀의 비밀 트레이닝 얘기예요?"

아리요시 옆에 앉은 스카와가 물었다.

"그렇습니다. 사이버드 시스템이라는 것은 저런 게 아니에요. 분명 그 시뮬레이터도 대단했지만, 그건 한마디로 실제 점프 때와 똑같은 상황을 만든 것뿐이잖아요. 그런 기계장치로 쇼가 니레이의 점프 기술을 복제한다는 건 거의 불가능한 얘기예요. 스기에 감독이 아무래도 일석이조를 노리고 연극을 한 것 같습니다. 경찰의 의심을 봉쇄하고, 동시에 스키점프계에 떠도는 닛세이팀의 비밀 연습에 대한 억측도 가라앉히려고 저런 식으로 죄다 불러서 시스템 일부만 공개한 것이죠. 뒤집어 말하면 오늘 본 것은 외부에 공개해도 별다른 영향이 없다고 판단한 부분뿐이었던 게 틀림없어요."

그의 말을 듣고 스카와는 혀를 찼다.

"어쩐지 그럴 거 같더라니. 정작 우리는 그 숨겨둔 부분을 알아야 하는데."

"구체적으로 어떤 것을 숨기고 있을까요?"

백미러를 통해 조교수의 수염 기른 얼굴을 바라보며 사쿠마가 물었다.

"아마 교정 수단 쪽이 아닌가 싶은데요."

"교정……. 점프의 교정이라는 건가요?"

"그렇죠. 실제로는 그게 가장 어려운 점이니까요. 저런 대규모의 장치로 쇼의 결점, 다시 말해 쇼와 니레이의 차이점이 판명되었다고 해도 그걸 어떻게 교정하느냐가 문제인 거예요. 실제 점프대를 사용한 연습만으로도 대략적인 결점은 얼마든지 지적할 수 있거든요. 코치나 감독은 항상 선수들에게 거의 똑같은 지시를 상당히 정확하게 반복적으로 얘기해주고 있어요. 그래도 그 결점이라는 게 그리 쉽게 고쳐지는 게 아닙니다. 거꾸로 말하면 결점을 교정하는 기능이 없다면 저런 거대한 장치를 만들어봤자 거의 메리트가 없다는 얘기예요."

"그렇다면 그런 교정 기능이 저 장치에 있을 거라는 말이네요?" 사쿠마가 물었다.

"네, 틀림없이." 아리요시는 딱 잘라 말했다. "그건 스기에 감독이 했던 말에서도 확실히 드러났어요. 기억하시는지 모르겠는데, 스기에 씨가 종래의 시뮬레이터를 비웃었잖습니까."

"엇, 그래, 뭔가 얘기했었는데……."

스카와가 얼굴을 찌푸리며 자신의 관자놀이 근처를 검지로 툭툭 쳤다.

"아, 이렇게 말했어. 공원의 장난감 놀이기구 같은 것이라고."

"죄다 뻔한 속임수라고도 했죠."

"맞아요. 스기에 감독의 말대로 분명 종래의 시뮬레이터는 방금 본 슬라이드 장치에 비하면 겉모양만으로도 한참 뒤떨어지는 것이죠. 전기 설비도 아니고, 물론 컴퓨터 제어 같은 것도 없어요. 경사진 두 개의 평행한 레일이 있고 거기에 슬라이드 바가 달린 게 대부분입니다. 선수는 그 바를 잡고 레일을 따라 뛰어오른다, 그저 그것뿐인 기기예요."

"그건 정말 공원의 장난감 놀이기구 같네." 스카와가 중얼거렸다.

"하지만 그 동작을 반복해서 연습하다 보면 틀림없이 도약 동작이 점차 교정됩니다. 그 시뮬레이터를 도입해 성적이 크게 좋아진 국가도 있으니까요."

"국내에서는?"

"국내에서는 도입이 늦었어요. 작년쯤부터 시작했죠."

"에이, 저런." 스카와가 머리를 부여잡았다. "왜 항상 한 발짝씩 늦는 거야."

"그러니까 이런 얘기군요." 사쿠마가 말했다. "그런 어설픈 장치에도 교정 기능이 딸려 있다, 그런데 그걸 비웃기까지 한 걸 보면 닛세이팀의 슬라이드 구간 장치에는 그보다 훨씬 뛰어난 기능이 있을 게 틀림없다."

"그렇죠. 그런 얘기예요."

"흠, 그렇다면……." 스카와는 비좁은 뒷좌석에서 비비적거리며 다리를 바꿔 얹었다. "미네기시가 관심을 보인 건 그 비밀 교정 기능 쪽이겠네."

"맞습니다." 아리요시가 대답했다.

"거참, 모르겠네. 그게 대체 니레이 살해와 무슨 관계가 있는 거야."

답답하다는 듯이 스카와는 앞좌석의 등받이를 퍽퍽 내리쳤다.

"실은 또 한 가지 마음에 걸리는 게 있어요."

누군가 엿듣는 것도 아닌데 아리요시가 목소리를 낮췄다.

"뭔데요?" 사쿠마도 저절로 속삭이는 소리가 되었다.

"데이터의 수집 방법이에요. 스기에 감독은 영상 분석이라고 말했지만, 그럴 리가 없어요. 그런 걸로 저 정도의 훈련에 대응할 만한 데이터는 수집할 수 없거든요."

"그러면 어떻게?"

"바로 그 점인데요." 아리요시는 웬일로 신중한 얼굴이었다.

"함부로 입에 올리기 어려운 얘기지만, 어쩌면 이게 사건의 핵심을 건드리는 부분일 수도 있습니다."

8

미네기시는 지칠 대로 지쳐 있었다. 턱을 만져보니 꺼끌꺼끌한 수염의 감촉이 느껴졌다. 그대로 손바닥을 들여다보았다. 얼굴에서 묻어난 기름으로 번들거렸다.

유치장 차가운 벽에 등을 기대고 두 다리를 내던졌다. 눅눅한 머리카락이 이마에 떨어졌다. 그걸 쓸어 올리면서 두피를 북북 긁었다. 손톱 사이에 비듬이 끼는 것 같았다.

긴 한숨을 내쉬자 쇠창살 너머에서 간수가 얼굴을 들었다. 뭐야, 라는 눈빛으로 미네기시를 노려보고 있었다. 짧게 고개를 젓자 간수는 자기 자리에서 감방 안을 한 차례 둘러보고 다시 얼굴을 숙였다.

아무래도 빠져나갈 길이 없겠다, 라는 게 곰곰 생각해본 끝에 내린 결론이었다.

경찰은 확실하게 한 발 한 발 진상에 다가갈 것이다. 그에 비해 자신은 계속 제자리만 맴돌고 있다.

아니, 포기하면 안 돼, 라고 그는 자신을 타일렀다. 경찰은 아직 결정타를 찾지 못했다. 독극물의 출처를 알았을 뿐, 동기나 살해 방법은 여전히 알아내지 못했을 터였다.

문제는 밀고자다.

아직까지 이름을 밝히지 않은 걸 보면 앞으로도 나설 생각이 없는지도 모른다. 그렇다면 걱정스러운 것은 밀고자가 어떻게 니레이 살인범을 알아냈느냐는 점이다. 그 근거를 경찰이 눈치 채버리면 그때는 정말 끝장일지도 모른다.

거기서부터 다시 미네기시의 추리가 시작되었다.

벌써 수십 번은 되짚어 해본 것이다.

추리의 시작은 항상 똑같다. 밀고자는 왜 트릭에 넘어가지 않았는가, 라는 점이다. 비타민제를 독약으로 바꿔치기했고 그것을 먹고 니레이가 죽었다고 생각했다면 범인이 미네기시라는 결론은 도저히 나올 수 없는 것이다.

어째서 그 트릭에 넘어가지 않았을까.

한 가지 생각할 수 있는 것은 밀고자가 전혀 다른 기회에 범인이 미네기시라는 것을 알았을 경우였다. 이런 경우라면 미네기시의 알리바이가 아무리 확실하더라도 트릭이 틀림없다고 간단히 결론을 내릴 수 있다.

그러면 어떻게 범인이 미네기시라는 것을 알았는가. 이건 한 가지 짐작되는 게 있다. 헬스장에 감춰둔 독약이다. 밀고자는 그 독약을 감춰둔 게 미네기시인 것을 알아버렸을 수 있다.

하지만, 이라고 미네기시는 다시 생각했다. 그렇다면 경찰에 밀고할 때 독약이 어디 있는지도 알려줬어야 한다. 왜 그렇게 하지 않았을까.

애초에 독약을 그 파이프 안에 감췄다는 것을 어떻게 알았는
가. 아무에게도 들키지 않았다는 자신감이 미네기시에게는 있
었다.

최초의 의문으로 다시 돌아갔다. 밀고자는 어떻게 트릭에 넘
어가지 않았느냐는 점이다.

살해 방법을 되짚어보았다. 그때 미네기시는 전혀 다른 루트
를 통해 니레이에게 독약을 건네는 데 성공했다. 그리고 독이
든 캡슐을 미네기시가 보냈다는 것도 니레이는 알지 못했을 터
였다.

약 봉지를 바꿔치기한 것은 니레이가 점심식사 후 약을 먹고
나간 다음이었다. 쓰레기통을 찾는 척하면서 니레이의 테이블
에 접근해 잽싸게 약 봉지를 바꿔치기했다.

예를 들어 그 장면을 목격했던 것이라면 어떻게 되는가. 그렇
다면 사건에 대한 얘기를 듣고 분명 범인이 누군지 짐작했을 것
이다.

미네기시는 그때 레스토랑에 있었던 사람들을 하나하나 다시
떠올려보았다. 히무로코산팀 감독 다바타, 사와무라와 히노 선
수, 그리고 데이코쿠화학팀 나카오 코치도 함께 있었다.

거기에 웨이트리스도 빠뜨려서는 안 된다, 라고 생각했다. 그
점장도 마찬가지다.

하지만 여기서 미네기시는 고개를 저었다. 이번 범행에서 그

마지막 약 봉지 바꿔치기에 가장 위험 요소가 많았던 것이다. 그런 만큼 어느 때보다 최대한 신중하게 움직였다. 혹시 빈틈을 제대로 잡지 못한다면 약 봉지 바꿔치기는 포기해도 된다고까 지 생각했던 것이다.

분명 바꿔치기하는 모습은 아무에게도 들키지 않았어…….

그때의 광경을 머릿속에 떠올리며 미네기시는 다시 한번 고 개를 끄덕였다.

정말 모르겠다, 라고 얼굴을 쓱쓱 비볐다. 어떻게 그 트릭이 밀고자에게는 통하지 않았을까. 레스토랑 '라일락'에는 9시부터 9시 40분까지 사람이 없었다. 아무도 드나들 수 없었다. 그사이 에 범인이 몰래 들어와 니레이의 비타민제를 독약으로 바꿔놓 았다, 라고 왜 순순히 믿어주지 않았을까.

"뭔가를 잘못 생각한 거야……."

미네기시는 소리 내어 말해보았다. 그렇게 하면 어딘가 새로 운 방향으로 사고가 움직여줄 거라고 기대했던 것이다. 하지만 똑같았다. 매번 똑같은 대목에서 그의 추리는 무한 반복에 빠져 버렸다.

9

잘 아는 스포츠 기자에게서 입수한 스키에 다이스케와 닛세이 스키점프팀에 관한 자료를 다시 읽어보던 사쿠마는 뭔가 이상하다는 것을 깨달았다.

1986년 4월에 닛세이자동차는 스키점프팀을 결성하면서 세 명의 선수를 영입했다. 그런데 전원이 다음 해인 1987년에 팀을 떠난 것이다. 물론 같은 날에 떠난 것은 아니고 5월, 9월, 11월에 한 명씩 나갔다.

그리고 그해 4월에 영입한 선수가 스기에 쇼였다.

세 명이 떠나고 쇼가 새로 들어왔다. 거기서 뭔가 이상한 점이 감지되었다. 쇼는 어찌 됐든, 영입한 지 1년밖에 안 된 선수 세 명이 일제히 그만두다니, 이런 게 흔히 있는 일인가.

사쿠마는 전화기를 끌어당겨 정보를 제공해준 기자에게 걸어보았다. 공교롭게도 외출 중이었지만, 바로 연락이 될 테니 그쪽에서 전화하도록 해주겠다는 것이었다.

전화를 기다리는 동안 머릿속에서 거꾸로 계산을 해봤다. 스기에 다이스케가 자랑하여 마지않던 그 기계를 제작하는 데 과연 어느 정도의 기간이 필요했을까. 설비 규모에 따라 다르겠지만 그 정도라면 1년에서 1년 반쯤은 걸렸을 것이라고 사쿠마는 생각했다.

비밀 특훈은 최소한 반년 전부터 실시했다고 하니까 그 기계를 만들기 시작한 것은 늦어도 1987년 여름 무렵이라는 계산이 나온다.

그 전후에 스기에 쇼가 들어왔고 다른 세 명의 팀원은 떠났다.

어째 좀 이상한 얘기 아닌가…….

그러는 참에 스포츠 기자에게서 전화가 왔다. 히사노라는 젊은 친구로, 사쿠마는 사회부 기자를 통해 그를 알게 되었다.

사쿠마가 닛세이팀 선수 세 명의 동시 탈퇴에 대해 물어보자 히사노는 우선 큰 소리로 웃었다.

"그건 사쿠마 씨가 너무 깊이 들어가셨네요. 그 세 명이 떠난 이유는 별거 없어요."

"구체적으로 어떤 이유였는데요?"

"뭐, 단순해요. 선수로서 능력이 부족했던 거죠. 프로야구에서도 성적이 떨어지면 은퇴할 수밖에 없잖아요."

"그야 그렇지만 세 명이 똑같이 나갔어요. 게다가 2년 차에."

"그건 설명이 좀 필요하겠네요. 원래 팀 결성 당초에는 선수를 영입하기가 쉽지 않아요. 지명도가 낮으니까 선수들이 기피하기도 하고, 무엇보다 스카우트 경쟁에서 뒤지게 마련이니까요. 말하자면 드래프트에 끼지 못하는 거예요."

"닛세이팀도 그랬던 거네요."

"그렇죠. 게다가 그때는 특히 심했어요. 아무리 좋게 봐주려고 해도 실업팀에서 뛸 만한 선수들이 아니었어요. 아, 잠깐만요. 자세한 자료를 찾아볼 테니까."

통화가 잠시 끊긴 동안에 사쿠마는 찻주전자에 뜨거운 물을 부어 차를 내렸다. 그걸 한 모금 마셨을 때, 상대편에서 수화기를 집어 드는 소리가 났다.

"어디 보자, 후카마치, 시마노, 고이즈미, 세 명이었어요. 후카마치와 고이즈미는 대학 출신, 시마노는 굿찬 지역 고등학교 출신이에요. 세 명 다 별다른 실적이 없는 선수였어요. 도저히 스키점프계에서 버텨내기 힘들 것 같은 인물들이었죠. 진짜 왜 이런 선수들을 뽑았는지 모르겠네."

말을 하다 보니 히사노 자신도 의아하다는 생각이 든 모양이었다.

"그런 선수들만 뽑았으니까 금세 한계를 느끼고 그만둔 것도 이상할 게 없다는 얘기인가요?"

"뭐, 그런 얘기죠. 닛세이로서도 스기에 쇼 선수가 새로 들어왔으니까 아마 다른 세 명은 방해가 됐던 거 아니겠습니까."

"그렇구나."

알아들은 것처럼 대답했지만, 사쿠마는 여전히 석연치 않은 기분이었다.

"그 세 명은 지금 어디 있는지 알 수 있어요?"

"그것까지는 모르겠네요. 근데 어차피 세 명 다 닛세이자동차에서 근무할 테니까 회사에 문의해보면 알 수 있을 겁니다. 아차차, 잠깐만요."

히사노의 목소리가 다시 수화기를 떠났다가 잠시 뒤에 돌아왔다.

"역시 그러네. 시마노에 대한 얘기는 저도 최근에 들었거든요. 그 친구, 죽었어요."

"죽어요? 왜요?"

"자세한 건 모르겠어요. 닛세이자동차 공장에서 일하다가 어디서 떨어졌다던가, 아무튼 사고로 죽었다고 들었어요. 예전에 스키점프 선수였으니까 일단 취재해보자는 얘기가 나왔었는데 결국 흐지부지되고 아무것도 못 했네요."

세 명의 선수 중 한 명은 사망했다. 이것 또한 마음에 걸리는 얘기였다. 사쿠마는 고맙다는 인사를 건네고 전화를 끊었다. 이어서 닛세이자동차의 번호를 찾기 시작했다.

그날 곧바로 사쿠마와 스카와는 닛세이자동차에 찾아갔다. 공장 응접실에서 기다리고 있으려니 작업복 차림의 젊은 남자가 나타났다. 하얀 피부에 턱이 뾰족한 사람이었다. 마른 체형이라서 스키점퍼로서는 적합했을 것으로 보였다.

그는 후카마치 가즈오, 닛세이 스키점프팀에서 영입했던 세 명의 선수 중 한 명이었다. 이 사람을 사쿠마는 잠깐이지만 본 적이 있었다. 스기에 유코를 만나러 고난 스포츠센터에 왔었던 것이다. 그녀의 전 연인이라고 했다.

건네준 명함을 보니 품질관리 주임보좌라는 직함이 찍혀 있었다.

"후카마치 씨가 스키점프팀을 그만두고 회사에 들어온 게 1987년 5월이었잖아요. 그러면 2년이 채 안 된 경력인데 이렇게 높은 직급을 줬어요?"

명함을 들여다보며 사쿠마가 물었다. 솔직한 의문이었다.

"아뇨, 그리 높은 직급도 아닙니다. 워낙 인원이 적고 젊은 사람이 많은 부서니까요."

후카마치는 겸손이라기보다 해명하듯이 대답했다.

"그래도 대단한 거죠. 스키점프를 일찌감치 그만두신 거, 아주 탁월한 선택이었네."

스카와의 말에 후카마치는 단정하게 맞붙인 양 무릎에 손을 얹고 노골적으로 싫은 기색을 드러냈다.

"오늘은 무슨 일로 오셨는지……."

잠깐 틈을 둔 뒤에 스카와가 대답에 나섰다.

"실은 그 팀에 대해 물어볼 게 있어서요. 어떤 사건의 용의자가 닛세이팀에 아주 깊은 관심을 보이더란 말이죠. 거기에 사건을 풀 열쇠가 있는 것 같아요. 근데 현역 선수들은 아무래도 눈치가 보이는지 영 사실대로 얘기해주지를 않더라고요. 그래서 후카마치 씨를 찾아왔죠."

"아뇨, 그건." 후카마치가 눈을 깜작거리며 말했다. "이미 그쪽은 떠난 지도 오래됐고, 최근에는 전혀 만나는 사람도 없었습니다. 그래서 최근에 어떤 일이 있었는지는 저도 전혀……."

"아니, 최근이 아니라 예전 일을 물어볼 거예요."

스카와가 날카롭게 말하자 후카마치의 얼굴에 한순간 두려운 기색이 떠올랐다. 스카와는 엄지로 자신의 등 뒤를 가리키며 말을 이어갔다.

"여기 부지 안에 제2실험동이라는 데가 있던데요. 거기 실험실에 스키점프팀의 트레이닝 기계가 있다는 건 후카마치 씨도 알고 있죠?"

"네, 얘기는 들었습니다." 후카마치가 대답했다. 목소리가 살짝 떨렸다.

"그 기계의 목적이 뭔지 궁금하단 말이죠. 단순한 트레이닝 머신은 아니잖아요?"

후카마치는 입을 꾹 다물었다. 어떻게 대답해야 좋을지 찾고 있는 얼굴이었다.

"그 기계가 아직 구상 단계였던 무렵에 후카마치 씨도 스키점프팀 소속이었지요?"

사쿠마가 물어보자 후카마치는 짧게 고개를 끄덕였다.

"어떤 기계라고 얘기하던가요?"

"어떤 기계냐니……." 그는 몇 번이나 혀로 입술을 축였다. "고성능 시뮬레이터라고 들었어요. 그것뿐입니다."

"사용법은?"

"저는 모릅니다." 대답하면서 후카마치는 작업복 왼쪽 소매 끝을 들추고 손목시계를 들여다보았다. "죄송하지만, 제가 할 일이 있어서요, 이 정도로 끝내주시면 안 될까요? 정말로 스키점프팀에 대한 건 잘 모릅니다."

"그러면 마지막으로 한 가지만 물어봅시다."

자리에서 일어서려는 후카마치를 눌러앉히듯이 스카와가 손을 내밀었다.

"당신, 1986년에 입단해서 그다음 해 5월에 떠났죠? 왜 그렇게 급하게 그만뒀어요?"

그러자 후카마치는 일단 시선을 피했다가 침을 삼키듯 목젖이 꿀꺽 움직였다.

"왜냐면…… 제 실력을 깨달았기 때문입니다."

"그래도 1년여 만에 그만두다니, 너무 빠른 거 아닙니까?"

"1년이 아니에요. 어릴 때부터 계속 스키점프를 했지만 결국 나한테 맞지 않는다는 걸 알았습니다."

"하지만 닛세이팀에 처음 들어온 시점에는 그렇지 않았을 텐데요?"

사쿠마가 물어보자 후카마치는 대꾸할 말을 찾지 못한 듯 입을 꾹 다물었다. 그러고는 다시 손목시계를 들여다보며 "제가 할 일이 있어서 이만" 하고 응접실을 나갔다.

뭔가 있다, 라는 게 사쿠마와 스카와의 공통된 의견이었다. 하지만 그게 무엇인지는 둘 다 알 도리가 없었다.

후카마치에 이어 고이즈미 도루와도 만났다. 고이즈미는 현역에서 물러나면서 운동과도 담을 쌓았는지 몸이 뚱뚱한 편이었다. 혈색이 좋아서 그야말로 정력적이라는 인상이었다.

고이즈미의 명함에는 해외영업부라는 부서가 찍혀 있었다. 직함을 보고 사쿠마는 저절로 엘리트라는 단어가 떠올랐다.

그에게도 후카마치와 똑같은 질문을 던져보았다. 업무 내용을 얘기할 때는 가벼운 말투였던 고이즈미가 스키점프팀에 대한 화제에는 급격히 입이 무거워졌다.

"별로 떠올리고 싶지 않아요." 그가 떨떠름한 표정으로 말했다. "좋은 추억이라고는 없었거든요. 고통스러운 1년이었습니다."

시뮬레이터에 대해 물어보자 고이즈미는 후카마치와 거의 똑같은 대답을 했다. 그리고 역시 똑같이 "할 일이 있어서요"라면서 총총히 자리를 떴다.

"아무래도 수상해."

응접실을 나와 복도를 걸어가면서 스카와가 말했다.

"나도 영 찝찝해요. 분명 뭔가 숨기는 느낌인데요."

"이미 팀을 떠난 사람까지 스기에의 비밀 훈련에 관해서는 입을 꽉 다물고 있어, 이거, 아주 거슬려, 거슬려."

"어떻게 할까요. 다른 한 명은 사고로 사망해서 만나볼 수도 없고."

어쩌나, 라고 스카와는 멈춰 서서 자신의 머리를 툭툭 쳤다.

"아, 그 친구가 근무했던 부서에 가보자."

사쿠마도 같은 의견이었다.

인사부에 문의해보니 시마노 고로가 근무했던 곳은 차체 설계과 실험팀이라는 곳이었다. 막연히 제조 라인 쪽을 예상했던 사쿠마로서는 의외라는 마음이 들었다.

"일도 잘하고 센스 있는 친구였는데 말이에요, 설마 그렇게 세상을 떠날 줄은 생각도 못 했습니다."

자그마하지만 탄탄한 체형의 팀장이 고개를 갸웃거리며 말했다.

"어쩌다 그런 사고가 났습니까?" 사쿠마가 물었다.

"저기서 떨어졌어요. 그 밑에 기계가 많았는데 떨어질 때 하필 안 좋은 곳에 부딪힌 모양이에요."

팀장이 가리킨 곳은 제조기 위를 가로지르는 통로였다. 폭이 좁은 육교 같은 구조물이다. 높이는 수 미터 정도나 될까. 지금도 작업자 한 명이 그 통로를 건너갔지만 허리보다 높은 난간이 있었다. 위험하다는 느낌은 들지 않았다.

"그렇다니까요. 그래서 왜 떨어졌는지 도통 모르겠어요."

"어떤 작업을 하던 중이었어요?"

"기계 반입 작업이었어요. 시마노가 저 통로에 서서 트랜스시버로 반입 차량을 유도했습니다. 그때 목격한 직원 얘기로는 난간에서 살짝 몸을 내밀고 있었다는데, 그래도 설마 거기서 떨어지다니……."

그 사고 후에 안전기준이 더 엄격해졌노라고 팀장은 덧붙였다.

"시마노 씨가 스키점프 선수 시절 얘기를 한 적은 없었어요?"

스카와가 물었지만 팀장은 곧바로 고개를 저었다.

"아니요, 그건 입도 뻥긋하지를 않더라고요. 내가 몇 번 물어봤는데 영 대답을 안 해요. 그러니 점점 스키점프 얘기는 꺼내지 않게 됐죠."

이 또한 이상한 일이었다.

10

어떤 계기로 그런 생각이 났는지 미네기시 스스로도 잘 알지 못했다. 아무튼 느닷없이 그 생각이 싹터서 그의 머릿속에서 급격히 커나갔다.

줄곧 제자리를 맴돌던 추리의 그다음 편이었다.

밀고자는 왜 순순히 트릭에 넘어가지 않았는가, 라는 것에서 시작해 매번 거기서 끝났다.

9시부터 9시 40분 사이에 약을 바꿔치기했다는 것을 어째서 믿지 않았는가.

그러자 새로운 생각이 생겨났다.

대담한 가설이지만, 만일 그 40분 사이에 약을 바꿔치기하기가 실제로는 불가능했다고 한다면 어땠을까. 그리고 그런 사실을 분명하게 아는 사람이 있었다면?

만일 실행 불가능하다는 것을 아는 사람이 있었다면 그자는 바꿔치기로 위장하려는 트릭이라고 즉각 간파할 수 있었을 것이다.

그리고 그자는 생각했을 것이다. 왜 이런 트릭을 썼는가. 거기서 알리바이 공작이라는 결론에 이르렀다. 당연히 알리바이가

확실한 자가 오히려 수상하다는 얘기가 된다. 그때 확고한 알리
바이를 갖고 있었던 것은 다바타와 미네기시, 두 명뿐이었다.

단번에 용의자가 좁혀지는 셈이다.

하지만 실제로는 그 40분 동안 바꿔치기가 가능했다고 미네
기시는 생각했다. 그 시간대에 레스토랑에 아무도 없었다는 것
은 경찰에서도 확인했다.

다만, 이라고 미네기시는 다시 생각해보았다. 레스토랑 안에
아무도 없었더라도 밖에 누군가 있었다면 낭패다. 이를테면 레
스토랑의 두 군데 출입문 앞에 계속 사람이 있었다면 범인이 드
나드는 건 불가능하다.

물론 실제로 그런 일은 없었을 터였다.

미네기시는 각자 얘기했던 말들을 거의 정확히 기억하고 있
었다. 그만큼 신경을 날카롭게 벼리고 있었던 것이다.

나카오가 9시 20분쯤까지 호텔 현관 앞 주차장에 있었고, 그
뒤에 로비로 갔다. 그리고 그는 현관에서 나온 사람은 사와무라
뿐이었다고 말했다. 사와무라가 나온 것은 9시쯤이다.

이것도 딱히 별다른 문제는 없다. 나카오가 로비에 들어온 9시
20분 전까지 레스토랑에 들어가 약을 바꿔치기하는 게 가능하
다. 프런트에서 레스토랑 입구는 보이지 않는다.

바깥쪽 출입문은 어떨까. 이쪽은 아무도 본 사람이 없다. 즉
누구라도 드나들 수 있었다는 얘기다.

문제는 없어, 라고 미네기시는 확신했다. 9시부터 9시 40분

사이에 약을 바꿔치기하는 건 가능했다. 누군가 거짓말을 했던 게 아닌 한.

거짓말……?

그 가능성이 떠올랐을 때, 미네기시의 확신이 뒤흔들렸다. 모두가 반드시 사실대로 얘기했다고는 할 수 없는 것이다.

미네기시는 침대에서 일어나 엄지손톱을 물어뜯었다. 심장이 뛰는 소리가 귀에까지 불끈불끈 울렸다. 온몸이 갑자기 후끈 달아올랐다.

다양한 인물의 증언을 기억 속에서 불러냈다. 그것이 거짓말이었을 경우를 하나하나 생각해나갔다.

전화하고 있었어요, 별관 쪽에서……. 이를테면 이건 히노의 증언이다.

그리고 한 인물이 했던 말에서 미네기시의 사고는 흐름을 멈췄다. 머릿속에서 다시 한번 되풀이해봤다. 그리고 만일 그 말이 거짓이고 사실은 그 반대였다면…….

아, 하고 미네기시는 허탈한 신음을 흘렸다. 그리고 무릎의 힘이 빠져 바닥에 주저앉았다.

그것은 흠잡을 데 없는 완벽한 추리였다.

미네기시는 마음속으로 중얼거렸다. 그자였던 건가.

11

다음 날 사쿠마는 혼자 삿포로에서 하코다테 본선 기차를 탔다. 두 시간쯤 뒤에 굿찬에 도착해 거기서 버스로 갈아탔다.

시마노 고로의 본가에 가려면 니세코로 향하는 도중에 내리면 된다. 버스 정류장에서 길을 따라 수십 미터 걸어간 곳에 시마노 식당이라는 간판을 내건 가게가 있었다. 알루미늄 새시 문을 열자 스토브의 따뜻한 공기가 몸을 감싸는 것과 동시에 "어서 오세요"라는 중년 여자의 목소리가 들렸다.

어제 미리 연락은 했었지만 사쿠마가 신분을 밝히자 역시 시마노의 양친은 긴장한 기색을 보였다.

"정말 어쩌다 그렇게 됐는지, 어렵게 어렵게 그만큼 키워냈는데······."

어머니 쪽은 손수건으로 양쪽 눈두덩을 번갈아 찍어내며 둘째 아들의 불행을 새삼 슬퍼했다. 자녀는 시마노 고로와 형, 둘뿐이었다고 한다.

"닛세이자동차에 들어간 것은 시마노 씨가 원해서였습니까?" 사쿠마가 물었다.

"원래 자동차를 좋아하던 아이였으니까요." 아버지가 대답했다. "그래도 솔직히 말해서 닛세이자동차에 취직이 될 줄은 생각도 못 했어요. 고등학교 졸업이라서 이 근처 중견 기업 공장에라도 가면 좋겠다고 했을 정도였지요."

"스카우트 제안이 들어왔다던데요."

"예에, 거기 스키점프팀 관계자가 왔었죠. 그런데 이것도 내입으로 말하기는 좀 그렇지만, 왜 우리 고로를 데려가는지 잘 모르겠더라고요. 친구들 중에 더 잘하는 아이가 꽤 많았어요. 우리 고로는 고등학교 졸업하면 더 이상 스키점프는 안 할 생각이었는데."

"스카우트하러 온 사람은 그 점에 대해 뭔가 얘기하던가요?"

"가능성을 사고 싶다고 했어요. 그러고 아무튼 1년만 맡겨달라고 했어요. 1년 뒤에도 안 되면 곧바로 회사에 자리를 마련해준다면서. 고로도 그래서 그 팀에 들어가기로 결심한 거 같더라고요."

"그러면 스키점프 그만둔 뒤에 그 약속대로 해준 셈이군요."

"그렇죠. 게다가 차체 설계라고 하면 고로가 가장 원하던 부서니까요. 역시나 대기업은 약속을 잘 지킨다고 아주 좋아했었어요."

아버지는 실눈이 되어 웃었지만 아들의 기뻐하던 얼굴이 생각났는지 쓸쓸하게 입을 닫았다.

"시마노 고로 씨가 스키점프를 하던 시절에 그 팀의 연습에 대해 얘기한 적이 있습니까?"

"아니, 그게요, 그 팀에 있을 때는 거의 연락이 끊기다시피 했어요. 기숙사로 들어가더니만 설날에도 추석에도 집에 오지를 않더라고요. 어쩌다 전화를 해도 잘 있다고만 하고 여유롭게 얘기할 새도 없었어요."

"집에 돌아온 건 스키를 그만둔 뒤였어요." 어머니가 옆에서 말했다. "발령이 날 때까지 잠시 우리 옆에서 지냈는데……."

"그때는 스키팀에 대한 얘기를 했습니까?"

그러자 시마노 부부는 똑같이 고개를 저었다.

"그 얘기만 나오면 애가 어째 부루퉁해지더라고요. 중도에 그만뒀으니 다시 생각하기도 싫겠다 싶어서 우리도 되도록 그 얘기는 안 했어요."

회사 팀장이 했던 말과 똑같다고 사쿠마는 생각했다. 시마노는 왜 스키점프팀에서의 일을 얘기하고 싶지 않았던 것일까.

어쨌든 그것만으로는 스키에 다이스케가 어떤 잘못을 했었는지 전혀 알 수 없었다. 미네기시의 범행 동기도 파악이 안 되는 것이다.

사쿠마는 시마노 부부에게 아들이 누구와 친하게 지냈는지 물어보았다. 어려서부터 친구는 많았지만 취직을 해서 삿포로에 간 뒤에는 거의 만나지 못했을 거라는 대답이 돌아왔다.

"아, 그렇지." 어머니가 손수건을 꼭 쥐면서 퍼뜩 생각난 듯이 말했다. 그리고 남편 쪽을 보았다. "여보, 그 친구 얘기를 했었잖아. 여기, 여기, 가구점의 유키히로라는 애."

"맞다." 남편도 생각났는지 고개를 끄덕였다. "요 앞의 가구점 아들인데 스키점프를 하고 있거든요. 걔가 전국 대표팀에도 뽑히지 않았나? 아무튼 우리 애가 닛세이자동차팀에 가기로 정해졌을 때, 앞으로 잘 봐달라고 부탁하러 갔었어요. 그 뒤에 우리 애한테 얼핏 듣기로는 이래저래 상담을 잘 해줬다고 하더라고요."

"전국 대표팀? 그 친구는 성씨가 어떻게 되죠?"

사쿠마가 다그치듯이 물어보자 시마노 고로의 아버지는 약간 당황한 기색을 보이며 말했다.

"히노예요. 히노 유키히로, 가구점 아들."

계
획

1

스기에 다이스케는 불편한 심사를 보여주듯이 소파에 몸을 털썩 던졌다. 그 참에 다리도 척 꼬았다. 그의 구두 끝이 테이블을 치면서 위에 놓인 재떨이가 흔들렸다.

"무슨 용건인지는 모르지만 짧게 좀 부탁합시다. 보다시피 트레이닝 중이에요."

상대를 1초라도 빨리 돌려보내고 싶은지 평소보다 더 성급한 말투였다.

"지금이 트레이닝 시간이라고 하길래 일부러 때를 맞춰서 온 겁니다, 스기에 씨."

스카와는 짐짓 슬로모드로 말했다. 스기에의 뺨이 꿈틀했다.

"그건 무슨 뜻입니까?"

"아뇨, 별 깊은 뜻은 없고요. 트레이닝 모습을 잠시 봤으면 하는데요."

"트레이닝?" 스기에는 담배와 라이터를 바지 주머니에서 꺼내 테이블 위에 내려놓았다. "점점 더 무슨 얘긴지 모르겠네. 트레이닝이라면 지난번에 보셨잖아요. 수사에 도움이 됐는지 어떤지는 모르지만."

"전혀 도움이 안 됐죠." 스카와가 말했다. "왠지 아십니까? 스기에 씨가 가장 중요한 부분은 안 보여줬기 때문이에요."

"농담이 지나치시네. 수사가 잘 안 풀린다고 우리 탓을 하는 겁니까?"

"스기에 씨." 사쿠마가 옆에서 조용히 불렀다. "살인이라는 큰 사건이 일어난 이상, 애매한 부분은 그대로 넘어갈 수 없습니다. 그 애매한 부분이 바로 범행 동기이자 미네기시가 닛세이팀에 관심을 가진 이유니까요. 그리고 그건 명백히 스기에 씨 팀의 사이버드 시스템이라는 것과 깊은 관련이 있어요. 어떻습니까, 우리가 그 실체를 반드시 알아야 하는 사정을 이해하시겠지요?"

"그러니까 그건 지난번에 보여드렸잖아요. 그게 전부고 그 밖에 아무것도 없어요."

뭔가를 떨어내듯이 오른손을 흔들며 스기에는 잘라 말했다.

"그래요?" 스카와가 입을 열었다. "그거, 닛세이팀 1기생 선수 세 명에게도 똑같이 말할 수 있어요? 아차, 한 명은 사망했으니

두 명인가."

스카와의 말은 효과가 있었다. 스기에의 우묵한 눈에 한순간 낭패의 기색이 떠올랐다.

"뭔 소린지 모르겠네."

"잡아떼도 소용없어요. 그 세 사람을 무슨 목적으로 닛세이 스키점프팀에 끌어들였는지 우리가 전부 조사했습니다."

"갑작스럽게 그런 옛날이야기를 들이대니 당연히 당황스러울 수밖에요."

마음을 가라앉히려는지 스기에는 담배 한 개비를 입에 물었다. 그의 손이 라이터를 집기 전에 사쿠마는 말했다.

"세 명의 선수에게는 공통점이 있었어요. 첫째로, 세 명 모두 실적이 전혀 없었다는 겁니다. 왜 그런 선수를 스카우트했는가, 라는 의문이 들 정도였죠. 그리고 이건 직접 만나보고 느낀 건데 그 선수들 쪽에서도 졸업 후에 스키점프를 하려는 의사가 거의 없었어요. 두 번째 공통점은 세 명 모두 영입한 지 1년여 만에 팀을 떠났다는 겁니다. 그리고 세 번째인데, 세 명 모두 팀을 나온 뒤 상당히 좋은 자리에 발령을 받았어요. 이런 말은 좀 그렇지만, 그들의 출신 학교나 학생 시절의 성적을 고려하면 닛세이자동차 회사로서는 예외적인 채용이었습니다."

스기에는 약간 굳은 표정으로 듣고 있더니 얘기가 끝나자 입에 문 담배를 손에 끼우고 그걸로 사쿠마를 가리켰다.

"그런 의문에 답할 추리를 지금 늘어놓으시려고? 만일 그렇다면 내가 먼저 얘기하도록 하지요. 하나하나 납득할 만큼 설명을 해드릴 테니까."

"고마운 말씀이지만 그러실 필요 없습니다. 왜냐면 추리를 늘어놓을 생각이 애초에 없었으니까요. 우리는 그런 의문에 답해줄 중요한 증언을 확보했습니다."

증언이라는 말에 스기에는 반응을 보였다. 입이 삐뚜름해졌다.

"그 세 사람은……."

여기서 사쿠마는 침을 꿀꺽 삼키고 다시 말을 이어갔다.

"그 세 사람은 전혀 다른 목적으로 닛세이 스키점프팀에 영입되었습니다. 즉 선수로서 스카우트한 게 아니었어요. 당시에 스기에 씨는 점프는 가능하지만 앞으로 계속할 생각은 없는 인재를 찾고 있었죠. 그러니 실적이 없는 선수들만 모인 것도 당연하지요. 그리고 그들의 역할은 1년여 만에 끝나는 것으로 미리 정해져 있었습니다. 물론 이런 내용을 본인들에게도 얘기했어요. 세 사람은 승낙했고요. 그들이 그런 결심을 한 것은 팀을 나온 뒤에 파격적인 대우를 조건으로 제시했기 때문입니다."

"어처구니가 없네. 대체 누가 그 따위 증언을 했어요?"

스기에가 그렇게 내뱉는 것과 동시에 스카와가 자리에서 일어섰다. 스기에는 그가 말없이 밖으로 나가는 것을 불안한 눈빛으로 지켜보다가 물었다.

"대체 뭘 어쩔 작정입니까?"

"증인을 데려오려는 겁니다."

사쿠마가 대답하자 스기에의 눈동자가 흔들렸다. 아마도 그는 후카마치나 고이즈미의 얼굴을 떠올렸을 거라고 사쿠마는 짐작했다.

잠시 뒤 스카와가 돌아왔다. 뒤따라온 사람의 얼굴을 보고 스기에는 의아한 눈빛을 보였다.

"히노? 자네가 왜……."

히노 유키히로는 긴장감이 역력한 데다 얼굴빛도 창백했지만, 턱을 슬쩍 당기는 인사를 하더니 말없이 사쿠마 옆에 와서 앉았다.

스카와가 그와 시마노 고로의 관계를 스기에에게 설명했다. 나아가 히노에게서 모든 사정을 들었다고 말하자 스기에는 포기했는지 고개를 홱 돌린 채 뺨을 비벼댔다.

"세 사람에게서 설령 가족이라도 비밀을 엄수한다는 서약을 받았다면서요? 하지만 고등학교를 갓 졸업한 시마노 고로는 역시 불안했겠죠. 그래서 이웃의 절친한 히노 선수에게 모든 것을 상의했던 거예요."

스카와가 말했지만 스기에는 창 쪽만 보고 있었다.

"스기에 감독님, 그런 식으로 하시는 건 큰 잘못입니다." 히노가 작지만 또렷한 목소리로 말했다. "인간은 도구가 아닙니다. 더구나 그 방법은 옳지 않은 짓이에요."

여기서 드디어 스기에가 히노 쪽을 돌아보았다.

"본인들이 승낙했던 일이야. 그 친구들도 만족했었다고."

"고로는요?"

"시마노 고로가 죽은 건 그 일과는 아무 관계도 없어."

그러자 히노는 스기에의 얼굴을 노려보면서 천천히 고개를 좌우로 흔들었다.

"거짓말입니다."

"뭐가 거짓말이야?"

"고로가 사고를 당한 것은 그 이상한 특별훈련의 영향 때문이잖아요. 당신은 그걸 다 알면서도 숨겼어요. 특별훈련의 악영향에 관해서는 미야사마 대회에서 세 명이 똑같이 넘어졌을 때부터 다 알고 있었으면서."

스기에의 눈빛이 더욱더 날카로워지는 것을 보고 "아, 잠깐" 하고 사쿠마가 끼어들었다.

"어쨌든 스기에 씨는 인정하시지요? 지난번에 우리에게 보여준 것은 사이버드 시스템의 전부가 아니었다는 것을."

스기에는 히노와 두 형사의 얼굴을 차례로 노려보더니 마지막으로 다시 한번 히노에게로 시선을 돌리면서 낮은 목소리로 물었다.

"어디까지 아는 거야?"

"대부분이라고 해야겠죠. 시스템에 관한 자세한 내용은 듣지 못했고, 고로도 모르는 것 같았으니까."

흥, 하고 스기에는 코웃음을 치며 고개를 끄덕이더니 이번에는 사쿠마와 스카와를 향해 말했다.

"그 세 명을 우리 팀에 데려온 것에 특별한 목적이 있었다는 건 인정하지만, 니레이가 살해된 사건과는 아무 관련도 없어요. 이건 단언할 수 있어요."

"그건 저희도 알고 있습니다, 스기에 씨." 사쿠마가 말했다. "그 세 사람이 시스템 개발을 위한 최초의 협력자였다는 점을 확인하려는 것뿐이에요. 그리고 지금 우리가 주목한 것은 마지막 협력자에 관한 겁니다."

스기에가 입을 꾹 다물고 사쿠마를 보고 있었다.

"사이버드 시스템 개발에 반드시 필요한 또 다른 협력자가 있었죠. 그게 누군가 하면, 바로 니레이 아키라였습니다."

거기까지 말했는데도 스기에는 여전히 침묵을 지켰다. 표정 변화도 없었다.

"사이버드 시스템의 목적은 니레이 선수의 기술을 단순히 외양만 훔쳐내는 게 아니었어요. 거기서 좀 더 나아가 스기에 쇼 선수의 몸을 완벽하게 니레이 선수의 복제판으로 바꾸는 것이 진짜 목적이었던 겁니다. 그리고 그러기 위해서는 반드시 니레이 선수의 몸이 필요했습니다."

"아리요시 교수님도 그건 파악하고 있던데요?" 스카와가 뒤를 이었다. "니레이 선수의 기술을 완벽히 복제하려면 영상 분석 따위로 수집한 데이터 정도로는 충분하지 않다고 전문가로서 확인해주셨어요. 니레이 선수가 반복적으로 점프 동작을 해서 근육의 신호나 각 관절의 움직임을 세세하게 모니터링해야 비로소 가능하다는 얘기예요."

"어때요, 맞습니까?"

사쿠마가 확인하자 스기에는 눈을 감고 한 차례 심호흡을 했다. 그리고 입을 다문 채 고개를 가로저었다.

"그쪽도 억지로 해달라고 다그친 적은 없어요."

"그러면 니레이 선수의 협력이 있었다는 건 인정하지요?"

스기에는 마지못한 듯 고개를 짧게 끄덕였다.

"인정하지요."

"미네기시 코치에게는 비밀로 하고?"

"그야 당연한 거 아닙니까. 그런 걸 허락해줄 코치는 없으니까."

"니레이 선수에게 코치를 배신하라고 한 것이군요. 그 일이 이번 사건의 발단이 되었다는 것도 당신은 알고 있었어요."

하지만 스기에는 대답하지 않았다.

"니레이의 협력을 얻으려고 덫을 놓았어요? 미끼를 살살 흔들면서?"

야유가 담긴 어조로 스카와가 말했다.

"유코 말입니까? 니레이가 우연히 유코에게 좋은 감정을 가진 눈치여서 만족할 수 있게 주선해준 것뿐이에요. 그야 니레이를 설득하는 데 유코의 영향이 컸다는 건 인정하지만."

사쿠마와 스카와는 이미 스기에 유코를 만나고 온 길이다. 그녀는 분명하게 말하지는 않았지만, 아버지의 계획에 협력하도록 니레이를 설득했다는 것을 은연중에 인정했다.

스카와는 그녀가 나이에 비해 수수한 옷차림인 데다 다양한 취향이 니레이의 모친과 일치한다는 것을 지적하면서 그게 우연이냐고 물었다. 그녀의 대답은 이러했다.

"그건 상상에 맡기겠습니다." 하지만, 이라고 그녀는 덧붙였다. "하지만 니레이가 싫지는 않았어요."

그 옆에서 사쿠마는 미야노모리에서 유코를 처음 만났을 때를 떠올렸다. 그때 그녀가 보인 눈물이 가짜였다고는 생각되지 않았다.

"유코가 없었다면 또 다른 방법을 생각했을 겁니다. 그냥 그것뿐인 일이에요."

자신의 야망을 위해 딸까지도 이용하는 아버지는 자신의 그런 가치관을 자랑스럽게 여기는 기색마저 보였다.

"니레이 선수의 협력에 대한 조건은 뭐였어요?" 사쿠마가 물었다.

"더 높은 비약."

"예?"

스기에가 입술을 삐뚜름하게 틀고 피식 웃으며 말했다.

"더 높은 비약을 니레이에게 약속했어요. 우리에게 협력하는 것은 그 자신의 향상으로도 이어질 거라고 설득했습니다. 그리고 그건 거짓이 아니었어요. 니레이도 우리와 작업하는 동안 그걸 알았기 때문에 계속 협력해준 겁니다."

"믿을 수가 없네." 히노가 혼잣말처럼 중얼거렸다. "아무리 그래도 니레이가 그런 식으로 미네기시 씨를 배신하다니."

"하지만 사실이야."

"스기에 씨." 사쿠마가 다시 그에게 말했다. "이렇게 된 이상 시스템의 전모를 봐야겠습니다. 설마 또 거부하지는 않겠지요?"

스기에는 차갑게 번뜩이는 눈빛으로 세 사람을 바라보고는 천천히 고개를 끄덕였다.

"어쩔 수 없군요. 설마 이렇게 일찍 공개하게 될 줄은 생각도 못 했지만, 어쩌면 마침 적당한 때인지도 모르죠."

갑시다, 라면서 그가 일어섰다.

2

사쿠마 일행이 스기에를 따라 응접실을 나서자 바로 옆의 PR 제품 전시실에서 사와무라와 아리요시가 얼굴을 내밀었다. 둘 다 아까 사쿠마와 함께 왔던 것이다. 그들의 전문 지식이 형사들에게는 필요했다.

스기에는 두 사람을 보자마자 뭔가 말하려다 그대로 입을 다물고 걸음을 옮겼다.

실험실로 가보니 지난번과 마찬가지로 세 명의 기사가 대기하고 있었다. 쇼는 구석에서 트레이너 가타오카와 이야기하는 중이었다. 변함없이 은행원을 떠올리게 하는 용모였다. 스기에가 두세 마디 건네자 가타오카는 가볍게 목례하고 실험실을 나갔다.

그리고 스기에는 기사들과 쇼를 불러 시스템 전체를 사쿠마 일행에게 보여주라고 지시했다. 역시나 그들도 놀란 기색이었지만 이의를 제기하는 자는 없었다.

"그럼 준비해."

스기에의 말에 세 명의 기사와 쇼는 각자의 위치로 흩어졌다.

우선 작동을 시작한 것은 지난번에 공개한 시뮬레이터, 즉 스기에가 슬라이드 구간이라고 이름 붙인 기계였다. 나지막한 모터 소리가 들리고 미사일 발사대처럼 거대한 벨트컨베이어 부분이 서서히 일어섰다.

스기에가 컨베이어의 디스플레이 앞에 선 기사에게 신호를 보냈다. 기사가 준비 완료라는 손짓을 했다.

"쇼는 어때, 준비됐나?"

스기에가 묻자 "됐습니다"라는 소리와 함께 크레인이 작동하는 소리가 울렸다.

그리고 실험실 한쪽에서 그것이 나타났다.

사쿠마는 처음에는 그게 무엇인지도 알지 못했다. 검은 덩어리로만 보였기 때문이다. 점점 가까워진 뒤에야 드디어 사람 형태를 하고 있다는 것을 알았다.

쇼는 마치 어떤 제품의 미완성물처럼 보였다. 온몸 곳곳에 다양한 부품이 달렸고 그 부품에 수십 개의 코드가 연결되었다. 헬멧에도, 팔과 다리에도, 다리에 달린 롤러 스키에도 전기 코드가 이어져 있었다. 그리고 그런 코드들이 그의 몸을 휘감으며 등에 멘 작은 상자로 들어갔다. 그 상자에서는 굵은 코드 한 줄이 그를 매달아 올리는 사슬과 함께 천장으로 올라가 있었다.

"전기장치로 쇼를 조종하는 것 같아."

사와무라의 말을 스기에는 묵살했지만 사쿠마도 그 의견에 동감이었다.

쇼의 몸은 슬라이드 구간에 내려지고 스기에의 지시에 따라 기계는 작동에 들어갔다. 벨트컨베이어가 천천히 움직이기 시작했다. 쇼는 난간을 잡은 채 신경을 집중하려는 듯이 눈을 감았다.

"일단 직접 보시죠. 그게 가장 빠르고 설득력도 있을 테니까."

스기에가 기사를 향해 손을 번쩍 들었다.

모터 소리가 위이잉 울렸다.

쇼는 눈을 뜨더니 워밍업을 하듯이 롤러 스키를 두어 번 앞뒤로 굴렸다. 날카롭게 집중한 모습은 실제 점프대에서 도전할 때와 똑같이 보였다.

이윽고 "GO!"라는 지시와 함께 쇼가 난간을 놓으면서 재빨리 크라우칭 자세를 취했다. 모터의 회전수가 올라가는 소리가 나고 벨트컨베이어는 고속으로 미끄러져갔다.

그 즉시 슬라이드 구간이 경사도를 낮추기 시작했다. 그리고 그게 멈추는 것과 거의 동시에 쇼는 공중으로 뛰쳐나갔다.

공중에 매달리는 상태가 된 쇼의 몸은 곧바로 다시 슬라이드 구역으로 되돌아왔다. 그가 자리를 잡고 섰을 때, 사와무라는 비로소 입을 열었다.

"아, 몇 번을 봐도 대단하다."

"하지만 대단한 건 이것뿐만이 아닐 거야."

아리요시의 말에 스기에는 만족스러운 얼굴을 보이며 모두에게 손짓을 했다. 그가 컴퓨터 디스플레이 앞에 섰다.

"지금 쇼의 몸에 달린 것들은 각부의 관절과 근육의 움직임, 발바닥에 가해지는 압력의 변화 등을 전기신호로 치환해주는 장치입니다. 그것으로 어프로치에서 도약까지 일련의 동작 속에서 어떤 신체 움직임이 일어나는지 완벽하게 파악할 수 있는 거예요."

현재 디스플레이에는 거의 평탄한 곡선이 옆으로 길게 그어져 있었다.

"이건 타고 내려올 때 스키 판에 가해지는 압력이 시간에 따라 어떻게 변하는지를 나타낸 거겠지요?" 아리요시가 옆에서 해설을 덧붙였다. "그 밖에 부분별 패턴도 있을 거고요. 이를테면 발가락 끝에 걸리는 힘이라든가 뒤꿈치에 걸리는 압력 같은 것이죠."

"정확히 보셨어."

이어서 스기에가 컴퓨터 기사의 등을 툭 치자 기사는 키보드로 디스플레이에 다시 다른 곡선을 불러냈다.

"뒤꿈치에 걸리는 압력입니다."

이번에는 기사가 억양이 전혀 느껴지지 않는 목소리로 직접 설명했다.

그 밖에도 다양한 곡선이 그려지고 있었다. 무릎의 움직임, 상반신의 흔들림, 중심의 이동…….

"물론 도약 순간의 몸의 움직임도 완벽하게 모니터링할 수 있어요."

스기에의 지시에 따라 기사가 다시 키보드를 두드리자 발목의 움직임, 허리가 서는 속도 등이 차례차례 화면에 나타났다.

도약 순간의 중심의 가속도가 나오자 스기에는 아리요시를 돌아보며 말했다.

"이게 바로 니레이의 특징 중 하나죠. 빨간 선이 니레이예요. 위로 뛰어오르기보다 앞으로 뛰쳐나가는 성분이 더 큰 게 보이지요?"

"그건 교수님도 아시는 거잖아요." 사와무라가 옆에서 말했다. "뉘케넨에게서도 공통적으로 나타나는 특징이라고 하셨는데요."

"그럴 거야. 나아가 그걸 증명해줄 데이터도 있어."

스기에가 화면을 누르자 다시 다른 그래프가 나왔다.

"이건 스키 판의 가속도 변화만을 기록한 거야. 이걸로 알 수 있듯이 니레이의 경우, 뛰쳐나가기 직전에 스키 판의 가속도가 줄어들어. 이해가 되지? 몸은 앞으로 나아가려고 하고 스키는 뒤로 물러서려고 하는 거야. 즉 니레이는 도약 순간에 분명하게 뒤쪽으로 판을 걷어차고 있어."

"나처럼 위로 도약해서는 안 되겠네요?"

사와무라의 말에 스기에는 "바로 그거야"라고 목소리를 높였다.

"언젠가 자네가 화제에 오른 적이 있어. 사와무라의 결점은 위쪽으로 걷어차는 것이라고 다들 얘기했지. 가타오카는 그걸 교정하려면 앞 공중돌기를 연습하는 게 가장 좋다고 했어."

"앞 공중돌기……."

사와무라는 이제야 뭔가를 알았다는 듯이 몇 번이나 고개를 끄덕이고 있었다.

"어쨌든." 아리요시가 말했다. "이런 걸 니레이한테도 시킨 거네요. 전깃줄 귀신 같은 저 꼴로 이 거창한 기계 위에서 실제로 뛰게 한 거라고요."

"뭐, 그렇지요. 니레이의 점프를 정확히 파악하기 위해서는 눈으로 보는 것만으로는 알 수 없으니까. 덕분에 그의 몸의 매 순간의 움직임, 타이밍을 가늠하는 방식, 스키 판에 걸리는 압력 변화 등을 일정한 패턴으로 컴퓨터에 입력했어요. 아주 귀중한 데이터지요."

"게다가 니레이를 저기서 뛰게 한 게 한두 번이 아니었겠죠."

"댁도 학자라면 잘 알 거 아닙니까. 데이터는 많으면 많을수록 좋아요. 특히 양호한 데이터는 더욱더 그렇지요. 그게 성공의 비결이에요."

"그 데이터를 어떻게 활용하는 건데요?" 사쿠마가 물었다.

"그거야 뻔하지요. 니레이의 데이터를 교과서로 삼아 쇼의 점프의 결점을 체크하는 겁니다. 이를테면 무릎의 움직임이 이런 식으로 틀렸다든가, 힘을 주는 방법이 이런 식으로 안 좋다든가. 잘할 수 있을 때까지 수없이 연습하는 겁니다."

"문제는 그 체크와 교정 방법이죠." 아리요시가 말했다. "설마 결점을 말로만 가르쳤다고 하지는 않겠지요? 그런 속임수는 더 이상 듣고 싶지 않아요."

"역시 교수님은 다르시네." 스기에는 우선 상대를 추켜세우는 말을 늘어놓았다. "맞는 말씀이에요. 결점을 체크하는 것뿐이라면 단순히 결점 찾기 기계에 지나지 않겠지요. 걱정 말아요, 이 장치에는 교정 기능도 딸려 있으니까. 아니, 교정 기능이야말로 이 장치의 자랑할 만한 부분이라고 해도 좋겠지요."

그는 쇼와 기사에게 다시 한번 점프를 지시했다. 슬라이드 구간이 서서히 급각도로 기울었다.

"아까도 말했지만 쇼의 몸의 움직임, 중심 이동 등은 모조리 컴퓨터에 입력돼요. 컴퓨터는 현재 들어오는 데이터와 니레이의 데이터를 비교해서 어긋난 동작이 발생할 경우에는 그 즉시 쇼에게 알려줍니다. 즉 동작을 하는 순간에 벌써 그 동작의 결점을 인식할 수 있죠."

"컴퓨터가 알려주는 그 방법이 문제라는 거예요."

"그래요, 그 점이 가장 어렵다고 할 수 있죠. 오랜 시간을 들여 연구를 거듭해야 했어요. 그 문제에 대해서라면……." 스기에가 히노 쪽을 보았다. "시마노 고로에게 얘기를 들었다니까 이미 다들 알고 있는지도 모르겠네."

"내 눈으로 직접 봐야겠어요. 이건 순수한 호기심에서 하는 말이에요." 스카와가 나서서 말했다.

"좋아요. 지금 보여드리지요. 아니, 들려드린다고 해야 하나?" 스기에가 내뱉듯이 말했다. "쇼가 지금 끼고 있는 헬멧에 소형 스피커가 있어요. 거기로 컴퓨터가 보내는 신호가 들어가는 겁니다."

스기에는 쇼와 기사를 향해 뭔가를 지시했다. 잠시 뒤 컨베이어가 움직이기 시작했다. 그는 사쿠마 일행 쪽으로 몸을 돌리더니 곁에 있는 작은 스피커를 가리켰다.

"쇼의 귀에 들어가는 소리가 이 스피커를 통해서도 들립니다. 일단 들어보시죠."

컨베이어가 일정한 속도에 달하자 쇼는 조금 전과 마찬가지로 그 위에서 크라우칭 자세를 취했다.

하지만 그 직후였다.

뭐라고 표현할 길 없는 불쾌한 소리가 스피커에서 터져 나왔다. 뇌 속을 할퀴는 듯한 소리였다. 사쿠마는 저도 모르게 귀를 틀어막았다.

잠시 뒤 경사가 변하고 쇼는 도약 동작에 들어갔다. 그 순간 더욱더 큰 충격으로 그 소리는 귀를 막은 손바닥까지 뚫고 들어왔다. 얼굴을 찌푸리며 눈을 질끈 감았다. 온몸의 피가 일시에 들끓었다.

사쿠마가 돌아보니 스가와와 아리요시, 사와무라와 히노도 귀를 막고 있었다. 스기에까지 잔뜩 일그러진 표정이었다.

귀에서 손을 떼더니 스기에는 쓴웃음을 지으며 말했다.

"보시다시피 이런 겁니다. 모범적인 점프를 하지 못했을 경우, 그 어긋난 정도에 따라 음성신호가 송출되지요. 이건 여러 단계로 나뉘어서 어긋남의 정도, 패턴의 차이에 따라 달라집니다. 잘못된 점프일수록 더 불쾌한 소리가 들리는 것이죠. 인간에게는 불쾌함을 회피하려는 본능이 있어요. 훈련을 반복하다 보면 점차 올바른 방향으로 가게 됩니다."

"스기에 씨는 그 세 명의 선수를 상대로 이 소리 실험을 했던 거예요."

히노가 사쿠마 일행의 등 뒤에서 분노에 찬 목소리로 말했다.

"고로가 나한테 들려줬어요, 그때 당했던 일들을. 매일같이 헤드폰을 쓰고 뭔지도 모르는 기기를 온몸에 휘감은 채 뛰고 또 뛰어야 했답니다. 고로와 다른 두 친구를 점퍼가 아니라 모르모트로 쓰려고 채용했던 거라고요."

"아까도 말했을 텐데?" 스기에는 기계적인 말투로 대꾸했다. "그들은 모든 설명을 듣고 우리 팀에 들어왔어. 정당한 거래였

단 말이야. 그들은 앞으로도 닛세이 회사에서 엘리트 코스를 달려갈 거고, 나는 귀중한 연구 성과를 얻었어."

히노는 하고 싶은 말이 아직 많은 것 같았지만, 지금 이 자리에서 할 말은 아니라고 판단했는지 손등으로 입가를 훔쳤을 뿐이다.

"불쾌한 소리에 의한 교정이라……. 이론적으로는 가능할지도 모르지요." 나름대로 검토를 끝냈는지 아리요시가 감상을 밝혔다. "활강처럼 어느 정도 동일한 자세를 유지하는 것이라면 소리를 들으면서 몸을 움직이고, 어떻게 하면 불쾌한 소리를 듣지 않을지 학습할 수도 있어요. 하지만 도약처럼 한순간에 모든 게 끝나는 동작이라면 이런 학습으로는 어렵지 않을까요?"

"맞는 말씀이에요. 갑작스럽게 도약 동작에 적용하려고 해봤자 효과가 없어요. 역시 착실히 단계를 밟아 진행할 필요가 있지요."

스기에는 슬라이드 구간이라고 이름 붙인 컨베이어를 가리키며 설명에 들어갔다.

"처음에는 슬라이드 구간의 각도를 도약 때의 11도로 고정해두고, 컨베이어는 작동하지 않고 롤러 스키도 신지 않은 채 저 다리 위에서 뛰쳐나오는 동작, 즉 가상 도약 연습부터 시작했어요. 여기서도 컴퓨터에 입력된 모델과 다를 때는 그 정도에 따라 불쾌한 소리를 듣게 됩니다. 이 가상 도약의 경우에는 자신이 가늠한 타이밍에 뛰쳐나가기 때문에 올바른 동작을 마스터

하는 건 비교적 간단해요. 하긴 그 단계를 통과하는 것만 해도 시간적으로는 상당히 걸렸죠. 어쨌든 가상 도약 단계를 통과하면 그다음에는 롤러 스키를 신고 똑같은 동작을 합니다. 여기서도 모델과 다르면 불쾌한 소리의 제재를 받아요. 그 단계도 통과하면 드디어 컨베이어를 작동합니다. 처음에는 자신이 가늠한 타이밍에, 그리고 나중에는 이쪽에서 지시해준 타이밍에 뛰쳐나가는 거예요. 그러는 동안에도 컴퓨터는 체크를 계속합니다. 어떤 동작을 하면 어떤 종류의 불쾌한 소리가 들리는지, 시간을 들여 반복할수록 몸속에 스며들어요. 그러다 보면 본능적으로 어긋난 동작은 안 해요. 그런 단계를 거쳐 최종적으로는 방금 보여드린 상황에서도 불쾌한 소리를 듣지 않을 만큼 숙달되는 겁니다.”

“흠, 그런 거였군요.” 알겠다는 듯이 아리요시는 고개를 끄덕였다. “그런데 그 각각의 단계에서 컴퓨터에 입력된 데이터라는 건 역시 니레이의 것이겠지요?”

“그래요. 최초의 연습 도약에서부터 최종적인 점프까지 아주 세밀한 단계로 나눠서 니레이의 데이터를 따냈으니까. 그리고 한 걸음 한 걸음 확실하게 쇼를 니레이에게 근접하도록 만들어갔습니다.”

“니레이 아키라가 전면적으로 협력해줬다는 얘기잖아.”

사쿠마는 저도 모르게 중얼거렸다.

“하지만 단순히 이 기계를 활용해 훈련하는 것만으로는 소용

366

없었을 텐데요. 왜냐면 니레이와 쇼는 애초에 근력이나 순발력, 반응 속도 등에서 차이가 나잖아요. 쇼는 우선 그 기본적인 부분부터 극복해야 했을 겁니다." 아리요시가 말했다.

"그렇죠. 생각하기에 따라서는 그 단계가 가장 힘들었다고 할 수 있어요." 스기에가 아들을 흘끗 돌아보며 말을 이어갔다. "기본적인 체력 차이는 니레이의 데이터를 수집하기 훨씬 전부터 알고 있었어요. 우선 그것을 해결하는 게 당면 과제였죠."

"이를테면." 사와무라가 입을 열었다. "쇼의 대퇴부가 부자연스러울 만큼 급격하게 굵어진 것도 그 문제를 해결하기 위한 특수한 방법의 결과였겠네요?"

사쿠마는 그의 얼굴을 쳐다보았다. 사와무라가 명백히 도핑의 의심을 내비친 것이다.

"흥, 지금 도핑 얘기를 하는 거라면 그건 조금 틀렸어. 자네, 도핑의 정의를 알고 있나?"

사와무라는 고개를 저었다.

"경기력을 높일 가능성이 있는 약물 중에서 사용 사실을 증명할 수 있는 약물에 한해서 도핑이라고 하는 거야. 즉 증명할 수 없으면 도핑이 아니라는 얘기야."

"그럴싸한 이론으로 때우시네."

스카와가 들으라는 듯이 중얼거렸지만 스기에는 태연했다.

여기서 아리요시가 헛기침을 하며 나섰다.

"근력은 그렇다 쳐도 반응 시간을 줄이는 데 효과적인 방법이라는 건 대략 몇 가지가 이미 알려져 있잖아요? 이를테면 이런 방법이에요. 크라우칭 자세를 취한다, 신호를 보고 도약한다, 라는 동작 속에서 신호 직후마다 가벼운 전기충격을 가하는 거예요. 그러면 서서히 반응 속도가 높아져서 도약 동작이 점차 전기충격의 타이밍에 근접하게 되죠. 육상의 스타트 트레이닝 등에서 쓰는 방법으로, 상당히 일반적이지요."

"그런 방법도 알고 있다, 라는 정도만 말해두도록 하지요." 스기에는 침착함을 되찾고 있었다. "어쨌든 쇼의 기본 체력은 상당한 레벨까지 니레이에 근접했어요. 점프를 하는 데 아무 문제가 없을 정도로 말이죠. 그런 다음에 조금 전에 얘기했던 단계적 트레이닝을 거쳐 이상적인 점프를 몸으로 익힐 수 있었습니다."

"이상적이라고 해봤자 니레이의 복제판일 뿐이잖아요. 댁의 아드님의 개성은 어딘가로 사라져버렸고."

스카와가 비웃음을 담아 말했지만, 스기에는 오히려 흐뭇하다는 듯이 실눈을 하고 웃었다.

"개성이라는 건 일상생활에서나 발휘하면 돼요. 승부에 개성 따위는 필요 없습니다. 항상 승리하는 점프를 하는 게 중요하지요. 뉘케넨의 점프를 연구해서 어떤 원리로 그렇게 멀리 날 수 있는지 해명해보자는 움직임이 활발하게 일어났지만, 나는 넌센스라는 생각밖에 안 들더군요. 뉘케넨은 뉘케넨이었기 때문에 그렇게 뛸 수 있었어요. 니레이도 마찬가지예요. 어떻게 그렇게 뛸 수 있는지 아무리 연구해봤자 의미가 없어요. 그들처럼 뛰고 싶다면 완전히 그들이 되어야 하는 겁니다."

"그렇다고 타고난 개성을 버리고 온몸에 전깃줄을 휘감은 채 컴퓨터의 지시대로 움직여야 한단 말입니까? 완전 사이보그네."

"사이보그? 그 말은 과학에 의한 승리를 목표로 도전하는 나에게는 최대의 찬사로군요. 실은 사이버드 시스템이라는 이름도 사이보그와 버드를 조합한 거예요. 현재 스포츠계에서 인간답다는 말은 곧 패배를 의미합니다. 아, 혹시 과학을 이용한 승리보다 인간다움을 추구하는 패배가 더 가치 있다는 말을 하려는 건가?"

"나는 그렇게 생각하는데요." 스카와가 말했다. 사쿠마도 고개를 끄덕였다.

"그건 당신들의 논리겠지요. 스포츠로 살아가는 사람에게는 오로지 승리뿐이에요. 관중들도 비인간적인 강함을 원한다는 뜻입니다. 서울 올림픽에서 벤 존슨은 도핑으로 금메달을 박탈당하고 세상의 비난을 받았지요? 하지만 그 비난도 잘난 원칙주의에서 나온 것뿐이에요. 대부분의 사람들은 오히려 왜 검사에 걸리는 바보짓을 했느냐고 이를 갈고 있어요. 나도 그렇죠. 적당히 잘 넘어갔으면 인류의 위대한 업적의 하나로 마음껏 기뻐할 수 있었잖아요? 당시에 도핑을 비난하는 선수들도 많았지만, 마음속으로는 벤 존슨의 멍청함을 욕했을 겁니다. 아니면 그토록 효과가 뛰어난 약이라면 나도 시도해보고 싶다는 정도였겠지요. 뭐, 도핑에 대한 건 어찌 됐든, 스포츠의 세계에서는 비인간적인 방법을 써서라도 이기기만 하면 좋은 평가가 나오는 법이에요. 캘거리에서 스키점프 선수들이, 서울에서 유도 선수들이 참패했을 때, 이 나라 사람들이 뭐라고 했는지 생각나요? 이제 어느 누구도 참가하는 것에 의의가 있다는 말은 해주지 않아요. 국가 예산을 들여 출전하는 이상, 무슨 짓을 해서라도 메달을 따 와라, 그러기 위해서는 도핑이든 뭐든 해라, 단 들키지는 마라, 그게 세상의 본심입니다."

스카와는 어이없다는 듯이 고개를 저었다.

"이거야 원, 머리가 정상이 아니네."

"내가? 아니면 세상 사람들이?"

"양쪽 다."

스카와가 응수했다.

"그렇죠? 스포츠 선수들은 그런 냉혹한 세계에서 살고 있어요. 그리고 또 한 가지 중요한 것을 깜빡했군요. 그건 선수 본인들이 결코 이런 상황에 불만을 갖지 않는다는 겁니다. 일류 선수들은 하나같이 일종의 나르시시즘의 경향이 있어요. 지금의 나보다 좀 더 강하고 아름다운 것을 향해 내달린다는 겁니다. 당신들처럼 고정된 현 상황에 안주하는 건 원치 않아요."

"쳇, 우리를 너무 무시하시네."

"일류 선수일수록 좀 더 위로 올라가기가 정말 어려워요. 그걸 보완해주는 게 있다면 누구든 활용하고 싶은 마음이 드는 건 당연한 일입니다."

"그러기 위해 다른 인간을 희생시켜도 괜찮다는 겁니까?"

히노가 말했지만 스기에는 얼굴빛 하나 변하지 않았다.

"인간에게는 각자 어울리는 길이 있어. 거기서 존재 가치를 찾아야지. 클래식 발레의 군무를 프리마 발레리나를 위한 희생이라고 생각하는 사람은 없어. 이봐, 슬라이드 구간을 올려!"

스기에의 지시에 다시금 장치가 작동하기 시작했다. 그는 사쿠마 일행을 돌아보며 말을 이어갔다.

"왕년에 내가 선수로 뛰던 시절에는 공중에서 양팔을 앞으로 뻗는 자세가 좋다고들 했어. 그런데 어떤 연구자가 팔은 몸 쪽에 붙여야 한다고 주장했어. 나는 그의 제안을 받아들이려고 했지. 하지만 감독이 반대하면서 결코 인정해주지 않았어. 점프라는 건 과학으로 해명되는 게 아니라는 것이 그 당시에 득세한 주장이었으니까. 우리는 그 비형 그대로 올림픽에 출전했어. 그리고 거기서 뭘 본 줄 알아? 양팔을 몸에 착 붙이고 호쾌하게 날아가는 핀란드 선수였어. 우리는 과학을 받아들이는 자세에서부터 이미 지고 들어간 거야. 난 그때 단단히 결심했어. 다음에는 반드시 과학으로 이기고 말겠다고. 그 순간이 지금 한 발한 발 다가오고 있어."

스기에는 쇼를 바라보며 귀에서 뭔가 빼내는 몸짓을 했다. 그것을 보고 쇼는 헬멧을 벗고 양쪽 귀에서 뭔가를 빼냈다. 그는 귀마개를 하고 있었던 것이다.

"이번에는 제대로 뛰어봐. 너의 점프를 보여주라고."

스기에는 기사에게 신호를 보냈다. 컨베이어가 돌아가기 시작했다.

"이제부터 쇼는 연승 행진을 보여줄 겁니다. 니레이가 그랬던 것처럼. 그때 내가 올바른 선택을 했다는 게 증명되겠지요. 나를 이단자로 추방했던 자들에게 보란 듯이."

쇼가 활주 태세에 들어갔다. 하지만 이번에는 아까 같은 불쾌한 소리는 들리지 않았다. 이윽고 경사도가 바뀌기 시작하고 그는 날카롭게 도약했다. 몸이 둥실 허공에 떴다.

그리고 마지막까지 불쾌한 소리는 울리지 않았다.

3

스기에 다이스케는 왼손으로 테이블 위의 라이터를 집어 손안에서 만지작거리기 시작했다. 이윽고 딸각 뚜껑을 열고 불을 켰다. 하지만 담배에 불을 붙이지 않고 다시 딸각 뚜껑을 닫았다.

"사이버드 시스템을 구상한 것은 몇 년 전이었습니다. 그 무렵에는 아직 니레이에 대해 알지 못했어요. 어떻게든 외국의 뛰어난 선수를 데려다 시스템의 모델 데이터를 딸 생각이었죠."

"그런데 니레이 선수가 나타났다는 건가요?"

사쿠마의 말에 스기에는 고개를 끄덕였다.

"니레이는 훌륭한 선수였어요." 그는 말했다. "현재의 스키점 프 계보와는 전혀 다른 곳에서, 이른바 돌연변이처럼 나타난 천 재라고 해도 좋을 겁니다. 그가 도약하면 누구보다 멀리까지 날 았어요. 하지만 왜 그렇게 날 수 있는지, 본인도 알지 못했어요. 과학적으로 증명할 수도 없었고. 아무튼 타고 내려와서 도약을 하면⋯⋯." 스기에는 라이터를 높이 들어 올렸다가 천천히 테이 블에 내려놓았다. "그 점프대의 한계점 가까이 날아버려요. 이 런 선수는 국내에는 없다, 이 선수야말로 우리 시스템의 모델이 되어야 할 인물이다, 라고 생각했습니다."

실험실을 나와 다시 응접실에서 사쿠마와 스카와는 스기에의 이야기를 듣고 있었다. 사와무라와 아리요시 일행은 아직도 실 험실에 있었다.

"그래서 7월경부터 데이터를 따기 시작했군요." 사쿠마가 말 했다. "기간은 얼마나 걸렸어요?"

"처음 3개월에 데이터 수집은 대략 끝났어요. 하지만 그것만 으로는 충분하지 않았죠. 병행해서 쇼의 특별훈련도 시작했는 데 이런저런 문제가 불거질 때마다 새로운 데이터가 필요했으 니까. 그때마다 니레이에게 부탁하게 됐어요."

"니레이 선수가 그렇게 흔쾌히 협력을 해준 거예요?" 사쿠마 는 의문을 말해보았다.

"그건요, 아까도 말했다시피 니레이 본인이 더 적극적이었어 요. 사이버드 시스템의 본래 목적은 니레이의 점프를 복제하는 것이었지만, 바꿔 생각하면 니레이 본인이 자신의 점프 방법을 기억해두는 장치라고도 할 수 있잖습니까. 그러면 컨디션이 무너졌을 때도 곧바로 최상의 상태일 때의 감각을 다시 찾을 수 있어요. 이건 다른 스포츠에서도 마찬가지지만, 최상일 때와 그렇지 못할 때의 파고波高처럼 선수를 괴롭히는 것도 없어요. 모든 선수들이 최상일 때의 감각을 잊지 않으려고 필사적이 되는 겁니다. 좀 더 멀리 나는 것에 대해서라면 이상할 만큼 관심을 보였던 니레이도 예외가 아니었어요. 그는 보다 완벽한 점프의 감각을 저장해두려고 했어요. 슬라이드 구간에서 점프를 해서 그 전보다 좋은 감각으로 날았을 때는 그 순간의 데이터를 컴퓨터에 다시 입력해나가는 겁니다. 하지만 완벽이라는 건 신기루 같은 것이죠. 니레이는 결코 만족하는 일이 없었어요."

"그건 그러니까……." 사쿠마가 말했다. "마약 같은 것이네요."

"마력이라고 해주시면 좋겠군요. 그리고 니레이 정도의 천재였기 때문에 그런 마력에 들씌웠던 겁니다."

"어찌 됐건 니레이가 그런 마력에 빠져든 덕분에 스기에 씨는 아주 유리하셨겠네."

스카와가 의미심장한 말투로 물었다.

"그거야 뭐, 부정할 수 없겠죠."

스기에는 순순히 인정했다. 그는 유코를 적절히 이용해 니레이가 협력하도록 분위기를 만들어갈 계획이었다. 하지만 그런 수단만으로는 니레이가 계속해서 미네기시를 배신하게 할 수는 없었을 것이다.

"반년씩이나 잘도 미네기시를 속여가면서 그런 작업을 했군요."

스카와가 감탄과 비아냥거림이 뒤섞인 어조로 말했다.

"어쨌든 미네기시 코치에게는 절대 비밀로 해야 했으니까요. 그래서 꽤 신경을 썼습니다." 스기에가 한숨을 섞어 대답했다.

"미네기시에게는 들키지 않았다는 말입니까?" 사쿠마가 물었다.

"우리는 들키지 않았다고 생각했는데……. 니레이와 연락할 때도 아주 조심스러운 방법을 썼으니까요."

"조심스러운 방법이라면?"

"메모를 몰래 건네면 증거도 남고 미네기시의 눈에 띌 가능성도 있었어요. 호텔 마루야마의 지하에 왁스룸이 있잖습니까. 거기에 각 팀의 비품이나 선수의 스키 판이 잔뜩 쌓여 있죠. 그 속에 니레이의 예비 스키 판이 있었어요. 예비라고 해봤자 더 이상 쓸 일이 없는 물건이었어요. 그래서 그 스키 판 활주면에 유성 펜으로 지시 사항을 몰래 써놓기로 했습니다. 이를테면 월요일 9시에 실험실로, 라는 식으로. 니레이는 그걸 확인한 뒤에 지워버립니다. 그러면 증거가 남을 일도 없고 눈에 띌 걱정도 없어요. 그리고 왁스룸은 누가 언제 드나들든 아무도 수상하게 여기지 않으니까요."

"오, 기막힌 방법인데요?"

사쿠마는 감탄해서 말했다.

"니레이 입장에서는 은인이기도 한 미네기시에게는 절대 들키고 싶지 않았겠지요. 그 연락 방법에 관해서는 평소의 가벼운 언동만 보면 상상도 못 할 만큼 신중했어요. 그렇게 몇 달 동안 아무에게도 들키지 않고 우리 지시대로 움직여줬습니다."

아무에게도 들키지 않고 지시대로 움직여줬다…….

그 말을 들은 순간, 사쿠마의 머릿속에서 뭔가가 번쩍 떠올랐다. 그리고 그것이 내내 마음속에 걸려 있었던 것의 정체라고 깨달았다.

독약을 먹인 방법이다.

동
기

1

스카와 형사가 내민 사진을 본 순간, 미네기시는 모든 게 끝났다는 것을 깨달았다. 하지만 이상하게도 원통한 마음은 없었다. 오히려 이걸로 드디어 긴 고통에서 해방되었다는 기분이었다. 솔직히 침묵을 고수하는 것에도 이제 지쳐버렸다.

"언제부터 알고 있었지?" 스카와가 물었다. "니레이가 스기에의 실험실에 드나든다는 거 말이야. 언제부터 알았어?"

그 질문에 대답하려고 했다. 하지만 목소리가 잘 나오지 않았다. 기침을 두어 번 하고 침을 삼키고 입술을 혀로 축였다.

"작년 10월이었습니다."

미네기시가 대답하자 스카와는 크게 숨을 토해내고 옆의 사쿠마와 얼굴을 마주 보았다. 아마도 미네기시가 처음으로 제대로 질문에 답했기 때문일 것이다.

"어떻게 알았던 거야?" 스카와가 물었다.

"왁스룸에 넣어둔 니레이의 스키에 전언이 적혀 있는 걸 우연히 발견했어요. 그때 스기에의 일에 협력하고 있다는 것을 알았습니다."

"그리고 배신당한 것에 화가 나서 니레이를 죽였다는 건가?"

스카와의 말에 미네기시는 저도 모르게 얼굴을 들었다. 두 형사는 지그시 그의 눈을 마주 보았다.

화가 나서 죽였다…….

그렇게 해석할 수도 있구나, 라고 미네기시는 생각했다. 지금까지 생각도 못 해본 것이었다.

"어때, 아닌가?" 스카와가 다시금 물었다.

미네기시는 말없이 고개를 끄덕였다. 가슴속에 고여 있던 검고 무거운 것이 쓸려나가는 감각이 들었다.

"좋아." 스카와가 고개를 끄덕였다. "그러면 그날의 일을 얘기해줄 수 있겠지? 니레이를 죽인 날의 일 말이야."

니레이를 죽인 날……. 미네기시에게는 벌써 오래전의 일처럼 느껴졌다. 그날 자신이 했던 일 모두가 꿈이었던 것 같은 마음도 들었다.

범행의 대부분은 그 전날 밤에 이루어졌던 것이다.

그날 밤 미네기시는 왁스룸에 들어가 니레이의 스키 판을 찾아냈다. 활주면을 봤지만 스기에의 지시는 적혀 있지 않았다.

마침 잘됐다고 생각했다.

준비해 온 유성 펜으로 가짜 지시를 적어두었다. 스기에 쪽의 지시는 각진 글씨여서 필적을 위조하기도 쉬웠다. 미네기시가 써넣은 지시는 다음과 같은 것이었다.

'내일 2시 근육조직 검사. 중식 후 비타민제 대신 첨부한 약을 먹을 것.'

그리고 비닐봉지에 넣어 온 독약 캡슐을 그 옆에 테이프로 붙여두었다.

'비타민제 대신'이라고 조건을 붙인 것은 니레이가 두 가지 캡슐을 함께 먹을 경우, 부검 시 녹은 캡슐 두 개가 나와서 경찰이 수상하게 여길 거라고 생각했기 때문이다.

다음 날 점심식사 후, 니레이는 의심하는 기색도 없이 약을 먹었다. 다른 사람이 보기에는 그가 비타민제를 먹은 것으로만 보였을 것이다. 미네기시만이 그 약의 정체를 알고 있었다.

그가 약을 먹고 나간 뒤, 미네기시는 그의 테이블에서 약 봉지를 챙겨 넣고 자신이 준비한 약 봉지로 바꿔치기했다. 그 안에는 독이 든 캡슐이 있었다.

그렇게 범행은 성공적으로 끝났다. 다만 한 가지 알 수 없는 건 니레이가 스기에의 실험실이 아니라 미야노모리 경기장에서 죽었다는 것이었다.

"어떻게 그런 생각을 해냈지?" 이야기를 들은 뒤 스카와가 감탄한 듯 고개를 좌우로 내저었다. "그러니 누가 봐도 비타민제를 독약으로 바꿔치기한 거라고 생각하지. 근데 실은 그게 아니라 독약은 미리 췄었고 그걸 니레이가 먹은 다음에 바꿔치기한 거였어. 진짜 감쪽같네. 아, 하지만 그런 기막힌 방법이 제 무덤을 파는 일이 됐어."

"그러네요."

형사가 내민 사진에는 니레이의 스키 판의 활주면이 찍혀 있었다. 그리고 그곳에 '내일 2시 근육조직 검사'라는 글씨가 희미하게 보였던 것이다. 형사의 설명에 따르면, 맨눈으로는 보이지 않게 지워졌어도 유성 펜으로 썼던 흔적을 살려내는 건 요즘 과학수사에서는 지극히 간단하다고 한다.

"완벽하다고 생각했는데……."

미네기시는 고개를 떨군 채 중얼거렸다.

"분명 기막힌 방법이긴 했어요." 사쿠마가 말했다. "이런 걸 칭찬하는 것도 이상하지만."

"하지만 밀고자가 아니었으면 아직도 진상을 밝혀내지 못했겠지요."

미네기시의 말에 두 형사는 놀란 듯 시선을 마주쳤다. 그 모습을 지켜보며 미네기시는 질문을 던져보았다.

"밀고자가 있었지요?"

"누군지 짚이는 사람이 있어?"

스카와가 되물었다. 미네기시는 고개를 끄덕였다.

"처음에는 나한테 경고장이 날아왔어요. 자수하라고. 내 나름대로는 완벽하다고 생각했던 계획을 대체 누가 알아냈는지 궁금해서 견딜 수가 없었죠. 하지만 이제는 그런 미련 같은 것도 없어요."

"누구였어?"

미네기시는 자신의 손바닥을 가만히 바라보며 말했다.

"닛세이팀의 가타오카 트레이너."

그날 밤 유치장 침대에 누웠을 때, 미네기시는 참으로 오랜만에 편안한 기분을 느꼈다. 이제 더 이상 고민할 것은 아무것도 없다. 앞으로는 흘러가는 대로 나를 맡기기만 하면 된다.

미네기시는 마음을 진정시키고 지난 며칠 동안에 일어난 일을 떠올리려고 했다. 하지만 범행에 관한 것은 거의 마음속에 떠오르지 않았다. 어떻게 니레이를 죽였는가 따위, 그리 큰 문제가 아니었다. 그에게 영원히 잊을 수 없는 것은 저 니레이에게 자신이 살의를 품었다는 사실이었다.

미네기시는 조금 전 형사의 말을 떠올렸다. 화가 나서 죽였는가……. 만일 그게 진짜 동기였다면 얼마나 마음이 편했을까, 라고 그는 생각했다.

가벼운 두통이 몰려왔다. 다시 사고가 혼란에 빠져든 것이다. 니레이에게 살의를 품었을 때의 일을 생각하면 미네기시의 기억은 한참 이전까지 거슬러 올라가고 만다. 니레이처럼 되어보려고 모든 것을 걸었던 3년의 시간, 그리고 절망과 좌절.

체념을 새로운 희망으로 바꾸고 그것을 지렛대 삼아 다시 일어섰던 것. 세상에 이런 훌륭한 선수가 있구나. 내가 끝내 도달하지 못했던 그 자리에 니레이라는 사람은 존재하는구나. 그런 그를 참된 정점에 올려놓는 것으로 자신이 희생했던 시간의 가치를 찾아보려고 했다.

미네기시는 머리를 부여잡았다. 거센 이명이 울리는 듯한 기분이었다. 하지만 이건 생각 탓일 뿐이다. 니레이에게 배신당했다는 것을 알았을 때…… 그때 스기에 팀이 주고받았던 대화가 다시 머릿속에서 소용돌이치듯 되살아난 탓이었다.

니레이의 스키 날에 적힌 스기에 다이스케의 메시지, 그것을 발견했던 것이 미네기시에게는 비극의 시작이었다. '오늘 3시, 제2실험실로 올 것'이라고 적혀 있었다.

한참을 망설인 끝에 그는 닛세이팀의 실험실에 가보기로 했다. 마치 아내의 불륜 현장에 몰래 들어가는 듯한 비참한 기분으로 블라인드가 내려진 창밖에 서서 귀를 기울였다. 기계음 사이사이에 말소리가 들려왔다. 스기에의 목소리, 그리고 니레이의 목소리.

이번에는 오른쪽에서 바람이 분다고 생각하고 뛰어봐……. 바람 같은 건 불지도 않는데요? ……바람이 분다고 생각하고 뛰라는 거야.

얼마나 그러고 있었을까, 니레이는 돌아간 모양이었다. 그리고 잠시 뒤에 스기에의 목소리가 들렸다.

"아직도 데이터가 한참 부족할 것 같아."

그 말에 누군가 대답했다. 무슨 말인지는 들리지 않았다.

"좋아, 그럼 다음에 니레이가 왔을 때, 그걸 해보라고 해." 다이스케의 목소리였다. "쇼는 좀 어때, 새로운 스텝은 클리어했어? 허리 관절? 그건 니레이의 큰 특징 중의 하나야. 그걸 마스터하지 않고서는 니레이가 될 수 없어."

니레이가 될 수 없다?

이건 무슨 소리인가, 하고 미네기시는 더욱더 창 쪽으로 귀를 바짝 댔다.

"아무튼 여기까지는 순조롭게 진행됐어. 이런 식으로 나가면 이제 곧 시스템도 완성될 거야. 그렇게 되면 니레이 같은 점퍼를 얼마든지 만들어낼 수 있어."

시스템, 니레이 같은 점퍼를 만들어낸다…….

미네기시 안에서 뭔가가 뚝 끊겼다. 그리고 그것을 계기로 와르르 무너져가는 것이 있었다. 그것이 무엇인지, 미네기시 자신도 잘 알지 못했다.

그는 그때부터 쇼의 점프를 주의 깊게 지켜보았다. 저 녀석이 언젠가 니레이처럼 된다는 것인가. '시스템'이라는 이름의 기계를 이용해서 그야말로 간단하게?

그리고 그 징후는 12월에 나타나기 시작했다. 어느 누구도 알아차리지 못한 것 같았지만, 쇼는 착실히 니레이에 근접해가고 있었다. 니레이처럼 되고 싶어서 청춘을 모조리 쏟아부었던 미네기시였기 때문에 알아본 것이라고 할 수 있으리라.

온갖 감정이 그를 덮쳤다. 우선 격한 질투심이었다. 그토록 수많은 시간을 들여 모든 것을 쏟아부은 자신이 끝내 손에 넣지 못한 것을 그 '시스템'이라는 것으로 쉽게 얻어낸다는 사실을 용서할 수 없었다. 그런 사실을 인정하는 것은 자신이 빛나는 다이아몬드라고 굳게 믿어왔던 것이 한낱 돌덩어리로 변해버린다는 뜻이었다.

그 계획만은 반드시 막아야 한다고 미네기시는 생각했다. 그러지 않는다면 자신이 희생했던 시간에 아무런 가치도 주어지지 않게 된다.

니레이에게 직접 얘기해 스기에 팀의 연구에 협력하는 것을 중단시키자고 미네기시는 우선 생각했다. 내가 하는 말이라면 분명 들어주지 않을까.

하지만 그건 그저 일시적인 해결책일 뿐이라고 생각되었다. 언젠가 같은 일이 또다시 반복되는 게 아닐까.

게다가 한 가지가 더 있었다.

내가 하는 말이라면 들어줄 것이라는 자신감이 흔들리기 시작했다. 그건 니레이가 스기에 팀에 협력할 때 이외에도 그들의 실험실에 자주 드나든다는 것을 알았기 때문이었다. 이윽고 그는 깨달았다. 니레이는 이제 과거에 자신을 거둬준 은사 후지무라와 미네기시가 아니라 그 '시스템'이라는 것을 숭배하고 있다. 그의 마음이 자신에게서 점점 멀어져간다는 것은 평소에 대화하는 가운데서도 언뜻언뜻 감지되었다.

니레이는 머지않아 내게서 떠날 것이라고 미네기시는 확신했다. 그렇게 자신에게는 아무것도 남지 않게 된다. 니레이를 향해 불태운 청춘의 의미도, 자신의 힘으로 니레이를 정점에 올려놓겠다는 꿈도.

이 시점에서 모든 것을 동결시키는 수밖에 없다…….

그것이 미네기시가 내린 결론이었다. 지금이라면, 니레이만 없앤다면, 스기에 팀의 연구를 미완성 상태로 멈추게 할 수 있다고 생각했다.

서두르지 않으면 자신이 스키점프계에서 살아왔다는 감각조차 사라져버린다.

하지만 결국 늦고 말았다. 이미 때를 놓친 것이다. 쇼는 완전히 니레이의 복제판이 되어버렸다. 그리고 나는 이제 더 이상 쇼를 죽일 수 없다.

2

"그렇군요, 미네기시가 나라는 걸 알았습니까…….."

가타오카는 이마에 흘러내린 몇 올의 머리카락을 깔끔하게 처리하고 작은 한숨을 내쉬었다. 미야노모리 경기장의 브레이킹 트랙 옆에서 사쿠마는 그와 나란히 앉아 있었다.

"그날 아침에……." 가타오카가 말했다. "니레이가 죽은 그날 아침이에요. 처음에는 그날 오전에 니레이의 약을 바꿔치기한 게 아니냐는 쪽으로 얘기가 나왔습니다. 하지만 저는 훨씬 이전 부터 약을 바꿔치기하기가 현실적으로 불가능하다는 것을 알고 있었어요."

"바꿔치기하기가 불가능했다? 정말입니까?"

"거짓말을 할 이유가 없지 않습니까. 우선 레스토랑에 아무도 없었던 게 9시부터 9시 40분 사이였어요. 그 시간에 대한 각자 의 얘기를 종합해보면 재미있는 사실을 알 수 있습니다. 데이코 쿠화학팀의 나카오 씨는 9시부터 9시 20분까지 호텔 현관 앞 주차장에 있었고 그 시간 동안 현관을 나온 사람은 사와무라뿐 이었다고 했어요. 그리고 그 뒤에 나카오 씨는 로비에 들어와 있었는데 아무도 레스토랑에 들어가지 않았다고 했습니다."

사쿠마는 고개를 끄덕였다. 그날 그 시간의 얘기는 이제 메모 를 들여다볼 것도 없이 다 외우고 있었다.

"다음으로 히무로코산팀의 히노 선수가 했던 얘기예요. 그는 9시쯤부터 별관 공중전화 앞에 있었습니다. 거기서 본관으로 가는 통로가 훤히 보이지요. 그의 말에 따르면, 전화를 걸고 있 는 사이에 그곳을 지나간 사람은 사와무라뿐이었다고 합니다. 즉 9시부터 9시 40분 사이에 별관 공중전화 앞에서 본관 현관 까지는 나카오 코치와 히노 선수에 의해 막혀 있던 셈이에요."

"맞아요. 거기까지는 알고 있죠." 사쿠마는 고개를 끄덕이며 동의했다.

"그렇다면 범인이 약을 바꿔치기하기 위해서는 두 가지 경우밖에 없습니다. 첫째, 히노가 전화를 했던 9시 이전에 본관 화장실 같은 곳에 숨어서 기회를 기다린다. 그리고 틈을 노려 레스토랑에 들어가 약을 바꿔치기하고 외부 출입문을 통해 나온다. 만일 로비 쪽 출입문으로 나왔다면 어디로 가건 둘 중 한 사람의 눈에 띄었을 테니까요. 또 하나는, 들어오는 것도 나가는 것도 레스토랑의 외부 출입문을 이용한 경우입니다. 이거라면 아무에게도 들킬 염려가 없습니다."

"그렇습니다." 사쿠마가 말했다. 여기까지는 자신들도 검토했던 얘기였다.

"그래서 생각해본 게 미요시 씨가 했던 얘기예요. 미요시 씨는 9시 전에 외부 출입문을 열려고 했지만 얼어붙어서 열지 못했다고 했습니다."

"그랬죠. 그리고 당신이 밖에서 돌아온 10시 직전에는 그 문이 녹아서 문제없이 열렸다고……."

말을 하다가 사쿠마는 숨을 헉 삼키며 가타오카의 얼굴을 보았다. 그는 안경을 손끝으로 슬쩍 밀어 올리더니 짧게 고개를 끄덕였다.

"맞습니다." 그가 말했다. "거짓말을 했던 거예요. 내가 밖에서 그 외부 출입문을 밀었을 때, 아직 얼어붙은 상태였습니다. 즉 아무도 그 문을 연 사람이 없었다는 얘기예요. 그렇다면 방금 전의 두 번째 경우는 성립이 안 되겠지요. 즉 아무도 약을 바꿔치기할 수 없었던 겁니다. 그걸 알고 있었기 때문에 이건 교묘한 알리바이 공작이다, 라는 것도 저는 눈치챌 수 있었습니다. 그러면 누가 이런 공작을 꾸몄는가. 이건 쉽게 짐작할 수 있었어요. 완벽한 알리바이를 가진 사람을 찾아내면 되니까요. 히무로코산팀의 다바타 감독과 하라공업팀의 미네기시 코치, 그 두 사람을 비롯해 몇 명인가 있었지요. 그다음에 생각해본 것이 실제로 약 봉지를 바꿔치기한 것은 니레이가 점심을 먹고 나간 뒤라는 것이었어요. 그러면 그때 레스토랑에 있었던 사람은 누구인가. 여기에도 다바타 감독과 미네기시 코치가 있었습니다. 하지만 마지막으로 결정타가 된 것은 두 사람의 알리바이에 관한 대화였어요. 미네기시 코치에 비해 다바타 씨는 자신의 알리바이를 명확하게는 기억하지 못했습니다. 그건 알리바이를 꾸민 범인의 행동이라고는 할 수 없지요."

"그게 미네기시를 범인으로 단정한 이유였어요?"

"네, 대략 말하자면 그런 것이었어요. 하지만 니레이가 살해되었다는 소식을 들었을 때부터 저는 미네기시를 의심했습니다. 전부터 그가 사이버드 계획을 어쩌면 알고 있을 거라고 짐작했었으니까요. 딱히 근거는 없습니다. 그의 태도에서 감을 잡았을 뿐이지요. 그걸 바탕으로 미네기시에게는 니레이를 살해할 동기가 있다고 생각했습니다."

"즉 니레이의 배신에 대한 분노, 라는 건가요?"

"그것도 있겠지요." 가타오카는 말했다. "하지만 꼭 그것만은 아니었다고 생각해요. 저는 그가 전에 뭘 하려고 했는지 알고 있었습니다. 아마도 그는 니레이의 보물 같은 점프를 앞으로 나올 선수들이 별다른 노력도 없이 체득해버린다는 것을 참을 수 없었던 게 아니겠습니까."

그러더니 가타오카는 발밑의 눈을 툭 차면서 덧붙였다. "그냥 저 혼자 해본 상상입니다."

"그렇게 추리해본 끝에 미네기시가 범인이라는 편지를 썼군요."

"별로 대단한 추리는 아니지만, 네, 그렇습니다. 다만 그가 제발 자수했으면 하는 심정이었어요. 범행 동기를 충분히 알고 있는 만큼 저도 괴로웠으니까요."

"하지만 미네기시는 자수하지 않았어요. 그래서 결국 밀고장을 보낸 거군요."

사쿠마의 말에 가타오카는 미간을 좁혔다. 괴로운 심경이 얼굴에 드러난 것이라고 사쿠마는 생각했다. 하지만 곧바로 가타오카는 말했다.

"밀고장? 그건 무슨 말씀입니까?"

"경찰에 보낸 편지 말이에요. 미네기시가 범인이라고 알려주는 내용의."

하지만 사쿠마의 말이 끝나기 전부터 가타오카는 고개를 젓고 있었다.

"아뇨, 그건 아닙니다. 자수를 권하는 편지는 썼지만, 경찰에 밀고하는 건 생각해본 적도 없어요."

"그럴 리가……."

사쿠마는 손등으로 입을 누르며 눈밭으로 시선을 떨군 채 급히 머리를 굴렸다. 미네기시가 한 말이 생각났다. 헬스장에 독약을 숨겨둔 것을 가타오카가 알았던 것 같다는 얘기였다.

하지만 이번에도 가타오카는 고개를 저었다.

"헬스장에 독약을? 아뇨, 저는 전혀 몰랐어요."

3

"서두르지 않으면 정말 힘들어져. 닛세이팀이 스키점프계를 휩쓸어버려도 손 놓고 보기만 할 거야?"

"그건 안 되지……. 근데 정말 그런 걸 하고 있어?"

"내 눈으로 봤다니까."

"하지만 그게 실제로 가능하겠냐고. 스킬을 컴퓨터에 전부 입력하고 그걸로 인간의 몸을 조종하다니, 무슨 SF 소설 같은 얘기잖아."

"글쎄 가능하다니까. 실제로 쇼의 스킬이 비약적으로 좋아졌잖아."

"그야 그렇지만, 그건 그 괴물 같은 기계로 반복 연습을 했기 때문이잖아."

"그것뿐만이 아니었다니까. 이봐, 다바타 감독, 하라공업팀도
해야 돼. 나도 거들 테니까 회사 측에 얘기라도 해보자. 설비 심
사 자료가 필요하다면 내가 어떻게든 준비할게."

"거참, 난감하네."

다바타는 굵직한 팔로 팔짱을 끼고 의자에 몸을 기댔다. 창
밖에는 고운 눈이 내리고 있었다. 어떤 여학생이 복도를 후다닥
뛰어갔다.

"컴퓨터니 뭐니 하는 거, 영 내 취향이 아닌데."

"아니, 감독의 취향 따위가 지금 뭔 상관이냐고." 아리요시가
답답하다는 듯이 말했다. "이렇게 미적거리고 있다가는 다음 올
림픽 때 하라공업팀 선수들은 국가대표 선발전에서부터 죄다
떨어진단 말이야."

"그래도……."

다바타가 끄으응 앓는 소리를 냈다.

사와무라는 아리요시의 조교 간자키에게 컴퓨터 사용법을 배
우면서 두 사람의 대화에 귀를 기울이고 있었다. 아리요시는 히
무로코산 회사 측에서 어떻게든 설비 지원을 받아 자신의 연구
를 획기적으로 진척시키려는 속셈일 것이고, 다바타는 그런 도
박을 했다가 실패했을 경우를 걱정하고 있을 것이다. 그런 두
사람이 대화를 하고 있으니 결론이 날 리가 없었다.

"근데 그런 기계가 있다고 쳐도 거기에 넣을 데이터가 필요하

잖아. 스기에 팀에서는 니레이의 스킬을 입력했다지만 이제 그런 선수는 찾기 어려워."

"분명 그건 약점이지. 하지만 반드시 그런 식으로만 사용하는 건 아니야. 이를테면 지금 사와무라가 호조를 보이고 있잖아. 이렇게 잘할 때 그 스킬을 데이터로 저장해두는 거야. 그러면 다음에 슬럼프에 빠졌을 때, 잘되던 때의 감각을 금세 되살릴 수 있어. 머리로 기억한 감각이라고 해봤자 금세 흔들리는 것이잖아. 그 대신 컴퓨터가 정확히 기억해주는 거야."

"그거 좋네."

"그렇지? 그러니까 회사 측과 협의해보라는 거야."

"흠……. 일단 생각은 해볼게."

"긍정적으로, 알았지?"

"알았어."

대답은 했지만 아마도 다바타가 회사에 그런 제안을 하는 일은 없을 거라고 사와무라는 생각했다. 인건비가 아까워 스태프도 제대로 채용해주지 않는데 수천만 엔, 아니, 어쩌면 수억 엔이 들지도 모를 설비를 승낙해줄 리가 없는 것이다.

얘기가 일단락된 참에 전화가 울렸다. 간자키가 수화기를 들고 한두 마디 한 뒤에 아리요시를 보았다.

"스기에 씨가 오셨다는데요?"

"응, 들어오시라고 해." 아리요시가 말했다.

"뭐야, 스기에 씨가 왔다고?" 다바타가 자리에서 일어섰다.

"왜 그래, 도망칠 거 없어."

"난 도망칠래. 그 사람 완전 질색이야. 사와무라, 넌 어쩔래?"

"저는 더 놀다 갈게요."

"그래? 자, 그럼 난 이만."

다바타는 팔을 흔들며 총총히 자리를 떴다. 그 뒷모습을 지켜보던 아리요시가 사와무라를 향해 고개를 저었다.

"틀렸어. 우리 감독은 사람은 좋은데 권한이 너무 없다니까."

"감독님도 힘드실 거예요." 사와무라는 대답했다.

몇 분 뒤에 스기에 다이스케와 쇼가 교수실로 들어왔다. 사와무라는 꾸벅 머리를 숙였다.

"사와무라도 와 있었어?" 스기에가 말했다.

"이 친구가 있으면 안 될 얘기인가요?"

"그런 건 아니고. 누가 있건 상관없습니다. 사와무라라면 더욱더 그렇고."

스기에는 아리요시가 권하는 대로 싸구려 응접 소파에 자리를 잡았다. 쇼는 사와무라 옆으로 다가와 컴퓨터를 들여다보았다.

"컴퓨터 잘 다루는 편이야?" 쇼가 물었다.

"작은 건 알지." 사와무라는 대답했다. "그래서 배우러 왔어. 앞으로 더 잘해볼까 하고."

"그래?" 쇼는 어깨를 으쓱했다.

사와무라는 컴퓨터 화면을 보면서도 아리요시와 스기에의 대화를 의식하고 있었다. 스기에가 무슨 일로 찾아왔는지 관심이 갔다.

"오늘은 부탁할 게 있어서 이렇게 왔습니다." 스기에가 단도직입적으로 본론에 들어갔다. "우리가 개발한 사이버드 시스템 얘기예요. 지난번에 보셨다시피 그 시스템은 상당한 수준에 도달했어요."

"잘하셨습니다."

"고맙군요. 하지만 아직 만족스러운 건 아니지요. 남아 있는 과제가 산더미 같아요."

"그러시겠죠. 개량할 여지가 아직은 많을 테니까요. 이를테면 컴퓨터에서 신호를 보내는 방식 같은 것도 그렇죠."

"그렇습니다. 솔직히 말해서 현재의 그 방식은 확실성도 낮고 시간이 지나치게 많이 걸리거든요. 그 밖에도 문제가 많아요. 그래서 말인데요, 실은 아리요시 교수님께 도움을 청해도 될지 여쭤보려고 이렇게 왔습니다. 교수님은 점프의 메커니즘에 관해 아주 상세히 연구해왔으니까요. 항상 감탄하고 있어요. 어떻습니까, 우리 팀의 고문을 맡아줄 수 있을까요?"

사와무라는 놀라서 저도 모르게 그쪽을 쳐다보았다. 아리요시도 똑같은 느낌을 받았는지 선뜻 입을 열지 못하고 있었다.

"놀랍군요." 이윽고 아리요시가 말했다. "나와 히무로코산팀의 관계는 잘 아시잖아요."

"물론 알지요. 그런데 그쪽과 정식으로 계약을 맺은 것도 아니잖습니까. 내가 이런 부탁을 하는 것도 결코 규칙 위반은 아니죠."

"그건 그렇지만……."

아리요시는 말끝을 흐렸다.

아이러니한 일이라고 사와무라는 생각했다. 방금 전까지 아리요시는 다바타에게 시스템 개발을 강력하게 추천하고 있었던 것이다. 거기에는 그 자신의 계산속도 상당히 포함되었을 터였다. 그런데 곧바로 그 연구 의욕을 채워줄 조건이 눈앞에 떨어졌다. 그리고 그건 동시에 다바타 팀을 배신하는 일이기도 한 것이다.

스기에의 열띤 공세가 이어졌다.

"내 꿈은 말이죠, 스키점프 왕국을 내 손으로 부활시키는 거예요. 그러기 위해서는 사이버드 시스템을 더욱더 발전시킬 필요가 있습니다. 이건 우리 닛세이팀만의 문제가 아니에요. 앞으로 좀 더 많은 선수들이 훨씬 더 쉽게 니레이 같은 점퍼가 될 수 있게 해보자는 겁니다."

그때 으드득 하는 소리가 사와무라의 귓가에서 들렸다. 돌아보니 쇼의 입에서 다시 똑같은 소리가 났다. 어금니를 악물고 있는 모양이었다.

스기에와 아리요시의 대화는 물론 오늘 당장 결론을 내야 하는 일은 아니었다.

"그럼 긍정적인 답변을 기다리겠습니다"라면서 스기에가 자리에서 일어섰다.

"형사는 더 이상 찾아오지 않던가요?"

스기에와 쇼를 배웅하면서 아리요시가 물었다.

"며칠 안 보이더군요. 한때는 문턱이 닳도록 찾아오더니만. 우리가 니레이에게 내린 지시가 무엇이었는지 아주 끈덕지게 캐물었어요."

"그럴 만도 하죠. 독약 트릭에 이용했다고 하니까."

"하긴 그렇지요." 스기에는 말을 하다가 뭔가 생각난 듯한 얼굴을 했다. "실은 한 가지 좀 이상한 게 있어요."

"뭔데요?"

"그 스키 판에 약을 먹으라는 지시를 적어뒀다고 했잖습니까. 근데 그게 좀 이상해요. 왜냐면 우리가 니레이와 계약한 내용 중에 약물 관련 테스트는 일절 없다는 조항이 있었어요. 그건 니레이가 직접 요구했습니다. 체력 테스트라면 뭐든 협력하겠지만 자신은 미네기시 코치가 주는 약 외에는 절대로 먹지 않겠다고 했으니까요."

"아, 그건 정말 니레이다운 말이었네요."

사와무라도 아리요시의 말에 동감했다. 니레이는 이상할 만큼 미네기시에게 충실했다. 그런 니레이가 미네기시에게는 비밀로 한 채 뭔지도 모를 약을 덥석 먹을 만큼 용기가 있었다고는 생각하기 어려웠다.

"하긴 그걸 먹었으니 이런 사건도 일어났겠지요. 경찰에도 그런 얘기를 했는데 대수롭지 않게 생각하는 눈치더라고요."

"그렇습니까……."

"자, 그럼 이만."

그리고 스기에는 쇼와 함께 자리를 떴다.

그날 밤, 사와무라는 작은 소음에 잠이 깼다. 어디선가 문이 닫히는 듯한 소리였다. 귀를 기울여보니 이번에는 열쇠를 잠그는 소리가 들렸다. 맞은편 방인 것 같았다.

맞은편이라면 쇼가 혼자서 쓰고 있는 방이다.

'뭐야, 이 시간에?'

사와무라는 몸을 틀어 자명종 시계를 보았다. 야광 시곗바늘이 새벽 4시 조금 전을 가리키고 있었다.

'방문까지 걸어 잠그고 대체 어디 가는 거지?'

머릿속에 퍼뜩 떠오른 것은 또다시 특별한 트레이닝을 받으러 가는지도 모른다는 생각이었다. 설마 이 시간에 러닝이나 체조를 하러 나갈 리는 없다.

사와무라는 곤히 잠든 이케우라와 히노가 깨지 않게 조심조심 이불 밖으로 나왔다. 파자마 대신 입고 자던 트레이닝복 위에 바람막이를 걸쳤다. 그리고 살금살금 방을 나왔다.

스키점프 관계자들이 묵고 있는 별관에서는 직원들의 눈에 띄지 않게 주차장으로 나갈 수 있다. 역시 예상대로 닛세이팀의 왜건이 없었다. 쇼가 타고 간 것이다.

사와무라는 자기 팀의 차 문을 열어보았다. 키가 꽂혀 있었다.

망설임 없이 엔진을 켜고 곧장 출발했다. 쇼가 간 곳은 그 실험실일 게 틀림없었다.

'쇼는 대체 이 시간에 혼자서 뭘 하려는 거야.'

닛세이자동차 공장으로 가자 뒷문 근처에 닛세이팀 차량이 세워져 있었다. 사와무라도 그 뒤쪽에 차를 세워놓고 살짝 내려섰다. 뒷문 옆의 작은 출입구가 열려 있었다. 그쪽으로는 쉽게 드나들 수 있는 모양이다.

공장 안은 예상했던 것보다 환했다. 내부 도로에 불도 켜졌고 각 공장마다 작업을 하고 있었다. 길을 지나다니는 직원들도 적지 않았다. 지난번 일요일 밤에 몰래 들어왔을 때와는 상황이 전혀 다르다.

사와무라는 실험동으로 향했다. 그 근처는 공장이 없어서 괴괴하게 가라앉아 있었다.

실험동 복도를 지나 문제의 실험실 앞에 멈춰 서서 귀를 기울였다. 하지만 아무 소리도 들려오지 않았다. 사와무라는 문손잡이를 잡고 천천히 돌려보았다. 문은 잠겨 있지 않았다. 살짝 밀고 그 틈새로 안의 상황을 들여다보았다. 실내조명은 켜져 있었다.

쇼의 모습이 보였다. 그는 컴퓨터 앞에 가만히 서 있었다.

뭐 하는 건가, 하고 사와무라가 생각했을 때였다. 쇼의 팔이 획 올라갔다. 그리고 다음 순간, 거친 굉음과 함께 파편 여러 개가 튀어 흩어졌다.

"헉……."

사와무라가 소리를 낼 새도 없이 쇼는 다시금 팔을 휘둘렀다. 그의 손에는 금속 야구방망이가 쥐어져 있었다. 그것을 휘둘러 내려칠 때마다 디스플레이의 브라운관이 가루가 되었다.

하지만 쇼는 공격의 손을 멈추지 않았다. 야구방망이를 마구 휘두르며 CPU며 제어박스를 차례차례 때려 부수고 있었다. 인쇄회로기판이 크래커처럼 깨져서 산산이 튀고 디지털 패널은 공중에 날렸다.

쇼는 컴퓨터 파괴를 마치자 캐비닛으로 향했다. 문짝을 힘껏 내리치고 안에서 플로피디스크를 꺼내더니 하나하나 딱딱 쪼개고 있었다.

그가 캐비닛의 자료를 쓰레기통에 처넣고 거기에 불을 붙이려는 것을 보고 사와무라는 안으로 뛰어 들어갔다.

"안 돼!"

그 소리에 쇼는 흠칫 놀라서 얼굴을 들었지만 이미 성냥불은 쓰레기통에 던져진 뒤였다. 순식간에 빨간 불길이 널름널름하면서 자료가 타기 시작했다.

"안 돼, 어서 불을 꺼!"

사와무라는 쓰레기통을 빼앗으려고 했다. 하지만 그 전에 쇼의 태클이 들어왔다. 엄청난 힘에 떠밀려 사와무라는 벽에 내동댕이쳐졌다.

그래도 쇼를 밀쳐내고 구석에 놓인 소화기를 집었다. 다시 쇼가 덤벼들었다. 사와무라는 소화기를 휘둘러 쇼의 허리춤에 일격을 먹었다. 쇼는 슬라이드 기계 옆에 나동그라졌다.

사와무라는 소화기의 핀을 뽑고 불을 향해 호스를 대고 소화제를 쏘았다. 하지만 바싹 마른 자료들은 엄청난 기세로 타들어갔다. 겨우겨우 불은 껐지만 완전한 형태로 남은 자료는 거의 없었다.

사와무라는 소화기를 내던지고 쇼를 돌아보았다. 그는 기계 옆에 웅크리고 있었다. 대퇴부 언저리에서 붉은 피가 번지고 있었다. 뾰족한 기계 부품 어딘가에 상처를 입은 것 같았다.

"쇼!"

사와무라는 부르짖으며 그에게로 가려고 했다. 하지만 쇼는 손을 펼쳐 앞으로 내밀었다.

"오지 마!" 쇼가 소리쳤다. "됐으니까 나는 내버려둬."

"쇼……."

사와무라는 우두커니 서버렸다. 둘 다 입을 다물자 실험실은 완전한 정적에 감싸였다. 어디에서도 소리가 들어오지 않았다. 넓고 고요한 실험실에 사와무라와 상처 입은 쇼, 그리고 파괴된 컴퓨터가 있을 뿐이었다.

4

사와무라가 레스토랑에 갔을 때, 아리요시가 혼자 커피를 마시고 있었다. 그도 알아보고 손을 흔들었다. 사와무라는 그의 맞은편에 앉아 코코아를 주문했다.

"큰일을 겪었다면서?"

"좀 그랬죠." 사와무라는 목을 움츠리며 말했다. "그래도 경찰 취조는 별로 힘들지 않았어요. 쇼가 자신이 한 일을 순순히 인정했으니까."

"당연히 그래야지."

아리요시는 커피를 다 마시고 물이 든 유리컵을 집어 들었다.

"교수님은 기분이 별로인 거 같은데요? 하긴 닛세이에서 모처럼 불러줬는데 그게 다 물거품이 됐으니 기운이 빠지실 만도 하겠네."

"기운 빠질 것도 없어. 닛세이 얘기는 처음부터 거절할 생각이었다고."

"에이, 진짜요? 아닌 거 같은데?"

"진짜야, 진짜. 난 역시 혼자서 내 맘대로 연구하는 게 취향에 맞아. 팀 고문이라니, 아무리 생각해도 내 적성이 아니야."

아리요시는 자기 말에 자기가 납득한 듯이 응응, 하고 고개를 끄덕였다.

쇼가 시스템을 파괴해버리는 바람에 '사이버드 시스템 엘름'은 환상이 되고 말았다. 이제 어느 누구도 니레이가 될 수 없는 것이다.

"그래서 오늘은 무슨 일이에요?"

"그거야 뻔하지. 너희 팀 감독에게 지난번 그 건을 재촉하러 왔어. 닛세이팀도 그 꼴이 됐으니 복구하는 데 상당한 시일이 걸릴 거야. 지금 시작하면 충분히 따라잡을 수 있어. ……엇, 호랑이도 제 말 하면 온다더니 우리 감독님이 오셨네."

문 쪽을 보니 다바타가 이케우라와 히노를 뒤에 달고 들어오는 참이었다. 아리요시는 그야말로 공손하게 머리를 숙이며 인사를 건네더니 다바타만 따로 저 안쪽 테이블로 데려갔다. 다바타는 쓴웃음을 지으며 따라가고 있었다. 이케우라와 히노는 사와무라의 테이블로 왔다.

"쇼는 이번 시즌은 틀렸다더라." 이케우라가 말했다. "대퇴부 상처가 꽤 깊었던 모양이야. 딱하게 됐지만 뭐, 자업자득이지. 세계 선수권 대회에 선발이 확정됐었는데 말이야."

"그거 생각하면 마음이 영 안 좋아."

사와무라는 쇼의 부상이 내내 마음에 걸렸다. 그가 부상당한 게 자기 탓이라고 생각했기 때문이다.

"네가 미안해할 일이 아니지. 당연한 일을 했을 뿐이야."

"그나저나." 이케우라가 목소리를 낮추며 말했다. "컴퓨터를 이용해 스킬을 마스터하다니, 그게 정말 가능한 거냐?"

"그것도 웬만큼 해서는 안 돼." 히노가 말했다. "도핑으로 근육도 빵빵하게 채우고 전기충격으로 반사 동작도 빠르게 하고, 이것저것 다 해야 되는 거야."

그러자 이케우라는 혀를 빼물고 도저히 못 하겠다는 제스처를 취하며 고개를 저었다.

그때 호텔 프런트 담당이 들어와 벽에 붙은 안내문을 떼어내기 시작했다. 지지난주 토요일 밤에 헬스장에서 돈을 잃어버린 사람을 찾는다는 안내문이다.

"이거 때문에 형사가 왔었다면서요?"

이케우라가 프런트 담당에게 물었다.

"그렇다니까요. 이제야 새삼스럽게 왜 이게 문제가 되는지, 아무튼 그날 저녁에 헬스장에 갔던 사람이 누구냐고 꼬치꼬치 캐묻더라고요."

"시합 전날에 헬스장에 가는 사람은 없잖아." 이케우라가 말했다.

"안 가지." 사와무라도 동의했다.

"그래서 그 사람은 찾았어요?" 히노가 프런트 담당을 보며 물었다.

"글쎄요, 벌써 한참 날짜가 지나버렸으니까요. 근데 데이코쿠 화학팀의 누군가가 헬스장에서 사람이 나오는 것을 봤대요. 아마 그날 저녁이었을 거라고 했다던데."

"헬스장에서 나온 사람? 그게 누구였대요?" 사와무라가 재우쳐 물었다.

"니레이 씨라네요."

"니레이?"

"얼핏 봤기 때문에 확실하진 않다고 한 모양이지만, 그 밖에 아무도 자기라고 나서는 사람이 없으니까 그 말이 맞겠지요?"

그날 밤 니레이가 헬스장에 있었다…….

그게 이번 사건과 무슨 관계가 있다는 건가, 라고 사와무라는 생각했다.

5

병원 엘리베이터를 타고 층수 버튼을 눌렀을 때, 뒤에서 부르는 소리가 들렸다. 유코가 돌아보니 니시경찰서의 사쿠마라는 형사가 인사를 건넸다.

"동생 문병 온 건가요?" 형사가 물었다.

유코는 엘리베이터 버튼만 쳐다보면서 네, 라고 고개를 끄덕였다.

"냄새가 정말 좋은데요."

사쿠마는 그녀가 들고 있는 과일 바구니를 보고 있었다. 유코는 이번에는 대답하지 않기로 했다.

"잠깐 얘기 좀 했으면 하는데, 괜찮을까요?"

"……지금요?"

"예, 그러는 게 좋을 것 같은데요."

"무슨 일이시지요?"

"니레이 선수의 죽음의 진상에 대한 것입니다."

엘리베이터가 5층에 도착했지만 사쿠마는 닫힘 버튼을 누르고 다시 1층을 눌렀다.

"시간이 좀 걸릴 거예요. 문병은 그다음에 해주시겠습니까."

여기서도 유코는 아무 대답도 하지 못했다.

1층 휴게실에서 두 사람은 마주 앉았다. 사쿠마는 자동판매기에서 사 온 커피를 몇 모금 마신 뒤에 말했다.

"아직도 풀리지 않는 게 몇 가지가 있어요."

"범인은 밝혀졌을 텐데요."

"물론 그렇습니다."

그가 얘기한 풀리지 않는 점이란 경찰에 들어온 밀고장에 관한 것이었다. 누가 보낸 것인가. 그리고 밀고자는 어떻게 범인이 미네기시라는 것을 알았는가.

"이상하지요?" 그는 유코에게 동의를 청했다.

이상하네요, 라고 대답할 수밖에 없었다.

"그런데 말이죠, 다시 조사를 하다 보니까 딱 한 사람, 미네기시의 살인 계획을 미리 알았을 가능성이 있는 인물이 떠올랐어요."

유코는 얼굴을 들었다. 그와 동시에 사쿠마가 말했다.

"니레이 선수예요."

"설마……."

그녀는 놀란 목소리를 냈지만, 형사는 별다른 말 없이 종이컵의 커피를 마셨다.

"미네기시는 독극물을 호텔의 헬스장에 숨겨뒀어요. 사이클
링 머신의 안장을 받쳐주는 파이프 속에 넣어뒀다는군요. 그리
고 그걸 발견한 사람이 있었어요. 발견했을 뿐만 아니라 그 독
극물의 위력을 테스트해보기도 했습니다. 떠돌이 개에게 먹여
본 것이죠. 떠돌이 개는 아마 그의 눈앞에서 죽었을 거예요. 그
는 가슴이 아팠는지 그 자리에 꽃을 올렸던 모양이에요. 그 사
람이 바로 니레이 선수인 것 같아요."

유코는 바짝 목이 타는 것을 느꼈다.

"하긴 그런 것만으로는 아무것도 알 수 없었어요. 그런데 말
이죠, 미네기시가 독극물 병 이외에 함께 숨겨둔 게 있었어요.
니레이 선수의 비타민제 캡슐이었습니다. 미네기시 말로는 남
은 약을 독극물과 함께 넣어서 숨겼다는 거예요. 그러니 니레이
선수가 그걸 발견하고 의심하게 된 것도 지극히 자연스러운 일
이겠지요. 게다가 중요한 정보가 또 있었습니다. 미네기시는 스
기에 팀과 니레이 선수 사이의 비밀 연락 수단을 이용해 독약을
전해줬다고 진술했어요. 그런데 그 방법으로는 니레이 선수에
게 반드시 의심을 살 수밖에 없었습니다."

사쿠마는 그 근거를 차근차근 설명했다.

"스기에 팀에서는 절대로 약을 먹으라는 지시가 나올 수 없었
거든요. 그렇다면 이 글은 누가 써놓은 것인가. 니레이 선수는
틀림없이 그걸 헬스장에서 발견한 독극물과 연결해서 생각해봤
을 겁니다. 다만 그 시점에 미네기시의 짓이라는 걸 알았는지

어떤지는 알 수 없어요. 나는 니레이 선수가 이미 알았을 거라고 생각합니다만."

"하지만 지금 하시는 이런 얘기는 단순한 추리잖아요."

유코의 첫 반론이었다.

"물론 그렇죠. 하지만 니레이 선수는 누군가 자신을 죽이려고 한다는 것을 알았고, 그래서 그 독약을 먹지 않았다는 증거가 있어요."

"증거?"

"약의 개수." 사쿠마가 말했다. "니레이 선수는 일주일에 한 번씩 비타민제 알약을 받으러 갔었어요. 하루에 3정이니까 그 약을 받은 시점에는 약 봉지 안에 21정이 들어 있었던 셈이지요. 그날 아침 니레이는 1정을 먹었습니다. 따라서 만일 점심식사 후에 그 비타민제를 먹지 않고 미네기시가 건네준 독약을 먹었다면 약 봉지 안에는 알약 20정이 남아 있어야 합니다. 하지만 실제로는 19정밖에 없었어요. 즉 그가 점심식사 후에 먹은 것은 틀림없는 비타민제 쪽이었던 것이죠."

형사는 한숨 돌리고 다시 커피로 입을 축였다.

"그렇다면 니레이는 독약을 먹지도 않았는데 대체 왜 죽었는가. 미네기시가 준 독약을 소지한 채 미야노모리 경기장에 갔던 그에게 그 후 대체 무슨 일이 일어난 것인가."

형사는 의자에서 앉음새를 바꾸며 유코 쪽으로 얼굴을 바짝 댔다.

"그 비밀을 유코 씨만은 알고 있을 겁니다. 아마 그는 미네기시의 음모를 유코 씨에게 얘기했겠지요. 즉 밀고장을 보낸 사람은 유코 씨라는 결론이 나옵니다."

"내가…… 왜요?"

"미네기시가 체포되고 한시바삐 사건이 해결되기를 바랐기 때문이겠지요. 그렇게 되면 이 사건의 진상은 영원히 은폐할 수 있으니까."

"진상?"

유코가 묻자 사쿠마는 의자 등받이에 몸을 기대면서 고개를 저었다.

"안타깝게도 그걸 모르겠단 말이에요."

이윽고 그가 다시 말을 이어갔다.

"희미하게나마 짐작은 하고 있죠. 근거는 니레이 선수가 약을 먹고 죽음에 이르기까지의 시간입니다. 아무리 길어도 20분쯤이라고 했는데 의외로 그의 경우에는 30분이 넘게 걸렸어요. 왜 그렇게 됐을까. 답은 하나밖에 없습니다. 그가 실제 독약을 먹은 것은 점심식사를 한 직후가 아니라 조금 더 나중이었다는 거예요."

그리고 형사는 한숨을 내쉬었다.

"뭐, 이건 확실한 건 아닙니다. 유코 씨가 자백해주지 않는 한."

"어렵게 말씀해주셨는데……." 유코는 자리에서 일어섰다. "형사님이 무슨 말씀을 하시는지 저는 잘 모르겠네요."

"언제라도 기다리겠습니다." 형사가 말했다. "언제까지고 잊지 않을 거고요."

"그럼 저는 이만."

머리를 숙이고 빠른 걸음으로 찻집을 나섰지만 형사가 뒤따라오는 기척은 없었다. 유코는 다시 엘리베이터를 탔다.

아직도 두근거림이 가라앉지 않았다. 손바닥으로 가슴을 누르며 그녀는 눈을 꾸욱 감았다.

결국 증거는 아무것도 잡지 못했다는 얘기였다.

그 형사도 짐작만 할 뿐이야. 결코 나를 몰아붙일 수 없어.

엘리베이터가 5층에 도착하고 유코는 어두운 복도로 들어갔다. 병실 문을 노크하자 쇼의 목소리가 답했다.

쇼는 침대에 앉아 패션 잡지를 보고 있었다. 그렇게 느긋하게 쉬고 있는 쇼의 모습을 보는 것은 정말 오랜만이었다.

"어머니는?" 유코가 물었다. 어머니 후미요가 와 있을 터였다.

"뭔가 사러 간 거 같아." 쇼가 대답했다. 그 목소리에도 생기가 감도는 듯했다.

"과일 좀 사 왔어."

"고마워. 배고팠는데."

"뭐 먹을래?"

"사과하고 멜론."

유코는 과일 바구니에서 사과와 멜론을 꺼내 들고 병실 한쪽의 싱크대로 갔다. 싱크대에는 방금 씻은 주전자와 찻잔이 엎혀 있었다. 후미요가 썼어둔 것이다. 어머니도 이제야 마음이 놓이는 심정일 것이다.

"쇼를 위해서야."

그녀의 귀에 문득 아버지의 목소리가 되살아났다. 벌써 몇 달 전의 일이다. 아버지는 유코에게 니레이의 관심을 끌어보라고 지시했던 것이다.

"어려울 거 없어." 아버지는 말했다. "니레이에 대해 미리 알아봤으니까. 전형적인 머더 콤플렉스야. 게다가 현재 주위에 여자가 없어. 네가 잘 접근하면 반드시 걸려들 거야. 이 자료를 참고하면 돼."

아버지가 유코에게 건네준 것은 니레이의 모친에 관한 자료였다. 그런 짓은 하고 싶지 않다고 하자 아버지는 "쇼를 위해서야"라고 다시 한번 말했다.

"어떻게든 성공해보려고 쇼는 지금까지 힘겨운 트레이닝을 견뎌왔어. 너도 쇼가 여태껏 해온 고생을 헛수고로 만들고 싶지는 않지?"

그 힘겨운 트레이닝에 대해 유코는 충분히 인지하고 있었다. 어머니 후미요와 함께 몇 번이나 중단시키려고 했던 것이다. 스포츠센터의 메디컬 살롱에서 근무하는 유코는 아버지가 쇼를 상대로 다양한 육체 개조를 시도한다는 것을 누구보다 잘 알고 있었다. 그에 따른 부작용도 책을 찾아 샅샅이 읽어보았다. 절망적인 내용이 적혀 있었다.

어머니가 울면서 애원했을 때도 아버지는 똑같이 말했다.

"쇼를 위해서야!"

하지만 실제로는 아버지 자신의 집착 때문이라는 것을 유코는 알고 있었다. 그렇기 때문에 아버지의 계획을 중단시키기가 더 어렵다는 것도 이해했다.

"니레이를 설득하기만 하면 아버지의 그 계획은 끝나는 거지?"

끝나지, 라고 아버지는 말했다. 그리고 쇼의 시대가 시작될 것이라고 덧붙였다.

어머니와 상의한 끝에 유코는 아버지의 지시를 따르기로 했다. 다른 사람도 아닌 스기에 다이스케 감독이다. 그가 마음먹은 계획을 중도에 포기한다는 건 생각도 할 수 없었다. 만일 그의 계획에 니레이 아키라의 협력이 꼭 필요한 것이라면 그게 성사될 때까지 쇼의 고통스러운 날들이 연장될 뿐이라고 생각했다.

하지만 그건 큰 실수였다. 그때라도 어떻게든 아버지의 계획을 중단시켰어야 했다.

아버지가 예상한 대로 니레이는 금세 유코에게 호감을 갖기 시작했다. 니레이가 유코에게 보여준 유치함이나 어리광은 그야말로 어린애가 어머니를 대할 때 같은 것이었다.

그렇게 니레이가 닛세이팀에 협력하게 하는 데 성공했다. 하지만 닛세이팀이 이따금 얘기하는 그 사이버드 시스템이라는 것의 자세한 내용을 그녀는 알지 못했다. 그걸 알려준 것은 다름 아닌 니레이였다. 그는 빈말이라도 설명을 잘한다고는 할 수 없었지만, 쇼가 비인간적인 특별훈련을 받고 있다는 점만은 확실한 것 같았다.

"굉장한 기계야. 그런 건 본 적도 없어. 소리로 뇌에 자극을 줘서 말이지, 완벽한 자세를 몸으로 익히게 하는 거야. 잘못된 자세를 취하면 이거야, 이거."

니레이는 과장스럽게 얼굴을 찌푸리며 머리를 부여잡는 시늉을 했다.

그 이상한 특별훈련 때문에 쇼가 서서히 변해가는 게 유코의 눈에는 분명하게 보였다. 전에는 그렇게 말수가 적지 않았고 지금보다는 웃는 일도 더 많았다. 그러고 보니 최근 몇 달 동안, 유코는 쇼의 웃는 얼굴을 본 적이 없었다.

생각 끝에 그녀가 찾아간 사람이 예전에 닛세이팀에 있었던 후카마치였다. 그와는 전에 교제한 적이 있었지만 닛세이팀을 떠난 뒤로는 만나지 못했다.

"그렇구나. 드디어 그 계획을 실행에 옮긴 건가."

후카마치는 먼 곳을 보는 눈빛을 하더니 뭔가 안 좋은 기억이 떠오른 것처럼 고개를 저었다.

"유코, 이제 와서 새삼 내가 이런 말을 할 자격은 없지만, 어떻게든 그건 중단시키는 게 좋아."

그는 자신들이 닛세이팀에 스카우트된 이유와 그 뒤 1년 동안 모르모트로 보낸 일 등을 털어놓았다. 유코로서는 도저히 믿어지지 않는 얘기였다.

"그 훈련 방법에는 결함이 있어." 후카마치는 말했다. "아니, 아직 연구가 미흡하다고 하는 게 맞을지도 모르겠다. 아무튼 그렇게 계속 특별훈련을 하는 건 위험해."

"무슨 얘기야?"

유코가 묻자 후카마치는 2년 전 미야사마 스키점프 대회에서 세 명의 선수가 똑같이 추락했던 것을 얘기해주었다.

"그 원인을 나중에야 알았어. 시합 날에 방송국 사람이 도약대 쪽에 무선기를 놓고 간 모양이야. 그게 시합 중간에 잡음을 냈어. 물론 맹렬한 속도로 도약대를 통과하는 선수들에게는 들리지 않았지. 나 역시 그 소리를 들은 기억이 없어. 고이즈미와 시마노도 똑같이 말했었고. 그런데도 우리 세 명은 거의 똑같은 타이밍에 균형을 잃었어. 모두 다 그 무선기의 잡음을 무의식중에 들었고, 그래서 자기도 모르게 몸을 움직여버린 거야."

유코는 몸이 파르르 떨리는 것을 느꼈다.

"그런 현상이 정말 있을 수 있어?"

"그렇다고 생각할 수밖에 없어. 스키에 감독은 아니라고 했었지만. 그리고 또 한 가지, 시마노가 죽었다는 건 알고 있지?"

유코는 고개를 끄덕였다. 그건 얼마 전의 일이었다.

"시마노가 작업 육교 통로에서 추락한 이유는 아직도 밝혀지지 않았어. 하지만 나와 고이즈미, 그리고 시마노와 절친했던 히무로코산팀의 히노 선수는 알고 있어. 시마노는 트랜스시버로 기계를 유도하던 중이라고 했으니까. 트랜스시버에서 잡음이 들리자 시마노는 이상행동을 했고 게다가 불행한 우연이 겹쳐졌던 게 아닌가, 그렇게 생각하고 있어."

"왜 그렇게 되는 건데?"

"정확한 것까지는 모르겠어. 아마도 불쾌한 소리에 민감한 몸이 만들어진 결과, 어느 순간에 그 영향이 나타났을 거야. 일종의 발작 같은 것이지."

"발작……."

그 말에는 묘하게 암울한 오싹함이 있었다.

"사이버드 시스템의 실제 모습까지는 나도 알지 못해. 하지만 기본은 똑같겠지. 쇼에게는 그런 특별훈련을 시켜서는 안 돼."

후카마치는 심각한 표정으로 그렇게 말을 맺었다.

아무튼 그 특별훈련을 내 눈으로 봐야겠다고 유코는 생각했다. 하지만 스기에는 결코 딸이나 아내에게 보여주려 하지 않았다. 그래서 그녀는 니레이에게 말해보았다.

"그럼 나하고 조금 일찍 실험실에 가서 기계 뒤쪽에 꼭꼭 숨어 있어. 그러다가 연습이 끝나고 다들 나간 뒤에 살금살금 나오면 돼."

동생이 연습하는 모습을 보고 싶다는 그녀의 부탁에 니레이는 어떤 의심도 품지 않았다.

그리고 유코는 그 광경을 본 것이다.

쇼는 그야말로 기계의 일부였다. 전기 코드로 조종당하는 인

형이었다. 온갖 기기의 작동에 맞춰 그는 자세를 취하고 뛰쳐나
갔다.

몸을 날릴 때마다 쇼는 고통스러운 비명을 내질렀다. 천장에
대롱대롱 매달려 온몸에 전기 코드를 휘감은 채 머리를 부여잡
는 것이었다.

"한 번 더!"

컴퓨터 앞에 선 아버지는 아들의 비명 따위 들리지 않는다는
듯이 그렇게 지시했다. 그리고 그가 신호를 보내는 것과 동시에
기계는 작동하고 쇼의 몸은 기계 위로 실려 갔다.

모터 소리가 울리고 쇼가 뛰쳐나간다. 비명 소리, 기계가 멈추
는 소리, 그리고 "한 번 더!".

쇼는 내구성 테스트 부품이었다. 벨트컨베이어와 공중 사이
를 크레인으로 오락가락하고 있을 뿐이었다.

미쳤다, 쇼도 아버지도……. 유코는 기계 뒤에서 파들파들 떨
었다.

아버지와 아들의 행동이 이상하다는 건 어머니 후미요도 짐
작하고 있었다. 유코는 자신이 목격한 광기 어린 특별훈련에 대
해 얘기했다. 그리고 둘이서 어떻게든 중단시키자고 결의했다.

하지만 아버지는 전혀 들어주지 않았다. 그가 보기에는 특별
훈련이 드디어 효과를 나타내고 이제 상승세를 타고 있는 가장
중요한 시기라는 것이었다.

그보다 더 유코와 후미요를 비관적으로 만든 것은 쇼의 반응

이었다. 거친 말다툼을 벌이는 부모와 누나의 모습을 마주하고
도 쇼는 인간미라고는 없는 충혈된 눈으로 그저 지켜보기만 할
뿐이었다.

미쳤다……. 그때도 유코는 그렇게 느꼈다.

그러던 때에 사건이 일어났다. 미야노모리 경기장에서의 그
사건이다.

점프대를 타고 내려온 니레이는 유코의 눈앞에서 쓰러졌다.
그녀는 급히 달려가 니레이를 안아 일으켰다. 그의 얼굴은 상기
되어 있었고 호흡도 거친 것 같았다.

하지만 그는 그길로 죽어버린 게 아니었다. 움켜쥔 오른손을
들어 유코 앞에 펼쳤다.

그 손안에 캡슐 하나가 쥐어져 있었다.

"독약, 이야." 그는 숨을 헐떡이면서 말했다. "미네기시 씨가,
나한테, 먹이려고 했어. 근데, 내가, 금세, 알았어. 미네기시 씨밖
에, 없어."

숨을 쉬기가 힘든지 니레이는 가슴을 크게 들먹였다.

"미네기시 씨가, 나를, 미워한 거야. 내가, 속였으니까, 당연히,
그렇겠지."

"그래서 독약을 먹었어?"

유코의 물음에 그는 얼굴을 일그러뜨린 것처럼 보였다. 실은
웃은 것이었다.

"그냥, 핥아보기만, 했는데⋯⋯."

"핥아봤다고?"

"응, 이제 미네기시 씨가, 나를, 용서, 해줄까?"

"니레이⋯⋯."

자세한 사정은 유코도 알 수 없었다. 아는 것은 미네기시가 니레이를 죽이려고 했다는 것뿐이었다.

아무튼 호텔 합숙소에 전화부터 하자고 생각했지만, 그때 니레이가 힘없는 목소리로 말했다.

"물⋯⋯ 물 좀 줘."

니레이의 손에서 캡슐이 굴러떨어졌다. 유코는 그것을 주워 들었다.

"물이라고? 응, 알았어."

그를 눕혀둔 채 유코는 물을 받으러 갔다. 관리사무실 앞에 수도가 있었다. 그곳에 빨간 플라스틱 컵도 비치되어 있었다.

그 컵에 물을 받을 때, 그녀의 뇌리에 한 가지 생각이 싹텄다.

이대로 니레이가 죽는다면⋯⋯.

쇼의 비명, 변모, 어머니 후미요의 슬픔 등이 한순간에 머릿속을 스쳐 갔다. 이대로 니레이가 죽는다면 스기에 다이스케의 계획은 중단될 수밖에 없는 거 아닌가.

그렇게 생각한 순간, 유코는 캡슐에 담긴 약을 컵에 넣고 있었다. 그리고 그것을 들고 니레이에게 돌아갔다.

물을 마신 뒤, 그는 잠시 안정을 되찾은 얼굴이었다. 하지만 곧바로 숨이 거칠어지더니 헐떡거리면서 입을 벌렸다. 그리고 침을 흘리고 고통으로 얼굴이 일그러지고 배와 가슴을 움켜잡았다.

그런 모습을 유코는 떨면서 보고 있었다. 니레이의 눈은 내내 그녀를 향하고 있었다. 그는 자신이 사랑했던 여자에게 속아 넘어갔다는 것을 알고 있었을까.

그가 숨을 거둔 뒤, 유코는 필사적인 심정으로 몸을 일으켰다. 도저히 다리가 움직여질 것 같지 않아서 관리사무실까지의 거리가 정신이 아득해질 만큼 멀게 느껴졌다.

그날 밤 유코는 죄의식에 휩싸였다. 그 밖에 다른 방법이 얼마든지 있었을 게 아닌가. 그렇게 죽일 필요는 없었다.

고민 끝에 그녀는 어머니에게 털어놓았다. 자수할 생각이다, 라고.

후미요는 역시나 큰 충격을 받은 듯했지만 곧바로 정색을 했다. 그리고 자수할 필요는 없어, 나한테 생각이 있으니까, 라고 말했다.

그게 아무래도 경찰에 밀고장을 보내는 것인 모양이었다. 미네기시가 체포되면 경찰의 추적이 딸에게 향하는 일은 없을 거라고 생각했던 것이다.

사건은 그녀가 노린 대로 흘러가고 있었지만, 예상 밖이었던 것은 쇼의 이상한 특별훈련이 전혀 끝날 기미를 보이지 않는다는 것이었다. 스기에 다이스케는 새 데이터를 얻을 수 없는 것을 아쉬워하기는 했지만, 특별훈련을 중단할 생각은 없는 것 같았다.

하지만 뜻하지 않은 모양새로 결말이 나고 말았다.

이틀 전, 집 안 주방에서 유코와 후미요가 사건에 대해 이야기하고 있을 때, 갑작스럽게 등 뒤에서 인기척이 느껴졌다. 흠칫 놀라서 돌아보니 쇼가 무표정하게 서 있었다.

어머니와 누나의 얘기를 들었다고도 듣지 않았다고도 말하지 않았다.

두 사람도 차마 묻지 못했다.

그리고 그날 밤, 쇼가 모든 걸 때려 부쉈다는 소식이 들어온 것이다. 그게 쇼의 대답이고, 그에게 인간성이 남아 있었다는 증거라고 유코는 생각했다.

문득 깨닫고 보니 눈물이 뚝 떨어지고 있었다. 유코는 쇼에게 들키지 않게 얼른 손수건으로 훔치고 사과를 깎았다. 복잡한 심경이 담긴 눈물이었다.

사과를 다 깎았을 때, 돌연 병실 문이 열렸다. 들어온 사람은 아버지 스기에 다이스케였다. 그는 유코가 와 있는 것을 보고 놀란 듯한 얼굴을 보였다.

"오늘 쉬는 날이냐?" 그가 물었다.

"잠깐 빼달라고 했어."

"그래?"

스기에는 그녀에게는 전혀 관심이 없다는 듯이 침대 옆으로 성큼성큼 다가갔다.

"다리는 좀 어때?" 그가 물었다.

"아직 상태를 좀 더 지켜봐야 한대."

쇼의 대답에 스기에는 혀를 찼다.

"대체 언제부터 연습할 수 있는 거야. 다음 달에는 괜찮겠지?"

"그건 어려울걸. 지금 전혀 움직여지지도 않고."

"뭘 남의 일처럼 얘기하고 있어?" 스기에가 침대 다리를 걷어 찼다. "네가 무슨 짓을 했는지 알기나 해? 부서진 기계는 얼마든지 다시 만들 수 있지만, 니레이의 데이터까지 완전히 사라져버렸어! 하루라도 빨리 치료를 끝내고 최대한 데이터를 복원해야 한단 말이야. 뭐, 그것도 니레이의 스킬이 어느 정도나 네 몸에 남아 있는지에 따라 결과가 크게 달라지겠지."

쇼는 말없이 창밖을 보고 있었다. 그의 손이 담요를 움켜쥔 것이 유코의 위치에서 보였다.

"제기랄." 스기에가 내뱉었다. "대체 무슨 생각으로 그런 짓을 했어? 특별훈련을 피해보자는 속셈이었어? 기계에 대한 반항이 었어? 뭐가 됐든 하찮은 어리광일 뿐이야. 그 기계가 아니었으면 니레이의 발꿈치도 못 따라갈 놈 주제에. 여기 있는 동안 잘 생각해봐!"

그래도 쇼는 입을 열지 않았다. 자세도 바꾸지 않았다. 스기에는 잠시 아들의 옆얼굴을 노려보았지만 이윽고 다시 한번 혀를 끌끌 차고 몸을 돌렸다.

"세계 선수권 대회 참가 선수가 정해졌어. 니레이도 없고 너도 없고, 별 볼 일 없는 놈들이 신이 났더라."

스기에는 문으로 다가가 손잡이를 잡았다. 그리고 마지막으로 말했다.

"아무짝에도 쓸모없는 놈."

그 말을 들은 순간, 유코의 머릿속이 하얘졌다. 그녀는 아버지의 등에 말을 건넸다.

"잠깐만."

스기에는 문을 연 채로 돌아보았다.

"할 말이 있어." 그녀는 움켜쥔 나이프에 시선을 떨군 채 말했다. "아주 중요한 얘기야."

"다음에 해. 지금은 바빠."

"지금 듣지 않으면 후회할 거야." 유코는 나이프에서 얼굴을 들고 스기에를 노려보았다. "나, 자수하러 간다는 얘기거든."

"뭐라고?"

스기에가 눈을 허옇게 떴다.

6

공백의 시간 뒤에 하얀 눈밭이 보인다. 그것은 이미 익숙해져버린 광경이지만, 항상 조금씩 다르다. 언제라도 뭔가 신선한 것을 안겨준다.

착지에 성공한 뒤 미끄러져 내려가자 브레이킹 트랙 옆에 낯익은 얼굴이 있었다. 반가운 듯 손을 흔들었다. 사와무라도 슬쩍 팔을 들고 그 옆으로 다가갔다.

"컨디션은 좀 어때?" 사쿠마 형사가 물었다.

"그럭저럭 괜찮아요. 오늘은 무슨 일로?"

"그냥 잠깐 들러봤어. 그나저나 내일모레부터 해외 원정이지? 재미있겠어."

"니레이처럼 잘하면 좋을 텐데 말이에요."

사와무라는 스키 판을 떠메고 리프트를 향해 걸음을 옮겼다. 사쿠마도 뒤따라왔다.

"닛세이팀은 한동안 활동을 중단하는 모양이지?"

사쿠마가 말했다.

"스기에 씨가 갑자기 스키점프계를 은퇴하겠다고 했거든요. 이유는 잘 모르겠어요. 쇼가 부상 좀 당했다고 기가 꺾일 감독님이 아닌데 말이에요. 따로 살던 유코 씨가 집에 돌아온다니까 이제 슬슬 가족과 함께 시간을 보내자는 생각인지 뭔지."

사와무라가 말했지만, 형사는 아무 대답도 없었다. 그 대신 문득 화제를 바꿨다.

"스키점프에 관해 사와무라에게 한 가지 부탁할 게 있어."

"뭔데요?"

"스기에 씨의 말이 계속 신경 쓰인단 말이야. 인간다운 스포츠라는 건 정말로 실행 불가능한 건가?"

"거창한 질문이네요. 너무 깊이 생각할 거 없지 않나요?"

"사와무라, 가능하면 인간으로서 승부해줬으면 좋겠어. 사이보그들끼리 시합이라니, 그런 건 보고 싶지도 않으니까."

"하하, 사이보그요?"

리프트 계단 앞에서 사와무라는 멈춰 섰다. 스키 판을 떠안고 계단에 한 발을 올린 채 그는 형사의 얼굴을 보았다.

"기억해두겠습니다. 하지만, 형사님."

"응?"

"인간이란 약하잖아요."

우두커니 선 사쿠마를 남겨두고 사와무라는 리프트에 앉았다. 형사가 어떤 얼굴을 하고 있는지, 돌아볼 생각은 전혀 없었다. 그는 그저 위만 바라보고 싶었다.

그날 히무로코산팀은 올해부터 트레이닝에 컴퓨터를 도입하기로 결정했다. 시즌 종료 후 그 준비가 착착 진행될 것이다.

그리고 스키점프계에도 변화의 조짐이 보이기 시작했다.

여태까지 천하무적으로 여겨졌던 뉘케넨이 최근 들어 고전을 면치 못하고 있는 것이다.

그를 대신해 새롭게 최강자로 떠오른 선수는 스웨덴의 얀 보클뢰브였다.

보클뢰브는 지금까지와는 전혀 다른 발상의 점프로 연거푸 승리를 거두고 있었다. 양발의 스키를 V자로 벌리고 날다람쥐처럼 활공하는 것이다. 그 자세 때문에 '게 집게발'이라는 별명이 붙었다.

이 비행 방법의 효과는 아직 과학적으로 증명되지는 않았다.

은빛 슬로프 옆을 사와무라는 올라갔다. 차례차례 점퍼들이 날았다. 좀 더 먼 하늘을 향해서.

'나도 보클뢰브처럼 스키를 쫙 벌려볼까. 날개를 펼치는 것처럼.'

그리고 새가 된 자신의 모습을 사와무라는 상상했다.

천재를 뛰어넘어

　스키점프계에 혜성처럼 나타난 신예 선수 니레이 아키라, 눈이 휘둥그레질 만한 재능으로 일찌감치 두각을 나타낸다. 그의 점프에는 기존의 선수들을 뛰어넘는 비범함이 있었다. 오래도록 침체에 빠져 있던 스키점프계는 세계를 내다보며 꿈에 부풀었다. '핀란드의 조인' 마티 뉘케넨에 필적할 천재 선수의 탄생에 들떠 있던 차에 니레이 선수가 돌연 사망한다. 미야노모리 경기장에서 연인 유코가 지켜보는 가운데 쓰러진 것이다. 사인은 독살이었다. 누가 이 천재 선수를 독살했는가. 삿포로 니시경찰서의 사쿠마 형사가 수사에 나선다. 니레이는 하라공업팀 소속으로 전국 대표팀과 함께 호텔 마루야마에서 합숙 훈련 중이었다. 범인은 그들 중에 있는 것으로 추정되었다. 범위가 좁혀진 만큼 사건은 금세 해결될 줄 알았는데, 단서는 잡히지 않고 선수들은 증언을 회피하면서 수사는 난항을 거듭한다. 그리고 경찰서에 날아든 한 통의 밀고장……. 니레이 선수를 누구보다 소중히 아껴온 미네기시 코치를 범인으로 지목하는 편지였다.

『조인계획』은 독자에게 이른 단계에서 범인을 공개하고, 그 범인의 추리와 형사의 수사 과정을 중첩시켜 양방향에서 수수께끼를 풀어가는 구성을 취하고 있다. 형사는 작은 단서를 절묘하게 발견해나가면서 사건을 해결하고, 완전범죄를 자신하는 범인은 범행 과정의 어디에 허점이 있었는지 되짚어보는 동안에 서서히 동기가 밝혀진다. 수사를 맡은 사쿠마 형사, 니레이의 연인 유코, 코치 미네기시, 그리고 니레이의 재능에 밀려 만년 2위였던 사와무라 선수까지 4인의 시점에서 번갈아 사건을 지켜본다는 치밀한 구성이다. 히가시노 게이고가 등단 4년 차의 젊은 신인 작가일 때 야심차게 발표한, 실험성이 두드러지는 작품이기도 하다. 문학에 뇌 이식, 원자력발전 등의 과학과 공학을 도입하는 새로운 경지를 개척한 작가로 잘 알려져 있지만, 일찍부터 그 싹을 보여준 대표적인 사례라고 할 수 있다. 특히 스포츠과학을 미스터리 요소로 활용해 양궁, 검도, 야구, 스키점프, 스노보드를 소재로 펼쳐나간 작품이 많다.

전국의 대표 실업팀(하라공업팀, 닛세이자동차팀, 히무로코산팀, 데이코쿠화학팀 외)이 삿포로의 호텔 마루야마에서 합숙하면서 훈련 및 대회에 참가한다. 동계 스포츠의 훈련과 대회는 장소가 한정적일 수밖에 없어서 주로 홋카이도의 삿포로, 나가노를 본거지로 삼는다. 겨울 동안 이곳에서 각 팀 선수들은 국내 대회에서의 치열한 경쟁을 거쳐 세계 선수권, 올림픽 등에 출전할 대표 선수로 선발된다.

스키점프 경기장은 멀리서 바라보기만 해도 웅장한 규모를 자랑한다. 아찔한 높이의 스타트대에서 선수는 어프로치 구간의 주로走路를 시속 90킬로미터의 속도로 타고 내려와 그 가속력을 온몸으로 제어하면서 타이밍을 가늠해 점프대 너머로 몸을 날린다. 스키와 평행하게 몸을 숙이고 최대한 버텨 한껏 비행한 다음, 두 팔을 펼쳐 균형을 잡으면서 랜딩 힐에 착지하는 일련의 동작은 어떤 스포츠보다 스릴 있고 호쾌하다. 인간의 몸이 구현해낼 수 있는 최대치를 보여주는 것 같다. 스키점프는 바람을 타고 하늘을 날아가려는 인간의 소망을 구체적으로 실현해주는 동계 스포츠의 꽃이다.

그만큼 경기장 시설과 장비, 날씨와 바람의 조건, 근육의 순간적 역학 등에 의해 결과가 크게 달라질 수 있는 경기이다. 스포츠과학이 발달할수록 각 선수들의 기록도 해마다 놀랍도록 갱신되고 있다. 물론 과학기술에 따라 전적으로 승패가 좌우되는 것은 아니다. 선수 개개인의 노력이 필수적이다. 다만 상위로 올라갈수록 인간으로서 할 수 있는 최대치의 훈련을 거듭해온 선수들끼리 겨루지 않으면 안 된다. 1위가 아니고서는 선수 본인도 관객도 의미를 상실하는 치열하고도 냉정한 경쟁을 펼치는 승부의 세계다.

타고난 재능인가 부단한 노력인가, 라는 문제는 비단 스포츠

뿐만 아니라 다른 모든 분야에서도 반드시 한 번쯤은 부딪히게 되는 고민인지도 모른다.

'어떤 분야에나 선택된 인간이라는 게 있다. 니레이는 바로 그런 인간이다. 나는 그렇지 않다……'

청춘을 바쳐 누구보다 열심히 노력했던 미네기시의 고뇌가 가슴에 저릿하게 와닿는 느낌이었다. 우승만을 목표로 하는 세계에서 천재적 재능에 대한 열망은 인간을 시기와 질투라는 원치 않는 감정으로 몰아넣어 좌절과 절망의 심연에서 허우적거리게 하는 것인지도 모른다. 과학기술과 막대한 자본력으로 '천재의 양산量産'을 노린 광기 어린 질주도 어떻게든 인간의 힘으로 최상위를 손에 넣어보려고 했던 도전이라고 할 수 있을까. 기계에 조종당하는 훈련으로 점점 인간다움을 잃어가는 선수가 동료에 대한 관심마저 잃어가는 모습은 시사하는 바가 크다.

천재 니레이 아키라는 이 소설 속에서 이질적인 캐릭터다. 그는 자신의 입을 통해 말하거나 생각을 밝히는 일이 없다. 주위 사람들이 전해주는 이야기를 통해 그 인물상이 어렴풋이 잡혀올 뿐이다. 비현실적으로 뛰어난 그의 재능만큼 인물 자체도 어딘지 실재감이 희박한 느낌이 드는 것이다. 애초에 '천재'란 니레이처럼 실체를 잡기 어렵고, 그러면서도 악의라고는 없이 우리의 노력과 인내를 깔깔거리며 비웃고, 종잡을 수 없이 명랑하고 태평한 성격으로 우리에게 더욱더 큰 좌절을 맛보게 하는 존재인지도 모른다. 나아가 천재라는 것은 어쩌면 우리 모두의 열망이 만들어낸 지향점으로서의 허상일 뿐이라는 것을 작가는 말하고 싶었던 게 아닐까. 좌절의 마음 속에서 괴물처럼 커져버린 천재를 죽이고, 우리는 '그다음'으로 나아가지 않으면 안 된다는 것을 사와무라를 통해 보여준다.

니레이라는 이름은 '느릅나무 유楡'라는 한자에서 나온 것이다. 만년 2위였던 사와무라는 그 키 큰 느릅나무를 뛰어넘듯이 '좀 더 먼 하늘을 향해' 날개를 펼친다. 천재를 뛰어넘어 새가 된 자신의 모습을 상상한다. 오늘도 땀 흘려 뛰고 있을 스포츠 선수들, 그리고 범재凡才일 뿐이지만 나름대로 차곡차곡 노력을 쌓아가고 기술을 찾아가는 우리 모두에게 박수를 보낸다. 호쾌한 비상을 만나러 눈발이 흩날리는 평창 스키점프 경기장으로 달려가고 싶은 소망이 생겼다.

조인계획

지은이 히가시노 게이고
옮긴이 양윤옥
펴낸이 김영정

초판 1쇄 펴낸날 2022년 2월 4일

펴낸곳 (주)현대문학
등록번호 제1-452호
주소 06532 서울시 서초구 신반포로 321 (잠원동, 미래엔)
전화 02-2017-0280
팩스 02-516-5433
홈페이지 www.hdmh.co.kr

ISBN 979-11-6790-086-9 03830

* 책값은 뒤표지에 있습니다.
* 파본은 구입처에서 교환해드립니다.